Postais da terra de ninguém

Postais da terra de ninguém

Aidan Chambers

Tradução
SIMONE CAMPOS

wmf **martinsfontes**

SÃO PAULO 2012

Esta obra foi publicada originalmente em inglês com o título
POSTCARDS FROM NO MAN'S LAND
por Random House Children's Books, Londres
Copyright © Aidan Chambers, 1999
O Copyright, Designs and Patents Act de 1988 garante a Aidan Chambers
o direito de ser identificado como autor deste livro.
Publicado através de acordo com Random House Children's Books.
Todos os direitos reservados. Este livro não pode se reproduzido, no todo ou em parte, armazenado em sistemas eletrônicos recuperáveis nem transmitido por nenhuma forma ou meio eletrônico, mecânico ou outros, sem a prévia autorização por escrito do editor.
Copyright © 2012, Editora WMF Martins Fontes Ltda.,
São Paulo, para a presente edição.

1ª edição 2012

Tradução
SIMONE CAMPOS

Revisão da tradução
Silvana Vieira
Acompanhamento editorial
Márcia Leme
Preparação do original
Celia Menin
Revisões gráficas
Renato da Rocha Carlos
Ana Paula Luccisano
Edição de arte
Katia Harumi Terasaka
Produção gráfica
Geraldo Alves
Paginação
Studio 3 Desenvolvimento Editorial

Dados Internacionais de Catalogação na Publicação (CIP)
(Câmara Brasileira do Livro, SP, Brasil)

Chambers, Aidan
  Postais da terra de ninguém / Aidan Chambers ; [traduzido por Simone Campos]. – São Paulo : Editora WMF Martins Fontes, 2012.

Título original: Postcards from no man's land
ISBN 978-85-7827-505-1

1. Ficção – Literatura juvenil I. Título.

11-13710   CDD-028.5

Índices para catálogo sistemático:
1. Ficção : Literatura juvenil   028.5

Todos os direitos desta edição reservados à
Editora WMF Martins Fontes Ltda.
Rua Prof. Laerte Ramos de Carvalho, 133 01325.030 São Paulo SP Brasil
Tel. (11) 3293.8150 Fax (11) 3101.1042
e-mail: info@wmfmartinsfontes.com.br http://www.wmfmartinsfontes.com.br

CARTÃO-POSTAL
Amsterdam é uma cidade velha
ocupada pelos jovens.
Sarah Todd

Como não conhecia a cidade, ele resolveu voltar pelo mesmo caminho de onde tinha vindo, mas mudou de ideia quanto a ir de bonde até a estação de trem, ainda sem vontade de voltar a Haarlem, e continuou andando ao longo do canal, o Prinsengracht, abalado demais pelo que tinha acabado de ver para se preocupar para onde estava indo.

Uns dez minutos depois, caiu em si quando um bonde barulhento atravessou o seu caminho. De repente quis estar no meio da multidão, sentindo o empurra-empurra e a pressão das pessoas. Queria barulho, atropelo, perturbação; queria ser arrebatado de si – as últimas vinte e quatro horas tinham sido um transtorno –, queria beber alguma coisa sentado numa daquelas mesinhas na calçada que tanto atraem os turistas, observando o movimento. E, embora naquele momento ainda não fosse capaz de admiti-lo, queria uma aventura.

Os pelos do seu braço se eriçaram e ele estremeceu sem saber por quê, já que, apesar de o dia estar nublado e ameaçando chuva, a temperatura de meados de setembro estava amena e ele até transpirava um pouco por baixo do casaco, que se arrependeu de ter vestido, embora seus bolsos grandes fossem excelentes para guardar dinheiro, endereços, o guia de viagem, o mapa da cidade e o que quer que alguém sozinho em um país estrangeiro precisasse ou acabasse comprando durante o dia.

Decidiu virar à direita e atravessar a ponte sobre o canal e logo chegou a um amplo espaço aberto, dominado pela pesada fachada de um teatro para o qual convergiam várias ruas e trilhos de bonde. Leidseplein, também chamada simplesmente de Plein. De um dos lados do teatro, de frente para o resto da Plein, como um auditório diante de um palco, havia uma área cheia de mesas servidas por garçons que, apressados, entravam e saíam dos cafés como pássaros de seus ninhos.

Escolheu uma mesa no canto mais próximo ao teatro, na terceira fileira, sentou-se e começou a esperar.

Continuou esperando. Mas ninguém vinha atendê-lo. O que ele tinha de fazer? Você é a droga do cliente, o trabalho deles é servi-lo, não seja mole, imponha-se. Palavras de seu pai. Sua timidez, sua sufocante timidez, o manteve quieto. Então ele não fez nada, mas não se importou, pois havia muito para observar ao som da música ambiente de um trio que se apresentava no centro da Plein, dois garotos grandes que pareciam ser mais ou menos da sua idade – o branco no violino, o negro na flauta irlandesa – e uma garota roliça, que chamava a atenção de todos sentada sobre uma lixeira virada, entre os dois garotos, delirando com seus bongôs, os cabelos loiros esvoaçantes, os olhos fechados, os braços bronzeados convidativamente nus, as mãos batucantes formando um desenho indefinido no ar, os seios grandes vivos sob a blusa colante preta, as coxas fortes envolvidas em *lycra* branca prendendo os tamborzinhos usados que ele repentinamente imaginou serem as voluptuosas nádegas de alguém. Talvez as dele. Nossa, de onde tinha saído isso? Nunca lhe ocorrera tal coisa, pelo menos não a seu respeito.

Ele se mexeu na cadeira e sorriu consigo mesmo. O prazer da autodescoberta.

Estou esperando um garçom mas nenhum garçom me atende, disse ele entre dentes no ritmo dos bongôs. Até que um braço fino vestido de couro e um dedo delicado entraram em seu campo visual. Um rosto feminino lhe sorria, intrigado, mais atraente que o da menina dos bongôs. Ele notou que ela indicava a cadeira vazia a seu lado e se encolheu para deixá-la se esgueirar deliciosamente por ali, espalhando um aroma inebriante de couro velho e *jeans* morno.

Ela sentou-se e ajeitou sob a minúscula mesinha suas pernas proporcionalmente compridas (pois não era alta), roçando-as nas dele durante a operação. Mais, mais, implorava sua voz interior. Os cabelos negros, curtos e arrepiados, davam-lhe um ar de menino; o semblante pálido, sem maquiagem; a jaqueta de couro curta e larga sobre a camisa branca; os *jeans* pretos bem justos.

Ela sorriu em agradecimento. "Você é britânico?"

"Não. Eu sou inglês."
"Entendi. Eu gosto de ser holandesa."
Ele encolheu os ombros se desculpando por seu jeito pedante que algumas pessoas (seu pai e sua irmã Penelope, apelido Poppy) consideravam um tique de gente chata, metida a inteligente, e acrescentou: "Quis dizer que não sou galês, nem irlandês nem escocês."
"E estou contente por não ser nem da Frísia nem de Flandres. Nada contra eles, é só que..." Olhadela para a mesa. "Já foi atendido?"
"Não."
Ela procurou atrás dele, aqui e ali. Ergueu uma preguiçosa mão de dedos compridos, um gesto tão sensual para aquele fã de mãos que seria suficiente para lhe causar um trauma sexual. A naturalidade dos seus gestos acabava com sua autoconfiança, já abalada, mas aumentava seu desejo. Também havia nela algo de enigmático, algo fora do comum que ele não conseguia definir.
"De férias?", perguntou ela, as férias soando meio fériash. Língua presa ou algo importado do holandês? O que quer que fosse, ele gostou.
"Mais ou menos", mentiu, não querendo entrar naquela história tão complicada.
"Quer conversar?"
Havia um tom grave na voz dela que a tornava ainda mais atraente.
"Claro. Quero."
Um garçom se aproximou e ela falou com ele em holandês.
Depois, o garçom disse para ele: "*Meneer*?"
"Só uma coca, obrigado."
"Não quer uma cerveja?" ela disse. "Que tal uma boa cerveja holandesa?"
Ele geralmente não bebia, mas em Roma... "Certo, uma cerveja."
"Trapista?", ele pensou ter ouvido o garçom dizer, mas achou que estava enganado.
Ela acenou com a cabeça e o garçom se afastou.
De repente, ele se sentiu um *nerd* ali ao lado dela, todo encapotado; então levantou-se, tirou o casaco, dobrou-o e colocou-o no encosto da cadeira. E sua perna tocou a dela quando voltou ao seu lugar. Será que ele se atreveria? Será que ela gostaria? Paquerar meninas não fazia parte de seu estilo. Não porque ele não quisesse, mas por medo de ser rejeitado. E por desagradar-lhe aquele aspecto de caçada se-

xual, um esporte sangrento cuja ferocidade o ofendia sempre que ele observava os outros a praticá-lo em toda a sua volúpia. Pudor que seu pai depreciava como mais um indício de sua covardia.

Ele queria tanto olhar para ela que, com medo de se denunciar, obrigou-se a olhar para o outro lado da Plein – o trio do bongô estava guardando as coisas –, para os modernos anúncios e corriqueiros ícones internacionais, Burger King, Pepsi, Heineken, que enfeitavam/poluíam as velhas fachadas pontiagudas da Holanda.

Ela o resgatou perguntando: "Primeira vez na Holanda?", o que lhe permitiu voltar o olhá-la.

"Sim. Cheguei ontem."

"Está gostando? Quero dizer da Holanda, não *daqui*." Ela fez um gesto de desprezo para a Plein. "Armadilha para turistas, para falar a verdade."

"Você não é turista."

Um sorriso contraído. "Não. Só estava – como é em inglês? de passamento? – e queria tomar alguma coisa."

"De passagem. Passamento, só se você estivesse morrendo."

Uma risada gutural e irônica. "Espero que ainda não."

"Você me parece bem viva."

Ela fingiu alívio. "Ainda bem!" E estendeu a mão. "Aliás, meu nome é Ton."

"Jack", disse ele, gostando do breve contato, bem diferente do aperto de mão inglês: fugaz, sem força, mais um beijo de mãos que um abraço.

"Jacques?"

"Se você preferir."

"Gosto de Jacques."

O garçom voltou e serviu dois copos grandes de cerveja marrom-escura. Jacob se mexeu na cadeira para pegar dinheiro no casaco, mas até abrir o zíper do bolso secreto, tirar a carteira e pegar uma nota, Ton já tinha pagado e o garçom tinha ido embora.

"Olhe, não posso deixar você pagar", protestou ele sem muita convicção porque até gostara que ela tivesse pagado a conta, porque aquilo significava que lhe devia uma (ele ignorou o trocadilho) e que o encontro duraria mais, com uma próxima rodada paga por ele.

"É sua primeira vez aqui. Pode deixar."

"Mas..."
"Da próxima vez, você paga."
Então haveria uma próxima vez. "Bem..." Ele pôs a carteira de volta no bolso e ergueu o copo. "Obrigado."
"*Proost*."
"Prost", imitou ele.
E beberam.
"Gostou?"
"Bem forte! O nome é mesmo Trapista?"
"Claro. É fabricada pelos monges. Deve ser pura, né?"
E riram.
"Você está na cidade com alguém?"
"Sozinho."
"E está em algum hotel?"
"Não. Com umas pessoas perto de Haarlem."
"Sorte a sua, não é?", disse Ton.
"Sim", mentiu Jacob, que, não querendo entrar nesse assunto, tomou outro gole da cerveja encorpada que estava achando mais desagradável ao paladar do que todas as que já havia tomado. Já a sentia revirando no estômago. Ton tomava a dela em grandes goles.
Ela disse: "Sabe andar por Amsterdam?"
"Não. Para falar a verdade, não sei nem onde estou agora."
"Tem mapa?"
"Claro."
"Eu lhe mostro."
Nos minutos seguintes, Ton orientou Jacob, tentou explicar as linhas de bonde, marcou com a caneta dele os lugares que achava que ele gostaria de ver.
"Pense na cidade velha como uma teia de aranha pela metade, com a estação de trem bem no meio", disse ela. "Veja que os canais são os semicírculos e as ruas que passam por eles são os... cordões?"
"Fios?"
"Fios que os conectam."
"Parece mais um labirinto."
"Sim, talvez isso também."
"Fácil de se emaranhar em uma e de se perder na outra."
Observar o mapa os colocou lado a lado, ombro tocando ombro. Ton o cutucou de leve e, com seu sorriso provocante a apenas um palmo de distância, disse: "Você é um pessimista, Jacques."

Ele devolveu o sorriso. Preso pelos olhos verdes dela e com muita vontade de beijar aquela boca larga, apenas disse: "Típico de mulher pensar em teia de aranha e típico de homem pensar em labirinto, não acha?"

"Ah! Você..." Ela se virou para o mapa outra vez.

"Que foi?"

"Nada."

Confuso com aquela reação, ele esperou que ela continuasse.

"Tenho de ir", disse ela, afastando-se dele.

"É mesmo? Que pena!"

Ela tomou o que ainda sobrava de sua cerveja. "Tenho mesmo de ir."

Ele disse impetuosamente: "Podemos nos ver de novo? Quer dizer... Você gostaria?"

Com um olhar cético, ela perguntou: "Tem certeza?"

"Tenho. E você?"

Ela sorriu de novo, mas os cantos de sua boca logo se viraram para baixo. "Vou lhe dar meu telefone. Ligue um dia desses, se ainda quiser." Ela procurou no bolso, tirou uma caixa de fósforos e pegou a caneta dele, que estava sobre a mesa. Enquanto ela escrevia, ele dobrou o mapa – por que é tão difícil dobrar direito um mapa novo? – e colocou-o no bolso do casaco.

Quando ele voltou o rosto, Ton pegou sua mão e, segurando-a firme sob a mesa, disse, olhando-o de frente e bem de perto: "Eu gostaria de vê-lo de novo. Mostrar lugares aonde os turistas não vão. De verdade. Mas, sabe, o encontro foi rápido. Talvez você acabe descobrindo que se enganou."

"Não, eu..."

Duas coisas simultâneas o silenciaram. Os lábios de Ton sobre os seus dando-lhe um quase beijo e a sua mão pressionando a dele firmemente entre as pernas dela, onde ele pôde sentir o volume compacto do conjunto de pênis e saco.

Aturdido, ele observou Ton se levantando, dizendo "Meu bonde", enquanto ele mesmo se levantava para permitir que ela (ele) se esgueirasse por ali, e ela (ele) dizendo o que parecia ser "*Coisash boash*", e ela (ele) atravessando a multidão e subindo no bonde, e ela (ele) acenando através da janela enquanto o bonde fechava as portas, soava a buzina e ia embora. Só aí recuperou a fala e, levantando uma mão impotente, ouviu-se gritar: "Ei, você levou minha caneta!"

Você levou minha caneta? Olhou para a mesa e viu que ela (ele) havia levado mesmo, mas do lado do copo vazio dela (dele) estava a caixa de fósforos. Ainda com os atos precedendo os pensamentos, apanhou a caixa, revirou-a, frente, verso. Nada. Estava prestes a abrir a caixa quando sentiu o assento da cadeira bater violentamente na parte de trás de seus joelhos e desabou sobre ela. Virando-se instintivamente, viu seu casaco passar voando diante de seu rosto, na mão de um rapaz franzino, cujo boné vermelho-vivo invertido sinalizava sua trilha como uma baliza enquanto ele ziguezagueava pela multidão.

Aos gritos de "Ei, isso é meu! Volte aqui!", ele ficou em pé com dificuldade e desembaraçou-se da mesa, fazendo com que os copos se espatifassem no chão ao disparar atrás do ladrão, que, detendo-se no meio da Plein, subiu na lixeira virada que fora ocupada pela tocadora de bongô com uma expressão de puro escárnio que fez crescer a raiva de Jacob. Ele permaneceu ali pelo tempo necessário para não ter dúvidas de que havia sido avistado por sua vítima. Era como se quisesse ser perseguido. "Pega ladrão!", gritou Jacob, apontando para ele enquanto se embrenhava no meio da multidão, mas as pessoas só o olhavam assustadas e faziam o possível para abrir caminho.

Quando Jacob estava a três ou quatro metros do ladrão, ele saiu correndo novamente, desta vez sumindo por um dos lados da Plein que dava numa ruazinha cheia de bares, lanchonetes e lojas turísticas. O Boné Vermelho era tão veloz e tarimbado que facilmente abriu vantagem sobre Jacob, que mal tinha entrado na rua quando seu perseguido já dobrava à esquerda. Chegando lá, Jacob deu de cara com ele parado a vinte metros, na extremidade oposta do beco, exibindo o casaco, o que dissipou qualquer dúvida de que ele só esperava Jacob aparecer para sair correndo de novo por outra rua estreita, paralela à primeira.

E assim a perseguição continuou: entraram à direita no final dessa segunda rua, onde ela se juntava a um canal, subiram até o início do canal, dali seguiram à esquerda por sobre uma ponte e pegaram uma ligeira esquerda numa ruazinha residencial, então prosseguiram à esquerda e à direita de novo, depois à esquerda numa larga e abarrotada rua comercial ocupada por bondes que circulavam num corredor central. O Boné Vermelho prosseguia, ágil como um galgo, enquanto Jacob sentia dores do lado e começava a perder o fôlego. Numa ponte sobre um dos canais principais, o Boné Vermelho disparou para atravessar a rua e percorrer mais um quarteirão antes de dobrar à direita em mais uma rua estreita, mais residencial, com uma vendinha ou galeria de arte aqui e ali, uma reta longa sem muita gente nem tráfego para atrapalhar o avanço de Jacob. Sentindo que suas forças chegavam ao fim, Jacob empreendeu uma desesperada carreira final e quase alcançou a caça ao final da rua, mas o Boné Vermelho virou à direita junto a mais um canal e, com uma disposição desconcertante, voltou a acelerar o passo.

Sem ar e sem ânimo, tudo o que Jacob pôde fazer foi se agarrar a uma árvore junto ao canal, enquanto recuperava o fôlego e observava, entre lágrimas de raiva, o Boné Vermelho deter-se sobre uma ponte em arco a cem metros dali por tempo suficiente para olhar para trás e acenar com um atrevido adeus antes de sumir, minha nossa, por outro canal transversal àquele junto ao qual Jacob ofegava. O Boné Vermelho com certeza estivera zombando dele o tempo todo. Mas por quê? Não fazia nenhum sentido.

Cerveja azeda brotou de suas entranhas e ele vomitou no canal. Ele agradeceu aos céus por não haver ninguém por perto para testemunhar aquele vexame. O canal estava deserto. Também não havia ninguém para lhe dizer onde estava.

A chuva agora voltara a cair devagar e melancólica. Ele a recebeu de bom grado, usando-a para enxaguar o rosto e lavar a boca. Então percebeu que assim, só de *jeans* e camiseta, logo ficaria encharcado. Também não via nenhum lugar onde se abrigar, exceto uma estranha construção de madeira, o *Kort*, um restaurante?, num amplo espaço aberto na margem oposta do canal, e dava para imaginar como seria recebido sem dinheiro e com o aspecto deplorável em que se encontrava, sujo e molhado.

O que fazer? Sem ter a menor ideia de onde estava, não sabia que direção tomar.

Seu estômago ficou apertado num pequeno acesso de pânico.

Como era de sua natureza, quando em apuros, tomar alguma atitude em vez de ficar de braços cruzados e seguir adiante em vez de voltar atrás, respirou fundo, engoliu em seco, arrotou e se arrastou até o canal transversal. Que, a julgar por sua largura, comparada à do que ele acabara de deixar, e pelos casarões imponentes que ocupavam as duas margens, devia ser um dos canais principais. Procurou uma placa e a encontrou entre o primeiro e o segundo andar do prédio de esquina: Prinsengracht.

Viva!

Em toda a Holanda, não só em Amsterdam, havia um único endereço que ele sabia de cor: Prinsengracht, 263. A casa em cujo anexo secreto Anne Frank e sua família se esconderam dos nazistas durante a Segunda Guerra Mundial, a casa onde ela escrevera seu famoso *Diário*, um de seus livros preferidos, a casa que não era mais casa e sim um museu, e a casa da qual ele fugira no início daquela manhã perturbado pelo que encontrara.

Mesmo perturbado como estava, ele sabia que, se andasse ao longo do canal na direção certa, encontraria o número 263, onde os funcionários talvez o ajudassem. Ou um visitante. Havia muitos outros enquanto ele estava lá, em grande parte jovens mochileiros de sua idade que falavam inglês. Tivera de esperar numa fila enorme para entrar.

Seu estômago destravou.

A casa da esquina não tinha número, a próxima era a 1045 e a seguinte, a 1043. Direção certa. Ele andou com passos apertados, mas a chuva também estava apertando seriamente. Até chegar ao número 263 ele estaria ensopado. Talvez ela não durasse muito, e um descanso seria bem-vindo, se houvesse ao menos um lugar para se proteger. Não estava encontrando nada que servisse de abrigo, mas, pouco tempo depois, chegou a uma casa cuja entrada era em pórtico, com uma escada de seis degraus de pedra que terminava numa porta de madeira maciça. Pelo menos ali poderia sentar-se e proteger-se da chuva.

Tendo dado algumas voltas no degrau mais alto, como um cão pré-histórico inspecionando a toca, sentou-se e secou os cabelos com o lenço para evitar que a água escorresse pelo pescoço, e estendeu o lenço na maçaneta para que secasse, e se perguntou se haveria mais alguma coisa útil em seus bolsos da calça. Dinheiro não, com certeza; estava todo no casaco. Em seu bolso de trás, como sempre, um pente. Correu-o pelos cabelos antes de guardá-lo de novo. Nada no bolso direito da frente, de onde saíra o lenço. No esquerdo da frente estava a caixa de fósforos. Quase esquecida. Nem se lembrava de tê-la guardado lá.

Examinou-a outra vez. Nada por fora. Abriu a aba. Dentro, nada dos esperados fósforos de papelão um ao lado do outro, mas sim uma circunferência amarrotada de material plástico rosa, saída do mesmo bolso onde haviam estado os fósforos. Já havia retirado o objeto de seu bolso quando se deu conta de que estava segurando uma camisinha. Também foi só então que notou o que Ton rabiscara com garranchos ilegíveis na parte interna da aba: uma série de dígitos telefônicos seguidos pelas palavras:

ESTEJA PREPARADO
NIETS IN
AMSTERDAM
IS WAT
HET LIJKT

GEERTRUI

Paraquedas caindo como confetes do céu azul. Minha memória mais vívida da chegada dele. Domingo, 17 de setembro de 1944. "Tempo bom para voar", dissera papai. "Devemos esperar mais ataques."
Os aviões britânicos bombardearam as redondezas durante toda a semana. A ferrovia em Arnhem fora sabotada pela Resistência e, no sábado, as autoridades alemãs anunciaram que, caso os culpados não se entregassem até o meio-dia de domingo, alguns dos nossos seriam executados. Todos andavam muito nervosos, ora esperançosos, ora desanimados. Sabíamos que os aliados tinham chegado à fronteira holandesa. Com certeza, diziam todos, logo estarão aqui. Mas os soldados alemães se deslocavam sem cessar e um contingente ainda maior estava aquartelado em nossa aldeia.
"Você está pronto a sacrificar tudo pela sua liberdade?", nos perguntava *De Zwarte Omroep*, nosso jornal clandestino, e respondia: "Mantenha uma mala pronta com roupas de baixo, alimentos e objetos de valor." Mamãe tinha costurado dinheiro em nossas roupas. Papai tinha me instruído sobre o que fazer caso o pior acontecesse e fôssemos separados. Ele se referia, é claro, ao que deveríamos fazer se ele fosse morto.
Eu acabara de completar 19 anos e naquela manhã de domingo deveria ter ido à igreja com meus pais, mas meu irmão Henk e seu amigo Dirk Wesseling estavam escondidos no campo, na fazenda da família de Dirk, porque não queriam ser mandados aos campos de trabalho alemães, para onde muitos de nossos jovens tinham sido obrigados a ir. Eu estava ansiosa por ele. Então, naquela manhã, bem cedo, me arrisquei, apesar dos alertas de papai, e pedalei de nossa casa em Oosterbeek até a fazenda do Dirk.
Foi na volta que ouvi os aviões e vi os paraquedas. "Veja!", gritei, embora não houvesse ninguém para me ouvir. "Veja! Que lindo!" E

então corri para casa, repetindo para mim mesma, sem parar: "Os *Tommies** chegaram! Os *Tommies* chegaram! Liberdade! Liberdade!"
    Papai estava certo. Mais bombardeios haviam ocorrido enquanto eu estava fora. Dessa vez, nos trilhos perto de casa. As janelas estavam quebradas nas casas próximas ao dique do trem. E um Spitfire havia metralhado a artilharia antiaérea alemã no campo, matando alguns soldados e ferindo outros. Quando cheguei à nossa rua, os alemães estavam em forma, esperando a hora de partir. Os caminhões já levavam embora alguns deles quando cheguei a nossa casa, onde meu pai estava desesperado por minha causa, certo de minha morte. Mamãe, calma como sempre, ocupava-se em levar alimentos para o porão, mas eu sabia que não estava tão calma quanto aparentava, porque entre uma descida e outra ela parava no alto da escada do porão e limpava os óculos vigorosamente. Sempre fazia isso quando estava agitada. Eu parei a seu lado, segurando sob o braço os cobertores que levava para baixo, e dei-lhe um beijo. "Quatro anos", disse ela, "esperei quatro anos por este dia." Admirava minha mãe e amava-a muito, mas estes sentimentos nunca foram tão fortes quanto naquele instante, que, por força das circunstâncias, foi o último momento tranquilo que partilhamos até tudo terminar, algumas semanas depois.
    Eu saía do porão, depois de duas ou três viagens, quando ouvi um soldado alemão passar correndo, gritando *"Die Engländer, die Engländer!"*. Eu queria sair e assistir, mas papai disse não, os soldados assustados são os mais perigosos de todos, tínhamos de esperar lá dentro. Amontoamo-nos os três – mamãe, papai e eu – no corredor atrás da porta da frente, mas não precisamos esperar muito para ouvir os homens que passavam na direção de Arnhem e suas vozes, que não eram alemãs nem holandesas. Quantas vezes não havíamos sentado em torno do rádio, ouvindo escondidos o noticiário da BBC! Papai e eu já estávamos até praticando o nosso inglês um com o outro para podermos entender tudo quanto fosse possível quando os libertadores afinal chegassem. Ainda assim, ouvir palavras em inglês ao pé de nossa porta da frente era um choque. Não que conseguíssemos discernir o que se falava. Sabíamos por causa da sonoridade, tão diferente das do alemão e do holandês. Papai cochichou para mim em inglês: "Music to my ears!" – uma das muitas "expressões populares"

---

* *Tommy* – apelido dos soldados britânicos. (N. da T.)

que havíamos utilizado em nossos exercícios. Rimos baixinho, juntos, como criancinhas antes de uma festa há muito esperada. "Vocês dois", disse mamãe, "comportem-se!" Mamãe tinha sido professora e mantinha uma eterna compostura, mesmo quando estávamos sozinhos, mas também era de brincadeira – ela gostava de fingir que papai e eu éramos crianças levadas.

Nesse momento, ouvimos uma rajada de tiros, uma pancada em nossa porta como se tivessem atirado sacos de batatas contra ela e depois silêncio. Nós três nos abraçamos. Por uma eternidade, nada aconteceu. Então ouvimos a voz de um homem. O que ele disse foi tão surpreendente que ainda me lembro de suas palavras exatas. "Meu Deus, Jacko, estou quase sem cuspe de tanta sede." Ele estava tão próximo da porta que todos nós demos um pulo. Demorou alguns momentos até que eu percebesse o sentido daquelas palavras, mas, quando percebi, corri até a cozinha, enchi uma jarra d'água, peguei um copo e voltei correndo para a porta. "Cuidado, cuidado!", sussurrava mamãe. Papai me deteve, abriu ele mesmo, cautelosamente, uma fresta da porta e espiou por ela. Quando viu dois soldados britânicos parados ali, escancarou a porta e abriu os braços para recebê-los, mas, em vez de falar, nós três ficamos mudos. Os soldados ficaram tão alarmados com a porta se abrindo quanto nós havíamos ficado com a chegada deles. Viraram-se para nós com armas em punho, mas viram papai com os braços estendidos, mamãe atrás da gente com sua expressão séria mas feliz e eu com um sorriso estúpido, uma jarra d'água numa mão e um copo na outra, e o rapaz que falara antes disse: "Caramba, isso é que é eficiência!"

Com isso, papai reencontrou sua voz e disse em seu melhor inglês: "Bem-vindos à Holanda. Bem-vindos a Oosterbeek. Bem-vindos à nossa casa."

Rimos e trocamos apertos de mão, menos eu, que ainda as tinha ocupadas. Então enchi o copo e, vencidas as formalidades, ofereci-o ao soldado que ainda não tinha falado. Então ele disse: "Obrigado, senhorita! Você é um anjo!" Os olhos dele me fizeram derreter. Enquanto bebiam, nos apresentamos. Seus nomes eram Max Cordwell e Jacob Todd.

Nessa altura, as portas tinham-se aberto por toda a rua, e as pessoas haviam saído de casa levando flores, comida e bebida e acenando com faixas cor de laranja e até mesmo com bandeiras holandesas – que eram rigorosamente *verboten** pelos alemães. Alguns trocavam beijos e abraços.

Depois de tomar água, os soldados perguntaram qual era a distância até Arnhem. "Cinco quilômetros", disse-lhes papai. Mal ele terminara de falar, apareceu um jipe, e um oficial, em pé sobre ele, bradou-lhes uma ordem. "Desculpe, senhor, mas temos de ir", disse Max. "*Veel succes*"**, disse papai, esquecendo o inglês. "*Succes*", repetiu mamãe. "Adeus, senhorita", disse Jacob. "Obrigado pela água."

Assim que eles se viraram para partir, um dos voluntários de nossa organização de vigilância antiaérea passou pela rua gritando: "Entrem todos! Para dentro! Ainda é perigoso."

Os soldados partiram. Papai fechou a porta. Mamãe começou a limpar seus óculos mais vigorosamente do que eu jamais havia visto. E só então eu percebi que não tinha pronunciado uma palavra. "Ah, papai", eu disse, sem saber se ria ou chorava, "eu não disse nem *hallo*!" Papai e mamãe me olharam como se eu tivesse enlouquecido. Então papai caiu no riso e mamãe nos envolveu com seus braços e rodopiou conosco pela casa inteira, dizendo "*Vrij, vrij, vrij,* livres, livres, livres!", até estarmos tontos demais para continuar em pé. Acho que nunca – nem antes nem depois – me senti tão aliviada quanto naquele momento.

Recordo-me dessas coisas com tanta clareza que até hoje me vêm lágrimas aos olhos.

No dia seguinte, uma segunda-feira, muitos outros soldados britânicos chegaram de paraquedas e em planadores. Avistamos os aviões voando sobre Wolfheze. E, como no dia anterior, paraquedas vermelhos, brancos, beges, verdes e azuis enchiam o céu. Um espetáculo emocionante.

Nessa altura, alguns dos soldados que haviam passado por ali no domingo tinham retornado, exaustos e imundos, e colocado armas de artilharia no campo próximo à igreja as quais cuspiam fogo sem descanso contra Arnhem. Mamãe fez sanduíches, e fomos levá-los para eles, já que tinham pouquíssima comida. Ficaram muito contentes ao ver o que chamavam de "a segunda onda" trazer novos soldados e víveres. "Agora vamos ficar bem", disseram. "Logo colocaremos esses

---

* *Verboten*, do alemão, significa "proibido, vetado". (N. da T.)
** *Veel succes*, do holandês, significa "boa sorte". (N. da T.)

bárbaros para correr!" Explicaram-nos que suas ordens eram tomar a ponte de Arnhem para que o contingente principal, que vinha de Nijmegen, pudesse cruzar o rio e bloquear o exército alemão que ocupava a Holanda. Isso contribuiria para que a guerra terminasse mais cedo, disseram. Eram joviais, faziam piadas, provocavam-se entre si – e a mim também – e flertavam depois dos sanduíches. Tão diferentes dos alemães... Mas é claro que estávamos felizes em vê-los, o que fazia toda a diferença. O alívio era tão grande que ninguém se importava que nossa luz e gás tivessem sido cortados e que nossa velha e querida aldeia estivesse sendo atingida por bombas e balas. "O preço da liberdade", disse papai. Ele estava inquieto, queria ajudar, mas não sabia como. Os voluntários da vigilância antiaérea não paravam de nos alertar para que tivéssemos cuidado e ficássemos em casa. Ainda era cedo demais para descuidarmos de nossa segurança. Havia soldados alemães nos campos ao norte da aldeia, onde ainda ocorria algum confronto, e a Resistência falava de um grande combate junto à ponte de Arnhem.

À noite, um vizinho nos contou que o Hotel Schoonoord, em Utrechtseweg, na esquina da rua principal da aldeia – um de nossos melhores hotéis até que os alemães o confiscaram para si –, estava sendo preparado como hospital para atender os soldados britânicos e precisava-se de voluntários. Os feridos já estavam chegando. Eu queria ir, mas papai não deixou. Se fosse hoje em dia, eu provavelmente nem teria perguntado, mas a vida era diferente naquela época. Uma jovem com menos de 20 anos fazia o que os pais mandavam e, embora eu tenha insistido, papai proibiu terminantemente. Desde a noite anterior ele já não se mostrava tão otimista quanto mamãe e eu.

"Por que os soldados voltaram?", ele perguntava agora. "Por que colocaram armas no campo? Por que estão disparando o tempo todo? E por que precisam transformar um hotel num hospital, se o exército chegará amanhã pelo sul, como dizem os soldados? Por que todas estas coisas estão acontecendo se tudo está indo tão bem?"

"Você sabe que uma batalha não é um jogo de tabuleiro, em que se pode planejar até os mínimos detalhes", disse-lhe mamãe. "É uma trama suja e imprevisível, uma maré que sobe e desce, machucando as pessoas."

"Pode ser", disse papai, "mas até que saibamos qual maré está subindo e qual está descendo e em que parte da praia nossa casa está, nossa filha não vai a lugar nenhum."

Já não bastava, continuava ele, que seu filho andasse escondido por aí, sabe Deus se vivo ou morto? Era preciso arriscar também a vida de sua única filha? Será que mamãe não queria filhos para amparar sua velhice? Quem cuidaria deles no futuro?

Quando papai se encontrava neste estado de espírito obstinado e pessimista, mamãe sabia que era melhor não contrariá-lo. Então, restou-me apenas Sooji, meu ursinho de infância, para acalentar, enquanto observava os soldados pela janela do quarto. Cada vez que uma de suas armas disparava, o estrondo sacudia nossa casa, fazendo as janelas tremerem e a poeira subir.

Naquela noite, pela segunda vez, dormimos vestidos – ou tentamos dormir. Os sons da batalha pareciam chegar por todos os lados. Algum tempo depois, outras tropas, com jipes e até caminhões com esteiras de trator, passaram ao longe em nossa rua.

Às seis da manhã da terça-feira ouviu-se um grande alvoroço. Os soldados da artilharia vieram buscar água e nos avisaram que os alemães provavelmente começariam a responder ao fogo e que deveríamos tomar cuidado. Tinham razão. As bombas começaram a explodir no campo e, mais tarde, até perto de nós. Pela primeira vez, nos abrigamos no porão. O ataque não durou muito, mas abalou até mesmo a confiança da mamãe.

Não tivemos tempo para digerir os acontecimentos. Logo que os disparos cessaram, ouvimos um tumulto dentro de casa. Quando subimos, encontramos em nossa sala dois soldados que sustentavam um terceiro, cujo flanco ferido sangrava muito. Foi um choque ver esses três homens que, com suas fardas cobertas de terra, enormes mochilas e armas, as botas enlameadas, no meio de nossos melhores móveis, e um deles derramando sangue por todos os lados, pareciam encher o cômodo.

Acho que até aquele momento a guerra, a batalha de alguma forma tinham ficado do lado de fora, apartadas de nós. Agora, de repente, estavam na sala de nossa casa. Papai e eu os fitamos do umbral como que petrificados pela cena, mas mamãe não. Ela era maravilhosa nas crises, que despertavam seu melhor lado. Certa vez eu a vi cercar um oficial alemão que inspecionava nossa casa para ver se podia se alojar nela e lhe passar uma enorme descompostura (como se ele fosse um colegial malcriado) por se atrever a cruzar nossa porta sem limpar as botas nem tirar o quepe. Ele então resolveu nos privar da honra de sua presença, mandando em seu lugar um cabo que acabou indo morar na casa de ferramentas do jardim, dizendo estar mais confortável ali, onde não tinha de conviver com o desdém da mamãe. E naquele momento ela não hesitou nem um segundo.

"Geertrui", disse ela, "traga água morna e desinfetante." E para papai: "Barend, traga a caixa de primeiros-socorros." Enquanto nos orientava, foi arrumando as almofadas no sofá e, como quase não falava inglês, dizia "*Komen, komen*" e acenava para os soldados para que deitassem seu companheiro.

Quando voltei com a água, eles já tinham retirado todo o equipamento e a farda do soldado ferido, que, deitado no sofá, tinha o rosto contorcido pela dor. Mamãe, ajoelhada a seu lado, examinava o ferimento. Papai trouxera a caixa de primeiros-socorros e lutava para tirar as botas dele. O pobrezinho tinha no máximo a idade de meu irmão Henk, seu rosto estava coberto de poeira e suor, mas mesmo assim eu podia ver que estava pálido como um morto. Seus amigos falavam com ele em voz baixa, tentando reanimá-lo, e diziam-lhe que ele ficaria bem. Um deles acendeu um cigarro e segurou-o na boca do amigo ferido para que ele pudesse fumar sem usar as mãos. Ele tentava sorrir, mas seus olhos expressavam medo e ele tentava se esquivar à medida que mamãe cuidava dele. O ferimento era horrível.

Nos quatro anos de nossa ocupação, eu só vira soldados feridos depois dos ataques aéreos mais recentes, e mesmo assim de longe. De perto, era a primeira vez. E, o pior, dentro de nossa própria casa, de nossa sala de estar, onde até hoje só haviam estado educados convidados em suas roupas domingueiras, para festas de São Nicolau, aniversários e bodas de meus pais. Ocasiões alegres. Familiares. Comemorativas. Agora, aqui estava este homem tão jovem, o sangue dele encharcando o nosso sofá, sua dor enchendo silenciosamente o aposento, junto com suor, sujeira e o não familiar odor adocicado dos cigarros ingleses. Sentia tanta pena dele, ali deitado, desprotegido, que queria abraçá-lo e, como num passe de mágica, dissipar aquela dor e restituir--lhe o corpo saudável e ágil, tal como provavelmente fora menos de uma hora atrás. Foi também nesse momento que pela primeira vez se tornou nítido para mim o horror de tudo o que vinha acontecendo, e acontecendo conosco, ao longo de todos aqueles anos inclementes.

Mamãe levantou-se e disse: "Peça a um deles que venha conosco." Escolhi o que parecia ser o mais velho e lhe disse no meu melhor inglês que mamãe gostaria de falar com ele. Ele, papai e eu a acompanhamos até a cozinha. Ela queria que eu explicasse que a lesão era tão grave que ela nada poderia fazer. Mesmo não sendo médica, ela tinha certeza de que o pobre rapaz morreria se não recebesse o tratamento adequado logo. Quando traduzi suas palavras, o soldado assentiu. Agora que não precisava fingir bom humor por causa do companheiro, demonstrava cansaço e desânimo. Ele disse que seu amigo ferido se chamava Geordie, o outro, Norman, e ele, Ron. Tinham recebido ordens de vir à nossa casa e pedir para usá-la como posto de observação, pois dos cômodos do segundo andar era possível ter uma boa vista do campo e de nossa rua. Temiam que os alemães viessem por este lado. Mas foram pegos no tiroteio, e Geordie foi atingido por um estilhaço. Precisavam ficar em seu posto. Tudo o que ele podia fazer era enviar uma mensagem para a sua unidade pedindo a vinda de um enfermeiro.

Fazer um curativo no ferimento não bastaria, disse mamãe. Era preciso operá-lo. Papai concordou. "Ouvimos dizer que um hotel da aldeia foi transformado em hospital", disse ele. "Vocês precisam levá-lo até lá." Ron não sabia onde ficava o hotel, e eu lhe expliquei: no topo da colina, no centro do aldeia, a menos de um quilômetro. "Seria preciso Norm e eu para carregá-lo por essa distância", disse Ron. "Nós dois não podemos deixar o posto, nem mesmo por um soldado tão ferido."

"Então o rapaz vai morrer", disse mamãe, e eu traduzi para ele. "Tem de haver alguma coisa que possamos fazer."

"Podíamos levá-lo, papai e eu. Podíamos carregá-lo no carrinho de mão."

"Não", disse papai na mesma hora. "É muito perigoso."

Eu disse: "O tiroteiro cessou. E, de qualquer forma, estão mirando nos canhões. Nós estaríamos nos afastando deles. Estaremos a salvo, papai."

"Não", disse ele. "Eu vou sozinho. Você fica com sua mãe."

"Mamãe, fale com ele, por favor."

Ela olhou com firmeza para o papai e disse: "Geertrui está certa. São necessárias duas pessoas. Se não quer que ela vá com você, eu vou."

"Não, não", disse papai, já se alterando. "Não podemos deixá-la sozinha com os soldados. Não está certo. Não é prudente. Não vou permitir isso."

Mamãe tomou as mãos de papai nas suas e disse-lhe suavemente: "Pense bem, meu amor. Nós temos uma dívida para com essa gente. Vieram nos ajudar. Precisamos fazer o possível para ajudá-los. E pense em nossa filha. Não é natural que ela queira fazer a sua parte? Quando esse horror terminar, o que é que ela vai dizer? Que teve de ficar à parte, assistindo, enquanto os outros arriscavam a vida? Que, quando chegou a hora, ela foi proibida de ajudar? E é o certo, não é, levar esse pobre rapaz ao hospital? E se ele fosse o Henk?"

Assim como mamãe nunca conseguia se opor a papai quando ele exibia aquela sua determinação implacável, também papai não conseguia se opor a mamãe quando ela recorria àquela sua racionalidade amável. Ele costumava dizer que nunca teria chegado a nenhum lugar sem ela. Eram tão dedicados um ao outro que acho que jamais poderiam ter se separado. O maior medo de papai sempre fora perder mamãe. Em todos aqueles anos de ocupação ele sempre fora corajoso, mas, no momento em que a liberdade estava próxima (ou assim pensávamos), a coragem de repente parecia lhe faltar. Na época, fiquei surpresa e cheguei a pensar como ele era fraco, mas agora que estou velha e que já passei por tantas coisas, acho que o compreendo. Quando o sucesso parece estar a apenas um passo é que se toma consciência da fragilidade da existência humana e da infinita possibilidade, quase inevitabilidade, do fracasso. E isso faz qualquer um hesitar.

Papai ficou calado por um bom tempo e depois deu um suspiro. "Você tem razão", disse, enquanto tomava o rosto de mamãe entre as mãos e beijava-a tão delicada e intimamente que desviei o rosto. Ouvi papai dizer baixinho: "Só consegui suportar esses anos todos por sua causa. Não saberia viver sem você." Ao que ela murmurou, em resposta: "Isso não vai acontecer, meu amor."

Então as providências começaram a ser tomadas. O carrinho foi forrado com cobertores e almofadas para tornar a jornada de Geordie o mais confortável possível. Ron e Norman colocaram-no dentro do carrinho. Nós nos esforçamos para imprimir alguma alegria às despedidas e nos dirigimos, papai e eu, para Utrechtseweg e o Schoonoord.

No caminho, encontramos amigos que carregavam uns poucos pertences em trouxas. Haviam ouvido boatos de que a batalha da ponte não estava fácil para os britânicos e resolveram sair de casa. Achavam que a guerra chegaria à aldeia e que seus porões não ofereciam abrigo suficiente. Pouco depois, encontramos um grupo de pessoas com muitas bagagens, todos de Klingelbeekseweg, do outro lado dos trilhos, perto de Arnhem. Disseram que todos os moradores haviam sido expulsos por ordem dos alemães. Mas para onde iriam?, perguntavam. Tinham ouvido dizer ainda que quem morava em Benedendorpsweg, que estava do nosso lado do trilho, também havia sido evacuado. Papai dirigiu-me um olhar apreensivo. Ambos soubemos, sem trocar palavra, que as notícias eram péssimas, pois significavam que os alemães deviam estar forçando os britânicos da cidade a recuar em nossa direção. "Precisamos andar depressa", disse papai, "e voltar para a mamãe."

À medida que nos aproximávamos de Utrechtseweg, o estrondo das armas soava mais alto, vindo tanto do outro lado dos trilhos, a mais ou menos um quilômetro ao norte, como dos lados de Arnhem, a leste. Estávamos suados e sem fôlego não só em consequência do esforço de empurrar o carrinho, mas também do medo e do nervosismo. O pobre Geordie chacoalhava de um lado para o outro por causa da velocidade com que atravessávamos os paralelepípedos, mas acho que estava desmaiado, porque mantinha os olhos fechados e não emitia nem um pio.

Foi terrível avistar Schoonoord. A varanda onde sentávamos para tomar um cafezinho estava abarrotada de feridos sobre macas que aguardavam atendimento. Fiquei surpresa ao ver alguns soldados alemães entre os britânicos. Como é que os britânicos podiam ficar tão calmos ao lado deles?, pensei. Um deles até cedia um cigarro a um alemão. Fiquei assustada! Lá dentro, todos os quartos estavam lotados de homens sobre macas, colchões e até no chão. Eram tantos os feridos que o hotel em frente também havia sido ocupado. O cheiro de sangue, sujeira e suor era quase insuportável. Virou-me o estômago. As mulheres e até os meninos da aldeia estavam dando o melhor de si para ajudar. Avistei Meik e Joti, duas amigas de escola, dando banho nos feridos – Meik como sempre muito afobada e Joti procurando manter uma expressão animada. Os soldados, mesmo os que estavam sentindo dores terríveis, aparentavam uma calma e uma paciência extraordinárias. Um rapaz que parecia ter no máximo a minha idade tinha cinco buracos de bala no braço. Enquanto Hendrika, a filha do dono do hotel que era professora nos tempos de paz, dava banho no pobre coitado, vieram buscá-lo para a cirurgia. Ela o secou enquanto tentava transmitir-lhe algum ânimo.

Saí com Hendrika e mostrei-lhe onde papai e Geordie estavam. Ela logo o diagnosticou como caso urgente e chamou alguns rapazes, que o içaram numa maca e o levaram para dentro. Foi a última vez que o vimos. Depois da guerra ficamos sabendo que ele morrera naquele dia. Queria ficar e ajudar, mas papai disse não; tínhamos prometido à mamãe retornar imediatamente. Que raiva eu senti dele naquela hora! Acho que o teria desobedecido se Hendrika não dissesse que já tinham ajudantes suficientes, com exceção de enfermeiros treinados, coisa que eu não era, é claro. Até hoje acho que ela disse isso para me possibilitar uma partida sem culpa. Fomos embora empurrando nosso carrinho de mão vazio colina abaixo o mais rápido que podíamos, o som da luta já mais alto que na ida. Lembro-me do cheiro quente e amargo da pólvora, que parecia chamuscar o ar.

Em casa, mamãe preparara batatas com carne de porco fria ao molho de maçã para Ron e Norman, que estavam de vigia no andar de cima. Papai e eu comemos um prato dessa comida enquanto contávamos a ela o que havíamos presenciado. À tarde, soldados em fila voltavam da direção de Arnhem aparentando extremo cansaço. Um oficial apareceu à procura de Ron e Norman. Eles conversaram por alguns minutos no quarto da frente. Quando o oficial foi embora, Ron parecia triste, mas não nos disse muito. Apenas que as coisas não pareciam estar indo tão bem quanto esperavam. Mais soldados apareceram pedindo para beber água e tomar banho. É claro que os ajudamos. Depois, no entardecer gelado, ficamos do lado de fora, olhando para Nijmegen, ao sul, onde pudemos ver no céu o reflexo das chamas e ouvir os ruídos constantes dos canhões. Ron disse que se tratava do contingente principal lutando para chegar até nós. Há três noites sem dormir, ele e Norman estavam tão cansados que papai sugeriu que eu e ele ficássemos de vigia enquanto os dois dormiam um pouco. Ron disse que eles estariam perdidos se fossem pegos dormindo em serviço. Então papai sugeriu que eu ficasse com Ron enquanto Norman dormisse e que depois ele e Norman assumissem o posto para que Ron dormisse. Norman o convenceu de que isso era aceitável. Então, na primeira metade da noite, sentei-me ao lado de mamãe para vigiar pelas janelas dos fundos, enquanto Ron vigiava pelas da frente.

A pior fase começou na quarta-feira. Até então tinha sido a batalha de Arnhem. Agora era a batalha de Oosterbeek. Não sabíamos disso naquele momento, mas apenas um pequeno destacamento de cerca de mil homens chegara à ponte de Arnhem e resistia, apesar das circunstâncias extremamente desvantajosas. Os alemães haviam bloqueado o avanço do restante das tropas britânicas, uns oito mil soldados, e os estavam cercando em Oosterbeek, num retângulo delimitado pela parte oeste de nossa aldeia e a floresta além dela, pela linha do trem ao norte e pelo rio ao sul.

Pela manhã, os alemães começaram uma barragem de artilharia, e dessa vez nossa parte da aldeia não foi poupada. Todas as janelas se estilhaçaram, uma das chaminés foi atingida em cheio, balas se chocavam contra nossas paredes e caíam por toda parte. Abrigávamo-nos no porão sempre que isso acontecia. Logo, alguns soldados que foram instruídos a formar uma linha de defesa em nossa parte da aldeia juntaram-se a nós. Nos intervalos entre os bombardeios, eles cavavam trincheiras no fundo do quintal, mas pediram permissão para se abrigar em nosso porão assim que começassem os disparos, pois diziam preferir nossa companhia a uma trincheira solitária, sem qualquer resguardo contra um tiro certeiro ou um estilhaço perdido.

À noite, avistaram tanques alemães que avançavam em nossa direção e ordenaram que todos entrássemos no porão, levando água, comida e o que mais julgássemos necessário em caso de ficarmos sitiados. Contei 27 pessoas apertadas ali, sem espaço para deitar, enquanto lá em cima o mundo parecia desabar sobre nossas cabeças. Não tínhamos iluminação, exceto pelas velas, que eram muitas, já que cada soldado tinha recebido uma como parte do equipamento. A pior das adversidades, no entanto, foi não termos um banheiro propriamente dito, mas apenas um balde no depósito de carvão do porão. Eu detestava usá-lo e tentei não tomar água para não precisar ir ao banheiro, mas medo e ansiedade são grandes fabricantes de urina. No dia seguinte, papai foi buscar uma caixa de metal com tampa que havia guardado na casa de ferramentas do jardim. Arrumou um espaço para ela no depósito de carvão e pregou uma coberta na porta para nos assegurar um pouco de privacidade. Quando usássemos o balde, era só despejar os detritos na caixa, o que tornou a vida um pouco mais suportável.

Quem sofria ferimentos graves era levado para uma enfermaria, que agora fora instalada não muito longe. Quem tinha ferimentos leves ficava conosco, e mamãe e eu ajudávamos a limpar e a enfaixar as feridas. No final das contas, acabei mesmo me tornando uma enfermeira. No início eu tinha um pouco de nojo, mas descobri que a gente se acostuma depressa com as coisas terríveis quando não há escolha. E, por sorte, herdei de minha mãe sua visão prática da vida. Enquanto trabalhávamos, os soldados nos contavam coisas de sua terra natal, família, amigos e namoradas e nos mostravam fotos. A maioria deles era muito jovem, com 19 ou 20 anos, e acho que sentiam falta mesmo era de um colo de mãe.

Durante todo esse tempo o barulho ao nosso redor era contínuo e vinha de todas as direções, deixando-nos com os nervos à flor da pele. No começo eu fiquei com medo. Agora não. Acho que isso se devia ao bom humor dos soldados e ao fato de terem mais ou menos a minha idade. Para uma menina superprotegida e bem-criada como eu, ficar espremida contra aqueles homens estrangeiros, conversando sobre nossas vidas, comendo e dormindo ao lado deles e fazendo nossas necessidades mais íntimas tão próximos já era em si uma libertação. Uma a uma, minhas inibições foram caindo por terra. Apesar do mau cheiro, do barulho, da poeira subindo e do reboco caindo, cobrindo-nos com uma película de pó rosado sempre que uma bomba caía, eu sentia que o meu futuro estava conosco ali dentro daquele porão superpovoado.

Ocasionalmente havia uma trégua – "O 'Jerry'* vai tomar uns tragos para manter a sua coragem!", diziam os homens, e Norman começava a fazer uma imitação muito engraçada de Hitler. Então saíamos aos tropeções para o jardim, onde esticávamos nossos membros enferrujados e respirávamos um pouco de ar fresco, embora chamar aquele ar de "fresco" talvez não fosse muito realista. Algumas casas da rua estavam em chamas e outras tão destruídas que pareciam ruínas de demolição. O teto e as paredes de minha casa estavam esburacados, as chaminés haviam desaparecido e o segundo andar da ala da frente tinha sido arrancado a balas, deixando uma abertura por onde víamos o quarto de meus pais, com sua cama quebrada e os lençóis rasgados tremulando ao vento. Eu ficava envergonhada, como se meus pais tivessem aparecido em público só com roupas de baixo rasgadas.

"Agora sabemos o que é a guerra", disse mamãe.

Tentei me controlar, mas as lágrimas simplesmente jorraram quando vi nossa casa toda destruída. Ron, que estava conosco, não disse nada, mas passou o braço pelos meus ombros e deu-me um abraço reconfortante.

---

* Jerry – apelido pejorativo que os britânicos davam aos soldados alemães, em alusão a seu capacete, em forma de penico. "Jerry" é o nome popular usado pelos ingleses para se referir a penico. (N. da T.)

CARTÃO-POSTAL
Quando escrevo, consigo tornar tudo suportável;
minhas dores desaparecem,
minha coragem renasce.
Anne Frank

Ele estava começando a detestar aquele lugar. Sua chegada no dia anterior tinha sido embaraçosa. Sua visita à casa de Anne Frank, o evento mais aguardado por ele, havia sido um aborrecimento. Confundir um cara com uma menina tirara-o do sério. O assalto o deixara sem grana. Correr atrás do ladrão o deixara esgotado. Isso, mais a chuva, que ainda caía, deixaram-no encharcado. E mais esta agora: uma falsa caixa de fósforos, uma camisinha e uma mensagem.

A caixa não continha fósforos, a camisinha era vagabunda e a mensagem estava num idioma que ele não conhecia. Bem, não muito. Os números deviam ser de um telefone – o de Ton, ou seria outra pegadinha? *Niets* provavelmente significava *não*. Será que o *in* do holandês era igual ao *in* do inglês? *Amsterdam* ele sabia o que era e, pelo que aprendera a respeito dela até agora, preferiria não saber. Será que o *is* do holandês era igual ao *is* do inglês? Seria fácil demais, não? *Wat het lijkt?* Ah, que se dane! Não estava nem aí.

Por que ele sempre reagia às coisas quando já não adiantava? Por que é que nunca sabia se tinha gostado de algo até que estivesse tudo acabado, nunca sabia o que estava achando até que não fizesse mais diferença? O dia anterior, por exemplo. Assim que descobriu que havia problemas, ele devia ter dito obrigado e até logo e embarcado de volta para casa, mas só quando pôs a cabeça no travesseiro é que sentiu – sentiu *mesmo* – o tamanho de sua vergonha. E, pelo amor de Deus, como é que conseguiu *não* perceber que Ton era um garoto? Pensando bem, agora ele sabia que soubera o tempo todo. Pressentira, mas quisera a qualquer custo que Ton fosse menina e não se permitira *ver* que ele não era. A verdade é que tinha enganado a si mesmo. E, quando foi obrigado a ver que Ton não era o que queria que ele fosse, não soube como reagir, o que dizer nem o que fazer – simplesmente ficou lá parado como um idiota.

Talvez seu pai tivesse razão e ele fosse mesmo um frouxo de nascença. Passou os minutos seguintes imerso num ataque de autodepreciação, estado de espírito estimulado pela chuva. Hamlet estava absolutamente certo. Eram enfadonhas, rançosas, vãs e improdutivas todas as práticas deste mundo. Ele próprio estava sujo. Quem sabe ele devesse se livrar do invólucro mortal. Não com a ponta de um punhal, é claro, mas de maneira mais condizente com os dias de hoje. Com uma *overdose* de *ecstasy* ou inalando o gás do escapamento de um carro – o de seu pai, naturalmente.

Depois de ruminar essas ideias por algum tempo, ele concluiu para si mesmo que não passava de uma inconfundível pilha de bosta fedorenta (acrescentando muitos outros requintados insultos extraídos de seu extenso vocabulário), mas tais pensamentos só serviam para provar que ele era realmente um frouxo, palerma e *nerd* e que, portanto, tinha excelentes motivos para sentir aquela autopiedade suicida. E assim o círculo se fechava, e sua melancolia, autoalimentada, tornava-se autossustentável.

Quando esse humor se apossava dele em casa, duas pessoas costumavam ajudá-lo a sair do círculo vicioso. Uma era Anne Frank. Ler o *Diário* dela sempre o reanimava, mas ele estava sem o seu exemplar agora, o que era até bom, já que também teria sido roubado, e ele tinha certeza de que não suportaria mais essa perda. A outra era sua avó. Sarah o convencera de que esses ataques que ela chamava de humores de rato não eram culpa dele, nem uma falha intrínseca pela qual devesse se censurar, como sempre fazia quando os surtos terminavam, mas tratavam-se simplesmente de dores de crescimento, aflições de adolescente, como ter miopia ou rinite alérgica, como um acidente sofrido ao nascer ou ao longo da vida e com o qual a pessoa precisa aprender a conviver.

Sentado em seu refúgio, ele olhava para o nada, sentindo-se como o rato que espiava de sua toca naquele episódio que ele gostaria de esquecer, o que fornecera o nome que Sarah dava a seus ataques. Aquela lembrança vinha acompanhada de um sonho recorrente que ele tivera novamente na noite passada; então, era de esperar que hoje ele tivesse um ataque dos humores de rato. Além desse papel de mensageiro das trevas, o sonho também o incomodava porque ele tinha a sensação de que lhe transmitia alguma informação vital sobre si mesmo que ele precisava compreender, mas a respeito da qual não conseguia atinar. Mesmo quando estava de bom humor, alegre, com o coração leve, a lembrança do sonho invadia sua mente sem motivo e ocupava seus pensamentos com essa charada.

Exatamente como fazia agora, enquanto ele esperava a chuva parar.

Numa noite depois que fora morar com sua querida avó, Jacob avistou um camundongo desfilando pelo assoalho de tacos. Sarah gritou e encolheu os pés, colocando-os sobre a poltrona. Embora não fosse nem um pouco fresca, tinha uma incontrolável fobia de ratos, associando-os desde criança a imundície e doença, temendo seus movimentos abruptos e imprevisíveis e sendo vergonhosamente incapaz de sequer conceber a possibilidade de tocá-los ou, pior, de eles tocarem-na. Nesse aspecto, como em muitos outros, Jacob era igualzinho à avó. Sua reação foi pular e perseguir o macio e assustado bichinho, que disparou a correr, enquanto ele praguejava e tentava acertá-lo com o livro que estava lendo. (Que reações mais estereotipadas e ridículas, dissera Sarah depois, a mulher encolher as pernas e subir numa cadeira para escapar e o homem xingar feito louco e contra-atacar, saindo no encalço do inimigo.)

Tão assustado com eles quanto eles tinham ficado consigo, o camundongo girou nas patinhas e se meteu no primeiro esconderijo seguro que viu, um espaço estreitíssimo entre o fundo de uma estante e a parede na qual ela não encostava direito.

Silêncio. "O que o rato está fazendo?", perguntou Sarah. De uma distância segura, Jacob se curvou e tentou enxergar. Escuro demais para isso. "Pegue uma lanterna", sugeriu Sarah.

Usando a lanterna e apertando a bochecha contra o chão para poder enxergar a fresta, Jacob viu o ratinho marrom-acinzentado amarrotado contra o fundo, olhando para fora, as grandes orelhas quase transparentes, os olhos imensos e pretos, as patas tão rosadas e semelhantes a mãos quanto as de um macaco. Sentado no traseiro, ofegante (ah, o pânico naquele coraçãozinho!), alisando seus bigodes, o camundongo fitava Jacob.

"É só um rato-do-mato", disse ele. "Não me importa de que tipo seja", disse Sarah. "Não o quero aqui e, se é um rato-do-mato, está no lugar errado. Vamos ter de nos livrar dele, senão não vou conseguir pregar o olho à noite." "Se usar uma vareta, eu talvez consiga pegá-lo, embrulhá-lo numa toalha e levá-lo lá para fora", disse Jacob.

O único objeto adequado que encontrou na hora foi uma vassoura felpuda com cabo fino de bambu, que era flexível suficiente para entrar no vão. Mesmo assim, o cabo só passava rente ao chão e entrava e saía como um pistão.

Jacob não gostava de pensar no que aconteceu depois. Em vez de expulsar o rato, cutucou-o forte demais. Dias depois sua mão ainda sentia o gesto responsável pela perfuração fatal.

O sonho apareceu pela primeira vez algumas noites depois. Ele não estava infeliz na época, nem se tratava de um sonho propriamente dito, mas do final de um sonho maior, o restante do qual ele nem conseguia lembrar até aquele momento, em que:

Ele está conversando, não sabe com quem ou sobre o quê, mas está bem alegre. Está num espaço confinado e mal iluminado, talvez uma despensa grande: não há janelas. Enquanto fala, ele vê pelo canto dos olhos, à direita, numa prateleira larga e vazia que fica na altura de seu peito, um pacote que parecia um caroço marrom-escuro pouco menor que um punho humano. Ele vira o rosto para olhá-la diretamente e depois a cutuca com um instrumento metálico curto e fino, que termina num aro em forma de lábio superior que agora percebe estar segurando com a mão direita. Assim que encosta no pacote, ele se desmancha, transformando-se em dois grandes ratos, quase do tamanho de coelhos. Um se deita de costas, pernas desconjuntadas como as de um cão pedindo carinho, a barriga coberta aqui e ali por uma penugem acinzentada. Sua atenção, no entanto, se concentra no outro rato, que rolou para o lado e enovelou-se, ficando em posição fetal, as patas escondendo a cabeça. Sem fazer o mínimo movimento. Será que está vivo? Ele o cutuca com a ponta de seu instrumento metálico. Nada. Ele o cutuca na lateral da cabeça. De repente, não é mais um rato e sim uma criança, com uma cabeça enorme e desproporcional e um rosto perturbador. Então ele desfere um golpe mais forte, desta vez na têmpora. A criança geme, mas não abre os olhos. Ele a cutuca de novo, e a cada vez com uma força deliberadamente maior que sente vir da mão, do braço e do bíceps. Entre os golpes, ele perscruta a reação da criança. Após cada pancada, o menino geme de dor e incômodo. Já cresceu e está quase do tamanho de Jacob. É como se o menino se aproximasse sem que nenhum dos dois se mexesse. Como num filme, cada tomada é mais ampliada que a anterior. Após a quarta ou quinta investida, uma ferida aparece na testa da criança e o sangue jorra, rubro e grosso, mas não em grande quantidade. Não se esparrama nem escorre pela cara dele, coagulando num losango brilhante em sua testa. Excitado com a visão do sangue, Jacob bate nele ainda mais forte. E mais forte. Mas agora está pensando consigo mesmo, entre as pancadas: *O que estou fazendo? Não devia estar fazendo isso! Por que estou fazendo isso? Não quero fazer isso!* Mas continua batendo, batendo, batendo até que o garoto esteja num *close* tão próximo que a única parte dele que Jacob vê é a sua cabeça machucada. E os gemidos sofridos que a criança emite depois de cada golpe são cada vez mais perturbadores, piores do que se estivesse berrando. Ainda assim, a criança mantém os olhos fechados o tempo todo, como se estivesse dormindo.

Então os olhos se abrem, e Jacob percebe que a criança é ele mesmo.

CARTÃO-POSTAL

Velhos ou jovens,
estamos todos em nossa última viagem.
R. L. Stevenson

"Is er iets? Kan ik je helpen?"
Do pé da escada, uma senhora dirigia-se a ele. Rosto redondo e olhos doces, casaco verde longo e reto, guarda-chuva azul-celeste protegendo da chuva seus cabelos grisalhos e amassados amarrados num coque, sacola de tecido vazia na outra mão.
"Voel je je niet goed?"
"Como?"
"Inglês?"
Ele fez que sim com a cabeça.
"Você está bem?"
Ele fez que sim novamente, encolheu os ombros e, pensando que ela insinuara que ele não devia ficar ali, pôs-se de pé. "Estou impedindo a sua passagem?"
"Não, não."
"Estou só me protegendo da chuva."
"Você parece triste."
"Estou bem. É que, bem... fui roubado."
"*Och*! Você está machucado?"
"Não. Só chateado. Mais bravo."
"O que eles levaram?"
"Casaco. Dinheiro. Tudo, para falar a verdade."
"Ah, meu Deus!"
Ele começou a descer os degraus, mas parou no antepenúltimo quando a mulher disse: "Posso ajudar?"
Ele pensou na pergunta que planejava fazer na casa de Anne Frank e disse: "Se a senhora tiver uma lista telefônica...?"
"Tenho."

"A casa em que estou hospedado fica em Haarlem, mas meu bilhete de trem estava no casaco. Então... Bem, me deram o endereço e o telefone do filho deles, que mora em Amsterdam. Isto também estava no meu casaco... Mas ele deve estar na lista..."
"Eu vou procurar. Qual é o nome dele?"
"Van Riet. Daan van Riet. Acho que mora perto da estação de trem."
"Van Riet. Perto da estação. Vou procurar."
"Obrigado."
"Espere aqui, por favor."

Em vez de passar por ele e entrar pela porta, como era esperado, ela virou as costas e aparentemente foi embora pela rua. Jacob desceu para a calçada e, enquanto imaginava para onde ela estaria indo, pôde ver apenas o seu traseiro redondo desaparecer sob os tentáculos de hera pendentes e as rosas desgrenhadas que, junto a numerosos vasos de flores vermelhas e brancas, emolduravam as janelas do porão. Ela descera ao porão por uma das janelas, que ele agora entendia ser também uma porta protegida por uma grade de ferro que se abria para fora. Ele pensou que isso se parecia com a entrada de uma gruta particular ou de uma caverna mágica.

Logo depois ela reapareceu, espiando do andar superior.

"*Hallo!*", ela gritou. Então, viu Jacob procurando por ela atrás da folhagem espessa: "Olha você aí!" Ela segurava a lista telefônica aberta. "Muitos Van Riets. Mas um deles começa com D e mora próximo à estação, em Oudezijds Kolk." Para Jacob, o nome soou como um monte de vogais mastigadas e consoantes chiadas. "Vou tentar esse número", continuou ela. "Aguarde aqui na escada. Você está todo molhado."

Estava mesmo, embora a chuva estivesse diminuindo e o céu se abrisse. Estava curioso para ver melhor aquela casa subterrânea, mas fez o que ela pediu e voltou ao pórtico.

Enquanto esperava, um vistoso barco turístico branco com piso de vidro e a palavra "Lovers" impressa no casco em letras garrafais passou flutuando pelo canal, meio cheio de turistas boquiabertos sentados em grupos de quatro em mesinhas, alguns com máquinas fotográficas ou filmadoras na frente da cara como focinhos farejadores. Videoporcos fuçando à procura de comida, pensou ele. Sentada sozinha no fundo, uma bela negra com *dreadlocks* nos cabelos e mais ou menos de sua idade, a mão protegendo a vista, olhou diretamente para ele até o barco quase sumir de vista. Então, ela inesperadamente abriu um sorriso radiante e deu um tchauzinho. Ele respondeu ao cumprimento e ficou instantaneamente mais feliz.

A chuva parou.

Um rapaz de pernas muito longas, queimado de sol, usando um minúsculo *short* branco ostensivamente justo e camisa rosa, passou pedalando. Trazia na cestinha da bicicleta um pequeno cão *pug* que, com as orelhas pelo avesso e os dentes arreganhados, ia de encontro ao vento.

Um Alfa Romeo vermelho cruzou a pista oposta em alta velocidade, fazendo ecoar seu ruído arrogante pelo canal.

Com a sacola de tecido vazia numa das mãos, mas sem o guarda-chuva, a mulher finalmente retornou ao início dos degraus.

"Ninguém atende. Tentei três vezes."

"Obrigado."

"Anotei o telefone e o endereço." Entregou-lhe um pedaço de papel.

"Bondade sua."

Sem saber o que dizer, ele olhou para o outro lado. Queria ajuda, mas não queria abusar da boa vontade dela. Esse era o típico silêncio constrangedor que se instala quando um desconhecido tenta ajudar o outro e não consegue, ficando os dois com uma certa culpa e irritação.

Ele decidiu continuar andando até a casa de Anne Frank, mas antes que pudesse dar um passo a senhora disse: "Não é bom você ficar aí. Antes de fazer compras vou tomar um lanche. Quer vir comigo? Podemos tentar de novo quando chegarmos ao café."

Ele não teve como negar e aceitou o convite.

"Qual é o seu nome?"
"Jacob. Jacob Todd."
"Pode me chamar de Alma."
Ele concordou, sorrindo.

Estavam sentados um diante do outro numa mesa do mezanino do Café Panini, que ficava numa rua larga cortada por bondes que Jacob reconheceu como parte de seu trajeto na perseguição ao Boné Vermelho. Cafés e *croissants* quentes foram trazidos por uma garçonete jovem e robusta, cabelos bem curtos tingidos com *henna*, cara branca, lábios pintados de roxo, camiseta branca ajustada aos seios pequenos, minissaia de couro preto, meia-calça preta e botas Dr. Martens. Pelo jeito como ela e Alma tagarelavam, era óbvio que se conheciam e conversavam sobre ele. Quando se afastou, ela sorriu para Jacob de um jeito maroto que melhorou seu humor ainda mais que o aceno da moça do barco.

"Ela estuda", disse Alma, satisfeita com a prosa. "Trabalha aqui para pagar os estudos. Agora, é melhor tomarmos o café primeiro para depois tentarmos falar com Van Riet. Se ele estiver em casa, mostro o caminho pra você. Senão... bem, depois vemos o que fazer. Concorda?"

"Concordo", disse Jacob no mesmo tom animado dela.

Relaxou os ombros dentro da camisa pegajosa e atacou seu *croissant* com um apetite gigantesco. Então, notando a delicadeza com que Alma bebericava o café e como o observava atentamente, fabricou-lhe o melhor dos sorrisos, tomou um gole civilizado de seu café agradavelmente quente e disse: "Obrigado pelo lanche. Está muito gostoso."

"Venho aqui todos os dias de manhã. Tomar café, ler os jornais e conversar com os conhecidos. É um bom lugar para conhecer gente interessante. Muito popular entre escritores, atores e músicos. Quando você é velho e vive sozinho, como eu, é importante manter contato."

Jacob olhou à sua volta. Apenas um par de homens gordurentos de meia-idade sentados sozinhos, fumando e lendo os jornais. Mesas de fórmica nos comportados tons de azul, verde, amarelo e laranja. Cadeiras metálicas pretas. Tubos amarelos e grossos no teto pintado de amarelo. Quadros originais nas paredes pastéis: gravuras, pinturas de cavalos. A parede a seu lado tinha um espelho do chão ao teto que refletia a sua imagem, a de Alma e as mesas do outro lado. Seria a versão de *designer* italiano de uma lanchonete de trabalhadores? Pretensão de afirmar, ou de fingir mesmo, que era antiburguês e antichique?

"E você?", perguntou Alma. "Está de férias?"

"Mais ou menos. Meu avô se feriu na Batalha de Arnhem. Algumas pessoas daqui cuidaram dele, mas ele morreu. Vou visitar o túmulo dele no cemitério da batalha."

"Você já tinha vindo à Holanda?"

"Não. Bem, vim uma vez com meus pais quando era bebê, mas não me lembro."

"E com quem você vai ficar em Haarlem?"

"Com a família da mulher que cuidou de meu avô. Ela e minha avó mantiveram contato. Na verdade, era para a minha avó ter vindo, mas ela não pôde. Caiu e quebrou a bacia."

"Que pena. Você vai à cerimônia da batalha, domingo que vem?"

"Minha avó acha que eu devo ir." Deu de ombros. "Meu nome é Jacob em homenagem ao meu avô."

Lembrando-se de casa, ele ficou repentinamente retraído e não quis mais falar sobre aquilo. Grudou migalhas de *croissant* nas pontas dos dedos e lambeu-as.

"Coma o meu", disse Alma, passando-lhe o prato. "Não estou com fome." Esperou que ele fizesse os agradecimentos usuais antes de perguntar: "E como você foi assaltado?"

"Eu estava bebendo na... Leidseplein?"

Ela disse, ele repetiu, e ela riu. "Melhorou!"

"Bem, nesse lugar aí!" Riram da incompetência dele. "Eu tinha pendurado o casaco no encosto da cadeira. De repente ele passou voando por mim! Corri atrás do cara que o roubou. Era só um garoto, na verdade. Bem, da minha idade, mais ou menos. Estava de boné vermelho. Com a aba para trás, é claro!"

"É claro!"

"Ele correu pra cá e pra lá, subiu por um canal e desceu por outro, correu por uma rua, atravessou outra, até que me vi completamente perdido. Persegui-o por esta rua, aliás. Lembro daquela ponte logo ali."

"Vijzelgracht."

"É... se é você quem diz."

Alma sorriu, complacente. "Você tem de se esforçar."

"Eu vou. Prometo!" Talvez fosse o café que o deixara atrevido, ou o alívio que sentia agora, mas via que Alma também estava se divertindo. "Não consegui pegá-lo. Eu não sou um grande corredor e ele era muito rápido. Mas o estranho era que ele queria que eu o perseguisse."

"O que lhe deu essa impressão?"

"Algumas vezes ele esperava eu chegar bem perto antes de sair em disparada novamente. Por que fazia isso? Se eu fosse ele, tentaria escapar o mais rápido possível para não ser reconhecido depois."

"Talvez pela diversão."

"Diversão?"

"Ao que parece, ele é um ladrão profissional, não alguém que faz isso por desespero, por dinheiro ou drogas, que é o motivo da maioria dos assaltos em Amsterdam. E há muitos assaltos, infelizmente. Em todas as cidades do mundo, dizem. Mas se você rouba as pessoas, digamos, profissionalmente, deve acabar ficando... *vervelend*... tedioso?"

"Chato?"

"Exatamente. Chato. Todo emprego tem seus momentos chatos. Até o de ladrão. Participar de uma boa perseguição, dar margem a ser pego, dá um gostinho a mais. E talvez ele tenha gostado de você. Considerado você um adversário à altura. Você deve tomar isso como um elogio."

"Ah, obrigado! Belo elogio, levar tudo o que eu tinha."

"E depois usá-lo como isca para um jogo de gato e rato."

Ele riu. "Seu inglês é muito bom!"

"Vocês, ingleses! Sempre impressionados com quem fala mais de um idioma."

"Meu francês mal dá para o gasto."

"As pessoas aprendem de acordo com suas necessidades. Os ingleses sempre se viram porque sua língua é internacional. Nós, holandeses, temos um idioma que é minoria em meio a países com idiomas importantes. E somos historicamente um povo comerciante. Precisamos falar a língua dos outros povos para sobreviver."

"Ainda assim, eu bem que gostaria..."

"É só questão de se aplicar. Se você morasse uns tempos no interior, ficaria mais fácil."

"Talvez eu faça isso. Quero fazer alguma coisa entre a escola e seja lá o que fizer depois."

"Você não sabe?"

"O que eu quero fazer? Ainda não."

Alma tomou um gole do café. "Ainda estou pensando no seu ladrão. Talvez, na cabeça dele, ele não estivesse roubando."

"O quê, então?"

"Ele transformou aquilo em um jogo, uma competição. Ele lhe deu uma chance. Ele ganhou. Então ficou com o prêmio."

"Ei, de que lado você está?" Embora pretendesse brincar, sua voz soou magoada.

"Do seu, eu acho. Você não?"

Ele sentiu um sinal de desforra.

"Desculpe. Não quis ser ingrato."

"Eu entendo. Foi um choque ou algo parecido. Eu só quis dizer que você não se machucou. Perdeu alguns trocados e outras coisas de pouco valor. Saiu com o orgulho ferido, mas será que isso é tão importante? Vou ajudá-lo a voltar para os seus amigos, e depois tudo voltará ao normal, e logo o que aconteceu será apenas mais uma boa história para contar. E o garoto que roubou suas coisas? O que você quer saber sobre ele? Que vida ele leva? Quem zela por ele?"

"Parece que você o teria ajudado assim como está me ajudando, se fosse ele que estivesse lá no pé da escada."

"Imagino que ele seja um menino de rua que sobreviva da própria esperteza. Você tinha algo que valia a pena roubar; ele provavelmente não tem nada. Por que eu ajudaria você e não a ele?"

"Você é igual à minha avó. Ela sempre vê o outro lado."

"Isso é tão ruim assim?"

"Não. Só um pouco irritante quando você está do lado mais fraco."

"Eu não quis lhe passar um sermão. É uma falha dos mais velhos."

"Você não é. Se estivéssemos falando de outra pessoa, eu concordaria."

"É bem mais fácil ser sensato quando você é só um observador. Gostaria de outro café?"

Quando ele hesitou, ela acrescentou: "Geralmente tomo dois."

Depois de pedir, ela disse: "Eu me lembro da guerra, sabe? Da ocupação. Especialmente do último inverno antes da libertação. Nós o chamamos de *de hongerwinter*. Foi um horror. A escassez de comida era total. E de combustível para as lareiras. As pessoas queimavam seus móveis, qualquer madeira das casas – portas, painéis, tábuas do piso. Não tínhamos nada. Os próprios soldados alemães passavam fome. Então, às vezes perdiam a compostura. Já não aguentavam mais. Nos primeiros anos da ocupação, pelo menos onde eu vivia aqui em Amsterdam, podia andar desacompanhada sem medo deles. Eu era jovem, tinha uns 18, 19 anos, mas não tinha medo. Não gostava deles. Na verdade, eu os odiava. Mas eles eram bastante rígidos quanto à boa conduta em relação a nós. Hoje em dia as pessoas se esquecem disso. A não ser que você fosse judeu, é claro. Para eles, era sempre terrível. O que fizeram com eles..." Ela levantou uma das mãos da mesa e a deixou cair. "Imperdoável."

Ficou em silêncio por alguns instantes, recompondo-se.

"Mas o que eu queria lhe contar era que, mesmo passando por tantas provações no final, estávamos todos no mesmo barco. Hoje em dia não é mais assim. A maior parte das pessoas que vivem no seu país e no meu está vivendo bem melhor do que vivíamos naquela época e, mesmo assim, permitimos que um grande número de nossos jovens não tenha onde morar. Abandonados, eles vão viver nas ruas. Até aqui na Holanda, onde nos orgulhamos de cuidar de nossas crianças, isso tem acontecido cada vez mais. Vejo-os pedindo esmola, sentados sob as marquises, como se fossem sacos de lixo. Dizem que não se pode dar dinheiro, que são perigosos, que isso só os incentiva a continuarem pedindo e que gastam tudo com drogas. Mas eu não quero nem saber. Se puder, eu ajudo. Não a todos, porque são muitos. Aqueles que eu acredito que podem melhorar."

"Mas quais? Como você pode saber?"

"Um palpite. Usando minha intuição."

Comovido e também um pouco constrangido pela paixão que o assunto despertava nela, pelo rubor que lhe tingia a face alva, pelo presságio de lágrima nos olhos azuis embaçados, pelo tremor de raiva em sua voz, Jacob tinha certeza de que ela teria continuado, mas o café chegou. Alma suspirou, conteve-se, tomou o café e voltou a ser a pessoa calma e segura de antes, mas ele sabia que havia entrevisto a jovem impetuosa que aquela senhora fora um dia e pensou que teria gostado de conhecê-la se tivesse vivido naquela época. Como gostava agora.

Imaginando como ela deveria ter sido quando jovem e como era agora, ele disse: "Sei um pouco sobre Amsterdam durante a guerra porque li *O diário de Anne Frank*, que é praticamente o meu livro preferido. Bem, na verdade, *é* o meu livro preferido."

"Então você deve ir visitar o anexo secreto onde ela esteve escondida e escreveu o diário. É pertinho daqui."

"Sim, eu sei." Não quis lhe contar sobre sua visita naquela manhã. "No diário, Anne diz que a adolescência é mais solitária do que a velhice. Será que é verdade?"

"Nunca pensei nisso. Você acha que é?"

"Como eu saberia? Nunca fui velho."

"Nem a Anne. Então, como é que ela saberia?"

Ele sorriu. "Também fiquei pensando nisso, mas ela diz muitas coisas que me fazem pensar em como é que ela podia saber."

"Você sente solidão?"

Ele hesitou, não gostando do rumo que a conversa tomava, mas resolveu arriscar e disse: "Sim."

"Eu li o livro há muito tempo e me esqueci. Ela diz por que acha que a adolescência é mais solitária do que a velhice?"

"Eu sei de cor o que ela diz. É um dos meus trechos laranja. Quer ouvir?"

"Um dos seus trechos laranja?"

"Sempre que leio o livro, marco os trechos de que gosto muito em laranja. Parece meio idiota, eu sei."

"Nem um pouco. Eu não sou tão colorida. Quando marco trechos em meus livros, sempre uso um lápis. E você usa laranja...?"

"Porque é..."

"A cor nacional da Holanda."

"Sim!"

"É claro!"

Riram juntos de novo.

"Então você gosta de ler, hein?", disse Alma.

"Bastante. Eu moro com a minha avó."

"Aquela que deveria ter vindo?"

"Sim. Sarah. Ela lê o tempo todo. Me passou o vírus."

"Você tem sorte. Então, recite para mim o trecho sobre a velhice. Afinal, tenho um interesse pessoal por este assunto."

Jacob parou um momento para checar a sua memória antes de dizer: "Certo. É assim: '*Porque em suas profundezas mais recônditas, a juventude é mais solitária do que a velhice.*' Li esta frase em algum livro e nunca mais me esqueci dela, e descobri que era verdade. É verdade, então, que os adultos passam mais apuros do que nós? Não. Sei que não. Os mais velhos já têm opinião formada sobre tudo, e não hesitam antes de agir. É duplamente mais difícil para nós, jovens, sustentar nossas posições e manter nossas opiniões numa época em que todos os ideais estão sendo estraçalhados e destruídos, em que as pessoas estão mostrando o pior de si e não sabem se acreditam na verdade, no que é certo e em Deus.'"

Alma o escutara com a cabeça baixa, voltada para a xícara, quase como se estivesse ouvindo uma oração, e ficou quieta por um momento antes de murmurar: "Ela estava escrevendo durante a guerra, quando tudo era terrível."

"Eu sei." Jacob inclinou o corpo para a frente, cotovelos sobre a mesa, e falou para que só ela ouvisse. "Eu sei que agora não é tão ruim, mas em alguns aspectos ainda não melhorou muito, né? Tem a Bósnia, partes da África, Camboja, outros lugares, poluição nuclear, drogas, aids, os meninos de rua. E isso é só uma amostra."

"Isso também me perturba."

"E ainda existe preconceito racial, não é? Em todo lugar. Me parece que ainda existem muitos nazistas por aí. Pessoas mostrando o seu pior lado."

"Todos os dias o noticiário está cheio disso."

"Olhe, a Anne está falando de ideais. Mas que ideais nos restam para acreditar? E quem ainda sabe o que é verdade?"

Alma levantou os olhos, avaliando-o, antes de dizer com firmeza: "Você tem de conhecer a sua própria verdade e segui-la à risca. E nunca cair em desespero. Nunca desistir. Sempre existe esperança." Então, como se notasse o seu tom solene, ela sorriu, deu de ombros e acrescentou: "Isso eu aprendi durante a guerra."

Jacob assentiu. "Então a Anne está certa?"

"Eu não estou bem certa. Você tem, sim, mais em que se apoiar quando fica velho. Mais experiência. Isso ajuda."

Antes que pudesse impedir a si mesmo, Jacob disse: "E menos tempo para viver."

Ela deu-lhe um olhar duro. "É verdade, mas nem por um segundo pense que isso facilita a vida." Ela terminou seu café. "Ainda assim, na minha opinião, as pessoas são boas, em sua maioria."

E ele lembrou na hora: "'Apesar de tudo, eu ainda acredito que as pessoas tenham bom coração. Sinto o sofrimento de milhões de pessoas e, ainda assim, acho que tudo vai dar certo, que essa crueldade também há de terminar.'"

"Anne Frank de novo?"

Ele assentiu.

"Você adora esse livro, hein?"

"Para falar a verdade, acho que estou apaixonado pela própria Anne."

Surpreso com sua confissão não intencional, recostou-se, engoliu seu café, alisou suas coxas, concentrou-se em seus dedos dos pés que batucavam ágeis no piso e em seu rosto que corava. Dando uma gargalhada para encobrir a confusão, ele disse: "Na verdade, sinto como se a conhecesse melhor do que qualquer outra pessoa. Quer dizer, melhor do que qualquer parente ou amigo meu."

"E o que você ama nela?"

"Um pouco de tudo. Para começar, ela é engraçada. Muito inteligente. E leva as coisas a sério."

"Mas do que você mais gosta?"

Empurrando a cadeira para trás até se equilibrar nos pés de trás, ele ponderou a questão antes de dizer: "A honestidade dela. Sobre si mesma. Sobre os outros. Ela quer saber de tudo. E consegue ver através de tudo. É uma pensadora. Tinha 15 anos quando... a levaram." Ele sempre tinha dificuldade de controlar suas emoções quando pensava em Anne sendo arrastada e em sua vida torturada, sua morte horrível no inferno dos campos de concentração. Apoiou as quatro pernas da cadeira no chão, seus olhos fixos nas mãos contraídas sobre a mesa à sua frente. "Só 15, e já sabia mais sobre si e os outros do que eu, que tenho 17. Mesmo que ela estivesse fechada naqueles..." Ele não conseguia pensar na palavra apropriada para o que sentira naquela manhã "... naqueles cubículos". Bateu na mesa com as mãos contraídas. "Ela era tão valente... E realmente sabia o que queria da vida. Eu queria ter essa coragem. E queria me conhecer bem como ela."

Parou, pensando bem antes de continuar: "Não sei como dizer isso, mas... Não é o que ela diz que importa tanto. Eu gosto é da maneira como ela pensa. E não é só o pensamento dela. É mais do que isso. Sempre me sinto mais eu mesmo, me sinto melhor comigo mesmo, sabe, quando estou com ela... Quando estou lendo o que ela escreveu... Eu sei que não estou com ela *de verdade*. Eu sei que ela é só palavras num livro."

Olhou para Alma angustiado.

"Nunca tinha dito isso a ninguém."

"Você está longe de casa, num país estrangeiro, acabou de levar um susto, eu sou uma desconhecida simpática. Não é de estranhar."

"Mas você deve pensar que eu sou maluco por gostar de uma menina que só existe no livro."

"Tem gente que diz que se apaixonar é um tipo de loucura, sempre que acontece. Se isso é verdade, tudo o que posso dizer é que é melhor ser louco do que são."

Riram com a cumplicidade de amigos que dividem um segredo.

"*Nog koffie?*", perguntou a garçonete ao passar pela mesa deles. O café agora estava mais cheio.

"*Nee, dank je*", respondeu Alma, apoiando-se para se levantar. Depois disse para Jacob: "É melhor telefonar de novo."

"*Gelukt!*", ela disse quando voltou. "Ele estava em casa e vai esperar por você. Agora vou colocá-lo em um bonde que vai para a estação. Pode ficar com o meu *strippenkaart* para pagar a passagem. Só tem mais duas viagens, de modo que não estou sendo generosa demais. Você conhece a estação porque chegou por ela de manhã. O ponto final do bonde é lá. Quando descer, olhe para o outro lado da praça, à esquerda. Verá uma igreja grande, mais alta que os outros prédios. Ande em direção a ela, atravesse a rua em frente ao canal e desça a ruazinha atrás da igreja. Há um canal estreito entre a rua e a igreja. O endereço está no papel que eu lhe dei, e aqui estão cinco florins caso precise telefonar de novo. Mas eu acho que você estará bem agora."

"Você foi muito, muito gentil."

"Gostei de conhecer você. Você fez por merecer!"

Ele mostrou as moedas. "Vou devolver o dinheiro depois."

"Não, não. Pense que você é um dos meus meninos de rua."

Ao colocar o dinheiro no bolso, ele encontrou a caixa de fósforos. Mostrou-a para ela.

"Alguém me deu isso pouco antes de me roubarem. Veja o que está escrito dentro dela."

Alma deu uma gargalhada bem alta e exclamou: "*Dat kun je in Amsterdam verwachten!*"

"As palavras que ele escreveu, o que querem dizer?"

"Esteja pronto" você entendeu, é claro. Talvez "esteja preparado" fosse uma forma mais elegante. *Niets in Amsterdam is wat het lijkt.* "'Esteja preparado. Nada em Amsterdam é o que parece ser.'"

"Entendi." Jacob colocou a caixinha no bolso outra vez pensando que, no caso de Ton, a frase certamente se aplicava.

"Agora vamos embora."

"Tenho tempo para ir ao banheiro?"

"Claro. Vou pagar a *rekening*."

Quando o bonde amarelo apareceu, rolando até eles como uma centopeia de patins, Alma disse: "Para não ficar por baixo, também escrevi alguma coisa para você." E entregou a Jacob um guardanapo de papel do café dobrado num pequeno quadrado. "Agora, *dag hoor*, até mais. Espero que o restante de sua estadia na Holanda seja agradável e sem assaltos."

Ela estendeu a mão, que Jacob acolheu com tal onda súbita de gratidão que não pôde deixar de dar um beijo rápido na bochecha de Alma. Ela deu um pequeno suspiro de satisfação, acariciou o próprio rosto e sorriu abertamente. Ruborizado por seu ato impulsivo, ele subiu aos tropeções os degraus do bonde que o aguardava, as portas fecharam com um assobio, a sineta tocou e o bonde saiu. Quando conseguiu localizar a caixa amarela que picotava o bilhete automaticamente e encontrou um assento próximo à janela traseira, já tinham cruzado a ponte sobre a Prinsengracht e Alma já se perdera de vista.

Enquanto se acalmava, seu olhar se fixou, sem ver direito, na procissão de lojinhas, enormes prédios comerciais e gente apressada pelo caminho. Quando o bonde dobrou uma esquina fechada para entrar numa rua movimentada, a Rokin, com um canal à direita cheio de barcos turísticos esperando clientes, ele já começava a relaxar. Foi só então que lhe ocorreu desdobrar o guardanapo ainda apertado em sua mão. Nele, estavam cuidadosamente escritas as seguintes palavras:

WAAR EEN WIL IS,
IS EEN WEG

GEERTRUI

Já era tarde da noite da quarta-feira quando Jacob voltou. Ou, melhor dizendo, quando ele foi trazido para nós. Houvera outro bombardeio. Depois dele, um homem ferido fora encontrado inconsciente em nosso jardim e levado ao porão. Nós o deitamos num colchão e examinamos seus ferimentos. Nenhum de nós o reconheceu, pois seu rosto estava completamente preto, como que coberto por uma pasta de fuligem e lama, assim como as mãos e as pernas, das quais as calças pareciam ter sido arrancadas. Ele sangrava por um corte profundo na testa e um ferimento feio na panturrilha da perna direita.

Um dos soldados foi procurar um enfermeiro. Enquanto ele estava fora, mamãe e eu providenciamos uma bacia de água e roupa de cama limpa, retiramos com cuidado o equipamento do soldado ferido e afrouxamos a farda dele. Tínhamos medo de fazer mais do que isso pois, caso ele tivesse outros ferimentos, nós poderíamos fazê-los piorar.

Levou meia hora até que o enfermeiro aparecesse. Ele mesmo parecia exausto. Disse ter visto muitos homens naquele estado, de modo que sabia como aquilo provavelmente tinha acontecido. Uma bomba explodira perto dele, deixando-o inconsciente e cobrindo-o de lama e explosivo queimado, além de feri-lo com os estilhaços. Depois de um rápido exame, disse não identificar nenhuma lesão interna e começou a limpar e a tratar a perna ferida. "Ele tem sorte de ter tido ferimentos tão leves", disse o enfermeiro.

Enquanto se ocupava do ferimento, comentou que a pele enegrecida teria de ser limpa com água desinfetada, mas que era preciso ter muito cuidado porque provavelmente havia sob a sujeira muitos arranhões doloridos provocados pelos estilhaços. Talvez também houvesse pequenos pedaços de estilhaço grudados na sujeira que causariam mais danos se esfregados com muita força ou pressa. Fazer essa limpeza levaria muito tempo. As tropas daquele setor estavam sofrendo muitas baixas e ele estava sendo requisitado em toda parte. Perguntou se seríamos capazes de limpar o ferido e enfaixar a cabeça dele. Traduzi para a mamãe o que ele disse, e ela respondeu que faríamos o melhor que pudéssemos, perguntando em seguida por quanto tempo o homem continuaria desmaiado e o que deveríamos fazer quando ele acordasse. O enfermeiro disse que era difícil dizer. Alguns feridos naquele estado acordavam em poucos minutos, enquanto outros ficavam inconscientes por dias. Também não podia afirmar com certeza como o homem se comportaria ao acordar. Alguns ficavam bem, mas outros sofriam um choque tão grande que acabavam, segundo as palavras dele, "abilolados". "Façam como acharem melhor", disse-nos. Mamãe quis saber se não seria melhor levá-lo para o hospital. O enfermeiro disse que o combate e os bombardeios entre o local onde estávamos e o próximo posto eram tão intensos que o pobre sujeito provavelmente seria morto antes de chegar lá. Ali em nosso porão ele pelo menos estaria mais seguro e seria bem cuidado por "duas enfermeiras dedicadas". Deu-nos pomadas para os ferimentos e analgésicos, disse que voltaria quando fosse possível para ver como estávamos indo, examinou o outro homem ferido que estava no porão e saiu correndo noite adentro. Que coragem! Nunca mais o vimos. Muitas vezes me peguei pensando se ele sobrevivera à batalha.

Naquele momento, a maior parte dos soldados estava no andar de cima, descansando o pouco que podiam no intervalo entre os bombardeios. Além da caixa para o banheiro, papai encontrara na casa de ferramentas do jardim uma velha lamparina a parafina, assim como um pouco de combustível. Acendeu-a, e sob sua luz mamãe começou a limpar o rosto do ferido, enquanto eu limpava as mãos dele. Papai incumbiu-se de abastecer nosso estoque de água quente e limpa (coisa nada fácil naquelas circunstâncias) e de lavar os panos, o que tinha de ser feito toda hora porque eles logo ficavam sujos com a sujeira grossa que removíamos aos poucos da pele do pobre homem. Enquanto isso, ele tirou as botas do homem, cortou o que sobrara de suas calças e o cobriu com um cobertor.

Já estávamos trabalhando nisso havia quase meia hora quando mamãe disse: "Olhe, Geertrui, veja quem é ele!" Ela limpara sua fronte, seus olhos fechados, o nariz e a boca, de forma que seu rosto parecia uma máscara branca amarrada sobre a cabeça enegrecida e cheia de pequenas escoriações vermelhas. "Não é um dos soldados de domingo?"

Papai disse: "É, sim. Aquele que se chama Jacob."

"Aquele a quem você deu um copo-d'água", disse mamãe ao ver que eu não respondia, mas eu já sabia de quem ela estava falando e pensei comigo: aquele com os olhos comovidos. Eu disse: "Ele me chamou de anjo de misericórdia".

"Ele mal sabia como estava certo", disse mamãe.

Depois do rosto e das mãos, começamos a limpar suas pernas e o abdômen. Tudo estava num estado lastimável. Então chegamos às suas partes íntimas. Isso foi um choque para mim, pois era a primeira vez que eu via o pênis de um homem adulto, e ainda por cima tive de tocar nele. Observei tão de perto esse segredo da masculinidade fascinada, mas senti também uma pontada de medo. Como nós jovens éramos inocentes naquele tempo! Como éramos pouco infomados a respeito dessas coisas! Uma timidez embaraçosa tomou conta de mim. Desviei os olhos. Fiz isso não tanto por vontade própria, mas principalmente por achar que era essa a atitude que se esperava de mim. Na verdade, eu queria mesmo era continuar olhando.

Mamãe tocou meu braço e disse com um sorriso triste: "Nesta semana, acho que você finalmente deixou de ser criança." E com isso voltou ao trabalho, assim como eu.

Sei que, por medo de machucá-lo, fomos mais lentas do que o necessário. Passaram-se quase duas horas antes que terminássemos.

Durante os quatro dias seguintes, o combate acirrou-se. Às vezes eu tinha a impressão de que a casa estava sendo demolida tijolo por tijolo. Mais e mais soldados feridos chegavam ao nosso porão, e mamãe, papai e eu estávamos ocupadíssimos, atendendo a todos. Eles suportavam a dor com muita coragem. A exceção era um pobre rapaz chamado Sam, que sofria do que se chamava na época de "choque pós-guerra". Um dos "abilolados" do enfermeiro. Seus nervos estavam em frangalhos. Ele ficava encolhido num canto, tendo terríveis ataques de tremedeira, e às vezes gritava repentinamente ou caía no choro com a cabeça entre as mãos, mas não falava nada nem permitia que ninguém o consolasse.

"Você queria ser enfermeira no Schoonoord", caçoou papai. "Bem, você conseguiu o que queria, mas em domicílio." E então citou uma das "expressões populares" que usávamos para exercitar o nosso inglês antes de os paraquedas caírem do céu, o que já nos parecia um fato antiquíssimo: "Quem espera sempre alcança."

Ouvindo isso, o soldado de quem eu cuidava naquele momento disse: "Mas quem espera desespera."

Ao que papai respondeu: "Porque o tempo e as marés não esperam por ninguém."

Para não ficar de fora, eu disse: "Mas é melhor prevenir do que remediar."

Ao que um outro soldado replicou: "Depois de toda tempestade vem a bonança."

Um outro disse: "'É chegada a hora', disse a Morsa, 'de falar de muitas coisas...'"

"'De sapatos... e barcos... e cera para engraxar...'", intrometeu-se outro.

Ao que várias vozes gritaram juntas: "'De capatazes... e reis.'"*

Àquela altura todos já estavam rindo.

"Você pode enganar todas as pessoas por algum tempo", alguém gritou numa voz cômica, "você pode até enganar algumas pessoas o tempo todo", ao que os demais responderam: "Mas não pode enganar todas as pessoas o tempo todo."

Mal havíamos nos recuperado do ataque de riso que se seguira quando alguém, agitando no ar um pedaço de papel, disse numa voz aguda e desafinada: "Paz em nosso tempo!", o que os devolveu a gargalhadas tão descontroladas que alguns soldados do andar de cima vieram ver o que estava acontecendo. Então a piada teve de ser repetida, o que provocou novas explosões de riso. Embora eu não compreendesse o motivo de tanta graça, já que desconhecia o pacto entre o sr. Chamberlain e Hitler em Munique, o riso dos soldados contagiou a mim e ao papai, e logo também estávamos morrendo de rir.

"O que foi? O que foi?", mamãe não parava de perguntar. "Do que vocês estão falando?" Mas nenhum de nós conseguia recobrar o fôlego para lhe contar.

Então, quando já estávamos quase nos acalmando, assoando o nariz e enxugando os olhos, uma voz fingindo estar exultante comentou: "Pois é, rapazes, segundo se diz, a vida é mesmo uma sopa no mel." Fez-se um segundo de silêncio antes que outra voz lamentasse exageradamente: "Mas alguém comeu a minha parte." E isso motivou novas risadas.

* Fragmento de "A morsa e o carpinteiro", poema de Lewis Carroll incluído no livro *Alice através do espelho*. Tradução de Maria Luiza Borges. (N. da T.)

Enquanto nos recuperávamos das gargalhadas, vi que o pobre Sam ria conosco – ou melhor, foi o que eu achei que ele estivesse fazendo –, mas quando ele me encarou com uns olhos ardentes e crus, dois rios de lágrimas correndo-lhe pela face, a pele de seu rosto estirada ao máximo por cima dos ossos do crânio, entendi que não ria, mas sim, bem, acho que *uivava* seria um termo adequado. Todas as pessoas pareceram notá-lo ao mesmo tempo. Estava prestes a ir até ele quando o soldado ao meu lado me segurou pelo braço e balançou a cabeça. E então Sam falou pela primeira vez desde que fora trazido, dizendo numa cantilena aguda e límpida: "Quis ir para um lugar onde não falte fonte, nem grasse gelo áspero e bifronte; só lírios para olhar. Pedi para ficar onde o vento não ouse, silente, a verde vaga ao porto pouse; longe, o clamor do mar."*

*

Como é que me lembro dessas coisas, ditas tanto tempo atrás e num idioma que não era o meu? Os velhos costumam dizer que se recordam mais nitidamente da infância do que do dia de anteontem. Mas não é isso. Lembro-me bem porque aqueles poucos dias e semanas que se seguiram foram vividos com tamanha intensidade, tão maior do que a de qualquer outro momento de minha vida, que são inesquecíveis. E eu os tenho revisitado frequentemente desde aquela época. Às vezes vive-se mais em uma hora do que em várias semanas, e às vezes é possível viver mais numas poucas semanas do que no resto da vida inteira. É isso o que aqueles dias de 1944 significam para mim. E lembro-me também do que era dito naquela outra língua que eu já amava porque, como vou lhe explicar, aqueles acontecimentos durante a batalha foram repassados muitíssimas vezes na companhia de Jacob.

Não tenho a menor dificuldade de recordar. Impossível, para mim, é esquecer.

Quando ouvi aquelas maravilhosas e estranhas palavras, pensei que o pobre torturado Sam as tivesse produzido devido ao trauma pós--guerra. Mas Jacob sabia que se tratava de um poema que ele me ensinou mais tarde, assim como um outro, do qual vou lhe falar logo, que tenho guardado com carinho durante toda a minha vida.

* Fragmento de "Heaven-Haven", de Gerard Manley Hopkins. Tradução de Augusto de Campos. (N. da T.)

No silêncio que se seguiu à fala de Sam, ouvimos uma voz seca arranhar o ar: "Hopkins." Nós nos viramos e vimos que fora Jacob quem falara. Tinha o corpo meio escorado por um cotovelo e nos olhava por entre olheiras profundas, enquanto sorria um sorriso de cão faminto. Tinha retomado a consciência enquanto ríamos. Ele me contou depois que a princípio tinha nos ouvido como se estivesse enterrado a uma grande profundidade e que fora o nosso riso que o resgatara. Todos se voltaram para olhar. "Gerard Manley Hopkins", disse Jacob. Hugh, um soldado que estava sentado perto dele, se movimentou para lhe dar apoio. Ele disse: "Olha só quem voltou à terra dos vivos." Acudi imediatamente, ajudando-o a tomar um pouco d'água e a comer alguns biscoitos. Nessa época não tínhamos pão e todas as outras coisas andavam escassas. Os soldados haviam comido todo o alimento que havíamos armazenado, com exceção de algumas compotas de frutas que mamãe conservava no porão.

Assim que pôde falar direito, Jacob quis saber onde estava e o que tinha acontecido. Ele estava inicialmente confuso e fraco devido à falta de água e de alimento, como se não bastassem as provações pelas quais tinha passado. Mal podia acreditar que passara tanto tempo desacordado e ficou preocupado por não se lembrar do que havia feito nos momentos anteriores à explosão e ao desmaio. A ferida da perna doía. Ele quis vê-la. Nós o convencemos a esperar até que trocássemos seu curativo. Sabíamos que sentiria muita dor. Dei-lhe um analgésico. Algum tempo depois, estava recuperado e mais calmo, mas não parava de dizer: "Eles já deviam estar aqui", referindo-se ao contingente principal. "Eles vão chegar", disse-lhe Hugh. "Não nos deixariam na mão." Mesmo durante essa conversa, seus canhões não paravam de disparar contra as posições alemãs, provocando uma barulheira terrível e agitando o chão sobre o qual nos sentávamos.

Enquanto isso, Jacob não parava de olhar para mim atentamente, acredito que lutando para lembrar-se de quem eu era.

"O anjo de misericórdia!", disse repentinamente, mas em voz baixa, só para eu ouvir.

"E você se chama Jacob Todd", respondi.

Ele riu, o que trouxe de volta a seus olhos o dom de comover. "Me chamam de Jacko", disse.

"Eu prefiro Jacob", falei.

"Eu também. Qual é o seu nome?"

Eu disse a ele, ele tentou repetir, mas não era melhor na pronúncia de nosso holandês do que a maioria de seus companheiros. Então foi minha vez de rir um pouco à custa dele. "Seus amigos me chamam de Gertie", eu disse.

"Eu não", ele disse.

"Não?"

"Isso não é nome para um anjo. Então, como vou chamá-la? Você tem algum outro nome? Um que eu consiga pronunciar?"

"Sim, mas nunca o uso."

"Por que não?"

"Não sei. Nunca usei."

"Qual é? Vamos lá, me diga. Você sabe que não se pode negar nada a um soldado ferido. É proibido."

"Maria." (Na verdade é Marije, mas eu queria facilitar a vida dele.)

"Maria", ele repetiu. "Bom nome para um anjo. Posso chamar você de Maria, Maria?"

Seus olhos me convenceram, é claro. Tenho minha juventude como desculpa!

Eu disse, rindo: "Tudo bem. Mas só você e mais ninguém."

O tempo foi ficando muito frio e naquela noite *regende het pijpenstelen*, como dizemos em holandês, ou seja, chovia a cântaros. Parecia que não só a casa, como também o céu, estava desabando. Estávamos todos muito infelizes. Jacob começou a tremer. Durante uma trégua no combate, papai resgatara dos escombros dos andares de cima um par de calças e um pulôver seus para dar a Jacob, pois o pouco que restara de sua farda estava imprestável. "Que o 'Jerry' não lhe pegue vestido assim", disse Hugh. "Senão, vai pensar que você é um espião e matá-lo." Ele queria fazer piada, eu sei, mas ouvir aquilo fez-me estremecer. Percebi que também Jacob parou para pensar, mas logo depois pegou seu quepe cor de ameixa de paraquedista, colocou-o na cabeça e, envolvendo meu pescoço com seu cachecol de paraquedista, disse: "Isso vai despistá-lo!" Não era uma piada muito boa, mas ainda assim rimos, nos aconchegando mutuamente, em busca de calor.

No dia seguinte, um oficial chegou trazendo ordens para que os homens partissem. Foi só então que soubemos que os que estavam na ponte de Arnhem tinham sido obrigados a se render na quinta-feira.

Não resistiram quarenta e oito horas, conforme o planejado, mas ofereceram resistência por quatro dias, contra tanques, canhões e morteiros, mesmo estando em enorme desvantagem numérica em relação aos alemães.

Foi só quando ficaram sem munição e viram-se quase todos capturados, feridos ou mortos que os remanescentes se entregaram. Agora, oito dias depois do pouso dos primeiros paraquedas, os soldados britânicos encurralados em Oosterbeek estavam cercados pelas cada vez mais fortes tropas alemãs. Não demoraria muito, no máximo um ou dois dias, para que eles fossem derrotados. O único meio de salvá-los seria retroceder pela outra margem do rio, a partir de onde poderiam se encontrar com o contingente principal, mas, para que esse plano vingasse, isso teria de ser feito durante a madrugada daquela segunda-feira, com uma forte barreira de tiros disparados pelo contingente principal ao sul do rio para proteger a sua fuga, confundir os alemães e obrigá-los a um cessar-fogo temporário.

As ordens eram para que a barreira começasse às dez para as nove daquela noite e a retirada, às dez. Os defensores do perímetro norte, o mais afastado do rio, deveriam sair primeiro, e assim por diante, como uma maré vazante, até os do perímetro sul no próprio rio. Como estávamos próximos ao rio, os soldados que estavam em nossa casa estariam entre os últimos a se retirar.

Os homens receberam ordens para se preparar pintando o rosto de preto, embrulhando as botas com tiras de cobertor rasgado para abafar-lhes o som e tomando providências para que as armas não chacoalhassem quando eles andassem. Todos os demais equipamentos deveriam ser destruídos.

Entre os feridos, os que pudessem andar deveriam ir embora, mas os que não pudessem andar ou estivessem muito mal deveriam ficar onde estavam, junto aos oficiais-médicos e enfermeiros. Eles deveriam se entregar como prisioneiros de guerra quando os alemães tomassem a aldeia novamente.

Durante todos os dias da batalha antes da chegada dessas ordens, todos tinham se esforçado por parecer animados e otimistas. Agora um estranho sentimento nos tomava. Naquela segunda-feira o combate havia sido brutal, o mais feroz de todos os ocorridos até então. O que restara de nossa casa era atingido a todo momento. Os quartos de cima chegaram a pegar fogo num dado momento, mas papai e alguns dos homens menos feridos conseguiram extinguir o incêndio, enquanto os não feridos continuavam disparando contra o inimigo, que havia ocupado algumas casas no outro lado da rua. Os soldados alemães quase nos invadiram por duas vezes, mas nós os enxotamos, às vezes no corpo a corpo, mas nunca sem perdas. Ron, que nos acompanhara durante toda aquela terrível semana e tanto nos ajudara, morreu assim, defendendo nossa casa. Seu companheiro, Norman, trouxe a notícia para o porão. Mamãe e eu choramos pelo rapaz tão valente e gentil que se esforçara para tornar nossa vida suportável no meio da guerra sem nunca reclamar e que sabíamos ter deixado para trás, em seu país, uma esposa e uma bebê, cujas fotos sempre nos mostrava. Norman ficou ao nosso lado em silêncio, desnorteado com a morte do amigo, mas antes que pudesse se recobrar já o chamavam lá para cima, e ele teve de subir e voltar a enfrentar o inimigo.

Acho que foi nesse momento que eu tive a certeza de que, afinal de contas, não tínhamos sido libertados coisa nenhuma e de que logo voltaríamos para as mãos dos invasores alemães. E pela primeira vez naquela semana senti medo de verdade. Tanto medo que as pernas fraquejaram e as mãos tremeram descontroladamente. Eu queria gritar, mas não conseguia emitir som algum. Meu estômago apertou-se num nó, e ainda assim eu queria correr para o banheiro.

Os feridos que estavam conosco no porão ficaram quietos e introvertidos. Era como se estivessem com vergonha. Não queriam olhar para nós – papai, mamãe e eu. Alguns disseram que nos deixar para trás parecia uma traição. E naturalmente por isso sofriam com a sensação de fracasso. Esse tormento foi pior do que todos os outros.

Com uma perseverança resignada, ajudamos como podíamos pelo resto do dia enquanto eles se preparavam para os riscos daquela noite. Até o pobre Sam iria embora. Ele estava andando, tinha recobrado suficientemente a compostura para compreender o que se passava e estava calmo suficiente para que um dos demais o levasse até o rio. Tenho certeza de que a ideia de ser deixado para trás como prisioneiro calara fundo em seu cérebro avariado, conferindo-lhe determinação para manter o controle das próprias emoções, custasse o que custasse. Entendi, mesmo naquela época, que a coragem dele diante de seu sofrimento era tão grande quanto a dos homens que continuavam lutando para nos salvar.

Então todos deixariam nosso porão. Todos menos Jacob. Ele estava fraco demais para ficar em pé sem ajuda, quanto mais andar, coisa que a lesão em sua panturrilha impossibilitava. Durante algum tempo ele tentou convencer os outros de que conseguiria escapar se dois de seus companheiros o escorassem, mas o sargento que estava no comando disse que não, que ele nunca chegaria ao outro lado. Poderiam até conseguir levá-lo até o barranco, mas e depois? E se tivessem de nadar até a outra margem? Perguntaram-me como era o rio. Eu lhes contei que tinha cerca de duzentos metros de extensão e que, eu tinha de admitir, a correnteza era forte, especialmente sob uma chuva forte como aquela que caía. E era muito gelado. "É arriscado demais", disse o sargento a Jacob. "Você não vai."

Mas ele não ficou satisfeito com isso. Quando o seu oficial o visitou querendo saber como iam as coisas, Jacob tentou persuadi-lo de que poderia ir embora se recebesse um pouco de ajuda, mas o oficial o proibiu, dando-lhe uma ordem específica para que permanecesse ali.

Depois disso, ele passou um tempo meditando. Então anunciou, bancando o corajoso, que, se tivesse de ficar para trás, pelo menos seria útil. "Levem-me lá para cima antes de partirem", disse aos outros, "e me deem uma arma com bastante munição. Vou dar trabalho ao 'Jerry' enquanto vocês fogem pelos fundos."

Eu mal pude acreditar quando os outros concordaram.

"Como é que eles podem deixar você fazer uma coisa dessas?", perguntei.

Ele deu de ombros e sorriu. "Assim, eu vou ter algo para fazer. Esqueço um pouco a dor na perna."

"Você não tem forças para isso", eu disse. "Certamente serão mortos."

"Melhor que ser levado como prisioneiro", ele disse. "Eu não suportaria ir preso. Prefiro arriscar minha pele. Estou falando sério."

"Não!", eu disse, já bastante alterada. "Está errado!"

"Olhe", disse ele, enquanto tentava segurar minha mão para me acalmar, mas eu a puxei de volta. "Você não está entendendo. Isso vai ajudar meus amigos a chegarem sãos e salvos do outro lado. No meu lugar, qualquer um deles faria o mesmo. Somos treinados para isso. Falo sério. Só dei azar. Dessa vez eu é que fiquei para trás."

"Deu azar?", gritei. "Como pode falar assim? Isso não é azar! Isso é coisa da guerra! É por causa dessa porcaria de guerra! Odeio guerra! Odeio tudo isso! Odeio quem inventou isso! Como se atrevem? Como é que têm essa coragem?"

Todos ouviram. Pararam o que estavam fazendo. Olharam para mim com pena. Eu não queria ter feito um escândalo daqueles. O medo e a raiva misturados à fome e ao cansaço me levaram a fazê-lo. E uma coisa relacionada a mim e Jacob de que ainda não havia me dado conta. Acho que isso contribuiu mais do que tudo.

Mamãe se aproximou e me envolveu em seus braços.

"Lembre-se de seus modos, minha querida", ela cochichou enquanto me abraçava. "Não piore as coisas para esses pobres rapazes. Pense em como deve estar sendo difícil para eles. Daqui a pouco eles terão de arriscar tudo para escapar. Alguns vão morrer. E eles sabem disso."

"Se pudéssemos fazer algo para ajudar...", eu disse quando consegui me acalmar suficiente.

Mamãe olhou-me nos olhos profundamente. "Nós fizemos tudo o que podíamos. Não sei o que mais podemos fazer."

Não demorou muito para que descobríssemos.

CARTÃO-POSTAL
Quanto tempo ainda vou viver
é a pergunta que importa.
John Webster

Quando o seu bonde entrou na estação, a chuva já havia recomeçado, pesada e sem o menor sinal de trégua. Jacob ficou abrigado na plataforma tumultuada durante cinco minutos, mas logo começou a temer que Daan van Riet se cansasse de esperar e saísse de novo. Mas ele também não queria chegar todo molhado.

Um quiosque de flores ocupava um dos cantos da plataforma. Sua avó tinha-lhe ensinado que era costume na Holanda o convidado levar flores para o anfitrião. Tocou os florins de Alma que estavam em seu bolso. Mas não eram bem flores que ele tinha em mente.

"Oi", disse ao atendente do quiosque.

"Oi", disse o homem, sem sorrir.

Ele mostrou as moedas e apontou para as flores. "O que você tem por quatro florins?"

O homem mostrou uma expressão ambígua, mas sorriu, observou as flores expostas com extrema consideração, tendo em vista o baixo valor da venda que ele ia efetuar, e puxou um modesto girassol.

"E aquela sacola", disse Jacob, apontando para uma grande sacola marrom que estava jogada perto de uns vasos de flores.

"Lá se vai o meu lucro", disse o homem, envolvendo o girassol com capricho antes de entregar o bizarro buquê com um gesto debochado. "Você deve gostar muito dela para gastar tanto. *Succes ermee!*"

Uma vez lá fora, Jacob segurou entre os dentes a haste da flor, rasgou a sacola de cima a baixo e com ela protegeu a cabeça e os ombros à moda de um xeique árabe. Feito isso, partiu a passos largos em busca dos pontos de referência que Alma lhe descrevera.

O endereço de Van Riet não foi difícil de encontrar e mais parecia um velho galpão. Um *stoep* improvisado – quatro degraus de madeira velha e riscada – conduzia a uma porta antiga, pesada, pintada de preto, à esquerda da qual Jacob encontrou dois minúsculos botões de campainha com plaquinhas desbotadas. Apertou o que dizia *Wesseling en Van Riet*.

Enquanto esperava, passou os olhos pela rua pequena, que parecia já ter sido só de galpões antigos. Agora havia, de um dos lados da casa de Van Riet, um restaurante e um hotel novinho em folha, e do outro, um galpão com a fachada recém-restaurada cujos portões tinham sido convertidos em janelas nos cinco andares. Junto à ruazinha corria um canal obscuro igualmente estreito; do lado oposto ao canal erguiam-se os fundos da igreja, um volume opressivo de tijolos antigos e encardidos com janelas em arco aramadas. À esquerda da igreja, como contraponto e provocação, erguiam-se as costas de um prédio novo com muitas janelas normais, modernas: quartos de hotel, presumiu Jacob. Em meio ao nevoeiro cinza de chuva que se interpunha entre eles, a visão esmagadora da igreja e dos prédios altos e quadradões, ligeiramente separados pelo lento canal e pela rua de pedra, mais parecia a Jacob um desfiladeiro proibido. Ele estremeceu dentro das roupas molhadas e fechou bem o capuz plástico sobre o rosto.

Um trinco correu, a porta pesadona abriu-se (surpreendentemente para fora) e um rapaz alto com um tufo de cabelo preto, um belo rosto triangular e pálido, com olhos azuis penetrantes, nariz comprido e reto, boca larga e fina, um corpo esbelto numa camisa cinza por dentro de um *jeans* preto e os pés nus metidos em sandálias de dedo disse: "*Mijn God!* Titus!"

"Jacob Todd."

"Desculpe, *hoor*." Dito com aquele sotaque, isso mais parecia um xingamento, mas não podia ser. "Daan. Pode entrar."

Uma passagem mal iluminada, escadas de madeira pintadas de vermelho ferrugem com um lance íngreme no final, de um lado um paredão de velhíssimos tijolos aparentes e, do outro, um tapume caiado com uma porta azul no centro. Cheirava a mofo e a jornal novo.

"Belo chapéu."

"Meio molhado."

"Quer tirar?"

"Obrigado." Ele estendeu o girassol. "Para você."

"Roubado para mim. E ainda nem nos conhecemos! Que gentileza!"

"Roubado?"

"A mulher que ligou disse que você perdeu todo o seu dinheiro."

"Ah, sim, mas, por precaução, ela me deu cinco florins. Comprei isso por quatro. Para falar a verdade, eu queria era a sacola para me proteger da chuva e..."

"Então não passo de uma desculpa. Você acaba de me destruir."

Estendeu a mão para Jacob, que sentiu a sua fria e viscosa dentro do aperto firme e seco de Daan.

"Venha comigo. Já se acostumou com o *trap* holandês?"

"Você quer dizer as escadarias?"

"Quero dizer escadarias e também *trap*. Estou vendo que o seu holandês é ótimo."

"E pelo jeito o seu inglês é meio fajuto", disse Jacob, resolvendo responder à altura.

Daan deixou escapar o que pode ter sido uma risadinha. "Eu moro lá no alto."

O apartamento não se parecia com nada que Jacob houvesse visto antes. Ele era todo olhos. Um revestimento de azulejos exóticos reluzentes num padrão emaranhado de círculos que pareciam pétalas e quadrados de cantos arredondados verdes-oliva, azuis-claros e escuros, triangulados sobre um fundo branco, repetia-se infinitamente em diagonal no piso, que cobria sem falhas toda a extensão do prédio, até que, ao fundo, a sanfona de um biombo chinês emoldurado por madeira negra e fina resguardava o que se entrevia como o dormitório.

O andar inteiro era imenso. Mais comprido, estimou ele, e da mesma largura de uma quadra de tênis. As paredes eram de tijolos velhos e deteriorados, e aqui e ali havia um retrato pendurado, uns quadros a óleo antigos – o retrato de um homem que parecia uma versão mais velha de Daan, uma paisagem da velha Holanda –, fotos modernistas de outras pessoas e desenhos em aquarela. O teto era sustentado por grossas vigas de madeira que mais pareciam mastros de navio. Na parte frontal do salão, parte do teto havia sido tirada para deixar à mostra o andar de cima, que era balaustrado como o deque superior de um navio. Chegava-se até ele por uma escada em espiral pintada de branco. Olhando para cima, ele sentiu o chão a seus pés se mover ao sabor das ondas.

Na parede da frente, uma janela feita de enormes portões de cantos arredondados dava para os fundos da igreja. Havia de cada lado um conjunto de vasos de plantas. Nessa parte frontal havia pouquíssimos móveis: um sofá de couro preto e duas generosas poltronas de couro circundavam uma mesa de centro pesada, de madeira. Um aparador de antiquário servia de apoio para um sofisticado sistema de som e TV, e mais adiante, nessa mesma parede, havia uma arca de portas de vidro cheia de tralhas e outros objetos desconhecidos. No fundo do salão, a cozinha ocupava um recuo formado pelo contorno das escadas de entrada e pelo patamar da escada externa. Depois da cozinha havia o biombo do quarto.

O que mais chamou sua atenção foram as pilhas de livros que iam do teto até o chão, cobrindo a parede entre a fachada da frente e o recuo das escadas de entrada – cerca de metade do comprimento do salão. Ele as fitou, atordoado com aquela panorâmica da palavra impressa na qual, saltando-lhe aos olhos como rostos de amigos entre os de desconhecidos, constava um bom número de livros em inglês.

O apartamento inteiro era uma mistura tão gostosa e inusitada do velho e do novo que o encheu de admiração e de inveja. Isso é que era lugar para se viver! Mas como é que Daan conseguia bancá-lo?

Depois de colocar o girassol numa garrafa de vinho vazia e de depositá-la na mesa de centro, Daan havia desaparecido no andar de cima. Agora ele voltava trazendo uma camiseta vermelha e calças *jeans* que deu a Jacob, dizendo: "Tem um banheiro no patamar da escada, à esquerda. Quer comer alguma coisa?"

"Obrigado. Estou meio encharcado. E com um pouco de fome também, para falar a verdade."

"Vá se trocar. Vou preparar algo para a gente."

Sentaram-se em banquetas altas, cada um de um lado da bancada que dividia o ambiente em cozinha e sala de estar, e conversaram, enquanto saboreavam uma sopa em lata aquecida no micro-ondas, queijo coalho holandês, presunto, tomates com alho, manjericão fresco, azeite e uma baguete.

Daan quis saber detalhes sobre o assalto. Depois de tê-la ensaiado com Alma, Jacob agora tinha a história na ponta da língua e contou-a de forma mais divertida, omitindo, no entanto, o encontro com Ton e o detalhe ainda muito embaraçoso a respeito das partes íntimas de Ton para que o "ele" continuasse sendo "ela". Perguntou novamente sobre as provocações do Boné Vermelho.

Daan deu de ombros e disse: "Eu acho que ela gostou de você."

"Como assim?", disse Jacob. "Você quer dizer que ela estava me dando mole?"

"Claro."

"Para mim? Duvido! Só estava fazendo joguinho. Se divertindo. Você não acha?"

Daan sorriu. "Se é o que você acha!"

"Você se lembra de quando eu te visitei?", perguntou Daan. "Você tinha 5 anos, acho. E eu, 12."

"Não, não me lembro."

"Brinquei com você num tanque de areia no quintal."

"Agora é um laguinho." Jacob abriu um sorriso e deu de ombros. "Crise de meia-idade do papai. Ele remodelou o jardim."

"Você brigou com sua irmã quando ela tentou entrar na nossa brincadeira. Jogou areia na cara dela."

"É bem provável."

"Seu pai lhe passou um sermão."

"Normal nele."

"Você gritou com ele. Mandou ele se foder."

"Nunca!"

"Sim."

"Eu não acredito."

"Foi um bafafá."

"Não duvido."

"Eu nunca tinha ouvido aquela palavra em inglês. Não entendia o motivo daquela confusão toda. Seus pais ficaram constrangidos. Os meus acharam engraçado. Eles me explicaram depois, quando voltaram a rir do acontecido."

"E o que aconteceu?"

"Aos berros, eles mandaram você para o quarto, mas depois de algum tempo sua avó o trouxe de volta. E você sorria como – como é que vocês dizem? – um gato depois de tomar leite."

"E meu pai ficou uma fera."

"Ele não falou muito."

"Não enquanto vocês estavam lá."

"Só disse que sua avó não devia ter feito aquilo e que estava mimando você. Eu me lembro do que ela disse; era uma palavra muito engraçada."

"Deixe-me ver se eu adivinho. Balela."
"Isso mesmo."
"Quer dizer 'bobagem'. É uma das palavras preferidas dela."
"Você mora com sua avó agora."
"Sim."
"Geertrui me contou. Ela e sua avó trocam correspondência."
"Eu sei."
"Você e sua avó são muito próximos?"
"Bastante. Sempre fomos."

Quando terminaram de comer e se cansaram dos banquinhos, Daan levou seu café para o sofá e Jacob levou o seu para a poltrona que ficava de costas para a janela, de forma que pudessem ver o salão enquanto conversavam.

"Os edifícios desta rua parecem galpões antigos", disse Jacob.

"E já foram. Antigamente, os navios vinham para cá. Atracavam aqui e descarregavam. Essa casa já foi depósito de chá e de perfume de Colônia. Você viu aquele prédio que parece uma torre, no fim da rua?"

"O redondo, com o cone com ponta de espeto?"

"É chamado de Torre do Lamento, porque era de lá que as mulheres davam adeus a seus maridos quando eles iam viajar de navio."

"Esse apartamento é maravilhoso."

"Era de um sujeito que gostava muito de navios. E de azulejos espanhóis. Geertrui comprou-o dele. Moro aqui desde que ela foi para o *verpleeghuis*... Como é que vocês chamam isso?"

"Acho que você está falando de uma casa de repouso. Isso explica tudo."

"O quê?"

"Essa combinação divertida de móveis e objetos."

"Divertida?"

"Não divertida divertida. Eu só quis dizer singular, interessante."

"Como assim?"

Ele começava a desejar não ter aberto a boca para falar sobre isso. "Bom, a combinação do antigo com o moderno. Os quadros na parede, por exemplo." E deu uma risadinha nervosa.

"A maioria das coisas é da Geertrui, mas algumas são minhas. Eu não conseguiria viver aqui cercado só de coisas dela, mas não gosto de fazer grandes mudanças. Afinal, a casa ainda é dela."

"Os livros?"

"São de Geertrui, é claro. Os meus estão no meu quarto. Eu não leio tanto quanto ela."

"Você está na faculdade, não é?"

"Sim."

"Para falar a verdade, esta foi mais uma das razões pelas quais fiquei curioso quanto ao apartamento."

"Como um estudante pobre poderia pagar por ele?"

"O que você está estudando?"

"Biologia molecular. E também história da arte."

"Uau!"

"O que foi?"

"Que coisas complicadas..."

"Ah, o que é isso! Não seja tão esnobe."

Jacob sentiu como se tivesse tomado um golpe de toalha molhada. Justamente quando achara que estavam se dando bem. Ele sempre odiara puxadas de tapete, especialmente quando só estava sendo simpático. E, quando isso acontecia, nunca sabia o que dizer. A resposta certa só viria depois, bem depois, quando estivesse sozinho, com a memória da humilhação queimando-lhe por dentro.

"Mais café?", perguntou Daan.

Jacob só conseguiu balançar a cabeça e murmurar: "Obrigado."

Quando voltou da cozinha, Daan perguntou: "E quanto à Geertrui? O que a Tessel, minha mãe, lhe contou sobre ela?"

Jacob tomou um gole do café enquanto se recompunha. "Que sua avó foi para uma casa de repouso porque está muito doente. Que ela convidou a Sarah para visitá-la sem consultar nenhum parente e que até alguns dias atrás você nem sabia que eu estava vindo. Também disse que sua avó é uma pessoa muito teimosa e que, às vezes, a doença dela gera um comportamento muito estranho."

"É verdade."

"Fiquei muito constrangido quando ela me disse isso ontem. Para falar a verdade, eu senti que não deveria estar aqui."

"Mamãe está aborrecida e preocupada com você."

"Eu não sabia o que fazer. Ainda não sei. Seu pai sugeriu que eu viesse a Amsterdam hoje e visitasse a casa de Anne Frank. Adoro o diário dela. Ele disse que acertaríamos tudo hoje à noite. Deu-me o seu endereço. Mas disse para não contar nada para a sua mãe."

"Eu sei. Ele me ligou do trabalho hoje de manhã."

"Ele não me disse por quê. Tudo isso me parece um tanto estranho, se você não se incomoda que eu diga." O tom de queixa em sua voz saiu sem querer. Mas é que a tal toalhada molhada ainda lhe doía.

Daan disse com uma paciente frieza: "A doença de Geertrui não tem cura. Na maior parte do tempo, ela sente muita dor. As drogas que têm dado a ela realmente têm feito com que se comporte... digamos que estranhamente, às vezes. Mas há mais do que isso."

"Eu não sabia. E Sarah também não. Sabíamos que sua avó não estava bem de saúde, mas não que era tão sério. Se eu soubesse, não teria vindo. Quer dizer, na carta de sua avó, ela dizia que haveria uma festa."

"Haverá uma festa, mas acho que não o tipo de festa que você está pensando."

"De que tipo, então?"

Daan remexeu-se na cadeira e desviou o olhar.

"Depois eu lhe conto. Há mais coisas que eu devo explicar. Mas, antes de lhe contar, preciso conversar com a Tessel. Hoje ela está com Geertrui."

"Eu sei. Por isso seu pai sugeriu que eu viesse para Amsterdam."

"Não vou poder falar com ela enquanto estiver com Geertrui. Ela vai chegar por volta das cinco."

Jacob não sabia direito como estava se sentindo: cansado ou bravo. "Olhe aqui, me desculpe, mas isso é um pouco demais. Parece que estou criando problemas para todo o mundo. Não é melhor eu voltar para casa?"

Seriamente enfático e olhando Jacob bem nos olhos, Daan disse: "Eu realmente acho que você deve esperar até eu contar tudo. É muito importante. Acredite em mim. Há coisas que você precisa saber. Não são coisas só nossas, da minha família. Têm a ver com você também."

A raiva deu lugar à ansiedade. "Comigo? Como? Por quê?"

Daan ergueu suas mãos com as palmas viradas para Jacob, como alguém que se defende de um ataque. "Depois. Quando eu tiver falado com Tessel. Confie em mim. Só pelas próximas horas. Depois disso, a gente decide o que fazer."

"Não sei, não."

"Você não pode voltar para casa nesse minuto, não é? Mais uma noite não vai fazer diferença."

"Não tenho certeza."

Daan levantou-se e recolheu as canecas de café.

"Olhe, vamos fazer alguma coisa para passar o tempo. Tem algo que quero lhe mostrar. Acho que você vai gostar. Tudo bem?"

"... Tudo bem."

No banheiro, Jacob olhou-se intensamente no espelho. Detestava quando alguém dizia saber alguma coisa que não podia lhe contar. Mas o que fazer? Ir embora? E para onde? Para Haarlem, onde estavam seu passaporte e as passagens aéreas? Mas com que dinheiro? Emprestado de Daan? "Estou de saco cheio e resolvi voltar para a casa de sua mãe. Me dê o dinheiro da passagem, por favor?" Que papelão! E depois, e se não houvesse ninguém em casa? Sentaria na soleira da porta e esperaria, como um cão vadio? De novo! De que adiantaria?

Ele definitivamente não estava se divertindo nem um pouco naquela viagem.

Nem Daan, a julgar pela cara dele.

Com quem ele até simpatizava, pensou Jacob enquanto usava o banheiro e vestia as roupas secas. Primeiro, havia sua aparência sombria: o hipnotizava. Sua autoconfiança: invejável. Sua franqueza direta: mesmo quando doía, pelo menos você sabia o que se passava, sem falsidades. E algo mais. Algo que o incomodava até a medula. Não conseguia apreender bem o que era. Mas ao mesmo tempo sentia antipatia por ele. Por ser tão cheio de certezas, tão *sabe-tudo*. Espertalhão além da conta, diria Sarah. Ele queria que você se submetesse à superioridade dele. Queria ficar por cima, ser o manda-chuva. Bem, deixa ele, pensou Jacob. Por que ligar para isso? Só tenho de aturá-lo por algumas horas.

Quando saiu do banheiro, encontrou o guardanapo de Alma num bolso da calça *jeans* e o mostrou a Daan, que sorriu e disse: "É um velho ditado holandês. Significa algo como 'Onde há um desejo há um caminho.'"

Jacob riu e disse: "Nós temos um parecido. Mas prefiro este." E escreveu sob a caligrafia floreada de Alma:

QUEM NÃO ARRISCA
NÃO PETISCA

GEERTRUI

No final daquela noite de retirada, meu irmão Henk e seu amigo Dirk chegaram, descendo aos trancos e barrancos os degraus do porão. Estavam tão maltratados que, à luz fraca do ambiente, de início nós mal os reconhecemos. Mamãe era muito dedicada ao Henk. Quando percebeu quem era ele, perdeu a compostura que mantivera até então e, correndo para abraçá-lo, chegou a pisar nos soldados feridos que estavam no caminho. Dizia: "Henk! Henk! O que está fazendo aqui? Não soube que os britânicos estão indo embora?" Ela o encheu de beijos, acariciava-lhe o rosto, como que para ter certeza de que não se tratava de um fantasma. Enquanto isso, papai cumprimentava Dirk, de quem gostava muito, a ponto de chamá-lo às vezes de seu segundo filho. "O que está havendo?", ele perguntou. "Vocês estão bem? Por que estão aqui?" Dirk respondeu: "Está tudo bem. Estamos bem. Viemos ver se vocês estão bem."

Como sempre ditava o meu instinto durante cenas como essa, eu permanecia num canto, esperando a emoção inicial esfriar. Aí eu poderia ter o meu irmão só para mim. Ele me viu por sobre os ombros de mamãe, enquanto ela o abraçava e acariciava, e piscou, abrindo um grande sorriso, dando a entender que não havia problemas e que, quando chegasse a hora, explicaria tudo, porque Henk era metódico em qualquer situação, uma das pessoas mais calmas e controladas que eu já conheci em minha vida. Eu o amava tanto que certa vez, antes que tivesse idade para saber o que estava dizendo, disse-lhe que queria que ele não fosse meu irmão para poder me casar com ele!

Quando mamãe finalmente deu por si, parou de abraçar Henk e, voltando-se para os soldados que os observavam, visivelmente achando graça e acredito que também com um pouco de inveja (a maioria deles era da idade de Henk ou ainda mais jovem), ela anunciou com os olhos cheios de lágrimas: *"Mijn zoon, mijn zoon."*

Entendendo que se tratava de uma reunião de família, os homens abriram um espaço perto de Jacob para que nós nos sentássemos e conversássemos com a maior privacidade que fosse possível naquele porão lotado. Um dos soldados, um rapaz chamado Andrew, que tinha um dos braços na tipoia, aproximou-se e presenteou-nos com uma barra de chocolate inglesa, dizendo: "Eu estava guardando para uma ocasião especial. Vocês foram especiais para nós. Então, por favor, aceitem." Sei por experiência própria que boas ações como essa não eram raras naqueles dias sombrios, mas lembro-me dessa em especial por ter acontecido naquele momento de comoção para mim e minha família. E também pela tristeza que se revelava nos olhos daquele rapaz, enquanto nos presenteava. Não era difícil imaginar que ele estava pensando em sua família, em casa, em sua Inglaterra natal, e ansiava por voltar e reunir-se a eles como Henk se reunia conosco. E não posso deixar de pensar que aquela tristeza em seus olhos era fruto do pressentimento de que jamais voltaria para casa. Soubemos depois que ele morrera naquela mesma noite, enquanto aguardava a barca para atravessar o rio. Muitas vezes parei junto a seu túmulo, no cemitério dos soldados, em Oosterbeek, para agradecer novamente.

Enquanto comíamos nosso presente de comemoração – ah, a lembrança daquele gosto divino ainda me dá água na boca; nunca saboreei um chocolate melhor, nem mesmo os finos que se vendem hoje em dia no Pompadour, em Amsterdam –, Henk nos contou sua história. Depois que voltei para casa, naquele domingo, ele e Dirk também avistaram os paraquedas. Correram imediatamente para o local de pouso e receberam os primeiros soldados ingleses que desciam, oferecendo-lhes os seus préstimos. Assim como outros voluntários holandeses, eles passaram o resto da semana atuando como intérpretes, guias, mensageiros e ajudando como podiam os oficiais britânicos. Pediram armas para lutar também, mas isso era proibido. Desde quarta-feira estavam trabalhando no quartel-general britânico no Hotel Hartenstein, onde hoje fica o museu da batalha.

Henk dizia que havia muito o que nos contar, mas que isso teria de esperar. Ele e Dirk haviam tomado conhecimento do plano de evacuação e tinham vindo saber se estávamos bem, enquanto ainda havia tempo. Mas não podiam se demorar. Tinham de voltar a se esconder o mais depressa possível.

"Sabe como são esses alemães", disse ele. "Quando os ingleses partirem, não terão a menor piedade de quem colaborou com eles. E estarão mais determinados do que nunca a mandar jovens para os trabalhos forçados."

"Ele está certo", disse papai.

"Mas não só os homens", disse Dirk. "Agora também vai ser perigoso para as moças. Vai haver represália."

"Achamos que a Geertrui deve vir conosco", disse Henk.

A reação nervosa de papai não nos surpreendeu. "Geertrui? Não, não, Henk. Assim como você, eu também não simpatizo com os alemães, mas temos de admitir que até agora eles têm respeitado as moças. Por que mudariam agora?"

"Eles não vão gostar do que aconteceu", disse Henk. "Os ingleses perderam aqui, mas é questão de tempo até sermos libertados. Questão de semanas, talvez até mesmo de dias. O exército deles não está longe, e os Aliados estão subindo pela Bélgica. Os alemães sabem que está tudo perdido para eles. Como prever o que vão fazer, no desespero?"

"Henk tem razão", disse Dirk. "E, além do mais, a aldeia está em escombros. Não há uma casa que sirva de refúgio. Como vocês vão sobreviver? Por favor, deixe a Geertrui vir conosco. Ela vai estar mais segura no campo. E lá há mais possibilidade de conseguirmos comida."

"Talvez você e a mamãe também devam vir, papai", disse Henk. "Aqui não resta mais nada."

Papai tomou a mão de mamãe e eles se olharam aflitos por um momento. Mamãe disse: "Não sobrou muito, eu sei. Mas vivemos aqui, seu pai e eu, durante toda a nossa vida de casados. Você e Geertrui foram concebidos no nosso quarto. É o nosso lar. O nosso lugar. Como podemos abandoná-lo? E por quê?"

Papai disse: "Você e Dirk podem ir. Vocês estão certos. É muito arriscado para os rapazes. Mas sua mãe e eu vamos ficar. Nós vamos dar um jeito. Sempre demos. E Geertrui deve ficar conosco. Estará suficientemente protegida. Por que eles nos fariam mal? Não fizemos nada de errado."

"Nada de errado!", disse Henk. "Pai, você abrigou soldados britânicos. Para os alemães, isso é colaborar com o inimigo."

"Todos os nossos vizinhos também fizeram isso", disse mamãe.

"Isso só piora as coisas", disse Dirk. "Vocês não estão vendo? Eles vão nos odiar por isso."

"Você sabe que estamos certos, papai", disse Henk. "Se vocês não vêm, ao menos nos deixem levar Geertrui."

Ouvi tudo isso quieta, e cada vez com mais raiva. Dizem que uma das características importantes dos holandeses é *overleg*, que significa "consulta". No entanto, lá estavam eles tomando uma decisão sobre a minha vida – e possivelmente minha morte – sem nem me consultar. Meus pais, meu irmão e Dirk, que poucas semanas atrás dissera que me amava muito e que se casaria comigo caso fosse correspondido: todos querendo decidir por mim naquela hora perigosa e nenhum deles perguntando a minha opinião a respeito, o que eu queria. Ainda me lembro da raiva que eu senti ao ser ignorada pela minha família.

Como papai e Henk discordavam frontalmente, chegou-se a um impasse. Ninguém queria começar uma discussão. Não seria direito! Nós, holandeses, ficamos constrangidos com tais confrontos. Esperei para ver se, afinal, alguém se lembraria de mim. Como não se lembraram, eu disse, tão cheia de razão e petulante quanto só as adolescentes sabem ser: "Alguém gostaria de saber o que eu penso e de ouvir a minha própria decisão a respeito de meu destino? Ou é pedir demais?"

Na mesma hora Dirk disse: "Você com certeza quer vir conosco!" Mamãe disse: "Não pretendíamos deixá-la de fora. Só queremos o melhor para você." Papai disse: "É claro que você deve ficar conosco. Você sabe quanto nós amamos você." Mas Henk disse: "Não pensei direito. Desculpe, irmãzinha."

Como nós, animais humanos, somos perversos! A atenção compassiva que derramaram sobre mim só me espicaçou mais. E acabei descontando tudo em meu querido irmão Henk, como quase sempre fazemos com os entes que amamos em tempos como aqueles.

Eu disse: "Eu sou sua irmã, Henk, mas já não sou tão pequena. Ou você não percebeu? Tenho idade suficiente para tomar minhas próprias decisões e de me cuidar. Muito obrigada."

É claro que a essa altura todos haviam começado a ficar aborrecidos, especialmente mamãe, que não suportava esse tipo de cena.

"Geertrui", disse ela em seu tom de professora de colégio. "Pare com isso! Olhe os modos! Sem discussões, por favor."

Fez-se um silêncio constrangedor. Papai olhava para suas botinas, mamãe polia as lentes devagar, Dirk inspecionava as paredes esburacadas de nosso porão. Só Henk foi capaz de continuar me olhando nos olhos e finalmente quebrou o gelo.

"Tudo bem, 'irmãzona'", ele disse, com um sorriso que sabia ser irresistível, "diga-nos o que decidiu. Queremos mesmo saber. Sério!"

Ainda era difícil para mim engolir a minha ira e falar calmamente, mas fiz um esforço e consegui. "Gostaria de ir com você, Henk, porque acho que você está certo quanto ao que vai acontecer depois que os britânicos se forem e que é melhor ficar no campo." Fiz uma pausa, apreciando o drama, devo dizer, antes de continuar: "Mas tenho de ficar aqui." Outra pausa vergonhosa de efeito dramático. "Mas não porque você me quer por perto, papai."

"Então por quê?", perguntou Henk.

"Por causa de Jacob."

"Jacob?", disse Dirk. "Quem é Jacob?"

"O soldado inglês deitado a nossos pés", disse papai.

"Por quê? O que ele tem com ela?", perguntou Dirk, ao mesmo tempo que mamãe dizia: "Você não pode estar falando sério."

"Não entendi", disse papai.

Eu disse: "Deixá-lo lutar enquanto os outros vão embora. Ele não está bem. Com certeza será morto. Como podemos deixá-lo fazer isso? Preciso ficar para ajudá-lo. Não é certo mandá-lo assim 'para a floresta'." (Vocês, ingleses, têm essa expressão? Não me lembro. Quer dizer decepcionar ou abandonar alguém.)

Papai ficou chocado. "Do que você está falando? Quem nós estamos mandando 'para a floresta'? Isso não tem nada a ver conosco. Ele é soldado. É voluntário. Se quer ajudar os companheiros dele desse jeito, não cabe a nós nos metermos. É problema dele."

"Não me importa, papai. Eu vou fazer o possível para ajudá-lo."

"Geertrui, você não está sendo racional."

"Racional!", disse eu. "Papai, tem algo de racional no que está acontecendo conosco? Ser racional impediu essa guerra? Ser racional nos salvou da invasão? Será que ser racional vai nos libertar?"

"Você está indo longe demais", disse mamãe. "Não fale assim com seu pai."

"Desculpe, mamãe. Achei que pelo menos você entenderia."

"Entender o quê? Não entendo coisíssima nenhuma. Você está fora de si. Contenha-se!"

Mas aí eu já estava tão brava que não me calaria nem que minha mãe usasse de toda a severidade do mundo. "Mãe", disse, com toda a calma que consegui reunir, "dois domingos atrás, nós recebemos esse homem aqui em casa como nosso libertador. Demos-lhe de beber.

Dançamos de alegria. Vocês não se lembram? Depois o trouxeram de volta para cá quase morrendo. Faz cinco dias que estamos cuidando dele. Cuidamos de seus ferimentos. Demos banho nele e o vestimos. Damos-lhe de comer como a uma criança. Até a ir ao banheiro nós o ajudamos. Cuidando dele, vi e toquei em partes masculinas que nunca tinha visto nem tocado antes. Eu e ele dormimos aconchegados para nos proteger do frio enquanto o inimigo demolia nossa casa. Cuidamos dele como se fosse um dos nossos, como se fosse parte da família. Juntos, mamãe, você, papai e eu, o salvamos da morte. Mas só porque ele decidiu agir em prol de seus companheiros – e em nosso também, permitam-me lembrá-los –, fazendo algo que não tem forças para fazer, em que vai morrer, com certeza, diga, então, papai, que isso não tem nada a ver conosco. Que não devemos nos meter. Que sou irracional por querer ajudá-lo. Só o que quero dizer é que, se fosse com Henk, não pensaríamos duas vezes antes de ajudá-lo. Bem, nesses últimos dias fiz mais por esse homem do que já fiz pelo meu irmão a vida inteira. Simplesmente não é certo ajudá-lo agora? Não é a coisa certa a fazer? É isso o que penso ser racional, papai. E isso, mamãe, é o que pensei que ao menos você fosse entender."

Eu nunca fizera um discurso como esse antes. Nunca achei que fosse capaz. E nunca mais voltei a fazer um discurso como esse. Talvez porque nunca mais tenha sido tomada por tanta raiva como fui naquele dia. No andar de cima, nas ruínas de minha casa, soldados estrangeiros lutavam pelo meu país. Naquele porão, eu lutava por mim mesma.

Por alguns momentos ninguém disse nada. Só olharam para mim admirados. Até os soldados amontoados à nossa volta estavam calados, pressentindo, pela nossa atitude, acho, que discutíamos. Jacob, escorado contra a parede a meu lado, observara-me atentamente o tempo todo. Procurei evitar olhar para ele, pois tinha certeza de que começaria a chorar se o fizesse e perderia toda a minha dignidade – e, com ela, o efeito que meu discurso causara.

Lá fora, as armas golpeavam e trepidavam, e a chuva caía fria e torrencial, preenchendo o ar do porão com uma umidade gelada. Lembro que estava suando de nervoso depois de falar e que sentia o ar pegajoso em contato com a minha pele.

A lamparina que nos fornecera luz durante os dois últimos dias escolheu aquele exato momento para ficar sem combustível e nos mergulhar na escuridão, o que fez com que tivéssemos de retornar à luz incerta e irregular das velas grudadas em potes pendurados por barbantes nas vigas do teto. Graças a Deus, isso serviu como distração.

Quando voltamos a nos acomodar, Dirk disse: "Não entendo por que se importa tanto com esse sujeito, Geertrui, mas, já que você pôs isso na cabeça, só consigo pensar numa solução. Vamos ter de levá-lo conosco."

Como se pode imaginar, isso reacendeu a discórdia. Papai dizia que aquela ideia era uma loucura, que todos seríamos mortos. Mas Dirk retrucava, dizendo que não era mais grave do que esconder um judeu ou trabalhar para a Resistência, como andavam fazendo alguns de nossos vizinhos e amigos. Mamãe disse que era uma ideia inviável – como três pessoas carregando um soldado ferido passariam despercebidas pelos bloqueios alemães?

"Onde há um desejo há um caminho", disse Dirk.

"Que ideia de jerico", disse papai. "Se está decidido a fazer essa maluquice, pelo menos planeje-a direito. E, pelo amor de Deus, deixe a Geertrui de fora."

"Não, pai", eu disse. "Eu vou. Henk e Dirk vão dar um jeito, não é, Henk?"

"É um lance de sorte", disse Henk. "Ele terá mais chance de continuar vivo conosco do que se for jogado lá em cima nesse estado, sozinho, empunhando uma arma."

"É a única maneira", eu disse. "Ele tem de vir conosco."

Henk riu do meu jeito. "Agora vejam quem é que está falando em nome de quem", disse. "Como você sabe que o seu soldado quer vir conosco? Já perguntou a ele? Ou está decidindo por ele?"

É claro que ele estava coberto de razão. Fiquei muito envergonhada. Caí em meu próprio feitiço, como dizia uma de nossas "expressões populares". Nós dizemos *Wie een kuil graaft voor een ander, valt er zelf in* – "Quem arma uma arapuca para outro, nela acaba caindo."

"Às vezes eu odeio você!", disse a Henk, e os outros riram, o que serviu pelo menos para aliviar um pouco a tensão.

Mudei de lugar para conseguir conversar sossegadamente com Jacob. Expliquei a ele quem eram Henk e Dirk e disse que eles queriam me levar para a fazenda da família de Dirk, onde estavam escondidos dos alemães, pois achavam que eu estaria mais segura lá do que em

Oosterbeek depois da batalha, e que lá haveria o que comer. Jacob apertou as mãos deles, que disseram *hallo*. Então lhe contei que eu tinha me recusado a ir com eles porque estava decidida a permanecer com ele. Ele primeiro tentou me dissuadir à base de risadas, dizendo: "Não vá fazer uma coisa dessas. Não seja boba! Vou ficar bem. Mas, mesmo assim, obrigado." E respondi: "Bem, vou ficar, você me achando boba ou não. Mas Dirk fez outra proposta", continuei antes que ele pudesse me interromper. E expliquei que poderíamos levá-lo conosco, transportando-o no carrinho de mão, e escondê-lo na fazenda até que o exército nos libertasse, o que não deveria demorar muito. "Assim você não vai morrer no nosso quarto, possibilidade que eu abomino, nem vai virar prisioneiro de guerra, caso não leve um tiro, possibilidade que você abomina."

Pela mudança em sua expressão, percebi que a ideia lhe agradava. Seus olhos brilharam como eu não via desde o primeiro dia em que nos encontramos. Ainda assim ele protestou, mas sei que apenas porque pensava que deveria. Disse que era muito perigoso. Que termos de cuidar dele só aumentaria a probabilidade de sermos apanhados ou mortos. O carrinho de mão nos atrasaria. Se fôssemos pegos, os alemães executariam Henk, Dirk e eu por ajudar um soldado britânico a escapar. E continuou por minutos a fio. Que confusão os homens fazem quando querem argumentar! E argumentam daqui e dali andando em círculos! Eu logo me cansei daquilo.

"Jacob", eu disse tão firmemente quanto meu inglês titubeante permitia, "isso não é como construir um dique. Não há tempo para ficar discutindo. Você deve decidir por conta própria. Mas, de minha parte, eu já decidi. Você indo ou não, eu fico com você."

"Você fala como se a decisão estivesse toda em minhas mãos", disse ele.

"E está."

"Não. Tem você. Se você não quer me abandonar, Anjo Maria, minha decisão também a afeta, não é?"

"*Ach*, que jesuíta!", eu disse, com vontade de bater nele.

"Mas estou certo. Não?"

"Sim!"

"Então você deve me dizer o que acha melhor e o que pretende fazer."

Depois de tanto insistir para que todo o mundo levasse em consideração o que eu pensava e o que eu queria, quando chegou a hora de tomar a decisão final e de arcar com a responsabilidade por ela, eu não queria. Torcia para que alguém decidisse por mim. Ao mesmo tempo, uma falta de amor e uma necessidade de amor. Típico de mim, como sei hoje, depois de tantos anos aprendendo a mesma lição.

"Farei o que você achar melhor", eu disse, quase incapaz de articular as palavras. "É a sua vida que eu estou tentando salvar."

"E é a sua vida que você está arriscando para isso", disse Jacob. "Então estamos no mesmo barco e devemos decidir juntos."

Ainda assim eu não queria dar a resposta e baixei a cabeça para evitar aqueles olhos perigosos.

Jacob deslizou o corpo para uma posição mais alta, de onde conseguia me olhar de pertinho, e disse, sorrindo: "Que raiva formidável!"

"É, estou com raiva mesmo", eu disse, ainda sem perceber a sua ironia inglesa.

Um dedo seu roçou minha face enquanto ele dizia: "Agora nós também vamos brigar?"

Eu apenas balbuciei um mastigado "Não".

"Paz, então?"

Como não retribuir aquele sorriso? Limpei a garganta e disse: "Acho que é melhor irmos com Henk e Dirk."

"Ótimo. Eu também acho. E, como dizia o poeta, 'Vai ser uma aventura daquelas'."

"Poeta? Que poeta?", falei. "Eu não conheço essa expressão. Está falando sério? Não sei."

"Temos tempo para uma conversa dessas?", ele perguntou.

"Não", eu disse, voltando a perceber os ruídos lá fora e Henk, Dirk e meus pais nos olhando. "Depois você me explica. Vou contar aos outros o que resolvemos."

Não posso dizer que mamãe e papai tenham ficado satisfeitos, mas se resignaram. Tinha havido *overleg* mais que suficiente para contentar o nosso desejo holandês de consultar uns aos outros. Como nada mais restava a dizer, começamos a fazer nossos preparativos.

É um alívio sempre que a decisão é tomada e você pode sair da inércia e tomar atitudes concretas! É como tirar um peso das costas. Na mesma hora você se sente tão bem, tão cheia de energia e de esperança... Nunca senti isso com tanta força quanto naquele dia, em que a morte visitava as redondezas e havia a perspectiva de uma vida de miséria e humilhação caso eu sobrevivesse e continuasse onde estava. O que quer que acontecesse agora, pelo menos eu estava me esforçando para cuidar da minha vida e não me rendendo ao domínio do inimigo. Nunca fui tão religiosa quanto meus pais, mas momentos como aquele me suscitam as velhas ladainhas. Quando fui recuperar minha pequena mala de emergência do meio dos objetos que se acumulavam no porão, ouvi-me murmurar:

Os meus tempos estão nas tuas mãos: livra-me das mãos dos meus inimigos e dos que me perseguem.

O Senhor dos Exércitos está conosco: o Deus de Jacó é o nosso refúgio.

O que me levou a dar um sorriso e me fez lembrar outro versículo:

Escolherá para nós a nossa herança: a glória de Jacó, a quem amou.

Isso me fez rir alto e dizer ao Deus de Jacó, enquanto vestia minha roupa mais limpa ou a menos rasgada que pude encontrar, na privacidade incerta do banheiro no depósito de carvão: "Por favor, escolha-nos uma herança com banheiro." Odeio pensar quão *erg* devemos ter *gestonken* naquela época.

Enquanto isso, Henk e Dirk haviam saído discretamente e ido até o quintal para preparar o carrinho de mão. E Jacob conversava com outros dois soldados, explicando o que se passava. Quando saí do banheiro, tinham-no vestido com uma das jaquetas militares, o que o deixaria tão quente e seco quanto possível. Isso também significava que, se fosse capturado, ele estaria de uniforme e, portanto, não seria executado como espião. Também lhe tinham dado uma arma e enchido os grandes bolsos de sua jaqueta de munição. "Você precisa levar isso?", perguntei. "Precaução", respondeu ele, acariciando a arma como se ela fosse um cachorrinho. Não aprovei nem um pouco e tentei persuadir Henk a deixar aquilo para trás. Em vez disso, Henk sentiu inveja, pois queria ter uma também. Homens e seus brinquedos mortais. Eles não tomam jeito.

Henk e Dirk concordaram em que deveríamos sair logo depois do início do bombardeio britânico ao sul do rio, às 20h50. Henk calculou que essa seria a hora mais segura para atravessar a área dominada pelos britânicos, de nossa casa, colada ao perímetro leste, até o perímetro oeste, a orla da floresta na qual deveríamos nos embrenhar.

A noite caiu. Com ela veio a chuva, um fortíssimo aguaceiro. E em meio a toda aquela chuva e vento soou uma salva de tiros que anunciavam o início do bombardeio, silenciando os alemães, exatamente como fora planejado.

Hora de partir. Um momento terrível, em que foi preciso, para o bem de todos, fingir calma e bom humor. Uma máscara que eu não poderia sustentar se soubesse que esta seria a última vez em que veria meu pai. Ele morreu no Inverno da Fome, que se abateu sobre nós depois do fracasso dos Aliados em libertar meu infeliz país, até a primavera de 1945. É verdade que "o futuro a Deus pertence", mas se eu soubesse que não veria papai de novo, jamais teria conseguido deixá-lo. Tais acidentes do destino voltam com força total na velhice para assombrar a pessoa. Se eu estivesse lá, poderia tê-lo ajudado a sobreviver. Se... Quando se envelhece, fica-se rico nesta moeda.

Você compreende, então, por que prefiro não me estender na descrição de nossa partida. Abraçamo-nos, beijamo-nos, trocamos apertos de mão e declarações de afeto e de total confiança em nosso futuro juntos. Tudo com aquela disposição forte e contenção emocional que são o orgulho da civilidade holandesa.

Depois das despedidas em família, chegou a vez dos soldados com quem dividíamos nosso porão. Naqueles poucos e terríveis dias, aqueles jovens estrangeiros tinham-se tornado amigos mais íntimos do que qualquer vizinho holandês, por mais antigo que fosse. Talvez por não saber como demonstrar seus sentimentos, obrigaram-me a aceitar, na despedida, lembrancinhas subtraídas aos poucos pertences que ainda possuíam. Cigarros (embora eu não fumasse), algumas balas, um distintivo de chapéu, uma insígnia de ombro, uma caneta ("Talvez algum dia possa nos escrever uma carta"), fósforos, um cachecol de paraquedista e até um relógio de pulso ("Você vai precisar ver as horas, Gertie, aonde quer que vá"). Do pobre e traumatizado Sam, que mal se aguentava lúcido, ganhei um livro de poesias que está aqui do meu lado enquanto escrevo ("Vai ajudar você com seu inglês!"). Norman, o mais velho deles e o que mais tempo passara conosco, teve o bom senso de ficar por último na fila das despedidas. Entregou-me uma pequena carteira de couro preto com uma foto dele com a família, dizendo: "Coragem, Gertie. Você é uma moça linda e corajosa. Quero que aceite isto. Espero ver você de novo."

E então, entre gracejos e brincadeiras, que é, creio, a maneira inglesa de lidar com as ocasiões que nós, holandeses, tratamos com tão robusta civilidade, fomos conduzidos e acompanhados pelos degraus do porão, em meio às ruínas de nossa casa querida, e saímos no quintal dos fundos, onde, em meio ao troar da noite de guerra, pusemos Jacob no carrinho, a arma engatilhada nas mãos enfaixadas, minha mala de emergência e a mochila dele enfiadas cada uma de um lado do carrinho. Com a chuva gélida querendo nos petrificar ou afogar antes que pudéssemos ser mortos a tiros ou chegar ao nosso destino, partimos, Dirk na frente, Henk empurrando o carrinho, e eu ao lado dele, com o coração aos pulos, pesado, a garganta seca e áspera, e os pensamentos em frangalhos.

Eu não desejaria a ninguém uma partida dessas.

Nem a fria recepção que tivemos ao chegar a nosso esconderijo.

CARTÃO-POSTAL
Nós nos tornamos aquilo que contemplamos.
William Blake

"Abra os olhos", disse Daan.
Ele estava em pé atrás de Jacob, segurando-o pelos ombros, numa das menores galerias do Rijksmuseum. Antes de entrarem, ele fizera Jacob prometer que não espiaria. Só então o guiou em meio ao fluxo de visitantes até aquele ponto.
Na parede à sua frente, Jacob viu um retrato dele mesmo. Em tintas antigas. Do busto. Voltado para a esquerda. Em ricos e ferruginosos tons de marrom. Exceto pelo familiar rosto triangular pálido. Em tamanho real. Que brilhava como se banhado por uma luz, emoldurado pela moldura sombria de um capuz de monge repuxado sobre a cabeça. Olhos baixos e de pálpebras bem marcadas. Boca larga com um lábio inferior carnudo, como que picado por uma abelha, capturado pelo pintor num sorriso metido a grave, tímido, satisfeito consigo mesmo. E o traço que mais chamou a atenção de Jacob, por odiá-lo tanto, foi o nariz grande e comprido terminando num desajeitado bulbo. O nariz de seu pai. O nariz de seu avô. O nariz de Todd. Sua irmã, Poppy, e seu irmão, Harry, não o possuíam. Tinham a beleza de sua mãe, uma versão melhorada, com linhas elegantes.
Quantas vezes, com o auxílio de um par de espelhos, ele não xingara de todos os ângulos possíveis aquele narigão medonho, aquela tromba inchada, aquele saliente evacuador nasal. Às vezes chegava a espremer e torcer a ponta de seu vergonhoso narigão entre o polegar e o indicador, como um escultor modelando argila, na esperança de ao menos transformá-lo numa bicanca apresentável. Tinha em mente algo parecido com o apresentável apêndice nasal que enfeita, por exemplo, o Davi de Michelângelo ou com o que pertencia ao devastador River Phoenix, ao qual e a quem ele estudara atentamente ao rever pela quarta vez *Garotos de programa*. O que de nada servia, é

claro. Seu nariz descomunal continuava tão infame quanto sempre fora.

Incapaz de tirar os olhos daquele retrato de si mesmo, perguntou: "Quem é ele?"

"Titus. Titus van Rijn."

"Nunca ouvi falar dele."

"Mas sim do pai dele."

"Acho que não."

"Quem pintou os autorretratos de Rembrandt?"

"Hein?"

"Quem pintou os autorretratos de Rembrandt?"

"Rembrandt, é claro!"

"Cujo nome completo era Rembrandt von Rijn."

"Ah! Mas esse não é um autorretrato dele, porque é de um tal de Titus. Então é um retrato que Rembrandt fez de...?"

"Seu filho vestido de monge. Pintado em 1660, quando Titus tinha 19 anos."

Tendo pensado nisso só agora, Jacob voltou o olhar para a legenda na parede ao lado do retrato, confirmando que Daan não tinha inventado nada, e então, se aproximando o máximo a que se atrevia, inspecionou, nariz a nariz, por assim dizer, o retrato de si próprio como Titus.

Uma zelosa guarda com as proporções de um lutador de sumô aproximou-se dele.

Titus parecia tão *presente* que Jacob sentiu que a qualquer momento o rapaz pintado poderia erguer a cabeça, olhar para ele e falar. Seus dedos queriam tocar aquela face compenetrada. Sem pensar, ele ergueu a mão.

"Para trás", disse a guarda. "Chegue para trás."

Jacob deu um ou dois passos para trás, mas não desgrudou os olhos da pintura. Ela o hipnotizava. O que ele achou, mesmo naquele momento, muito estranho, porque o retrato não era impressionante. Se estivesse passeando sozinho pela galeria, poderia ter passado por ele sem notá-lo, exatamente como tantas pessoas faziam naquele momento. Boa parte do quadro era tão escura que mal se via que estava lá: a folhagem em tons outonais atrás de Titus era nítida; e o hábito marrom de monge, de um tecido grosso, áspero e pesado, era grande demais para o corpo do rapaz, ao menos a julgar pela cabeça, de forma que ele parecia estar emoldurado naquele torso em forma de barril e naquelas mangas volumosas, como se não se tratasse de uma roupa e sim de uma armadura. Mas, em meio a toda a escuridão que o engolia, fulgurava o rosto de Titus, vívido e vibrante, com uma pele de ouro pálido, os olhos baixos, fundos, talvez meio tristes, o lábio inferior cheio, que ele poderia ter recém-umedecido, de tão vermelho e sensual, e ainda assim de uma inocente delicadeza. Intocado foi a palavra que veio à cabeça de Jacob.

"Gostou?", perguntou Daan, aparecendo a seu lado.

Nenhum quadro o havia absorvido e prendido tanto. Ele não queria admitir, mas obrigou-se a dizer sim.

"Então você deveria ver o retrato de Titus de chapéu vermelho, em que ele está um pouco mais velho. Naquele, ele olha bem nos seus olhos. E você vê os cabelos dele, coisa que não vê nesse. Ao contrário dos seus, os cabelos dele são compridos, castanhos e encaracolados. Você podia deixar os seus assim."

"Não, obrigado."

"Ficaria bem em você. E é fácil ver o quadro. Ele está na Wallace Collection, em Londres. Gosto mais daquele do que desse. Está mais bem pintado, e esse está meio, como se diz... *nuffig*... artificial. A pose da Madona."

"Madonna!"

"Não a *Madonna*. Estou falando da Mãe de Cristo. *A* Madona."

Os dois riram.

"E em que Titus se parece com ela?"

"A pose. A cabeça abaixada em inocente resignação. As mãos juntas sobre o colo. A batina. Tudo muito santo, muito puro. Muito artificial. Exatamente como tantos milhares de retratos da virgem sagrada. E *bij God!*, Titus com certeza parece virgem, você concorda?"

Com os olhos ainda no quadro, Jacob disse: "Você sabe tudo isso porque estuda história da arte, não é?"

"Não. Estudo história da arte por causa de Rembrandt."

"Como assim?" Ele não estava verdadeiramente interessado, mas pelo menos, enquanto Daan falava, podia continuar olhando para Titus.

"Para mim, ele é o maior pintor que já existiu. Ele viveu no final do velho mundo e no início do moderno. Ele me fascina desde que vi *A ronda noturna* pela primeira vez. Aquele quadro grande pelo qual passamos no caminho para cá. Meu pai me trouxe para vê-lo quando eu tinha 8 anos. Achei tão dramático, tão empolgante, que quis subir na tela. É sério! Entrar na pintura – e participar da cena. É claro que hoje eu sei que ela não passa de uma peça de teatro e que não é nem um pouco real. A iluminação é artificial, o agrupamento das silhuetas é teatral, suas atitudes são imitações de poses heroicas. Tão montado... Altamente *camp*! Mas, aos 8 anos, me pareceu mais real do que aquela gente amontoada à minha volta, olhando para o quadro. Daquele momento em diante, quis aprender tudo sobre Rembrandt. Vejo todos os quadros dele que posso. Estudei sua obra, sua vida. Tudo. Todos os detalhes. E minha tese será sobre o Titus. O papel de Titus na vida de Rembrandt. Nunca foi feito. Não como um tema independente."

Jacob mal estava ouvindo e agora não conseguia se desligar suficientemente de Titus para continuar alimentando a conversa.

Fez-se silêncio entre os dois antes de Jacob sentir o braço de Daan passar pela sua cintura e levá-lo dali.

"Olhe ali", disse Daan, guiando-o até um quadro um pouco maior, na mesma parede, pulando um.

Um senhor de rosto irregular, usando um turbante amarelo e branco que parecia uma toalha enrolada em volta da cabeça, cabelos encaracolados e finos, de doido varrido, escapando por baixo do chapéu, a testa muito enrugada pelos sobrolhos levantados, olhos úmidos pregados em Daan, à esquerda de Jacob, as mãos segurando um enorme livro aberto como se tivesse interrompido a leitura naquele instante. E, como na pintura de Titus, toda a luz, toda a ênfase estava no rosto. E, como Titus, o nariz – grande, volumoso, com a ponta protuberante.

Jacob deu uma risadinha. "Ele parece meio gagá."

"Rembrandt com 55 anos, oito anos antes de sua morte."

"Parece já estar nas últimas."

"Um autorretrato vestido de apóstolo Paulo. Pintado um ano depois do quadro de Titus vestido de monge. Venha ver mais de longe." Daan pegou Jacob pelo ombro e trouxe-o para trás. "Daqui você pode ver os dois. Lado a lado. Um olhando para o outro. Viu? Ao mesmo tempo, também são pai e filho."

Para não ficar por baixo, Jacob acrescentou: "E cada um fingindo ser o que não é."

"Mas o que transparece, o que vemos, não é o *acteerspel*..."

"A atuação?... O fingimento?"

"Sim, não o fingimento... *Door de gezichten...*"

"Você quer dizer a pessoa de verdade?"

"Exato. A pessoa de verdade. Você não concorda?"

Jacob examinou cada quadro. "Sim. É verdade." E era. Ele viu que era. "São os rostos, não são?"

"É um dos motivos pelos quais amo Rembrandt. Sua veracidade. Sempre honesto. Ama as pessoas e as ama exatamente como são. Nunca teme a vida como ela é."

Jacob pensou: Isso não é mais um jogo. Ele está falando diferente. Está falando sério. Ele realmente quer dizer isso. Já não somos os mesmos juntos. Nós mudamos.

Mais uma vez, ele teve um pressentimento a respeito de Daan que não conseguia apreender bem. Algo de que gostava e que ao mesmo tempo o perturbava.

"Então, por que escrever sobre Titus? O que ele tem de tão interessante? É Rembrandt que você admira."

"Bem, por exemplo... Quando Rembrandt faliu..."

"Ele faliu?"

"Sim. Ele ganhou muito dinheiro, teve muito sucesso, trabalhou muito. Trabalho, trabalho, trabalho, o tempo todo. Mas também gastava demais. Tinha loucura por colecionar objetos. Uma quantidade de coisas digna de um museu. Coisas de todo tipo. Sua casa estava cheia delas. Finalmente, endividou-se a ponto de não poder pagar. Então, todos os pertences dele foram confiscados e vendidos num leilão. Titus foi ao leilão e usou o próprio dinheiro para comprar de volta tantos objetos quanto pôde. Coisas de que seu pai precisaria. Entre elas, o belo espelho de ébano que Rembrandt usava para pintar seus autorretratos. Mas, ao ser levado para casa, de alguma forma o espelho se partiu."

"Nossa! Más notícias."

"Muito más. Imagine só como ele se sentiu! E pense no significado de ele ter se esforçado tanto para comprar de volta os objetos do pai. Para que Rembrandt pudesse continuar a fazer a única coisa que lhe importava: pintar quadros. Muitas pessoas, historiadores, críticos, disseram que Rembrandt roubou de Titus. Que ele explorou o filho, usou o dinheiro que a mãe de Titus, Saskia, deixou para ele quando morreu. Em outras palavras, dizem que Rembrandt era um pai egoísta e aproveitador que só ligava para a própria carreira e bem-estar. Não acredito nem um pouco nisso. E a história de Titus indo ao leilão e comprando o espelho me diz que ele amava seu pai e que faria tudo o que pudesse para ajudá-lo. Aliás, se não fosse pelo Titus, Rembrandt estaria proibido de pintar, porque naquela época, se você falisse, ficava impedido de exercer seu ofício. Para salvar Rembrandt dessa sina, Titus tornou-se o empregador do pai, contratando-o para pintar."

Jacob olhou para os dois retratos com outros olhos. O filho que empregava o pai foi empregado pelo pai como seu modelo.

"É uma boa história", disse ele. "O que Titus fazia?"

"Para sobreviver, você diz? Dizem que tentou ser pintor, mas que não era bom nisso. Acho que não era isso que ele realmente queria. O que ele fez, o que ele era, era ser modelo do pai. Acho que ele amava posar para o pai. Adorava ser observado de perto pelo pai, recebendo toda a sua atenção, e adorava observar seu pai trabalhando."

"O pai que observava o filho, que observava o pai."

"Isso. Enquanto um pintava o outro e o outro sabia que estava sendo pintado. Isso é importante para a dinâmica."

"Como assim? Não entendi bem o que você quer dizer com isso."

"Veja desta maneira. Outro dia perguntei a Geertrui qual era a definição dela de amor – amor verdadeiro. Ela disse que, para ela, amor verdadeiro era observar outra pessoa e ser observada por ela com total atenção. Se ela estiver certa, basta olhar para os quadros que Rembrandt pintou de Titus, e há muitíssimos, para ver que se amavam muito. Porque é isso que você vê. Toda a atenção de um voltada para o outro."

Jacob olhou para o pai e para o filho alternadamente e comprovou a tese de Daan.

"Mas, nesse caso", disse ele, falando o que lhe vinha à cabeça, "toda arte é amor, porque em toda arte trata-se de olhar de perto, não é? Olhar de perto o objeto que está sendo pintado."

"O artista olhando de perto enquanto pinta, o apreciador olhando de perto o que foi pintado. Concordo. Sim, toda arte verdadeira. Escrever – literatura – também. Acho que é. E arte ruim consiste na falha em olhar com total atenção. Então, está vendo por que gosto de história da arte. É o estudo de como observar a vida com total atenção. Esta é a história do amor."

"O que aconteceu? Com o Titus, quero dizer."

"Casou-se com a filha de um artesão de prata. Estavam juntos fazia apenas sete meses quando Titus morreu de peste."

"A peste negra."

"Ela matou muita gente naquela época. Ele foi enterrado na Westerkerk."

"Perto da casa de Anne Frank."

"Rembrandt morreu um ano depois, mas não da peste. De coração partido, eu diria. Sabemos que foi sepultado ao lado de Titus, na Westerkerk, mas seu túmulo nunca foi encontrado."

Sem saber mais o que dizer, Jacob soltou-se do braço de Daan e foi ver Titus em *close* outra vez. Daan o acompanhou. A guarda os vigiava da porta.

"Então?", disse Daan. "Não estou certo? Titus é exatamente igual a você."

"Só não saio por aí usando roupa de frade."

Daan ignorou a piada sem graça. "Como se sente?"

"Estranho. Ainda mais agora, que sei quem ele é."

A guarda deu um passo na direção deles.

"Ela deve achar que viemos roubá-lo", murmurou Jacob.

"Há pouco tempo houve um incidente."

"Incidente?"

"Alguém beijou o Titus."

"Quer dizer que alguém simplesmente foi lá e deu-lhe um belo de um beijo na boca?"

"Sim."

"Nossa! E o que aconteceu?"

"Ninguém viu."

"Então como souberam?"

"Quem deu o beijo deixou a marca de seu batom."

"Não acredito!"

"O problema é que foi difícil tirar o batom sem danificar o quadro."

"E ninguém sabe quem fez isso?"

"Não têm certeza."

Jacob olhou para Daan. "Mas você acha que sabe?"

"*Nee, nee!*"

"Você sabe, você pensa que sabe. Eu posso ver que você sabe!"

Daan sorriu.

"Vamos lá, confesse. Quem foi?"

"Meus lábios estão selados. Não é assim que vocês dizem?"

"Os de Titus também! *Swalk!*"

"Swalk?"

"S.W.A.L.K. É uma sigla. 'Sealed with a loving kiss', 'Selado com um beijo apaixonado'. As crianças escrevem isso em suas cartas de amor."

Daan mostrou os dentes com escárnio. "Não temos nada parecido com isso."

Ficaram em silêncio, estudando a pintura. Outros visitantes passaram por ali, poucos deles dirigindo a Titus mais que um olhar.

Algum tempo depois, Jacob disse: "Sinto o tempo todo que, se eu esperar só mais um minuto, ele vai se levantar, sair da pintura e se juntar a nós."

Daan não disse nada, mas, recolocando sua mão sobre o ombro de Jacob, conduziu-o de volta, multidão adentro, pelo caminho pelo qual vieram. Parou na lojinha do museu e comprou cartões-postais de Titus vestido de monge e de Rembrandt vestido de apóstolo Paulo.

"Tome", disse, dando-os a Jacob. "Você como um jovem e você como um idoso."

Quando desciam a escadaria de mármore em direção à saída, ele começou a cantar uma música triste numa voz áspera:

"Mijn hele leven zocht ik jou,
om – eindelijk gevonden –
te weten wat eenzaam is."

"E isso fala sobre o quê?", perguntou Jacob.

"É uma canção de Bram Vermeulen, um poeta holandês", disse Daan.

"Que, interpretada, significa?"

Parando no pé da escada, Daan pensou e depois disse, fingindo seriedade:

"Passei a vida toda procurando você,
e aprendi, agora que finalmente o encontrei,
o significado da palavra solidão."

CARTÃO-POSTAL
Vladimir: Não lhes basta ter vivido.
Estragon: Têm que falar sobre a vida.
Vladimir: Não lhes basta ter morrido.
Estragon: Não é suficiente.
Samuel Beckett: Esperando Godot

"Essa demorou", disse Jacob.

A conversa telefônica entre Daan e sua mãe durara mais de meia hora. Jacob ouvira seu nome ser citado vezes demais para manter a calma.

"A Tessel está de mau humor", disse Daan. "Geertrui criou problemas o dia inteiro. Não parava de perguntar por você. Ela quer vê-lo."

"Que bom que sou popular." A piada não surtiu o efeito desejado. Um leve pânico voltou a se instalar. A visita a Titus dera-lhe chão por algum tempo. Agora, mais uma vez, sentia-se isolado.

"Expliquei o que aconteceu."

"O que deve ter acabado de animar a festa."

"Eu falei. Ela se sente responsável por você. Mas, com a Geertrui tirando-a do sério, ela não sabe que atitude tomar."

"É melhor eu voltar para casa."

"Não, não. Amanhã você tem de ir visitar a Geertrui."

"*Tenho de...?*"

"Se não se importar. No domingo, a Tessel vai levar você à cerimônia em Oosterbeek. Eu fico com a Geertrui. Hoje, você dorme aqui. Convenci a Tessel de que é melhor assim."

"Obrigado por ter me perguntado."

"Achei que você ia preferir assim. Aqui é melhor para você, não é? E vai ser mais fácil para todo o mundo."

"Toda a minha bagagem está com seus pais."

"É só por uma noite. Você aguenta. Pegaremos suas coisas na volta da Geertrui, amanhã."

"Opa! Espere um minuto! Desculpe, mas você está indo rápido demais. Antes de continuarmos... Você disse que ia me explicar alguma coisa depois que tivesse falado com a sua mãe."

"Sim."

"Parecia ser bem sério."

"E é."

"Bom, sem querer ser chato, mas, antes de planejarmos tudo, quero primeiro ouvir do que se trata."

"Todo o mundo está tão... como se diz?... *ongerust*... ansioso, digamos."

"Sim, mas..."

"Eu sei, eu sei! Vivem me dizendo que sou *bazig*. Autoritário."

"Mandão", disse Jacob, rindo.

"*Ja*. Mandão. Não faço de propósito. Mas, se algo precisa ser feito, não suporto indecisão. Como meu pai. Ele é igualzinho. Quando há problemas, a Tessel faz coisas assim. Sempre *er om heen draaien*... *Christus!* Como é, em inglês? Meio que vai e vem..."

"...Vacila?"

"Vacila? É isso mesmo?"

"Vacila."

"Tá. *Dank u.* Vacila! De qualquer forma, eu não aguento."

"Certo. Mas, mesmo assim..."

"Sim. Está certo. Eu concordo. O problema é que a Tessel disse que ela é que tem de explicar. Ela insistiu nisso. Agora há pouco, no telefone, insistiu de novo."

"Mas quando? Eu não vou... Digo, eu não quero ir ver sua avó sem saber..."

"Exatamente. Então preciso lhe contar. Só que você tem de fingir para a Tessel..."

"Fingir o quê?"

"Que você não sabe de nada."

"Eu não posso fazer isso."

"Isso seria o melhor. Ela já anda bem irritada."

"Mas eu não posso. Eu estaria mentindo. E eu odeio mentir."

"Você não precisa dizer nada. Quando ela lhe contar, simplesmente ouça. Isso não é mentir."

"Não é?"

"Você quer discutir moral?"

"Agora não, obrigado. Mas, de qualquer forma, não vai dar certo. Vai estar na minha cara. Minha cara sempre me denuncia. Sempre me dizem isso."

Daan riu. "Um livro aberto!"

"No qual homens podem ler assuntos estranhos."

"Hein?"

"Shakespeare. Desculpe. A peça escocesa."

"Qual?"

"Aquela sobre o rei escocês. Você sabe."

"Não, não sei. Por que saberia?"

"Não posso dizer o nome."

"Por que não?"

"Dá azar."

"Não me diga que você é supersticioso!"

"Não, não muito. É só uma tradição teatral."

"Tem alguma diferença?"

"Se você disser o nome da peça, tem de bater palmas e girar três vezes para espantar o azar."

"*Klets!*"

"É verdade. Já participei dessa peça. Montamos na escola. Fui o Malcolm, o filho do rei assassinado. É um papel muito chato. Boa parte dele foi cortada. O que eu achei ótimo. Não sou lá um ator muito talentoso. Enfim, as pessoas ficaram falando o nome da peça e tivemos sérios problemas."

"Que tipo de problema?"

"Numa das noites alguém quebrou a perna, e numa outra houve uma facada durante uma cena de luta. Esse tipo de problema."

"Acidentes."

"Talvez. É uma peça bem violenta, *Macbeth*, mas mesmo assim."

"Ah... *Macbeth*."

"Ah, merda!"

"Agora você quer fazer comigo a firula de bater palmas e dar voltas, não é?"

"Quero."

Ficaram de pé, frente a frente.

"*Krankzinnig!*"

"Melhor prevenir que remediar."

Bateram palmas e giraram três vezes antes de cair em seus respectivos assentos, rindo.

Daan disse: "Não acredito no que acabei de fazer."

"Um racionalista como você", disse Jacob. "Devia ter vergonha de uma coisa dessas."

"Ridículo."

"Pueril", acrescentou Jacob mais por gostar do som da palavra do que porque achasse isso e torceu para que Daan não percebesse que ele ria mais de alívio pelo fim do pânico da interação do que pela diversão.

Daan foi até a cozinha e abriu uma garrafa de vinho branco seco. Disse que já passava das seis e que essa era a hora em que Geertrui sempre fazia isso, de modo que ele tinha se acostumado. "A hora da taça vespertina" era como ela a chamava. "Mas este é só *een goedkoop wijntje* – um vinho vagabundo, sabe?"

"Goró."

"Então eu coloco um pouco de água tônica. Faço um drinque espumante. E você?"

"Tomo o mesmo que você."

"Você não tem opinião própria?"

"Não sobre goró. Nem sobre qualquer tipo de vinho, aliás. Não estou acostumado, como você."

"Então vou lhe educar."

"Me corromper, você quer dizer."

"Às vezes eles são o mesmo, você não acha?"

"São?"

"Quando você aprende alguma coisa, deixa de ser inocente."

"Se você coloca desse jeito..."

"De uma forma ou de outra, o resultado é o mesmo."

"Se não se importa, eu não vou discutir isso com você. Talvez depois."

Acomodaram-se com seus drinques. A sala havia escurecido sob a luz vespertina. Daan ligou um abajur que, localizado ao lado do sofá, mergulhou-os numa ilha de claridade. As vigas pesadas os espreitavam de cima. Mais do que nunca, parecia a Jacob que estavam sentados entre os conveses de um velho navio que zarpara havia muito tempo, sem destino conhecido.

O clima entre eles voltou a ser solene. Daan olhava para Jacob com um jeito calculista que acentuava a diferença de idade. Sentindo-se novamente à deriva, Jacob devolveu o olhar, e o vinho talvez o tenha ajudado a sustentar o seu olhar. Coragem à holandesa, ele pensou sem achar graça.

Finalmente, Daan começou a falar. "Então é isso. Certo?"
"Certo."
"Você sabe que Geertrui está doente."
Jacob fez que sim.
"Mas não é qualquer doença. Ela está com câncer no estômago."
Ele parou, esperando uma resposta. Jacob não conseguiu dizer nada. Apenas engoliu em seco, sentindo seu pomo de adão subir e descer como uma pedra pontiaguda atravessada na garganta e seu estômago se apertar como se tivesse contraído a doença só de ouvir falar dela.
"Incurável", prosseguiu Daan. "E muito doloroso. Muitas vezes a dor chega a ser insuportável. Cada vez mais."
Jacob obrigou-se a dizer: "Que horror."
"Eles fazem o possível com os medicamentos. Mas, a essa altura, já não é suficiente. Às vezes, eu acho que a dor parece se alimentar dos medicamentos e piora, fica mais forte, porque se nutre deles."
Jacob teve que pousar sua taça, mas acabou conseguindo falar: "Será que não há realmente mais nada a fazer?"
Daan sacudiu a cabeça. "Está em estágio terminal."
"Você quer dizer que ela não tem muito tempo?"
"Mais algumas semanas. Mas, antes do fim, a dor é..." Daan inspirou fundo como se ele mesmo tivesse sentido uma pontada repentina. "Um dos médicos me descreveu como pior que a pior das torturas."
Jacob procurou medir o significado disso, uma dor além da crueldade, mas não descobriu nenhum precedente de horror semelhante em sua vida. Disse, para ter o que dizer: "E não há mesmo nada que se possa fazer?"
"*Niets*. Não muito." Daan desviou o rosto antes de acrescentar: "Só uma coisa."
Imediatamente, Jacob adivinhou o que estava prestes a ouvir. Seu corpo retesou-se contra a ideia, ao mesmo tempo que a sua força pareceu esvair-se dele, deixando naquele invólucro rígido apenas uma sensação de debilidade.

Daan não fez uma pausa. Continuou na marcha inclemente dos que precisam dizer o inevitável.

"Eles podem ajudá-la a morrer. E Geertrui quer isso. Vai fazer. Já está decidido. Você entende?"

Jacob fez que sim. "Eutanásia." E acrescentou: "Houve um debate sobre esse tema na escola." Enquanto falava, pensou como aquilo soava banal.

"E o que você disse?"

"A maioria das pessoas foi contra. Disseram que era contra a vida. E que os poderosos acabariam usando isso para se livrar de quem não gostassem."

"Como Hitler e os nazistas na Alemanha."

"Sim. E não só eles. Stalin era tão ruim quanto, à sua maneira. Pol Pot. Agora vivemos mais e há cada vez mais idosos. Não paramos de ouvir quanto é caro sustentá-los. Bem, se a eutanásia fosse permitida..."

"Já tivemos todo esse debate aqui na Holanda. E você, concordou?"

"A respeito disso, sim, mas..."

"Mas?"

"Algumas pessoas disseram que todos deveriam ter o direito de morrer com dignidade. De tomar decisões a respeito da própria morte. Não pedimos para nascer, disseram, mas pelo menos deveríamos ter algum controle sobre a própria morte. Especialmente quando não estamos mais, você sabe, funcionando direito... É uma questão de liberdade pessoal."

"E você? O que acha?"

"Concordo com isso. Sobre morrer de forma digna e poder escolher como morrer." Lançou um olhar frio sobre Daan. "Mas falar é fácil."

Daan terminou seu vinho. "Aqui é permitido, desde que se faça tudo de acordo com as regras. A doença tem de estar em estágio terminal e causando dores severas. A de Geertrui está. Dois médicos precisam autorizar. Já autorizaram. Um médico independente deve rever o caso em nome das autoridades e estar de acordo. Isso também já foi feito. Os parentes próximos devem ser consultados e têm de concordar. Concordamos, mas não foi fácil. Meu pai e eu aceitamos, mas a Tessel foi completamente contra. Não por motivos racionais. Emocionalmente. Ela simplesmente abomina a ideia. Ela e eu discutimos feio por causa disso. Dissemos coisas horríveis um para o outro. Ela me acusou de querer tirar a Geertrui do caminho para poder vender esse apartamento, que a Geertrui deixou para mim no testamento, e ficar com o dinheiro. Eu a acusei de querer ver a Geertrui sofrer por causa de... bem, por causa de umas histórias de família. Acho que nessas horas as pessoas dizem mesmo coisas imperdoáveis umas às outras. Nós fizemos as pazes, mas ainda estamos magoados. Acho que é por isso que a Tessel quer ela mesma lhe contar. Quer que você ouça a versão dela. E é por isso, também, que não lhe deu meu endereço ontem." Serviu-se de mais vinho e relaxou o corpo na poltrona. "Bem, de qualquer modo, a Tessel é que tem passado mais tempo com a Geertrui e testemunhado a maior parte de seu sofrimento, o que a abalou muito. E a Geertrui tanto discutiu e reivindicou que, no final, a Tessel teve de aceitar que, a despeito do que ela ache, o que importa é a vontade da Geertrui."

Silêncio. A boca de Jacob estava seca. Buscou sua taça e teve de amparála com as duas mãos. O líquido gelado chocou-se com sua garganta e cortou-lhe o calor do estômago. Olhou de soslaio para Daan, que olhava para ele fixamente. Olhos azuis penetrantes, bonitos, indagando, esquadrinhando. Várias e várias vezes, desde que haviam se encontrado, Jacob tinha flagrado Daan observando-o assim. Por quê? O que procurava? Será que queria alguma coisa?

Jacob acariciou a testa úmida com os dedos ainda frios da taça.

"Nove dias", disse Daan. "Sem ser nessa segunda, na próxima."

O anúncio bateu em Jacob como um soco. Não disse nada, nem mesmo que não sabia o que dizer.

Em vez disso, lágrimas involuntárias, inesperadas, começaram a marejar seus olhos, até que transbordaram e rolaram por suas bochechas e pingaram do queixo, caindo no tórax. Não fez o menor esforço para resistir a elas ou limpá-las. Não soluçou, não engasgou, não fungou nem emitiu nenhum outro som. Permaneceu completamente imóvel na cadeira, olhando para a penumbra em que se encontrava o outro canto da sala. A aflição tão familiar e odiada – de sentir-se desajeitado, tolo, inepto, encabulado – surgiu dentro dele, mas desta vez ele não ligou, não lhe deu atenção. O sonho do rato passou-lhe pela cabeça. Então, pensou em Anne Frank e na visita à casa dela – não, casa dela não, museu dela – naquela manhã. E agora isso e aquele choro. Tudo conectado de alguma forma.

Depois de algum tempo, Daan disse-lhe, calma mas duramente: "Não chore pela Geertrui. Ela não gostaria disso."

"Não é por ela", disse Jacob com a luz de um *insight* que lhe veio ao falar.

"Então, por quê?"

"Porque estou vivo", disse Jacob.

GEERTRUI

Eu ainda lamentava que Dirk tivesse matado aquele soldado alemão. Enquanto avançávamos penosamente pela aldeia, numa escuridão total, de casa em casa, de rua em rua, de árvore em árvore pelo parque atrás do Hotel Hartenstein, bafejados o tempo todo pelo bombardeio estrondoso das armas britânicas atacando as posições alemãs, eu rezava – pois naquela época ainda rezava – para ninguém morrer. Nem meu irmão Henk, nem nosso amigo Dirk, nem nosso aliado britânico Jacob, nem eu mesma, nem mesmo algum soldado alemão. Já havia morrido muita gente. Eu odiava profundamente o mal inerente àquela situação. Era como se tivesse brotado dentro de nós um veneno devorador de almas.

Tínhamos quase escapado quando aquilo aconteceu. Henk e Dirk eram amigos desde pequenos. Haviam brincado por toda aquela região, andado e pedalado um em direção à casa do outro inúmeras vezes, por inúmeras rotas diferentes. Conheciam cada milímetro do terreno. Por isso é que estávamos tão certos de que poderíamos encontrar o nosso caminho à noite, sob um clima tão inclemente, e evitar os alemães, que sabíamos estar espalhados esparsamente pelo bosque do perímetro oeste, entre a área britânica e a deles. Achávamos que tínhamos vencido aquela parte da jornada e mal começávamos a relaxar quando ele surgiu à nossa frente, como que brotando da terra.

Não acho que tenha nos visto. Acho que simplesmente se levantou, apenas, talvez, para esticar suas pernas doloridas ou se acomodar melhor em sua pequena e desconfortável trincheira. O que quer que fosse, acho que ficou mais surpreso conosco do que nós com ele. E foi isso o que nos valeu. Pois, por sorte, ele hesitou por um momento. Jacob segurava sua arma engatilhada desde que havíamos partido, mas passar mais de uma hora sentado no carrinho de mão, embaixo de frio e de chuva, enferrujara aquele corpo já frágil. Ele conseguiu fazer a mira, mas seus dedos não obedeceram quando tentou puxar o gatilho.

Vendo isso, o alemão caiu em si e levantou sua arma. Então Henk soltou o carrinho de mão e atirou-se sobre mim, empurrando-me para o chão e cobrindo-me com seu corpo, a fim de me proteger. Não vi o que aconteceu depois. Só ouvi o disparo da arma de Jacob. Quando tudo terminou, soube que, enquanto Henk se lançava sobre mim, Dirk tomou a arma de Jacob, mirou e puxou o gatilho, atingindo o soldado alemão na cabeça e matando-o instantaneamente. Filho de fazendeiro, Dirk estava acostumado a mexer em espingardas, mas nunca tinha usado nada como a submetralhadora britânica de Jacob. Fez aquilo no calor da hora, por instinto. Assim como o instinto fraternal de Henk de empurrar-me para o chão e me proteger com o próprio corpo. Nossa sorte foi que o alemão não tinha nos visto antes de levantar, que ele hesitou, que Dirk foi tão rápido, que a arma de Jacob estava pronta para atirar e que o mecanismo da arma funcionou naquelas condições tão adversas. Como costuma acontecer em ocasiões como essa, especialmente na guerra, o resultado dependeu da sorte. Não de heroísmo, se é que heroísmo depende de pensamento racional, pois nem deu tempo de pensar. Somente da irracional, arbitrária e injusta natureza da sorte.

Tive a impressão de que, no mesmo instante em que me empurrou para o chão, Henk já me empurrou para ficar em pé de novo, e nos esgueiramos com o carrinho de mão pelas árvores tão depressa quanto pudemos, fugindo das balas, das explosões, do alemão morto e de qualquer companheiro seu que pudesse estar por perto, entocado no fundo de sua trincheira e rezando para sobreviver. Como eram os projéteis de nossos aliados que os obrigavam a se recolher, suponho que tivemos ainda mais sorte em não termos sido mortos pelo que os políticos militares chamam hoje, espirituosamente, de "fogo amigo". (Será que nunca terá fim esse uso cínico que os poderosos fazem das palavras?)

Quando, afinal, chegamos à fazenda, o casal Wesseling não nos recepcionou tão calorosamente quanto esperávamos. É claro que eles ficaram felizes em ver seu filho e saber que ele estava vivo e com saúde, mas não queriam que ele tivesse fugido para ajudar os britânicos e, sinto dizer, culparam o Henk, pois achavam que ele tinha convencido o Dirk a fazê-lo contra a vontade dos pais. A bem da verdade, posso condená-los. Dirk era filho único. Sua mãe ficava fora de si só de pensar em perdê-lo. Agora ele tinha retornado daquilo que seu pai chamava de "molecagem irresponsável" no meio da madrugada, trazendo com ele não só o amigo reprovado pelos pais e pela irmã desse amigo, mas também um soldado britânico ferido que não podia se cuidar sozinho e cuja presença ali era uma sentença de morte sumária para todos caso os alemães o pegassem conosco. Dadas as circunstâncias, não podíamos esperar que exultassem com a nossa chegada.

Jacob estava em péssimo estado, quase inconsciente e morrendo de dor. Nós o levamos para dentro e trocamos suas roupas encharcadas por roupas de Dirk, que couberam perfeitamente, pois eram do seu tamanho. Depois disso, Henk, Dirk e eu tomamos banho e vestimos roupas secas. Não falamos muito enquanto realizávamos essas tarefas. Os Wesselings eram gente do campo. Bons e práticos, não gostavam de constrangimentos nem de demonstrações de afeto e respondiam às crises com calma eficiência, fazendo o necessário para restaurar a normalidade e a ordem do dia a dia quaisquer que fossem os seus pensamentos e sentimentos a respeito das dificuldades que acabávamos de lhes impor.

Assim que ficamos prontos, o casal Wesseling serviu comida a Dirk e a Henk na sala de estar para discutir com eles a situação, enquanto eu cuidava de Jacob. Sentados junto ao fogão da cozinha, comemos pão deliciosamente fresco e uma sopa de ervilhas que eu tive de lhe dar na boca, já que suas mãos ainda não eram capazes de segurar uma colher. Depois de todas as privações pelas quais passáramos nos últimos dias, aquilo parecia o céu. Estávamos vestidos e agasalhados, nos sentíamos bem alimentados novamente, estávamos fora de perigo, longe das armas e das bombas barulhentas, estávamos numa casa limpa e organizada, com suas paisagens, aromas e sons reconfortantes. Mas não era um paraíso que eu pudesse desfrutar completamente. Pois ainda pensava em mamãe e papai, presos no inferno do qual escapáramos, com perigos inimagináveis a enfrentar assim que a retirada britânica estivesse concluída, deixando-os à mercê da ira dos alemães. Rezei por eles, recostando-me em minha cadeira e contemplando o fogo.

Esta é a última coisa de que me lembro antes de ser acordada por Henk, horas depois. O paraíso talvez fosse demais para mim. Após dias de exaustão e de ansiedade às quais eu não me permitira sucumbir, a comida, o calor, a segurança e o silêncio repousante me levaram a dormir, um sono tão profundo que nem ouvi os Wesseling e Henk retornar à cozinha, encontrarem Jacob e eu dormindo como mortos e decidirem que era melhor nos deixarem ali mesmo até o amanhecer. O senhor e a senhora Wesseling tinham se recolhido. Pelo resto da noite, primeiro Dirk e depois Henk ficaram de vigia da janela do segundo andar, atentos a qualquer sinal de aproximação dos alemães. Só quando a família estava se preparando para as tarefas do dia que começava é que Henk me acordou com uma xícara de café e me contou baixinho o que tinha sido decidido.

Você não sabe como era uma casa de fazenda holandesa naquela época, de modo que vou lhe explicar, para que entenda como vivemos e o que aconteceu nas semanas seguintes.

Como a maioria de nossas casas de fazenda, a dos Wesseling tinha um estábulo grande. Cada uma das construções tinha a sua própria entrada, mas você podia passar de uma para outra por dentro, por uma porta interna da leiteria, conveniente para ir pegar leite. O estábulo tinha espaço para mais de vinte vacas, em duas fileiras junto a cada parede, cada uma com sua própria baia, cabeças na manjedoura, rabos na vala de estrume e um corredor entre as fileiras em que cabia uma carroça de feno, que entrava no galpão pelos portões duplos da frente. Sobre as vacas, sob a curvatura do teto, havia um mezanino onde era estocado o feno e guardado o equipamento que não estava sendo usado. Chegava-se ao mezanino por uma escada, que, na casa dos Wesseling, estava amarrada pelo degrau superior a uma das pontas do mezanino. Amarrada ao degrau inferior, uma corda se estendia até um gancho afixado a uma viga do teto e por meio dela a escada era recolhida, para não atrapalhar, quando não estivesse em uso.

Em sua época "clandestina", antes de os britânicos chegarem, Dirk e Henk construíram um esconderijo num dos cantos da galeria. Primeiro ergueram paredes com caixas de madeira velhas. Depois empilharam fardos de feno na frente das paredes e, sobre esses fardos, colocaram feno avulso. Nos outros cantos, arrumaram pilhas de feno semelhantes, para que todos ficassem idênticos. Para entrar no esconderijo, você retirava a palha solta de cima dos fardos de feno com um tridente e tinha de saber exatamente quais fardos puxar para revelar a "porta" das paredes de madeira. Para quem soubesse o que fazer, sair e entrar era fácil. É claro que os alemães sabiam que as pessoas se escondiam no feno, mas, a não ser que tivessem muitas suspeitas ou recebessem alguma denúncia, só garfavam aqui e ali com uma baioneta ou tridente e raramente se preocupavam em desmantelar toda uma pilha de feno. Dava muito trabalho.

Dentro do esconderijo havia espaço suficiente para um beliche, uma mesinha com um par de banquetas de ordenha e um armário feito de caixas de laranja empilhadas, com a abertura virada para o quarto, onde eram guardados comida, bebida, utensílios básicos como garfos e facas, pratos, canecas, mudas de roupa, livros, um jogo de xadrez – tudo o que era preciso para sobreviver por um ou dois dias sem sair dali. Havia também um banheiro improvisado com uma tampa hermeticamente fechada. No declive do telhado, pouco acima da cabeça, havia uma claraboia, que possibilitava a renovação do ar e da qual, ficando-se em pé sobre um banquinho, se podiam ver os campos que ficavam na frente da casa. Era um esconderijo bem aconchegante. Eles gostavam tanto dele que acho que o preferiam à casa. Será que os meninos nunca crescem?

Naturalmente, esperava-se que eles trabalhassem para ganhar a vida. Os Wesseling tinham perdido todos os seus trabalhadores. Havia muito mais a fazer do que o senhor Wesseling seria capaz de dar conta. Então Dirk e Henk cuidavam das vacas, ordenhavam-nas, alimentavam-nas, limpavam o estrume, trabalho interno que não os expunha a nenhum visitante inesperado. Operavam a máquina da leiteria que separava a nata do leite para fabricar manteiga. Alimentavam e limpavam cavalos, porcos e galinhas. Quando parecia seguro, consertavam calhas quebradas e realizavam quaisquer tarefas extras de que o senhor Wesseling os incumbisse. Parte da casa e do complexo de construções era protegida por uma fileira de árvores, que ajudavam a quebrar o vento do campo aberto. Então, era relativamente seguro trabalhar desse lado da fazenda, desde que um deles sempre ficasse de vigia. Uma trilha comprida saía da estrada principal, atravessando os campos e chegando à casa. Se alguém se aproximasse, dava tempo de Dirk e Henk correrem até o estábulo e se esconderem. Mas, por precaução, para o caso de serem pegos de surpresa, cavaram uma trincheira em cada construção externa. "Parecemos ratos", disse-me Henk quando fui visitá-lo antes da chegada dos britânicos. "E somos tão difíceis de apanhar quanto eles!", disse Dirk. Ao dizer isso, eles sorriam abertamente, como se estivessem se divertindo, e acho que estavam. De novo, meninos desafiando a autoridade.

O perigo não era só a visita de esquadrões alemães munidos de mandado oficial para vasculhar a casa ou de dois ou três alemães com tempo livre procurando comida ou guloseimas que não pudessem comprar na cidade. Eles eram proibidos de fazer isso, era estritamente contra as ordens. Então eles desvelavam-se em uma conduta educada e simpática, sabendo que teriam sérios problemas caso o fazendeiro reclamasse ao seu superior. Cobiçavam em especial as salsichas caseiras da senhora Wesseling e seu queijo fresco, mas também ovos, manteiga e frutas. Pagavam bem ou trocavam por relógios de pulso e outros artigos interessantes para um fazendeiro ou sua esposa. Como não deveriam estar ali, aqueles visitantes inoportunos eram fáceis de manobrar, mas era vital que não vissem nada suspeito que pudessem contar aos superiores, que certamente apareceriam depois com uma equipe de busca oficial. Ou, o que era tão ruim quanto, eles poderiam usar a informação para chantagear o fazendeiro, exigindo dele qualquer coisa que lhes aprouvesse sempre que aparecessem por ali. Quem sabe poderiam até fingir ser soldados de folga à caça de comida e, na verdade, estar atrás de indícios de atividade ligada à Resistência. Acima de tudo, o que levantaria suspeitas seriam dois jovens robustos circulando pelas imediações ou quaisquer sinais da existência de mais moradores na fazenda do que se contava à primeira vista.

Não eram só soldados alemães que apareciam. Aldeões holandeses, por falta de comida ou combustível, chegavam suplicando ajuda. Nos meses seguintes à batalha, durante o Inverno da Fome, quando a situação ficou desesperadora e até os alemães passavam necessidades, tantas pessoas vieram se arrastando pela trilha que quase tivemos de nos defender delas. E, mesmo sendo nossa gente, não nos atrevíamos a confiar neles. Qualquer um podia ser partidário do NSB (*Nationaal Socialistische Beweging*), o partido nazista holandês – essa horrenda mancha em nossa história, a qual procuramos esquecer, mas da qual devemos sempre nos lembrar, pois nos recorda daquilo que, sem vigilância, qualquer um de nós pode se tornar. Gente assim teria nos denunciado por pura ideologia fanática, esse eterno flagelo da raça humana. Mas outros, a maioria de nosso país, no qual gostamos de pensar como o mais honesto do mundo? No desespero, as pessoas se comportam como jamais ousariam em tempos menos bicudos. É fácil condenar esse tipo de conduta, mas apenas se você nunca esteve sob essas circunstâncias.

Assim foi a manhã do dia 26 de setembro de 1944, uma terça-feira, com um esconderijo já preparado. Em seu *overleg* noturno, os Wesselings decidiram que eu poderia ficar na casa com eles. Caso alguém perguntasse, seria fácil explicar: eu era uma amiga da família que estava de visita quando teve início a batalha contra os britânicos, o que me impediu de voltar a Oosterbeek. Meus documentos estavam em ordem. Todos concordaram quanto à verossimilhança dessa história. Dirk e Henk continuariam como antes, trabalhando na fazenda e dormindo em seu esconderijo.

O problema era Jacob. Fraco, doente e incapaz de ficar em pé, quanto mais de andar, cuidar dele no espaço pequeno do esconderijo dos rapazes seria difícil para todos. O importante era fazê-lo melhorar suficiente para que pudesse movimentar-se o mais rápido possível. Isso seria mais fácil se cuidássemos dele num leito decente, com o calor e as conveniências da casa. Então, mesmo contrariados por causa do risco, os Wesselings concordaram em que Jacob deveria ficar em um dos quartos por alguns dias. Só precisávamos torcer para que os alemães estivessem tão ocupados com os desdobramentos da batalha que nem pensassem em vasculhar ou visitar uma fazenda tão fora de mão.

Mas a senhora Wesseling deixou bem claro para todos, especialmente para mim, que esperava que eu me responsabilizasse por Jacob, tratando-o, levando e trazendo o que fosse necessário, bem como que a ajudasse com o serviço doméstico em geral. Ela disse que já tinha muito o que fazer, cuidando de todos nós, para ter de cuidar também de um soldado ferido. Acrescentou que, além do mais, ela nem falava a língua dele.

Não fiz nenhuma objeção. Eu disse que havia acolhido Jacob em minha casa, que fora minha decisão levá-lo comigo para lá e que, portanto, eu bem sabia que ele era minha responsabilidade.

A senhora Wesseling era uma mulher firme, até ríspida, eu diria, e estava determinada a não dar nenhum motivo para que os alemães viessem perturbar a sua família, à qual, devo dizer, ela era completamente dedicada. Mas essa não era a única razão de ser das exigências que ela me fez.

Todos ali sabiam que Dirk gostava de mim. Ele havia deixado isso bem claro tanto para seus pais quanto para mim algumas semanas antes. Estava com a ideia fixa de se casar comigo. Não lhe dei nenhum estímulo nesse sentido. Não que eu não gostasse dele. Não, não. Era um rapaz bonito e uma das pessoas mais doces e compassivas que eu já havia conhecido. Mas eu não o amava do modo que, eu pensava, se deveria amar alguém para querer se casar com ele. Também sabia que a senhora Wesseling não me considerava a esposa certa para o seu filho único. Eu sabia disso porque ela havia me dito francamente, quando havíamos ficado sozinhas, certo dia. Ela me disse que Dirk era filho de fazendeiro. Um dia ele herdaria a fazenda, que estava na família havia muitas gerações. Precisava de uma mulher acostumada desde pequena ao trabalho em fazenda. Ela disse que nada tinha contra mim, que eu era "uma mocinha razoável", mas da cidade, e que havia levado uma vida confortável, burguesa. Não conhecia as dificuldades da vida no campo ou a dureza do trabalho de fazendeira. "Se não se domina o cavalo cedo", ela disse, "ele não vai querer trabalhar depois de velho. E você", acrescentou, "já passou da época." Mesmo que eu procurasse me adaptar, nunca seria feliz. E se eu não estivesse feliz como esposa, seu filho não seria feliz como marido. No momento, ele estava apaixonado por mim, continuou ela, mas era muito jovem, aquilo haveria de mudar e ele cairia em si. "Então, seja qual for a sua opinião, mocinha, prefiro que não se achegue a ele."

Não discuti. Não tinha a menor intenção de me casar com Dirk. E, como tantos que se vangloriam de "falar sem papas na língua", como ela mesma dizia, a senhora Wesseling não gostava de ser paga na mesma moeda. Assim, embora eu tivesse sentido vontade de dizer umas verdades para ela, silenciei a fim de não causar uma rusga entre nós que afetasse a amizade de Henk e Dirk, e também a nossa, pois Dirk era meu amigo, e dos bons. Eu nem mesmo condenei a senhora Wesseling, pois ela estava só tentando proteger seu único filho de um erro para a vida toda. No lugar dela, talvez eu até fizesse o mesmo, pensei. Como minha própria mãe querida o faria. Mãe e filho – quer amor mais determinado que esse? Creio que não existe. Só se for o amor entre pai e filha. A diferença que constatei é que a mãe luta pelo seu filho contra o mundo, enquanto o pai luta para ter sua filha junto de si.

Conforme os dias foram passando e depois de uma ou duas semanas de nossa chegada, comecei a perceber que a senhora Wesseling poderia ter em mente algo mais que me deixar longe do Dirk. Ela sabia que, por mais que me vigiasse e por mais árduo que me fizesse trabalhar na casa, ainda haveria muitas ocasiões para Dirk e eu ficarmos juntos e muitos lugares na fazenda onde poderíamos nos esconder, caso quiséssemos ficar a sós. Ao me dar muito trabalho duro, muito serviço sujo e tarefas desagradáveis – como depenar e estripar galinhas e limpar a "casinha" sem descarga da família –, ela talvez esperasse afastar-me de seu filho fazendo-me detestar a vida que eu levaria ao me casar com ele. Ora, também não me importei com isso. Prefiro ter algo com que me ocupar, não tinha medo de *vuil werk* (trabalho sujo) e já tivera com a minha mãe um bom treinamento sobre as tarefas de casa. Preciso admitir que, com mamãe, o treinamento era adoçado com uma boa dose de bom humor e riso solto, o que, sinto dizer, não existia na receita azeda da senhora Wesseling. Infelizmente, acho que seu deus calvinista deve ter deslocado seu osso do humor ao nascer, pobrezinha. Um erro que essa divindade em particular comete com muita frequência. Mas nem isso me desanimou. Eu era jovem. E, quando você é jovem, o mundo não lhe arranha.

Na tardinha de nosso primeiro dia, tudo estava ao gosto da senhora Wesseling. Sob as cobertas, Jacob dormia como uma pedra num quarto próximo à escada que conduzia ao corredor dos fundos da casa, onde também estava a porta para a leiteria, que levava ao estábulo. Se os alemães fossem vistos chegando pela trilha, esperávamos que houvesse tempo suficiente para levá-lo para o esconderijo antes de eles chegarem. É claro que Dirk e Henk tinham-se reinstalado em seu esconderijo. Todos os sinais de nossa chegada e da presença de mais alguém além do casal Wesseling e de mim haviam sido cuidadosamente ocultados. Com tudo pronto e devolvido ao normal, tão normal quanto possível dentro das circunstâncias, a senhora Wesseling e eu tiramos a mesa do jantar e lavamos a louça antes de passar as roupas recém-lavadas, enquanto os homens se retiravam para uma das construções exteriores, onde havia um rádio escondido, para ouvir as notícias da Radio Oranje, nossa estação em holandês irradiada de Londres pela BBC.

Eis a memória. Para mim, só resta a memória. Memória e dor. A vida inteira é memória. A dor é do presente, esquece-se assim que se vai. Mas a memória é viva. E cresce. E muda também. Como as nuvens que vejo da janela. Às vezes, luminosas e crespas. Às vezes, cobrindo todo o céu. Às vezes, carregadas. Às vezes, finas, compridas e altas. Às vezes, baixas, cinzentas e estufadas. E, às vezes, nem estão lá, somente o azul sem nuvens, tão pacífico, tão infinito. Tão ansiado. Mas não falemos de morte. Só de nuvens. Sempre iguais e, no entanto, nunca iguais. Incertas. Traiçoeiras, portanto. Imprevisíveis.

Ah, se eu tivesse mantido um diário durante todos aqueles anos... Não existe memória tão boa quanto aquela registrada por escrito no momento em que é vivida. Se eu tivesse feito isso, poderia lhe contar melhor meus dias com Jacob. Mas agora as nuvens cruzam a minha mente de acordo com as vontades de um vento invisível, e eu nem sempre sei o que vem antes do quê, na história. Diferentemente dos dias da batalha, dos quais pareço me lembrar na ordem em que transcorreram, o tempo que passamos juntos na fazenda, até o fim, me vem como uma montagem, diferente a cada vez. Sempre algumas cenas, as que mais adoro, enquanto de outras passo anos sem me lembrar. E de outras me lembro muito, mas aleatoriamente. Para mim, é um prazer. A cada vez que as assisto, tenho uma surpresa. Mas para você, que só terá essa chance de assistir...? Bem, estou fazendo o melhor que posso.

Acordar Jacob todos os dias, enquanto ele convalescia na fazenda, tornou-se um pequeno ritual desde a primeira manhã. Ele dormia muito. Disse que gostava de dormir porque sonhava bastante e gostava de seus sonhos. Eles geralmente se pareciam com uma maravilhosa sessão de cinema. E ele dormia pesado. Ele disse que, durante toda a sua vida, sempre detestou levantar da cama. E digo que ele não era nada fácil de acordar.

Na primeira manhã eu não sabia disso, mas não fiquei nada surpresa ao perceber que dormia tão profundamente, depois de tudo por que passara. Levei-lhe uma xícara de café (falsificado, artificial, tudo o que podíamos obter durante a guerra, mas aceitável quando quentinho e adoçado com o mel das abelhas do senhor Wesseling). Cheguei a seu lado com o café e disse seu nome. Mas nada além de uma respiração mais forte. Sacudi seu ombro. Mas nem sinal de despertar. O suor queimava sua testa. Coloquei a xícara no criado-mudo e passei a mão em sua fronte algumas vezes. Nem o menor movimento. Nem minha mão gelada o devolvia à consciência. Sentei-me na beira da cama e falei seu nome baixinho. "Jacob. Jacob." Nada. Dormindo, ele parecia um garotinho. Tão *kwetsbaar* – tão vulnerável e inocente.

Intuitivamente, com aquele tique biológico que controla nossos atos mais do que somos capazes de admitir, comecei a cantar como uma mãe para a sua criança.

Vader Jakob, Vader Jakob,
Slaapt gij nog? Slaapt gij nog?
Alle klokken luiden. Alle klokken luiden.
Bim Bam Bom. Bim Bam Bom.

Isso também não funcionou. Mas, cantando a canção outra vez e alisando sua testa quente com minha mão fria, ele deu ao menos um sinal de vida. Seus olhos piscaram. Sua boca se abriu num sorriso satisfeito. Mexeu-se na cama. E, finalmente, seus olhos se abriram, olhando diretamente nos meus.

Terminei a canção e por um momento ninguém falou nada. Até que Jacob disse:

"Passe o pente e faça um cafuné,
E ganharás um *cockle bread.*"*

"O quê?", disse eu, sem entender nada.

Mas ele simplesmente sorriu e murmurou: "Anjo Maria, salvando-me de novo."

"Dessa vez, do sono", eu disse. "Graças a Deus."

"Se tivéssemos um Deus a quem agradecer", disse ele, "não estaríamos aqui."

"Está dizendo charadas de novo", falei. "O que quer dizer?"

"Nada", ele respondeu.

"Tome", eu disse, levando a xícara até os lábios dele. "Beba. Pelo menos deve curar você de dizer nada."

Ele riu. Eu também.

Então virou um ritual de todas as manhãs. A canção de despertar e minha mão suave, uma troca de nadas, antes que eu o ajudasse a tomar seu café. Certas manhãs, eu sabia que ele não estava dormindo assim tão pesado quando eu vinha, mas fingia que estava, porque queria que eu cumprisse o ritual. Ele gostava. E eu também.

Até o dia em que essa temporada feliz chegou ao fim.

---

* *The Song from the Well*, canção da peça de George Peele, *An Old Wives Tale*. O *cockle bread* também era considerado uma comida afrodisíaca. (N. da T.)

CARTÃO-POSTAL
Vejo com um olho que sente
e sinto com um olho que vê.
J. W. von Goethe

"Olhe", disse Daan, "esse dia foi difícil para você. Você precisa comer alguma coisa. Eu também. Costumo ir a um café aqui na esquina. Vamos lá?"

Daan saiu, levando embora a garrafa vazia e as taças. Jacob queria dizer não, queria ficar sozinho, mas de repente se sentiu tão cansado, tão extenuado, que se deixou levar pela determinação de Daan. Havia alívio, e até prazer, em ceder à determinação alheia.

O pequeno café, numa transversal cheia de bares e de restaurantes baratos, já estava abarrotado de gente jovem, ou ao menos razoavelmente jovem, e a maioria parecia fumar, nublando o recinto com o cheiro penetrante de cigarro e baseado que irritou o nariz de Jacob. Daan, que ia à frente, deteve-se duas ou três vezes para cumprimentar alguém, até chegar a uma mesinha de canto com duas cadeiras vagas junto a uma janela que dava para a rua, onde deixou Jacob, que ficou observando os turistas que passeavam lá fora para evitar os olhares das pessoas ali dentro.

Tentou ficar à vontade, sozinho naquela cordialidade ruidosa, mas ao topar com seu reflexo no vidro da janela percebeu a tensão estampada em seu rosto. Será que ele nunca aprenderia a ficar calmo e natural em público? Mas afinal, o que seria o seu natural? E o que queria dizer "natural"? Quem dera ele soubesse! Tinha gente (a maioria das pessoas?) que parecia ter essa certeza desde sempre, desde que nasceu, que se sentia em casa no mundo, que parecia saber quem era, o que era, onde era o seu lugar. Daan, por exemplo. Mas ele, eu, essa pessoa que os outros chamavam de Jacob, não sabia. Agora, menos do que nunca. Como se (quantas horas haviam se passado?) trinta horas – apenas trinta! – naquele país estranho tivessem começado a lhe des-

cascar, como se lhe arrancassem a película protetora, as poucas certezas que tinha sobre si, deixando-o desorientado e inquieto.
Como encontrar o seu rumo?
Ou será que era só cansaço? Talvez ele estivesse meio bêbado?
Daan retornou depois de séculos acompanhado por uma garçonete peituda alegremente assediada, que carregava entre os peitos pratos de massa e salada, uma cesta de pão, taças de vinho e talheres.
"Bom apetite", disse a moça em inglês, após uma distribuição equânime da comida.
"Como ela sabia que eu sou inglês?", perguntou Jacob.
"Porque você parece um", disse Daan.
"Sou um estereótipo?"
"Só quando está tentando não ser."
"Ei, Daan!" Um homem enorme vestido de couro negro com um cachecol vermelho envolvendo-lhe o pescoço abria caminho com o corpo pela aglomeração compacta até a mesa deles.
Daan levantou-se para cumprimentá-lo. "Koos!" Trocaram um abraço de urso e um rápido beijo tríplice – face direita, face esquerda, face direita de novo –, uma saudação entre amigos típica daquele país e que Jacob observara pela primeira vez meio surpreso, mas com a qual já estava se acostumando. Os ingleses com seu beijo de Judas único; os franceses com sua demonstração dupla; os holandeses com seu triplo estalo. E ele notou que era possível perceber o nível de confiança afetiva das partes pela proximidade dos beijos em relação à boca. Cumprimento de rotina: lábios que mal tocavam a pele e miravam no alto da bochecha, perto da orelha. Amigos, platônicos e pessoas próximas: beijos depositados de leve no meio da bochecha. Bons amigos e parentes: beijos gentilmente dados perto da boca. Amigos do peito e namorados: beijos dados com ímpeto no canto da boca. E, quando sensuais, o último dos três beijos era dado na boca: o selo salvador da cumplicidade íntima.
Até agora, pensou Jacob enquanto começava a comer a sua massa, enquanto Daan e seu amigo de centro de bochecha conversavam em holandês acima de sua cabeça, até agora ninguém havia lhe tribeijado na beira das bochechas, muito menos lhe dado um beijo nos lábios. Lembrou-se de Anne registrando em seu diário como ansiava pelo seu primeiro beijo (e ele pensando no covarde que devia ser Peter van Daan para não fazê-lo), e entendeu os sentimentos dela, pois beijar, na

opinião dele, era um dos melhores prazeres da vida. Mas por que será, pensou, enquanto o azeite da salada untava a sua língua, que aquele ato cômico de mesclar suas membranas orais úmidas com as de outro alguém era tão desejável? De onde vinha aquele impulso? Que diabos poderia ter a ver com evolução e sobrevivência humana no circo darwiniano para ser tão disseminado e desejado? Qualquer que fosse o motivo, tudo o que ele sabia é que sentia falta de beijos. Não ficava com ninguém fazia meses. E a verdade é que, naquele momento, ele desejava muito mais um momento assim do que salada com massa e gostaria que houvesse ali alguém que sentisse que ele o merecia. Então, de repente, lembrou-se do toque fugaz dos lábios de Ton nos seus e sentiu um arrepio de prazer.

Nesse ponto, Daan e seu amigo se despediram com um aperto de mão e Daan sentou-se.

"Não lhe apresentei", disse Daan. "Koos estava com pressa. Queria me contar as novidades e ir embora."

"Que nome engraçado!"

"Engraçado?"

"Diferente."

"Não para a gente."

"Ah... sim. Desculpe. Não quis ser grosso."

"Você acha o seu próprio nome engraçado?"

"Não."

"Koos é apelido de Jacob."

"É mesmo?"

"É. E acho Todd um nome engraçado."

"Por quê?"

"Porque quer dizer *trapo* em holandês. Um pedaço de tecido rasgado. Provavelmente é por isso que ninguém se chama assim."

"Interessante. Porque antigamente, na Idade Média ou algo assim, na Inglaterra, um *tod* – com um *d* só – era uma medida de lã. Uns dezesseis quilos, pelas medidas de hoje, acho."

"Como você é sabido!"

"Gosto de conhecer a origem dos nomes. Eles são cheios de significados e também de histórias."

"Então você sabe que *tod*, em alemão, quer dizer *morte*."

"Sim, sei disso."

"Se juntarmos o holandês e o alemão, você fica sendo Koos, o trapo mortal."

"E agora, quem é que está sendo grosso? Em inglês, quando dizemos *on your tod*, queremos dizer *on your own*, sozinho, o que vem da gíria rimada* para *alone*. Assim como *apples and pears*, maçãs e peras, quer dizer *stairs*, escadas."

"*Tod* rima com *alone*?"

"É meio complicado. Tínhamos um jóquei famoso chamado Tod Sloane. Ele era tão bom que sempre ganhava com enorme vantagem sobre os outros. Então, *Tod Sloane*, que rima com *alone*, virou *on your tod*."

"E você ainda acha que os nomes holandeses é que são esquisitos."

"E Van Riet?"

"Dos juncos."

"Juncos... você quer dizer os que nascem na água?"

"Sim. Nome bem apropriado para holandeses, você não acha?"

"Usávamos juncos para cobrir telhados."

"Nós já fizemos isso também. Mas também quer dizer cana e bambu. E ainda móveis e cestas. Uma planta muito útil."

"E Daan?"

"É como Dan em inglês. Apelido de Daniel. Daniël em holandês. Que, pensando agora, devemos ter adotado dos franceses."

"O homem que teve coragem de entrar sozinho na cova dos leões."

"Teve?"

"Na Bíblia."

"Não é meu romance favorito."

Jacob sorriu para Daan, conforme esperado, antes de dizer: "Então, você não é religioso?"

Daan fungou e empurrou o seu prato vazio para o lado. Ele comera com uma rapidez desconcertante. "O único deus a quem curvo minha cabeça racional é o deus irracional entre nossas pernas."

Jacob levantou os olhos do que restara de sua salada para ver se Daan estava ou não brincando. Não havia sinal de piada. Mais uma vez, Jacob sentiu-se examinado, com a sensação de que Daan estava procurando alguma coisa nele. Pensou: "Ele conseguiu de novo, me pegou de jeito, como daquela vez em que fomos ver o Titus e quando me contou a respeito da avó." Mudou o clima. Veio de repente de uma outra direção.

* *Rhyming slang*: tradição inglesa de substituir, na fala cotidiana, um termo por outra palavra que faz parte de uma frase que rima com ele. (N. da T.)

"E ao deus irracional entre as pernas de quem você se refere?", perguntou, tentando soar indiferente.

"No momento, a nenhum", disse Daan. "Diferente de um amigo meu ali, que não tira os olhos de você há uns cinco minutos."

Jacob virou-se para olhar e viu Ton de pé no bar, olhando fixamente para ele com um sorriso condescendente. Jacob conseguiu acenar antes de se voltar, de cabeça baixa, esperando impedir que Daan notasse como seu rosto estava vermelho. Ton, amigo de Daan? "Deus do céu", pensou, "ferrou tudo."

E é claro que Daan percebeu. "Você o conhece?", perguntou.

De uma forma nada convincente, Jacob pegou o guardanapo, limpou a boca e os dedos, amassou-o e o jogou fora.

"Você disse que ele é seu amigo?"

"Isso."

Jacob mexeu-se na cadeira. Daan tinha a obrigação de convidar Ton para sentar-se ali. Melhor dizer a verdade. Obrigou-se a olhar Daan nos olhos.

"Você se lembra", disse ele, "que eu lhe contei da garota que conheci hoje de manhã e que me pagou uma cerveja pouco antes de roubarem minhas coisas?"

"Sim."

"Bem, para falar a verdade, eu achei que era uma garota, mas aí, antes de ela ir embora, bem, aconteceu uma coisa que me fez perceber que não era uma garota e sim um garoto. E era ele."

"Ton?"

"Foi o nome que ele me deu. Ton."

"E achou que Ton era nome de mulher?"

Jacob deu de ombros. "Não é um nome inglês. Nunca tinha ouvido antes."

Daan olhou para Jacob, incrédulo, por um momento, antes de sua expressão se abrir e ele ter um acesso do que Jacob identificou como riso de complacência. Então, levantou-se e foi até Ton. Trocaram um cumprimento triplo inquestionavelmente do tipo grandes intimidades. Conversaram um pouco, rindo muito, e então os dois voltaram para a mesa. Ton estendeu sua mão de dedos longos; Jacob apertou-a com uma rapidez incerta, como se tocasse o fruto proibido. Ele pôde ver porque confundira Ton com uma garota: franzino, delicadamente magro, biotipo médio e um rosto que tinha os traços finos e leves de uma garota, com a pele suave, sem sinal de gilete.

"Acabamos nos encontrando de novo", disse Ton.

"Sim", disse Jacob. E ouviu-se acrescentar: "Que bom."

Eles trocaram sorrisos cúmplices ao sentar, Daan cedendo sua cadeira a Ton, a quem disse algo em holandês antes de ir se juntar a um grupo, próximo ao bar. Ele fez tudo do modo resoluto que agora Jacob reconhecia como típico dele.

"Conhecidos dele", disse Ton. "Ele achou que seria bom dar-nos a chance de conversarmos a sós."

Houve uma pausa antes de Jacob forçar-se a dizer: "Hoje de manhã... Eu achei que... Seu nome. Nunca tinha ouvido antes."

"É de Antonius. Antony. Eu acho que, em inglês, seria Tony."

"Não gosto de Tonys. Estou feliz que você não seja um."

"Achei que você tinha dito que seu nome era Jack."

"Eu disse."

"Mas é Jacob."

"Em casa, me chamam de Jack. Meu pai, pelo menos, me chama assim."

"Então está explicado."

"O que está explicado?"

"Daan havia me falado de você, mas, quando nos encontramos hoje de manhã, bem, não achei que você fosse a pessoa de quem ele tinha me falado."

"Não. Por que acharia?"

Jacob queria mais era que Ton falasse para não ter de pensar no que dizer. Tanta coisa já havia sido dita naquele dia e ele já tinha tido de dizer tanta coisa que estava começando a fraquejar. Não estava acostumado à companhia de desconhecidos, ainda mais de desconhecidos que eram estrangeiros num país estrangeiro. Queria ficar sozinho, dar um tempo para a sua alma alcançar o seu corpo (como diria Sarah), mas não havia lá muita perspectiva de conseguir isso tão cedo.

No entanto, Ton se sentou em silêncio, mas não tirava os olhos do rosto de Jacob. Era a primeira vez que Jacob conhecia alguém de sua idade que possuía tal tranquilidade. Não que Ton fosse relaxado ou simplesmente apático. Não era pose nem nada negativo. Era impossível deixar de notá-lo, de perceber sua presença. Ainda assim, parecia ao mesmo tempo leve e fugaz como o ar. Como um espectro. Estranhamente belo. Etéreo. E havia sido por isso, percebeu Jacob, e também por sua aparência, que ele se sentira atraído à primeira vista por

Ton naquela manhã. E por isso o confundira com uma garota. Ou seria apenas uma desculpa? Desculpa para o quê? Para a confusão em sua cabeça?

Para desviar a própria atenção desse pensamento, ele disse: "Obrigado pelo presente."

Ton sorriu. "Já usou?"

"Ainda não tive a sorte."

"Temos que fazer algo a respeito."

"Eu agradeceria muito."

"Entendeu o que eu escrevi?", prosseguiu Ton, agora falando sério.

"Com a ajuda de um amigo."

"Daan?"

"Não. Uma senhora que me ajudou depois que fui assaltado."

Ton se aproximou e segurou Jacob pelo braço. "Você foi assaltado? Quando?"

"Logo depois que você foi embora. Um moleque de boné vermelho de beisebol. Saiu correndo com o meu casaco."

"Você perdeu muita coisa?"

"Dinheiro. A passagem de trem. Tudo, né? Quer dizer, tudo o que estava comigo."

"Não!" Ton cobriu a boca com a outra mão. "Meu Deus, agora me lembro! Ele estava sentado atrás de você. Magro. E tinha muitas – como se chama? – pintas."

"Espinhas."

"Espinhas. Chamamos de *jeugdpuistjes*. Pintas de adolescente. Sim, eu vi. Ele era muito feio. Se eu não tivesse deixado você sozinho, isso não teria acontecido. Eu me sinto muito culpado."

"Pelo quê? Não perdi nada de importante. Quer dizer, felizmente eu não estava com passaporte, cartão de crédito ou coisas assim. Só foram uns trocados, um mapa e umas coisas sem importância. Daan não lhe explicou agora mesmo?"

"Ele só disse que você queria me ver."

"Ele disse isso? Que eu queria vê-lo? Não falei nada disso!"

"Então não queria me ver de novo?"

Ton ficou tão desapontado que Jacob disse, rapidamente: "Sim, sim, eu queria encontrá-lo. Eu quero ver você. Eu só quis dizer que não cheguei a falar isso para o Daan. Isso ele inventou."

"Ah, Daan!" Ton fez menção de se levantar e se virou à procura dele, mas Daan estava de costas. "*Typisch!*", disse, arrastando a cadeira para perto de Jacob e sentando-se novamente. O barulho no café era tão estridente agora que era muito difícil escutar o que o outro dizia.

"Ele gosta de arrumar os assuntos que dizem respeito aos outros."

Jacob riu. "Já notei."

A garçonete abriu caminho entre eles, recolhendo os pratos e copos vazios, e falou com Ton em holandês.

Ele perguntou a Jacob: "Você quer alguma coisa?"

"Estou sem dinheiro."

"Uma bebida é de graça. Duas, e então teremos de nos ver de novo. Por isso faço questão."

Jacob sorriu. "Tudo bem. Um café, obrigado."

A garçonete foi embora.

"Não estou acostumado a tomar tanto vinho", disse Jacob. "Já o Daan gosta disso de verdade." Ele estava com uma sensação de ligeira instabilidade e a pele úmida.

"Pensei que você ia ficar com os pais dele."

"Depois que fui assaltado, lembrei do endereço dele. O pai dele havia me dito. Foi a sorte. Senão, eu não saberia o que fazer. Daan decidiu que eu devia dormir na casa dele hoje. Meu avô lutou em Arnhem. Ficou gravemente ferido. A avó de Daan e sua família cuidaram dele. Mas ele morreu."

"Sim, conheço a história."

"Conhece? Então você conhece o Daan muito bem."

Ton riu. "É, conheço o Daan muito bem."

A garçonete chegou com a cerveja de Ton e o café de Jacob.

Quando ela se afastou, Jacob disse, incapaz de conter sua curiosidade por mais um minuto que fosse: "Posso perguntar uma coisa?"

"Sim."

"É pessoal."

"Sempre é quando perguntam se podem perguntar uma coisa."

"Você é *gay*?"

Ton deu uma risadinha. "Como uma bandeira desfraldada. Não é óbvio?"

"E uma outra coisinha?"

"Fique à vontade."

"Hoje de manhã... estava tentando me pegar?"

"Não estava tentando. Peguei."

"Pegou?"

"Mas depois desisti."

"Por quê?"

"Porque descobri que cometi um erro."

"Um erro? Como assim?"

"Você pensou que eu fosse uma garota."

"Daan lhe contou."

"Não, não. Foi você."

"Eu! Quando?"

"Quando estávamos olhando o mapa."

"O que foi que eu disse?"

"Não muito. Suficiente. Você contou ao Daan o que houve?"

"Sim."

"Que você pensou que eu fosse uma garota e descobriu que eu não era?"

Jacob fez que sim com a cabeça.

"Ele deve ter se divertido com essa história."

"E como! Você viu a cara dele quando foi falar com você. Rindo pra caramba."

"Você só contou a ele naquela hora?"

"Sim. Bem, ele disse que você era amigo dele. Então, achei melhor dizer a verdade."

"Jacques, como você é ingênuo..."

"Desculpe. Eu sei."

"Não, isso é bom. Eu gosto disso. É bom para variar. Mas..." Ele ficou sério. "Às vezes, isso pode ser perigoso. Hoje de manhã, por exemplo. Colocar o casaco no encosto da cadeira. Depois, demonstrar que tinha dinheiro guardado nele. E justo na *Leidseplein*, que nem é tão cheia de trombadinhas como outros lugares, o Dam ou atrás da estação de trem, mas há muitos, se você não tomar cuidado."

"Não precisa dizer mais nada. Já aprendi minha lição."

"É por isso que eu me culpo pelo que aconteceu. Devia ter cuidado melhor de você. Avisado sobre o casaco. Levado você para um lugar melhor."

"Por quê? Você nem me conhecia!"

"Mas queria conhecer. Não sou garoto de programa, sabe? Não estou na vida. Nem estaria, de jeito nenhum. Simplesmente não é a minha praia. Tenho minhas preferências. Como é que se diz? Não é fácil eu gostar de alguém, se é que você me entende."

"Você é exigente?"

"É assim que se chama? Bom, quando você se sentou, eu estava numa mesa próxima. Gostei muito do seu jeito. E o garçom não vinha atendê-lo. Você parecia tão sozinho... Achei que também fosse... *gay*. Mas inexperiente. Como eu disse – ingênuo. Você era uma presa fácil. Eu queria ajudar. Tive vontade de protegê-lo, acho. O que foi legal, pois geralmente acontece o contrário. As pessoas é que querem me proteger. Como o Daan. Ele faz isso. Mas essa foi a minha vez, e gostei da sensação, para falar a verdade. Achei que poderíamos ser amigos e que eu poderia mostrar um pouco de Amsterdam para você. Adoro Amsterdam. É uma cidade maravilhosa. Gosto de dividi-la com os outros. Então sentei com você e começamos a conversar. E você foi tão legal, tirou aquele casaco feio por minha causa. Estou feliz que o tenha perdido. Assim pode comprar algo melhor."

"Era tão óbvio assim? Como você percebeu?"

Ton ficou pensativo por um momento. "Quando você é *gay* assumido, como eu, só sobrevive – mesmo em Amsterdam, onde é mais fácil do que na maioria dos outros lugares – se aprender rapidinho como as pessoas se comportam. Por que fazem o que fazem. Tem de estar o tempo todo atento. Tem de reconhecer os sinais de perigo. E, para evitar problemas, tem de – digamos – antecipar-se a eles."

"Antecipar-se a eles?"

"Sim, antecipar-se a eles. Se não, neste nosso mundo maravilhoso, onde todo o mundo acredita em individualidade, e em ser você mesmo, não é...?"

"E em ser o que você quiser."

"Ser o que você *é*..."

"Verdadeiro consigo mesmo."

"E somos tão tolerantes uns com os outros, não é, e isso e aquilo etc. e tal, bem... Onde eu estava? Me perdi no meu inglês!... Ah, é. Ou, caso contrário, se o seu jeito de ser for como o meu, logo vem alguém e lhe dá uma surra. Ou pior. É isso o que eu queria dizer."

"Eu sei", disse Jacob. "Eu sei."

Com uma simplicidade surpreendente, Ton alisou o rosto de Jacob com o dorso dos dedos. "Não, Jacques querido, acho que você não sabe", disse sorrindo. "Já ouviu falar. Acho que já leu a respeito. Mas não sabe como é. Se soubesse, não perguntaria."

Jacob baixou a cabeça, embaraçado pelo gesto de Ton, mas também com o orgulho ferido. Para ocultar seus sentimentos, tomou um gole de café. Estava quase frio e tinha um gosto amargo, forte.

De um impulso, disse: "Então me mostre."

"Mostrar pra você!" Agora o rosto de Ton estava tão próximo quanto na ocasião em que se sentaram juntos para ler o mapa de Amsterdam, naquela manhã. "Mostrar o quê? Como é ser eu? Como é levar uma surra? Ou como é transar comigo?"

Jacob encolheu os ombros, recostou-se na cadeira e passou a mão pelos cabelos. Seu estômago se revirava. Sentia náuseas.

"Eu não sei", disse com dificuldade. "Não sei por que disse isso."

"Não faz mal. Outro dia, se ainda quiser", disse Ton. Depois, olhou para ele com uma outra preocupação: "Você está bem? Parece abatido."

"Estou legal", mentiu Jacob.

"Acho que por hoje chega pra você. Vou buscar o Daan. Você precisa voltar para casa."

Saiu antes que Jacob pudesse impedi-lo. Agora o volume da conversa e dos risos parecia atingir Jacob diretamente, como se a presença de Ton tivesse funcionado como um defletor, e a fumaça de cigarro irritava seus pulmões. Ele então se refugiou dentro de si.

A palavra "casa" ecoava em sua cabeça. O apartamento de Daan, sua "casa"! Queria mesmo era estar em casa e imaginou o seu quarto na casa de Sarah, mas então, pela primeira vez, e com um choque que deixou todos os seus nervos em frangalhos, ele percebeu que aquela também não era a sua casa, mas um quarto na casa de Sarah. E na casa de seus pais, onde havia morado, o quarto que sempre havia sido dele antes de decidir ir morar com a avó fora ocupado pelo seu irmão Harry porque era maior e, como disse Harry, Jacob não morava mais lá e Harry morava. Se quisesse passar duas noites lá, então o quarto de Harry, o menor da casa, serviria. Jacob não questionou. Como poderia? Tinha decidido ir embora, preferido morar em outro lugar – ou, mais precisamente, com outra pessoa. Na hora, como estava fazendo o que queria, não se incomodou em perder o quarto. Aliás, no fundo, ele até gostou. Tinha crescido ali, era um lugar que pertencia à sua infância. Sair dali representava para ele o final daquela infância. Abdicar do quarto era dar o próximo passo em direção à vida adulta, uma pessoa que se responsabiliza pelo que faz. E ele almejava esse estado desde que se entendia por gente. Nunca tinha gostado muito de ser criança, sempre quisera ser gente grande, independente, responsável por si mesmo.

Sempre quisera ter toda a liberdade do mundo e viver a vida do jeito que bem entendesse. Mesmo que, e isto ele tinha de admitir, não soubesse exatamente como seria esse jeito.

Mas foi só agora, naquele superlotado, enfumaçado e ruidoso café escondido numa ruazinha de uma cidade desconhecida de um país estrangeiro, distante de tudo o que já ele já chamara de casa na vida, que a realidade de ser independente, responsável por si mesmo, informou seus nervos inflamados e registrou-se em sua mente confusa.

Como se a lembrança estivesse só esperando por aquele momento, voltou-lhe à mente a melodia intensa da música que Daan cantara para ele naquela tarde, depois de visitarem Titus, assim como a voz de Daan traduzindo-a para ele. *Passei a vida toda procurando você, e aprendi, agora que finalmente o encontrei, o significado da palavra solidão.*

Deus do céu!, ele pensou. Será que é isso? O resumo de tudo, a quintessência, a última palavra? Estar sozinho, sozinho, completamente só. Será que crescer, ser adulto, *é isso*? Solidão?

Sentiu uma mão pousar em seu ombro e ouviu Ton dizer: "Jacques?"

Voltando-se para encarar o rosto andrógino, apoiou sua mão sobre a de Ton e sorriu.

Ton disse: "Ele já vem. Nos vemos de novo, hein?"

Jacob fez que sim com a cabeça.

Ton sorriu e, inclinando-se, beijou o canto da boca de Jacob à esquerda, à direita, e deu um terceiro beijo, um pouco mais demorado, em seus lábios.

CARTÃO-POSTAL
"Comece pelo começo",
disse o Rei, gravemente,
"e prossiga até chegar ao fim."
Lewis Carroll

Jacob olhou pela janela do trem matutino de Amsterdam a Bloemendaal, a caminho de encontrar Geertrui com Daan. Para tirar de sua cabeça a difícil provação que o aguardava, concentrou-se na paisagem.

As pessoas tinham lhe dito que a Holanda era enfadonha, uma terra de bonitas caixinhas de tampa vermelha organizadas como numa previsível cidade de brinquedo e sem nada de interessante entre as cidades, a não ser campos e canais intermináveis e planos. Mas não era assim, pelo menos não foi essa a sua experiência naquela manhã. A planura da paisagem com seu céu baixo e amplo, apaziguado pela névoa, céu e terra quase se mesclando: aquilo o acalmou. O aspecto bem-cuidado das casas e dos jardins, das fazendas e dos campos, dos canais e dos diques e até das fábricas e dos modernos prédios comerciais com que cruzavam naquela viagem satisfez sua predileção por limpeza e ordem. Mas também as cores. O vermelho queimado dos tijolos e das telhas antigos. Os verdes e os marrons firmes dos campos cultivados, cercados por valas escuras que pareciam traçadas a lápis. Massas d'água que espelhavam o céu com nuances cor de prata causadas pela passagem de balsas. E havia algo no jeito do povo que o agradava, um senso de finalidade, de ir tocando a vida sem neurose. Até então ele não tinha notado nada disso. Pela primeira vez desde que chegara, gostou do lugar. E por que agora, num trem a caminho de uma visita a uma velha moribunda? Ele pensou: Às vezes é difícil se explicar para si mesmo. Às vezes as coisas simplesmente *são*, e não se sabe por quê.

Daan estava sentado no assento oposto, lendo um jornal cujo título era *de Volkskrant*, em letras que pareciam novas à moda antiga, bicudas e sóbrias. Estava de óculos, e era a primeira vez que Jacob os via: pequenas lentes ovais com armação fina de metal preto, que o faziam parecer também novo à moda antiga, assim como também um tanto bicudo e sóbrio. Ele mal trocara uma palavra com Jacob desde a noite anterior. Falou com ele rapidamente, para mostrar onde era a despensa, durante o café da manhã, uma ou duas frases sobre o horário em que deveriam sair de casa e para avisá-lo de que passariam para pegar os pertences de Jacob na volta. E uma explicação: "Sou imprestável de manhã. Funciono melhor à noite. Se eu não falar com você, não significa nada." Jacob nem se importou, já que também não estava com vontade de conversar.

Dormira surpreendentemente bem. Na verdade, um sono bastante pesado, considerando as coisas pelas quais vinha passando – os horrores, as catástrofes, os choques de ontem, a cama desconhecida numa casa desconhecida, mas/e sim, agora, pensando nisso, também as coisas boas de ontem (Ton, Titus, Alma). Acordara apenas uma vez durante a noite toda, às duas e meia, segundo o relógio de pulso, quando ouviu vozes e risos na sala – uns de Daan, outros de Ton –, mas voltara a mergulhar nas profundezas do sono instantaneamente.

Despertara esta manhã com a cabeça latejando e o corpo letárgico, que ele teve de arrancar da cama à força. Foi ressuscitado por uma ducha em que pôde se demorar, se refestelar, sem se preocupar se haveria alguém precisando usá-la porque ali ele tinha o seu próprio banheiro de hóspede, ao contrário da casa dos pais de Daan, onde só havia um banheiro. Daan lhe emprestara uma muda de roupas de baixo (cueca samba-canção azul, camiseta vermelha) e, para a visita, uma camiseta, em vez de seu suéter velho, e uma jaqueta preta velha, de corte folgado, de que Jacob acabou gostando, apesar de ela ser meio grande para ele, pois fazia com que se sentisse diferente e mais holandês e, portanto, menos obviamente inglês, o que o divertia, porque a etiqueta dizia *Vico Rinaldi*.

A estação de que saíram estava lotada e o trem estava cheio de gente, turistas com suas bagagens, nativos com suas compras, grande parcela deles jovens com suas mochilas e sacolas, batendo papo, mas não aos gritos. Seu aspecto e comportamento tinham um honesto frescor e vigor; nem um pouco ingleses, mas também não completamente estranhos; e não era o seu jeito atual, pensou Jacob, mas o jeito que ele talvez gostasse de ter. Tentou definir aquela qualidade tão atraente, mas não lhe ocorreu nada melhor que "confiança não agressiva" antes que o trem chegasse à estação de Haarlem e a maior parte das pessoas descesse.

Daan guardou seu jornal e inclinou-se para Jacob. "Falta uma parada. A Tessel vai estar no *verpleeghuis*. Não vamos nos demorar para não cansar a Geertrui. As enfermeiras sabem que você vem, e por isso o médico vai caprichar nos analgésicos enquanto estivermos lá. Eu aviso você quando chegar a hora de ir embora. Vai dar tudo certo, você vai ver. Nada vai *aborrecê-lo*."

Nada vai aborrecê-lo parecia uma retaliação, até mesmo um julgamento, como se Daan quisesse dizer que Jacob não estava à altura da situação, não era forte o bastante para acompanhar a dor da mulher à beira da morte e que, por isso, tinha de ser poupado. E que era um intruso, que não fazia parte da família, um visitante que, ditavam as boas maneiras, não devia ser importunado pelos problemas familiares. Ele se ressentiu com o julgamento e com o fato. Mas, enquanto o trem avançava, ele ponderou: Será que deveria reagir assim ao que, afinal, não passava de um comentário corriqueiro, sem intenção de ser interpretado dessa forma? Sem querer ou não, o fato é que Daan havia pisado num calo.

A determinação foi se concentrando como um campo de força em torno de sua espinha, dizendo-lhe que ele não recusaria nem bloquearia o que quer que viesse a saber. Simplesmente aceitaria. Acolheria. E o faria pelo seu próprio bem. Pelo bem de seu amor-próprio.

Essa parte da resposta ele já sabia. Ficou surpreso e satisfeito. Nem era tão frouxo assim, afinal. Talvez.

*

Ele esperava que a casa de repouso fosse um sobradinho aconchegante onde meia dúzia de velhinhos vivessem seus últimos dias em paz, com a agradável ajuda de enfermeiras prestativas. Em vez disso, o edifício a que Daan o levou era imenso. Três pavimentos com pavilhões e pavilhões se esparramando a partir do bloco central, em meio a um parque bem-cuidado, com muitas árvores, flores e canteiros, com a clara intenção de fazer o lugar passar por uma suntuosa casa de campo ou por um *spa* de luxo. Mas nada seria capaz de disfarçar o peso institucional do "lar" ou o vaivém ininterrupto de carros, *vans*, ônibus, bicicletas e vários veículos hospitalares e particulares – pacientes, visitas, médicos – que ali chegavam e que dali partiam. De fato, não era uma casa de repouso no sentido exato da palavra, mas um concorrido hospital para o tratamento da legião de males, falências, acidentes e calamidades, inclusive o pedido final da morte, que aflige os cidadãos idosos no outono da vida.

É incrível, pensou Jacob, como a raça humana insiste em se enganar com eufemismos. Como, por exemplo, falecer, desaparecer, não ser mais deste mundo, dar o último suspiro, ir para junto de Deus, partir, descansar. Sem mencionar as criações mais cômicas, desaconselhadas na presença de enlutados recentes, como bater as botas, passar desta para a melhor, abotoar o paletó, conhecer o criador, esticar as canelas, comer grama pela raiz, empacotar, largar a casca. Todas exprimindo nada mais do que a morte. A única palavra que dizia exatamente o que devia dizer. Por isso, ao que parecia, as pessoas prefeririam não usá-la.

Agora, eles estavam na portaria principal, que Daan disse ser chamada (outro eufemismo) de praça central. Jacob achou que ela parecia ter sido projetada como o saguão de embarque de um pequeno aeroporto. Bem adequado às circunstâncias, pensando bem. Não só havia um balcão de *check-in* (*receptie*, *informatie*), como também lojas, livraria, quiosque de flores, cafeteria, áreas de espera com cadeiras e até salas de reunião, tudo disposto em meio a plantas de interior cultivadas em vasos plásticos gorduchos. E, tal como ocorre com passageiros e seu cortejo, havia uma pretensa calma e alegria mal disfarçando o tédio, a ansiedade, a impaciência, o alívio e um anseio geral de não estar ali, transpirando dos futuros pacientes e de seus acompanhantes, dos que se despediam e dos que eram despedidos, os parentes e amigos despachando e os futuros ex-pacientes sendo despachados. (Ele pressupôs que os corpos dos mortos deviam ser retirados por alguma saída discreta nos fundos, para que nenhum ser vivo, paciente ou visita, tivesse de encarar a realidade última da razão pela qual estava ali.)

Jacob ficou aliviado pelo fato de Daan não se demorar ali e conduzi-lo direto ao elevador, que os levou ao terceiro andar, onde cruzaram um amplo corredor com janelas em recuos de onde as pessoas tinham vista para o parque. Muito agradável e civilizado, pensou Jacob, mas ainda assim um hospital, com cheiros e sons de hospital. O pior de tudo era o ar morno de hospital, aromatizado com desinfetante, que parecia ao mesmo tempo seco e úmido, como se tivesse sido inspirado e expirado inúmeras vezes por pulmões febris sem nunca ter sido renovado. Por toda parte, sinais da preocupação, do empenho em tornar o lugar algo que ele não era – cores modernas e serenas nas paredes, quadros bem-emoldurados, mais plantas de verdade agrupadas de maneira aprazível, poltronas confortáveis, cortinas alegrinhas –, muito melhor que qualquer hospital que ele tivesse visto em casa, mesmo o novo em que Sarah convalescera da operação da bacia que a impedira de vir à Holanda.

Geertrui era a única paciente de sua ala que tinha um quarto só para ela. Os outros quartos tinham seis, quatro ou duas pessoas. Uma concessão, um último privilégio, conforme explicara Daan.

Enquanto Daan se aproximava da avó para cumprimentá-la, Jacob ficou observando da porta, hesitando entre entrar e sair. A cabeça branca de Geertrui estava apoiada sobre uma pilha de travesseiros brancos, numa cama de ferro branca, amortalhada (a única palavra apropriada) em cobertas brancas. As paredes do quarto eram rosa. Sobre um criado-mudo branco, ao lado da cama, havia uma colorida natureza-morta – uma gamela de cerâmica com laranjas, maçãs, peras, bananas –, um vaso de vidro azul transbordando de rosas vermelhas, um trio de fotografias com moldura de bronze – fotos de dois homens e uma mulher. A mulher, Jacob reconheceu como a senhora Van Riet, a mãe de Daan, mais jovem. Um dos homens era Daan. O outro ele não conhecia. Nem sinal de equipamento médico, nem sinal de doença, mas ele percebeu que isso era proposital. Como uma sala de estar arrumada para as visitas. Porém, no ar, ele pressentiu tensão, um silêncio inquieto.

Ela parece uma mariposa, pensou Jacob, preparada para o inverno, preparada para hibernar. Mas seus olhos fundos estavam alertas e acolheram-no, espiando de ambos os lados da cabeça de Daan, enquanto ele se detinha em dar, lenta e delicadamente, um beijo tríplice em sua avó.

A senhora Van Riet estava sentada na única poltrona, de um dos lados da cama. Ela levantou-se e foi falar com Jacob.

"Sinto muito pelo que você passou", disse, num tom discreto. "Está confortável na casa do Daan?"

"Sim, estou ótimo. Obrigado."

"Amanhã vou levar você à cerimônia em Oosterbeek. Vou passar para pegá-lo às nove e quinze. Esteja pronto, por favor, pois não podemos perder o trem. Então nós conversaremos."

"Às nove e quinze. Certo."

"Agora vou tomar um café enquanto você visita a mamãe. Ela insistiu em que quer falar com você a sós."

A senhora Van Riet saiu, deixando atrás de si, como um rastro de fumaça, a sua infelicidade.

Daan estava em pé, junto à cabeceira de Geertrui, esperando que Jacob estivesse pronto. Geertrui estava imóvel, os olhos de um azul sem brilho fixos nele.

"Geertrui", disse Daan, "*dit is* Jacob."

Quando viu que ele não se movia porque não conseguia, Geertrui lhe disse, sorrindo: "Por favor. Venha."

Daan colocou uma cadeira onde Jacob pudesse ser visto por Geertrui sem que ela precisasse mexer a cabeça.

A expressão "pisar em ovos" fez sentido para Jacob pela primeira vez enquanto ele atravessava o quarto para sentar-se na beirada da cadeira. Era a intensidade do exame atento de Geertrui que o deixava nervoso. Ela não era uma mulher que se ousasse enfrentar. Ele precisou sentar-se com as costas retas. E ainda assim não via quase nada dela. Um sinal tão pequeno de um corpo em recuperação sob os lençóis que ela parecia uma cabeça sem corpo e um par de braços apoiados na colcha e que terminavam em mãos pequenas e finas, quase de moça, exceto pelas muitas manchas senis.

"Olá, senhora Wesseling", disse Jacob. "Sarah mandou lembranças. Mandou também um presente e uma carta, mas eles estão na minha bagagem, em... Bem, imagino que você já saiba."

"Eu já expliquei", disse Daan. "Vou deixar vocês conversarem. Estarei logo ali, no corredor. Geertrui disse que vai liberá-lo quando chegar a hora de irmos embora. Tudo bem?"

Jacob fez que sim com a cabeça. Daan olhou para ele como se dissesse "Não demore demais". Então falou em holandês com a avó e beijou-a de novo. Ele usou um tom de voz que Jacob ainda não conhecia. Muito suave, terno e preciso. Como um amante para sua amada.

Durante todo esse tempo, Geertrui não tirou os olhos de Jacob. Daan passou, fechando a porta atrás de si bem devagar. Fez-se longo silêncio antes de ela começar a falar.

"Você tem os olhos de seu avô."

Jacob sorriu. "É o que a minha avó diz."

"E o mesmo sorriso."

"Isso também."

"A... natureza dele?"

"Um pouco. Parece que não sou tão habilidoso quanto ele era. Com as mãos, sabe. Com ferramentas. Ele gostava de construir coisas."

"Eu sei."

"Até móveis. Sarah ainda usa alguns deles. E jardinagem. Ele adorava cuidar das plantas, mas eu detesto. Ele lia muito, e isso nós temos em comum. Mas com certeza não tenho a coragem que ele tinha."

"Você já teve motivo?"

"Para ser corajoso? Coragem precisa de motivo?"

"Não existe coragem sem motivo."

Pela primeira vez desde que ele entrara no quarto, os olhos dela o abandonaram. Ele, por sua vez, não conseguia parar de olhar para ela. Mas, sem ser fitado por ela, ele conseguiu relaxar suficiente para recostar-se na cadeira.

Depois de algum silêncio, Geertrui disse: "Você mora com sua avó?"

"Sim."

"Não com seus pais."

"Não."

Ele esperou. Sabia que ela queria que ele explicasse, mas se fez de sonso. Será que ela insinuaria ou perguntaria diretamente? Esse era um jogo que costumava jogar com Sarah.

"Não vai me contar por quê?"

Direta. Essa mulher não era de perder tempo com brincadeiras. Pelo menos, não agora, com tão pouco tempo disponível.

"Se você quiser."

"Sim."

Ele também conhecia esse estado de ânimo. Conte uma história, me distraia. Este seria o seu papel hoje, o motivo pelo qual estava ali? Crianças pequenas gostam de ouvir histórias para ajudá-las a pegar no sono. Talvez os idosos gostem de ouvir histórias para ajudá-los a morrer. Bem, pensou ele, se é para isso que eu estou aqui, não tem problema. É um papel como qualquer outro. E é bem mais fácil do que conversar. Comece pelo começo, disse o Rei, gravemente, e prossiga até chegar ao fim.

"Você sabia que eu tenho uma irmã mais velha, a Penélope, e um irmão mais novo, o Harry? A Penny – nosso pai a chama de Poppy – é três anos mais velha que eu. O Harry é um ano e meio mais novo, então ele tem quinze anos e meio. Meu pai é louco pela Penny. Bem, na verdade, eles são loucos um pelo outro. Quer dizer, chega a ser indecente, na minha opinião." Ele riu, mas não obteve reação. "Sei que Freud parece ter dito que os filhos se apaixonam por suas mães e querem matar seus pais, mas lá em casa não é assim, não. O problema é que o pai ama a filha e vice-versa. Pelo menos, eles não querem matar a minha mãe." Nada de resposta ainda. "Pelo que sei, a coisa entre mãe e filho se chama complexo de Édipo, não é? Fico pensando se o lance entre pai e filha tem nome."

"Electra", disse o rosto na cama.

"Electra?"

"Complexo de Electra. Filha de Agamêmnon e Clitemnestra. Você não sabia?"

"Não."

"Electra convenceu seu irmão Orestes a vingar a morte do pai, assassinado pelo amante de sua mãe, Egisto. Continue a sua história."

"Certo. Obrigado. Bem, a Penny é assistente de gerente numa butique que faz parte de uma rede. Nós nos damos supermal. Acho que ela é um zumbi, só se interessa por moda, e ela me acha esnobe, chato e pretensioso. Pelo menos, esta foi a acusação mais recente que ela me fez. Harry é o preferido de minha mãe. Não só porque ele é o caçula, mas também porque o parto dele foi difícil. Ele é bom em esportes – então, meu pai gosta bastante dele também – e toca oboé na orquestra jovem do bairro. Além disso, ele é muito bonito. A verdade é que ele é tão bom em tudo que eu deveria odiá-lo, mas não odeio. Gosto muito de meu irmão e tenho muito orgulho dele. Nós nos damos bem. Ele quer ser engenheiro de som."

"Não sou bom em esportes, quando toco piano não consigo mais do que aborrecer quem se arrisca a ouvir, não sou muito bonito e prefiro estar sozinho do que no meio da multidão. Então, dá para ver por que eu sou o 'filho do meio' e também o estranho no ninho. Mas eu não ligo porque sempre tive uma ligação especial com a minha avó e ela comigo. Minha mãe diz que minha avó me pegou para criar desde que eu nasci. Foi ela quem insistiu para que eu me chamasse Jacob, em homenagem ao meu avô. Minha mãe ficou feliz com disso, mas meu pai não."

"Por quê?"

"Meu pai nunca conheceu o pai dele, é claro, porque o Jacob morreu antes de ele nascer. Mas disso você já sabe. Sarah me contou que papai foi concebido no último fim de semana de folga do vovô antes de ele ser mandado para a batalha. E, além do mais, papai nunca gostou da maneira como a Sarah idolatrava Jacob nem do fato de ela idealizar – palavras dele, novamente – os três anos de casamento deles. Ele diz que não é saudável. Nenhum relacionamento, diz ele, é tão perfeito como o que Sarah descreve, não importa quanto o casal se ame. Isso eu não sei. Tudo o que eu sei é que ela não se casou de novo. Teve alguns namorados, mas disse que nenhum deles se igualava ao Jacob. Tenho a impressão de que ela acha que a morte dele não foi o fim do amor deles, mas que, ao contrário, o consolidou para sempre. Ela é muito determinada, a Sarah. Quando decide alguma coisa, pronto, não existe a possibilidade de ela mudar de ideia. Teimosa, segundo o papai."

"Não que papai e Sarah alguma vez tenham se dado bem. São como água e vinho, diz a mamãe. Deixe-os sozinhos na sala durante cinco minutos e terá início a Terceira Guerra Mundial. E papai certamente é mal-resolvido por não ter tido pai. Sempre que eu reclamava de alguma coisa que ele tinha feito, ele me dizia: 'Você tinha mais é que ser grato por ter um pai de quem reclamar.' Mas isso só me deixava mais aborrecido. Certa vez, fiquei tão chateado que lhe disse, aos berros, que ele é quem devia agradecer, porque eu queria mais era não ter pai, muito menos ele. Eu tinha uns 11 anos, na época. Acho que eu quis fazer da raiva uma piada, sabe como é quando a gente tem uma discussão em família. Mas papai não entendeu assim. Foi a única vez, durante toda a minha infância, em que pensei que ele fosse me bater. Não bateu. Ele é completamente contra a violência. Mas nunca o vi tão magoado. Ele saiu do quarto na mesma hora, se meteu na oficina dele – é viciado em trabalhos manuais – e ficou séculos lá dentro. Mamãe ficou furiosa comigo. Me passou um mega sermão. E minha irmã Penny adorou essa história toda, é claro."

"Papai e eu até que nos dávamos bem quando eu era pequeno, até eu completar uns 10 anos. Aí, não sei o que houve. Bom, foram várias coisas, na verdade. Papai finalmente aceitou que eu não achava futebol um assunto de grande importância na vida e que eu nunca seria fanático como ele por trabalhos manuais. Eu também não gostava de como ele e a Penny começaram a se comportar um com o outro – ele ficou realmente obcecado por ela, e ainda é. Enfim, nós começamos a brigar sério mesmo."

"Sei que deve parecer bobagem, mas a gota-d'água foi o dia em que, com uns 13 anos, eu de repente percebi que não achava mais graça nas piadas do papai. Pronto. Desde então, ele se tornou para mim um homem como outro qualquer que por acaso era o meu pai e que, na maior parte das vezes, era motivo de constrangimento, uma espécie de relíquia dos anos sessenta. Com aqueles cabelos compridos esparramados, rareando no alto da cabeça. E seus óculos ridículos, de vovó. E aquelas olheiras permanentes, de quem dormiu mal e acabou de levantar. Ainda por cima, com a barriga inflada sempre escapando dos *jeans* desgastados de fábrica que deixam aparecer o traseiro dele. Ele parece um John Lennon que ficou pra semente. Claro, John Lennon – *quem mais!* – é o seu grande ídolo, e a música dos Beatles o ápice de seu gosto musical. A Sarah sempre diz que ele foi seriamente contaminado pelo que ela chama de toxinas *hippies* devoradoras de cérebro que pairavam sobre o Atlântico no final dos anos sessenta, quando ele tinha vinte e poucos anos. Aliás, ele e a mamãe se conheceram num concerto dos Rolling Stones. Desculpe, acho que vou vomitar."

Jacob parou de falar, percebendo que se entusiasmara e que a narrativa tomara o lugar da história. Será que ele tinha exagerado? Os olhos de Geertrui estavam fechados, mas ele sabia que ela estava ouvindo, e um sorriso entretido encorajou-o a continuar.

"Enfim, as coisas estavam nesse pé quando eu estava com 14 anos e mamãe teve de passar por uma cirurgia complicada. Ela teve de ficar semanas no hospital. O papai e a Penny conseguiam cuidar da casa os dois, e como o Harry era, bem, *o Harry*, não teve problemas. Mas eu sim. Eu era um problema. Na primeira semana em que mamãe estava fora, as discussões entre papai, Penny e eu pioraram muito. Então a Sarah sugeriu que eu fosse morar com ela enquanto mamãe não melhorasse e voltasse para casa. Para ficar mais fácil para todo o mundo, ela disse. E, pela primeira vez, o papai concordou com ela."

"A casa da Sarah é um chalé que fica num vilarejo a uns seis quilômetros da casa de meus pais. Então, se eu precisar, basta pedalar até em casa. Ao mesmo tempo, estou longe o bastante para que cada um fique na sua. E, como eu já disse, a Sarah e eu nos damos muito bem. Gostamos das mesmas coisas – de música, ler, ir ao teatro e coisas assim. E na maior parte do tempo gostamos de estar sozinhos."

"Mamãe levou uns quatro meses pra ficar boa de novo. Mas aí eu já estava tão feliz na casa da Sarah que não queria mais voltar. Eu nem preciso dizer que isso deixou todo o mundo contente. Menos a mamãe. Acho que eu não disse que amo muito a minha mãe. Ela não ficou presa nos anos sessenta, como o papai, e também não ficou pra semente. Não que ela tente se passar por jovem. Longe disso. Quero dizer que ela ficou em dia com a própria idade, mas continuou jovem por dentro. Sabe, o Harry puxou à mamãe na beleza. E também tem muito do jeito da mamãe. Deve ser por isso que me dou tão bem com ele. Sei que o Harry é o queridinho da minha mãe, como diz a Sarah, mas não me importo, porque também sei que eu e a mamãe somos amigos. E, hoje em dia, acho que essa é a melhor coisa que alguém pode dizer dos próprios pais. Sempre pude contar tudo para ela e conversar sobre tudo com ela. Então, mamãe e eu discutimos o assunto e decidimos que eu devia continuar a morar com a Sarah, mas que seria sempre bem-vindo caso quisesse voltar ao que não vejo mais como a minha casa."

"E foi assim que fui morar com a minha avó."

*

Ruídos hospitalares vazavam do corredor.
Os olhos de Geertrui se abriram.
Ela mexeu a cabeça pela primeira vez.
Olharam-se nos olhos.
Até que Geertrui disse: "E você já o perdoou?"
"Perdoei quem?"
"O seu pai."
"Perdoá-lo? Pelo quê?"
"Por ser seu pai."
A pergunta o desnorteou. "Tenho de...? Eu preciso...?"
Geertrui esperou um momento antes de perguntar: "Você está feliz por estar vivo?"
Jacob inspirou fundo. Seu coração começou a bater forte e ele sentiu que começava a ruborizar. Para uma mariposa que estava desaparecendo, aquela senhora atacava como um Rottweiler.
Ele conseguiu articular: "Sim. Bem, em geral sim. Às vezes não. De vez em quando, fico meio deprimido e querendo... A Sarah chama isso de humores de rato e diz que devem desaparecer quando eu crescer."

Geertrui deu uma risadinha seca, que soou como o ruído de alguém pisando em brita.

"Culpemos a biologia", disse ela.

Ele não soube ao certo se ela estava sendo irônica ou não, mas ficou feliz com a oportunidade de sorrir e dizer: "Sim!"

Geertrui virou o rosto para o outro lado e seus olhos se fecharam de novo.

Depois de uma pausa, ela disse: "Daan já lhe explicou o que vai acontecer comigo?"

Ele mal pôde balançar a cabeça, embora ela nem estivesse olhando.

"Você compreende?"

Ele inspirou fundo de novo antes de responder: "Acho que sim."

"Você concorda?"

"Eu não..."

"Não", interrompeu-o Geertrui. "Concordar não é a palavra. Não se trata de concordar ou de discordar. Espere."

Mais silêncio. E então:

"Você faria o mesmo, se estivesse no meu lugar?"

Jacob lutou com a pergunta, lembrou-se de seu choro do dia anterior, não queria que as lágrimas voltassem. Não seria uma boa hora. Havia coisas demais. E de menos.

Tempo, tempo! De repente, parecia que tudo tinha relação com o tempo. O tempo de vida. É tempo disso, tempo daquilo. Bons tempos aqueles. É tempo de viver. Não resta tempo. Tempo de morrer.

"Eu não sei", disse ele, firme e sério. "Eu realmente não sei. Teoricamente, sim. Mas na... realidade... Parece tão..."

As palavras lhe faltaram. Um nó na garganta.

Limpando a brita da garganta antes de falar, Geertrui disse: "Então ainda está feliz por estar vivo."

Uma afirmativa e não uma pergunta.

Jacob demorou um pouco para dizer: "É. Acho que sim."

"Até mesmo durante os seus... como é mesmo?"

"Humores de rato."

"Sim, até mesmo nos seus humores de rato, a ideia de não existir só lhe ocorre na fantasia." Ela pigarreou de novo. "Biologia, sabe. É por causa da biologia que queremos viver e não morrer. E é por causa da biologia que chega uma hora em que queremos morrer e não mais viver. O que importa..."

Um esgar de dor passou pelo seu rosto. Ela inspirou fundo e prendeu o ar por vários segundos. O suor brilhava em sua pele. Imóveis sobre a coberta, suas mãos contraíam-se como garras.

Assustado, Jacob disse: "Está tudo bem? Quer que eu chame alguém?"

Geertrui ergueu um punho fechado, indicando que não.

Demorou algum tempo até que ela relaxasse de novo.

"Você precisa ir embora logo." Sua voz soava exausta. "Mas, antes, tenho de lhe pedir duas coisas." Ela comprimiu e friccionou seus lábios ressecados. "Amanhã você vai a Oosterbeek. Pode voltar para me ver na segunda-feira? Tem uma coisa que eu queria dar a você."

"Sim. Claro."

"Agora, a outra coisa. Você poderia ler algo para mim? Um pequeno poema."

Quem pode dizer não a uma mulher que está no leito de morte?

"Se você quiser. Eu não sei se sou bom em..."

"Seu avô gostava dele. Lia para mim. Li no túmulo dele. Adoraria ouvi-lo declamado por você."

Jacob não pôde senão assentir com a cabeça.

"Na gaveta do criado-mudo. O livro. Tem um papel marcando a página."

Um volume dilapidado, cheio de orelhas, com uma capa em vermelho e creme desbotada e grudenta.

"O Ben Jonson?", ele perguntou.

O rosto de Geertrui voltou-se de novo para ele, com seus olhos intensos, devoradores.

Ele nunca tinha visto aquele poema antes. Correu os olhos pelas poucas linhas, ensaiando-as mentalmente, temendo tropeçar no inglês jacobiano não familiar.

Tempo. Tempo.

Respirou fundo, dizendo a si mesmo para ficar calmo, para se concentrar, para ver apenas as palavras, acompanhar as linhas, confiar na pontuação, exatamente como lhe tinham ensinado nos ensaios da peça escocesa.

Tomou fôlego e começou.

"Não é crescendo à toa,
Como as árvores, que alguém se aperfeiçoa;

Não como o roble, em pé trezentos anos,
E ser madeiro enfim, calvo, seco, sem ramos.
        Esse lírio de um dia,
        Em maio, tem mais valia,
Mesmo que à noite caia já sem cor:
Foi a planta da luz, era o sol a flor.
Em justas proporções a beleza se ajeita,
E só num ritmo breve é que a vida é perfeita."*

Sons clínicos ecoavam lá fora.
No quarto, o ar hospitalar embalsamava o silêncio.

---

* Parte do poema "To the Immortal Memory and Friendship of that Noble Pair, Sir Lucius Cary and Sir Henry Morrison", de Ben Jonson, na tradução de A. Herculano de Carvalho. (N. da T.)

GEERTRUI

Os tempos de inocência e felicidade chegaram ao fim na manhã do dia seguinte. Até então, era assim que despertávamos todos os dias: o senhor Wesseling era o primeiro a se levantar, às cinco e meia. Ele reavivava o fogo na cozinha antes de sair para trabalhar na fazenda e de ver se Dirk e Henk já estavam em pé, e eles saíam para fazer a ordenha. Às seis, a senhora Wesseling se levantava e preparava o café, para que estivesse na mesa às sete. Eu me levantava depois dela e cuidava de algumas tarefas domésticas até o café ficar pronto. Depois que acabávamos de comer, eu levava o café para Jacob e cumpria o nosso ritual de despertar.

Mas, naquela manhã, a senhora Wesseling e eu ainda estávamos deitadas e o senhor Wesseling ocupava-se em reavivar o fogo quando Dirk chegou do estábulo correndo e gritando para todo mundo ouvir: "Alemães! Alemães!" Ele disse a palavra que, como se fosse mágica, conclamou todo mundo a entrar na mais intensa das atividades. Dirk estava se vestindo no esconderijo quando, por pura sorte, avistou, da claraboia, um caminhão do exército alemão dobrando a curva da estrada principal para entrar em nossa trilha. Tão logo ouvimos o alerta, o senhor Wesseling disparou para interceptar os soldados e retardar a sua entrada na casa o máximo que pudesse. A senhora Wesseling correu do quarto para o alto da escada gritando para que Dirk voltasse ao seu esconderijo. Quanto a mim, a primeira pessoa em quem pensei foi Jacob. Pulei da cama e corri para o quarto dele, chamando o seu nome, ciente de que ele deveria ser rapidamente acordado e, de alguma maneira, escondido. Mas onde? Quando eu já havia conseguido acordá-lo aos empurrões, a senhora Wesseling, ainda de camisola, como eu, os cabelos soltos desgrenhados pelo sono, chegou ao quarto, e Dirk, apesar da preocupação da mãe, espalmava os pés nus escada acima. "Onde eles estão?", gritou a senhora Wesseling para ele. "Na nossa trilha, com um caminhão", gritou Dirk de volta. "Papai foi lá fora detê-los." Nesse momento, eu estava explicando a Jacob o que se passava e ajudando-o a sair da cama, mas a perna ferida ainda não aguentava o peso dele nem podia ser movida sem provocar uma dor lancinante. Ele estava sentado na beira da cama quando Dirk chegou. "Rápido, rápido", disse Dirk. "Vou carregá-lo nas costas." "Não, não", gritou a senhora Wesseling. "Não dá tempo. Você não vai conseguir. Eles vão revirar tudo. Vá, vá! Vamos pensar em alguma coisa." Assim como eu havia pensado primeiro em Jacob, ela pensara primeiro em Dirk. Não importava quem mais fosse apanhado, incluindo ela, mas nunca o seu único filho. Dirk esboçou um protesto, mas sua mãe, num desvario, segurou-o pelos braços e começou a empurrá-lo com toda a força que possuía para fora do quarto, berrando: "Vá se esconder, Dirk! Vá! Vá!"

Agora nós já ouvíamos os alemães chegando ao quintal com o caminhão. Eu também estava perdendo o controle. "O que vamos fazer?", eu me ouvia dizendo. "Onde vamos escondê-lo?" Um pânico incomensurável. Acho que nunca mais senti outro como aquele. Isso enquanto eu ajudava Jacob a ficar em pé, e ele dizia palavras em inglês, palavras que eu (ainda!) não entendia. Mais tarde ele me contou que estava se maldizendo por ter-se permitido relaxar durante os dias anteriores, enquanto devia era ter planejado o que fazer numa emergência como essa. Mas haviam sido dias, disse ele, em que se sentira suspenso, fora do tempo, fora do espaço, sem passado nem futuro, como que encantado dentro de uma bolha de tempo infinito. Mas agora a magia se quebrara.

Somente quando ouvimos as ordens em alemão ecoando pelo quintal e o tropel dos coturnos dos soldados descendo do caminhão é que Dirk, percebendo que o tempo se esgotava, obedeceu à sua mãe e lançou-se escada abaixo, atravessando a leiteria e chegando ao estábulo, onde Henk o aguardava, pronto para suspender a escada assim que Dirk a tivesse subido e fechar a entrada do esconderijo assim que estivessem dentro dele. Escaparam por um triz. A tentativa do senhor Wesseling de retardar os soldados perguntando a respeito de sua missão e pedindo para examinar seu mandado foi rechaçada pelo oficial encarregado, que mandou os soldados vasculharem todos os prédios: dois entraram em casa com o oficial pela porta da cozinha, dois entraram no estábulo pelo portão de trás. Ordenaram ao senhor Wesseling que ficasse junto ao caminhão, sob a guarda do motorista.

Segundos depois de Dirk ter nos deixado, a senhora Wesseling recobrou a compostura com uma segurança que me deixou perplexa. Diga eu o que disser a respeito dela, tenho de admitir uma coisa: ela possuía uma autodisciplina e uma coragem admiráveis. "Calma", murmurou tanto para si própria como para mim. E então, como se toda a sua emoção tivesse se dissipado, ela olhou para mim, que sustentava o corpo de Jacob, cujo braço ele apoiava em meu pescoço, passou os olhos pelo quarto e, depois de uma pausa para reflexão que pareceu durar uma eternidade, surgiu em seu rosto uma expressão quase contente.

"Rápido", disse ela, dirigindo-se ao *bedstee* e abrindo as portas.

Como eu acho que você não tem nada parecido com um *bedstee* na Inglaterra, preciso explicar que se trata de uma cama dentro de um armário embutido na parede. Muitas casas mais antigas tinham o seu. Geralmente, eles ficavam na sala/cozinha, ao lado da lareira. Durante o dia, a cama podia ser ocultada fechando-se um par de portas ou uma cortina. À noite, era uma cama confortável. E, assim, o espaço exíguo e os aposentos simples das casas antigas eram aproveitados ao máximo sem uma cama para atrapalhar ou depreciar a vista durante o dia. Como algumas das fazendas mais abastadas, a casa dos Wesseling tinha quartos no segundo andar, mas ainda assim havia um *bedstee*, que oferecia mais um leito caso se fizesse necessário. Felizmente, havia um no quarto de Jacob. Eu nem havia pensado nele até o momento em que a senhora Wesseling abriu as suas portas.

"Ponha ele aí", disse ela, que me ajudou a praticamente carregar Jacob e metê-lo lá dentro, ele pulando num pé só e eu tentando explicar o que estava acontecendo.

"Agora você", disse a senhora Wesseling assim que Jacob estava deitado de costas no colchão.

"O quê? Por quê?", eu disse, mesmo estando sem fôlego em decorrência do esforço e da agitação.

"Obedeça! Em cima dele. Rápido!"

Em momentos como esse não há muito o que discutir ou mesmo explicar. Já ouvíamos o ruído das botas dos soldados sobre o piso de pedra do primeiro andar e as ordens ríspidas de seu comandante. Além disso, não havia como resistir à força da senhora Wesseling quando ela estava assim determinada.

Então entrei no *bedstee* e deitei de costas sobre Jacob. E de repente me vi coberta por uma coberta que a senhora Wesseling arrancou da cama de Jacob e jogou sobre nós.

"O que vocês estão fazendo?", sussurrou Jacob.

"Quieto", sussurrei em resposta. "Nem respire!"

Agora já ouvíamos os coturnos do soldado ressoando escada acima.

"Finja que está doente", sussurrou a senhora Wesseling antes de sair pela porta e andar resolutamente até o patamar, onde confrontou o soldado que chegava ao alto da escada.

"O que estão fazendo aqui? O que querem?", ouvi-a interpelá-lo num alemão ríspido.

"Tenho ordens. Saia da frente", replicou o soldado.

"Como se atreve? Que ordens? Me mostre essas ordens!"

"Com o comandante, lá embaixo. Saia da frente."

Os coturnos cheios de tachas do soldado ressoaram pelo piso em direção ao quarto mais distante, e os pés descalços da senhora Wesseling foram batendo logo atrás, sem lhe dar trégua. "O que pensa que estamos fazendo aqui? Escondendo um exército? Somos fazendeiros fazendo o melhor, apesar de tudo, para pôr comida na mesa de gente como vocês. Como têm coragem de vir aqui assim?" E, enquanto vasculhava os quartos, o soldado resmungava em resposta: "Cale-se, senhora. Saia daqui."

Ele não foi muito aplicado em sua tarefa, ou talvez simplesmente quisesse se ver livre da senhora Wesseling quanto antes. Não fez mais do que olhar embaixo das camas, inspecionar os guarda-roupas (batendo nos fundos de cada um deles com a coronha do rifle, pois era bem conhecido que as pessoas frequentemente construíam esconderijos atrás de guarda-roupas), dar algumas pancadinhas no teto e nas paredes em busca de sons que delatassem espaços ocos.

Por fim, chegou ao quarto de Jacob. De caso pensado, a senhora Wesseling entrou na frente e ficou próxima à porta, olhando na direção do *bedstee*. Quando ele entrou, ela disse rapidamente: "É nossa hóspede. Está doente."

O soldado parou onde estava.

"Doente?", disse, assustado.

"Tuberculose", disse-lhe a senhora Wesseling com um gesto resignado, acrescentando rapidamente: "É muito grave. Pobrezinha. Não há mais nada que se possa fazer."

Espreitando por cima da coberta, vi o nariz do soldado franzir como se ele tivesse inalado a terrível doença.

"Deus do céu!", disse ele, dando meia-volta e, com seus passos pesados, deixando o quarto e descendo as escadas.

"Fique aí", articulou a senhora Wesseling sem emitir nenhum som quando ele saiu, acompanhando-o pouco depois.

Durante algum tempo, permaneci em cima do Jacob no *bedstee* antes de ouvir o caminhão dos alemães indo embora e a senhora Wesseling subindo ofegante as escadas para me dizer que não tinham descoberto meu irmão e Dirk. Quanto tempo se passou – dez, quinze minutos ou mais –, eu não saberia dizer. Não porque fossem dias menos governados pelo tempo; os relógios não estavam em todos os lugares, como nos dias de hoje. Mas foi outro o motivo que me impediu de perceber a passagem de tempo ou de me preocupar com os soldados.

Enquanto o soldado caminhava ruidosamente, revistando cada quarto, permaneci rígida de pânico dentro do *bedstee*, tentando controlar minha respiração e temendo até pelo pulsar do meu coração. Mas, quando ele desistiu e desceu as escadas, o alívio foi tão grande que meus ossos ficaram moles e eu permaneci no lugar onde estava, fraca demais para me mover e com a camisola molhada de suor. Só então me dei conta do corpo de Jacob sob o meu, de meu peso pesando sobre ele, de sua cabeça para o lado sob meu ombro esquerdo, de seu peito inflando e desinflando enquanto ele respirava embaixo de minhas costas, de seus quadris angulosos sob o volume das minhas nádegas, de minhas pernas aninhadas dentro das dele. Sentia seu calor circular pelas camadas pegajosas de nossas suadas roupas de dormir, sentia a arquitetura de seus ossos e a textura de seus músculos.

E como, instintivamente, assim que me acomodei sobre Jacob, ele envolveu minha cintura com as mãos e me segurou firme, enquanto eu apertava bem o edredom sob meu queixo para não deixar nada à vista além de meu rosto, ficamos assim, amarrados juntos, primeiramente atentos ao perigo que rondava os quartos e, depois, apenas conscientes de nossos corpos tão intimamente próximos. Nunca antes ninguém me abraçara daquele jeito, nunca antes eu sentira tão intimamente as formas de um corpo masculino contra o meu. Só isso já seria suficiente para me deixar desnorteada. Não que eu desgostasse, muito pelo contrário. Na verdade, se antes o meu coração tinha batido forte de puro medo, agora era de excitação. Mas de repente alguma coisa ainda mais surpreendente aconteceu. Senti o órgão sexual de Jacob crescendo entre as minhas coxas. Como se estivesse sendo inflado por uma bomba de bicicleta.

Seria errado dizer que eu não sabia o que estava acontecendo, mas também seria errado dizer que eu estava perfeitamente certa do que aquilo significava *para mim*. O que eu deveria fazer? Como deveria reagir?

Isso deve parecer inacreditável para você. Levando em conta as informações que os jovens e até mesmo as crianças têm hoje em dia sobre sexo, compreendo que pareça impossível que uma moça de 19 anos não soubesse ao certo, na verdade até ignorasse, o que fosse uma ereção. Mas foi isso mesmo, e preciso pedir-lhe que acredite que me senti tão confusa naquela hora, surpresa misturada a um tipo desconhecido de excitação e a emoções dúbias a respeito do que eu queria ou devia fazer, que fui tomada por uma timidez absoluta, a ponto de não conseguir me mexer. Era como se estivesse paralisada, incapaz de reagir, como uma parte de mim desejava, mesmo sem saber precisamente como, mas também incapaz de fugir, como uma outra parte de mim sentia que deveria fazer. Tudo o que eu podia fazer era permanecer ali como estava, com todas as células do meu corpo vibrando como nunca vibraram antes, inteiramente entregue à sensação dos nossos corpos e dos nossos menores movimentos.

Não aconteceu nada além disso. Permanecemos deitados e colados um ao outro nesse estado suspenso de desejo, eu muito chocada para sair e Jacob não se atrevendo a mover-se por medo de ficar envergonhado e de me ofender ainda mais, até que a senhora Wesseling chegou e quebrou o feitiço, momento em que fugi para o meu quarto, com ela gritando atrás de mim, pedindo notícias a respeito da segurança dos demais, pois eu temia que minha expressão traísse meus sentimentos e precisava me acalmar sozinha antes de voltar a olhar nos olhos de alguém.

Quanto a Jacob, coitado, ele não ficou excitado porque quis. A natureza se sobrepôs à discrição humana. A culpa foi da biologia. Pense no seguinte: um jovem viril, longe de casa há muitas semanas, que, depois de suportar dias e dias a tensão e a exaustão, os altos e baixos de uma batalha cruel a ponto de enlouquecer algumas pessoas, depois de ser ferido, escapa da carnificina e passa dias se recuperando sob os cuidados e mimos de uma moça atraente à sua modesta maneira. De repente, ele se vê confinado a um leito estreito junto dessa moça, e, com o perigo e o alívio depois que este se vai, seus nervos são atiçados e apaziguados sem trégua, gerando uma descarga de adrenalina em suas veias. De que outra forma o corpo desse rapaz poderia reagir, senão como o de um leão em relação à leoa depois da caça, ou o de um broto emergindo em meio ao gelo com a primavera?

Havíamos escapado por um triz. Desnecessário dizer que todos estávamos muito abalados com a súbita chegada dos alemães e com a rapidez com que nos abordaram, de modo que fomos quase pegos com a boca na botija. Por esse motivo, todos concordamos que seria perigoso demais manter Jacob na casa. Ele estava suficientemente restabelecido para ser levado ao esconderijo do estábulo, mas ficaria tão apertado para os três, à noite, que Dirk e Henk resolveram fazer turnos, dormindo um de cada vez num dos esconderijos de emergência das outras instalações da fazenda.

Essa mudança foi feita na mesma manhã do ocorrido. E, no decorrer dos dias que se seguiram, eu descobri que diferença inesperada e desagradável isso fez em minha vida. Por três semanas, primeiro no porão de nossa casa e depois na fazenda, cuidar de Jacob havia se tornado o principal objeto de minha atenção. De fato, ele se tornara o centro de minha vida. Quando envelhecem, algumas pessoas esquecem como a força da devoção de uma jovem mulher pode consumi-la. Eu não. Talvez eu não tenha sido capaz de fazê-lo por causa do que aconteceu. Ao recordar essa época, ainda a sinto com a mesma intensidade de então. De repente, pouco mais de uma hora depois que os momentos intensos dentro do *bedstee* haviam suscitado em mim pensamentos, sentimentos, emoções e sensações que até então só haviam se revelado, se é que haviam, no mais recôndito de meu ser, aquele que os vicejara, que os trouxera à vista, foi tirado de mim pela primeira vez desde que fora trazido inconsciente ao nosso porão. O que essa separação abrupta significaria para mim foi algo que não compreendi imediatamente, nem nas horas que se seguiram, enquanto preparávamos o esconderijo para recebê-lo e o levávamos para lá, ou enquanto limpava o quarto "dele" na casa e lavava seus lençóis, ou mesmo enquanto o dia ainda não havia terminado, com seus inúmeros afazeres rotineiros, ou quando levei sua comida ao esconderijo e lhe fiz companhia enquanto comia. Neste ínterim, havia muito o que fazer, e a nuvem de ansiedade trazida pela incursão alemã obscurecia qualquer preocupação com as consequências. Eu estava mais absorvida pelo alívio que sentia por Jacob não ter sido capturado e pela alegria de tê-lo ainda junto a mim.

Mas à noitinha, especialmente ao me deitar para dormir, me dei conta do que havia perdido. Senti sua ausência na casa, no quarto ao lado do meu. Já não podia sentar-me ao lado dele depois de um dia inteiro de trabalho. Já não podia ouvir seu chamado, caso ele precisasse de ajuda. Ele já não estava sozinho no quarto para que eu pudesse acordá-lo com o nosso doce ritual. E foi somente à noite, quando o visitei no esconderijo para lhe desejar boa noite, ao encontrá-lo com Dirk e Henk, bebendo cerveja caseira e fumando os cigarros fedorentos da época da guerra, naquela atmosfera tão estranha e tão pouco receptiva para mim, uma mulher – foi só aí, ao me deitar, que vieram as lágrimas. E, quando as lágrimas secaram, vieram as fantasias de um primeiro anseio sexual feminino. Senti outra vez meu corpo deitado sobre o dele no *bedstee*, senti sua ereção contra as minhas coxas, desejei o toque de suas mãos e o som de sua voz sussurrando no meu ouvido palavras como a do poema do livro de Sam que ele havia lido para mim na noite anterior.

> Comparar-te a um dia de verão?
> Tens mais doçura e mais amenidade:
> Flores de maio, ao vento rude vão
> Como o estio se vai, com brevidade:
> O sol às vezes em calor se exalta
> ou tem a essência de ouro sem firmeza
> E o que é formoso, à formosura falta,
> Por sorte ou por mudar-te a natureza.
> Mas teu verão eterno brilha a ver-te
> Guardando o belo que em ti permanece,
> Nem a morte rirá de ensombrecer-te,
> Quando em verso imortal, no tempo cresces.
>> Enquanto o homem respire, o olhar aqueça,
>> Viva o meu verso e vida te ofereça.*

Por longuíssimos minutos, direcionei todos os meus desejos para ele no esconderijo, instando-o a vir até mim em silêncio, em segredo, e a entrar na minha cama. Sabia muito bem que ele não conseguia nem descer a escada sozinho, quanto mais mancar de lá até a casa, mas ainda assim fiquei dizendo a mim mesma que ele daria um jeito, com a certeza, reafirmada pelo meu desejo febril, de que ele seria capaz de tudo se sentisse por mim o que eu sentia por ele. Por mais alguns minutos, me recostei, esperando, desejando que ele viesse até mim e ou-

---

* Soneto XVIII de William Shakespeare, na tradução de Jorge Wanderley. (N. da T.)

vindo cada estalo ou suspiro que vinha da casa que dormia, prendendo a respiração ao mínimo som que pudesse anunciar sua chegada, somente para depois expirar numa agonia de desapontamento quando se provava o contrário.

Eu não tinha a menor ideia do que esperava que ele fizesse quando estivéssemos juntos. Não conhecer as possibilidades e não ter nenhuma experiência limitava minha imaginação em relação aos prazeres mais óbvios. Eu só sabia que morria de vontade de tê-lo a meu lado, me beijando e acariciando, me dizendo palavras mais íntimas do que quaisquer outras que eu já tivesse ouvido, de ser enlaçada, abraçada e envolvida por ele. Para descrever a mim mesma aquilo que eu sentia desejar desesperadamente, não me ocorriam palavras menos vagas do que estas, apreendidas, creio eu, da leitura de ficções românticas.

Então, naquela noite, sofri o despertar do adulto, prazer tão doloroso que se tornou difícil por não haver ninguém com quem conversar a respeito. Se eu estivesse em casa, e estivéssemos vivendo em tempos mais normais, eu teria contado à minha mãe e compartilhado minha aventura com alguns amigos mais íntimos. Mas minha mãe estava fora de alcance e meus melhores amigos, sabe-se lá onde estavam. Na fazenda havia quem? Só a senhora Wesseling, e eu sabia que não podia contar com sua compreensão e apoio moral. Então tive de guardar para mim esta inquietude. Foi assim que descobri que nada é mais torturante que uma paixão secreta.

O fato de que Jacob tivesse sido tirado de mim já doía bastante. O que fez isso piorar foi a mudança que ir para o esconderijo operou no próprio Jacob. De tanto andar com Dirk e Henk, de ficarem os três rapazes confinados juntos, ele logo se tornou, como se diz hoje em dia, "um dos meninos". Um homem mais rude do que aquele que eu conheci. Entocados noites a fio no esconderijo, instigavam-se mutuamente com fanfarrices e bravatas. Tudo isso, claro, inflamado pelo mudo ciúme e pela competição entre Dirk e Jacob por mim, o que, na época, eu ainda não percebia. Nem ajudou muito o fato de Dirk não falar inglês e de Jacob não falar holandês, tendo Henk de servir de intérprete para os dois. Sempre que eu os visitava, eles me provocavam tanto para impressionar um ao outro como para me divertir (como eu fingia que acontecia) ou me chatear (como eu fingia que não acontecia). Ah, como é chata essa infantilidade nos homens feitos! Meu querido irmão, meu esperançoso pretendente, meu cativante soldado: eu os odiava quando se comportavam dessa maneira horrível e regredida.

Passaram-se quatro dias, cinco, uma semana, duas. As coisas foram piorando. Os meninos crescidos foram ficando impetuosos, indóceis, impacientes com o seu confinamento.

Quase no fim da segunda semana, pairava um clima ruim entre Jacob e Dirk, e Henk lutava para manter a paz. Eles não queriam me dizer qual era o problema. Quando, sozinha com Henk, o questionei a respeito, ele disse apenas que a tempestade passaria. Talvez, como acho que tenha sido o caso, eles tenham discutido por minha causa. O que quer que tenha acontecido, Jacob começou um regime de exercícios para fortalecer sua perna ferida e entrar em forma depois de tanto tempo entrevado. Mas até isso começou a virar motivo de competição, e Dirk também começou a "malhar", como se diz agora. Tudo o que você pode fazer, eu posso fazer mais e melhor. Tentei dissuadi-lo, com medo de que o ferimento de Jacob se abrisse de novo, mas ele não me ouvia. Ele disse que não podia continuar como estava. Que precisava escapar e voltar para a sua gente.

Devo explicar que o avanço dos Aliados à Holanda não veio a termo tão rapidamente quanto esperávamos e queríamos. Ouvíamos notícias dos exércitos pelo rádio, mas as informações do que estava acontecendo nas cidades e aldeias próximas nós ouvíamos das pessoas que batiam à nossa porta pedindo comida e por meio de uma ou outra carta de parentes e amigos que chegava. Assim, ficamos sabendo que os alemães haviam evacuado Oosterbeek completamente depois da batalha. A maior parte da aldeia tinha sido destruída, mas ninguém tinha permissão de visitar seus escombros sem uma autorização especial das autoridades alemãs. No início de outubro, eu finalmente recebi uma carta de mamãe. Ela e papai estavam morando com os primos dele, em Apeldoorn. Ela descreveu a urgência com que os alemães estavam procurando por homens entre 16 e 50 anos para trabalhar para eles. Os cartazes anunciavam que eles seriam bem remunerados e que suas famílias receberiam rações extras, mas poucos se apresentaram. Pouco depois, desovaram nas esquinas cadáveres com marcas de tortura e um aviso de uma só palavra pregado às roupas: *Terrorista*. Tencionavam assustar as pessoas, é claro, e conseguiram. Mamãe viu vagões cheios de homens seguidos por compridas fileiras de homens a pé vigiadas por poucos soldados. Foi aí que levaram papai, embora ela não me tenha me contado isso naquele momento. Ele se entregara para evitar represálias contra mamãe e seus primos caso tentasse se esconder e fosse encontrado.

Soubemos por outras pessoas que o mesmo havia acontecido em Groningen, uma de nossas cidades mais ao norte, e também em Amersfoort, no coração do país, em Haia, no oeste e aqui em Deventer, perto de nós, no leste. Em toda parte. Agora entendíamos o que queriam dizer as notícias inglesas que ouvíramos contando que, quando os Aliados libertaram Maastricht, uma de nossas cidades mais ao sul, na fronteira com a Bélgica, quase não havia homens. Eles tinham sido levados não só para o trabalho forçado, mas também para que não pudessem ajudar os britânicos quando estes chegassem.

Como essas notícias chegavam até nós de gota em gota, principalmente Dirk, mas também Henk foram ficando cada vez mais aborrecidos, cada vez mais frustrados por estarem "de mãos atadas", como diziam, impossibilitados de fazer alguma coisa para derrotar o odiado inimigo que ocupava o nosso país e que tanto sofrimento nos trazia. Eles diziam que era covardia continuarem do jeito que estavam. A impetuosidade infantil deles ganhava um toque de beligerância. Enquanto cumpriam suas tarefas na fazenda e, à noite, à beira da caçarola, em seu esconderijo, ensaiavam plano após plano para emboscar e matar os alemães. Falaram em bombas caseiras para explodir postos de comando alemães, em ficar de tocaia para apanhar as patrulhas, em esticar arames nas estradas rurais para incapacitar soldados de motocicleta ou de bicicleta. Qualquer coisa, por mais absurda que fosse. O senhor Wesseling pedia paciência. Ele dizia que os Aliados viriam logo e que era mais importante que homens jovens como Dirk e Henk estivessem vivos, prontos para ajudar a reconstruir o nosso país depois da libertação, do que arriscar suas vidas em aventuras impetuosas que cabiam melhor aos experientes homens da Resistência. A senhora Wesseling implorava a Dirk que ouvisse seu pai e não fizesse nenhuma bobagem, e eu a Henk, pois sabia que ele podia influenciar Dirk caso estivesse mesmo convencido de alguma coisa, mas sabia também que ele podia ser influenciado por Dirk. Desde sempre, desde a primeira vez em que se viram, meninos pequenos, se tornaram amigos tão inseparáveis que o que um fazia o outro fazia por pura lealdade. E Henk, embora fosse o mais inteligente e cabeça-fria, também era o mais maria vai com as outras e, portanto, costumava ser o liderado, em vez de liderar. Com o Dirk tão sedento de ação, eu temia pelo Henk. Enquanto isso, Jacob permanecia quieto, sabiamente, porque, se me apoiasse, só pioraria o facho de Dirk.

Tudo poderia ter dado certo se não fôssemos inspecionados de novo, desta vez ao pôr do sol. Foi um trabalho feito sem muita convicção. Nós os vimos chegando a tempo de os meninos se esconderem. Os soldados tinham uma missão, mas percebia-se que não esperavam encontrar o que procuravam (homens em idade de convocação, presumíamos). Em vez disso, o comandante deles nos sinalizou que iriam embora sem causar maiores problemas caso entregássemos alguns alimentos mais difíceis de obter. Saíram dali com um saco cheio de queijo coalho, ovos, uma barra de manteiga e nosso mudo, mas sincero, desprezo.

Quando Dirk soube disso, ficou furioso. Gritava com seu pai, dizendo que ceder fácil assim faria com que em poucos dias sofrêssemos outra vistoria, na qual exigiriam mais coisas. E continuaria assim, pior a cada vez. E se, em alguma visita deles, nos recusássemos, a casa seria destruída sob o pretexto de procurar clandestinos, armas, rádios ilegais, qualquer motivo que o oficial alegasse. E, se ocorresse dessa forma, eles certamente revirariam o feno no mezanino do estábulo, e o esconderijo seria encontrado.

"Você sabe como eles são", ele dizia. "Faça-os obedecerem às regras ou vão te desprezar e fazer o que bem entenderem. É contra as regras levar comida sem autorização oficial. Eles sabem disso. Agora, que quebramos as regras, que cedemos à extorsão, vão voltar pedindo mais. Já não estamos em segurança."

Naquela noite, fomos dormir desanimados e preocupados.

Na manhã seguinte, Dirk e Henk haviam sumido. Tinham levado a arma e a munição de Jacob com eles. E cada um deixou uma carta escrita às pressas, Dirk para seus pais, Henk para mim. Eu ainda guardo a de meu irmão.

O Dirk escrevera uma observação no final.

Eu nunca mais voltei a ver o Henk.

Querida irmã,

Não podemos mais esperar. Precisamos livrar nosso país do invasor. O Dirk está certo. Os alemães vão vistoriar a fazenda cada vez mais. Depois, quando os Aliados estiverem chegando, vão tomá-la como posto de comando ou reduto de plataforma de tiro. Se... não, quando isso acontecer, seremos apanhados. E então os alemães nos maltratariam, a nós e a você também. Os ratos sempre se comportam pior quando estão encurralados. É melhor eu e Dirk irmos embora agora, quando ainda temos chance de lutar, em vez de esperar sentados que nos capturem e matem ou nos obriguem a trabalhar para eles. Será melhor para você também. Terá menos problemas se não nos encontrarem aqui. Pelo mesmo motivo, ajude o Jacob a ir embora assim que ele tiver condições. <u>Depressa</u>.

Decidimos tentar contactar a Resistência e, se não tivermos utilidade para eles, vamos tentar chegar ao exército britânico no sul. Devíamos ter feito isso há meses. Ou pelo menos depois da batalha que destruiu a nossa casa.

Sei que vai ficar contrariada. Eu teria lhe contado o nosso plano, mas perderia a determinação diante de suas lágrimas. Preciso fazer isso. Por lealdade ao Dirk. Mas também pelo meu orgulho. Espero que compreenda.

Fique certa de que eu e o Dirk vamos voltar a vê-la em breve, quando trouxermos a liberdade conosco. Até lá, minha irmã querida, cuja vida me é mais cara que a minha, cuide-se muito bem <u>antes de qualquer outra coisa</u>.

Seu irmão Henk.

Te levo em meu coração. Com amor, Dirk.

CARTÃO-POSTAL
Uma ponte longe demais.
Tenente-general F.A.M. Browning
Meus pesadelos ainda são tão violentos que
minha mulher acorda cheia de manchas roxas.
Não sou uma pessoa amarga; já vivi quase
cinquenta anos a mais
do que aqueles pobres-diabos
que jazem no cemitério de Oosterbeek.
Parecia uma boa ideia, na época.
Era um lance de azar;
uns você ganha, outros perde.
Nós perdemos aquele.
Segundo-sargento Joe Kitchener,
Regimento de Pilotos de Planadores, Batalha de Arnhem

Domingo, 17 de setembro de 1995.
Oito horas em ponto. Infiltrando-se pela névoa do que será um dia limpo e quente de fim de verão, sem a chuva que umedecera os três últimos dias, o reflexo do sol matinal acordou Jacob no quarto de hóspedes do apartamento de Geertrui, na Oudezijds Kolk, em Amsterdam.
Quando desceu para o banheiro, ele não viu nem ouviu nenhum sinal de Daan, que presumiu ainda estar adormecido atrás do biombo chinês, depois da cozinha. Depois de se lavar e de usar o banheiro, ele finalmente vestiu as próprias roupas. Camiseta preta, um *jeans* azul-esverdeado limpo, meias vermelhas, botas urbanas Ecco bege-claras. Sentindo que era seu momento mais centrado desde que havia chegado à Holanda, tomou um rápido café da manhã com torradas, mel e chá, preparado com menos barulho possível, numa cozinha ainda estranha a ele, para não incomodar Daan, cujo mau humor matinal ele queria evitar. Já havia coisas demais em sua cabeça no momento. As emoções evocadas por Geertrui no dia anterior emaranharam-se às suas previsões para o dia que começava.

Depois de se despedir de Geertrui, Daan o levara à casa dos Van Riet, onde apanharam os pertences de Jacob e fizeram uma refeição com o senhor Van Riet, boa parte da qual ocupada por uma discussão entre Daan e seu pai a respeito de assuntos de família. Eles se desculparam por isso, mas Jacob ficou aliviado, pois não estava com disposição para conversinhas corteses. A visita a Geertrui o perturbara de tal maneira que ele nem mesmo entendia por quê.

Quando voltaram a Amsterdam, Jacob tomou um banho quente e demorado na banheira e passou o resto da tarde sozinho, feliz por Daan ter um compromisso e só voltar tarde. Depois da constante companhia de estranhos, era um alívio ficar sozinho, com os prazeres do apartamento só para ele. Fuçou a pilha de livros, ouviu música no mega aparelho de som, zapeou pelos inúmeros canais de televisão e espionou algumas vezes, pelas janelas da frente, os quartos do hotel do outro lado do canal. (Era surpreendente como muita gente deixava as cortinas abertas, com seus quartos iluminados como micropalcos, enquanto cuidavam dos afazeres mais íntimos. Desfaziam malas, despiam-se, separavam dinheiro, maquiavam-se, deitavam-se só com as roupas de baixo. Daan contara-lhe que vira gente transando – héteros e *gays* –, uma mulher nua dançando pelo quarto e outros divertimentos similares. Mas, com a sua sorte de sempre, pensou Jacob, tudo o que flagrou de extraordinário foi um homem de meia-idade morbidamente obeso, só de camiseta e de samba-canção, tentando cortar as unhas do pé, aspiração abandonada depois que seus muitos contorcionismos não conseguiram fazer o cortador chegar até as unhas.)

Mas durante todo esse tempo, e até cair no sono, pouco depois da meia-noite, Jacob ponderara sobre a hora que passara com Geertrui, tentando recompor suas emoções alteradas. Agora de manhã, a perturbação pesava-lhe tanto quanto no dia anterior.

Depois do café, saiu da cozinha se arrastando, atravessou o belo chão de azulejos espanhóis, cruzou o passadiço de navio que o conduziu ao convés superior e chegou a seu quarto, onde colocou sua máquina fotográfica Olympia e uma jaqueta em PVC que Daan lhe emprestara, caso chovesse, numa sacola plástica impressa com um logotipo e a palavra *Bijenkorf* [colmeia – ele tinha procurado no dicionário na noite passada], que encontrara na cozinha.

Restavam-lhe dez minutos antes que a senhora Van Riet chegasse para buscá-lo. Tomariam o trem das 9h32min para Utrecht, onde, segundo lhe informara o meticuloso pai contador de Daan, chegariam às 10h na plataforma 12A e sairiam seis minutos depois da plataforma 4B num trem que os deixaria em Oosterbeek às 10h47min, exatamente no tempo hábil para estarem no cemitério da batalha às 11h, quando a cerimônia estava prevista para começar.

Domingo, 17 de setembro de 1944, sul da Inglaterra.

Às 9h45min de um dia que começou nevoento, mas logo se tornou claro e ensolarado, 332 aeronaves da RAF e 143 norte-americanas, engatadas a 320 planadores que seriam rebocados até suas LZ [Landing Zones – Zonas de Aterrissagem], comportando um total aproximado de 5.700 homens com equipamento, inclusive itens como jipes e armas de artilharia móvel, estavam prontas para decolar de oito bases aéreas britânicas e 14 norte-americanas espalhadas pela Inglaterra, de Lincolnshire a Dorset, na maior operação paraquedista já realizada.

O restante dos 11.920 homens destinados a lutar na batalha deveria embarcar numa segunda leva, no dia seguinte, uma segunda-feira, para as DZ [Dropping Zones – Áreas de Pouso] dos campos próximos à aldeia de Wolfheze, cinco quilômetros a oeste de Oosterbeek e a onze quilômetros de seu objetivo, a hoje famosa "ponte longe demais", que se estendia sobre o Baixo Reno, no centro de Arnhem, a 20 quilômetros da fronteira alemã.

Tenente James Sims, 19 anos, da Companhia "S", 2.º Batalhão Regimento Paraquedista, 1.ª Divisão Aérea Britânica, Batalha de Arnhem:

Na noite de sábado, boa parte de nós relaxou; alguns jogavam futebol, outros, dardos. Alguns liam e outros escreviam cartas. Fui ao refeitório e sentei-me numa cadeira com os pés apoiados no forno apagado. O gato se meteu no meu colo e ronronou contente enquanto eu lhe coçava a orelha. Um dos homens da Companhia "C" me mostrou um folheto religioso que acabara de receber numa remessa vinda de casa. Nela havia o retrato de um moinho de vento e as palavras "Perdido no Zuider Zee". Ele disse interpretá-lo como um mau presságio; tratava-se certamente de uma coincidência esquisita [porque a nossa próxima operação era secreta]. Acabamos indo nos deitar e dormi surpreendentemente bem.

O domingo começou como qualquer outro, exceto por um certo frio na barriga. "Tomem um café reforçado", aconselharam-nos, "pois não sabem quando vão comer de novo..."

O "mascote" Geordie e eu fomos avisados para nos aprontarmos. Como fazia pouco tempo que estávamos no batalhão, fomos designados como portadores de bombas e recebemos o arreio com seis bombas de morteiro de dez libras [4,5 kg] para levar ao combate. Recebemos a moeda válida na ocupação holandesa, mapas, serras portáteis, quarenta cartuchos de munição de rifle .303, duas granadas .36, uma granada antitanque, uma bomba incendiária de fósforo e um jogo de pá e picareta, bem como os rifles que já possuíamos. [*Sims, p. 50-1*]

Major Geoffrey Powell, oficial em comando da Companhia "C", 156.º Batalhão Paraquedista, 4.ª Brigada Paraquedista, componente da segunda leva:

Era chegada a hora do já conhecido esforço de vestir o traje de salto. Sobre a farda e o capote aéreo, eu já estava completamente equipado: o embornal com mapas, lanterna e demais miudezas; respirador [da máscara antigases], cantil e bússola; coldre e estojo de munição da pistola; e sobre meu peito os dois pacotes cheios de carregadores [de arma] Sten e granadas de mão. Então, amarrei em torno do ventre meu pequeno pacote sólido contendo rações concentradas para dois dias, cuia de lata, meias de reserva, *kit* de higiene pessoal, pulôver, caneca de estanho e, por cima de tudo, uma granada antitanque Hawking. Os binóculos estavam pendurados em meu pescoço, enquanto o pacote de gaze, a seringa de morfina e a boina vermelha tinham sido colocados nos bolsos de meu capote. Depois eu vestira uma jaqueta de brim para segurar todas as miudezas no lugar e impedir que as cordas do paraquedas se enroscassem nas inúmeras saliências. Por cima de tudo, pusera um colete salva-vidas "Mae West", com uma rede de camuflagem enrolada como cachecol à volta do pescoço e, na cabeça, o capacete de aço dos paraquedistas coberto com rede reforçada. Amarrei à minha perna direita uma grande sacola contendo uma carabina Sten, um *walkie-talkie* oblongo e uma pequena ferramenta de cavar: uma lingueta de liberação rápida permitia que esta sacola fosse baixada em pleno ar, para que, pendurada por uma corda fina, chegasse ao chão antes de mim. A seguir, o soldado Harrison me ajudou a entrar em meu paraquedas, e eu fiz o mesmo por ele. Depois disso, cada um de nós testou a caixa de liberação rápida do outro para ter certeza de que funcionavam direito... Depois de muito pensar, eu me permiti levar dois supérfluos, uma boina vermelha e um *Oxford Book of English Verse**. [*Powell, p. 19-21*]

Precisamente às 9h15, a senhora Van Riet apertou a campainha do apartamento de sua mãe. Jacob pegou a bolsa *Bijenkorf*, e suas botas urbanas desceram ruidosamente pelo íngreme passadiço até o nível principal, onde ele conferiu sua aparência num espelho na parede, junto à porta social, e estava prestes a sair quando ouviu Daan gritar de sua cama, atrás do biombo.

"Tenha um bom dia." Ele parodiou o clichê norte-americano tão enfaticamente que Jacob ficou pensando se Daan não estava tirando uma com a cara dele. "Cumprimente a mamãe", acrescentou Daan, com não menos deboche.

Ao que uma sonolenta voz feminina que Jacob desconhecia acrescentou: "*Tot ziens, Engelsman.*"

Por reflexo automático, Jacob gritou de volta: "Até mais." Durante a descida dos três lances de escada que o levavam até a rua, a identidade da companheira de leito de Daan intrigou sua curiosidade.

A senhora Van Riet aguardava no *stoep* improvisado, seus cabelos curtos e grisalhos combinando com o cinza do casaco com capuz que encobria o vestido de linho que lhe descia até a panturrilha, adornado com estampas abstratas em azul-escuro e cinza, uma surrada bolsa de couro bege-claro, no mesmo tom das botas urbanas de Jacob, a tiracolo e, nos pés, confortáveis e resistentes sapatos marrons. Parecia cansada, mas ainda assim sorriu ao recebê-lo, aprontando uma cara simpática que fez Jacob se lembrar da época em que sua mãe estivera doente, antes da operação. Aguentando firme, como diria Sarah. Sentiu-se instantaneamente culpado e teve um impulso de fazer todo o possível para agradá-la e compensá-la por estar sendo um estorvo.

Trocaram um bom-dia com um aperto de mãos e uma certa semiformalidade que Jacob considerava ligeiramente ultrapassada, mas da qual gostava, mesmo assim. Sentiu novamente, como sentia todas as vezes que via a senhora Van Riet, que ela tinha um certo pé-atrás com ele. Ou, concluiu agora que chegavam ao final da rua, ela devia ser tí-

---

* Antologia poética escolar inglesa. (N. da T.)

mida. Era diferente, portanto, de sua mãe ou de seu filho, e, ocorreu-lhe então, de seu marido falante. Gostou mais dela por causa disso, como costumam fazer as pessoas quando encontram noutra pessoa sua própria fraqueza embaraçosa.

"Meu filho", disse a senhora Van Riet. "Sei que ele não vai ser tão atencioso com você quanto deveria. Preferia que você ficasse hospedado comigo."

Tímida, talvez, mas bastante direta.

"Estou bem, obrigado", disse Jacob. "É um ótimo apartamento."

"Sim, o apartamento de minha mãe é, digamos, diferente. Mas o jeito como o meu filho leva a vida... Bem, desde que você não fique completamente abandonado... Suponho que, por ser jovem, você mais entenda do que eu aprovo. Sou muito conservadora, como meu filho costuma dizer." E, depois de uma pausa: "Você é muito bem-vindo para se hospedar conosco em Haarlem a qualquer hora."

"Obrigado, mas estou bem, é verdade. O Daan tem sido ótimo para mim. Gosto muito dele."

"Sinto-me responsável por você perante a sua família."

"Tenho 17 anos, quase 18, senhora Van Riet, e, honestamente, posso cuidar de mim mesmo. Pode ficar tranquila. Mas muito obrigado pela preocupação."

"Pode me chamar de Tessel, se preferir."

"Sim. Obrigado."

Cruzaram a Prins Hendrikkade, no entroncamento para chegar à estação, ocupados demais em prestar atenção aos sinais e evitar o tráfego, principalmente os bondes, ônibus e bicicletas desarvorados, bem como o grande fluxo de pessoas, para manter qualquer tipo de conversa. O pátio externo da estação estava ainda mais cheio do que no dia anterior. No meio do caminho, um grande círculo se formara em torno de um sexteto de artistas de rua com roupas típicas (peruanos?) que tocavam uma alegre melodia em flautas pan de madeira e tambores atarracados. Lá dentro, o saguão de embarque estava uma baderna, cheio de domingueiros. Tessel conduziu Jacob diretamente para a plataforma correta.

"Comprei seu bilhete no caminho", disse ela, entregando-o para ele. "É bom ficar com ele, caso a gente se desencontre." Expressou um breve sorriso. "Cuidado com os trombadinhas!" E, ao dizer isso, apertou a bolsa junto ao corpo.

Já sobre a plataforma e com alguns minutos de sobra, Tessel disse: "Você soube dos soldados veteranos que desceram de paraquedas ontem?"

"Não."

"Vários dos que sobreviveram à batalha. Li no jornal de hoje de manhã. Pularam de paraquedas no mesmo lugar em que pousaram em 1944. Imagine só! A maior parte deles já tem seus 70 e tantos anos. Iam pular no ano passado, no quinquagésimo aniversário, mas o tempo estava ruim. Então acabaram fazendo isso ontem. Por segurança, cada um pulou junto com um soldado jovem."

"Fantástico!"

"Também achei. Parece que um deles tinha 80 anos." Ela riu. "E um outro perguntou se devia tirar a dentadura, pois estava com medo de engoli-la quando pousasse."

Jacob riu também. "E chegaram bem, com dentadura e tudo?"

"Que eu saiba... Quando contei à mamãe, hoje de manhã, no telefone, ela disse que queria ter visto isso."

"Talvez ela quisesse ter pulado também."

"Ah, é claro. Parece que você já conhece a minha mãe."

"Ela me lembra a Sarah. E é isso o que ela teria dito."

"Minha mãe disse que os viu descendo no primeiro dia da batalha. Ela lhe contou?"

"Não."

"Estou surpresa."

O trem chegou.

Uma vez acomodados em assentos lado a lado no vagão cheio, Tessel prosseguiu como se a conversa não tivesse sido interrompida.

"Ela adora contar essa história. Ouvi-a não sei quantas vezes, desde que era pequena."

"Não conversamos muito sobre a guerra."

"Pensei que tivessem conversado. Depois que você saiu, a Geertrui não falou muito. Nada sobre a sua visita."

A observação não passava de uma pergunta disfarçada.

"Ela... sua mãe..."

"Geertrui."

"É, Geertrui. Desculpe. Não sei pronunciar muito bem..."

"É como o 'Gertrude' de vocês."

"Sim. Gertrude. Mãe de Hamlet." Ele tentou de novo e errou de novo, mas errou melhor dessa vez.

Sorriram um para o outro diante de sua incompetência em pronunciar o *gê* gutural e o grave *rui* holandês.

O trem começou a se mover.

Quando saíram da estação, Jacob disse: "Ela me perguntou por que é que eu moro com a minha avó. Acho que falei demais. Gastei tempo demais. Fiquei um pouco nervoso na frente dela, para falar a verdade."

"Mamãe tem esse efeito sobre muita gente. Sobre mim também, algumas vezes, eu confesso. Até sobre as enfermeiras. Elas gostam dela, mas ao mesmo tempo têm um pouco de medo."

"Ela me pediu para ir visitá-la amanhã. Talvez aí me conte sobre a batalha."

Ele sentiu que Tessel ficara tensa. Sentados apertados, lado a lado, era difícil se virar para conferir as reações em sua expressão sem parecer mal-educado.

"Estamos passando por um momento muito difícil", disse ela. "Você entende?"

"Sim."

"A Geertrui é uma pessoa muito determinada."

"Sim."

"E, como eu lhe disse, ela convidou você sem consultar nenhum de nós. Eu e meu marido, pelo menos. Quanto ao Daan, não sei. Eles são muito chegados. Ela só me contou alguns dias antes de você chegar."

Agora sim Jacob voltou-se para encará-la.

"Estou muito constrangido com isso."

"Não, não. Não é culpa sua. Eu não deveria ter falado nisso de novo. Só quis dizer que a mamãe sempre foi meio cheia dos segredos. E determinada... teimosa, eu diria. Agora isso piorou, porque os analgésicos que estão lhe dando deixam-na meio confusa." Deu de ombros. "Ela é assim mesmo."

Olhando para além da jovem passageira à sua frente, em cujos joelhos fazia um grande esforço para não encostar os seus, Jacob fitou o final do vagão, mas não enxergou nada. Lembrou-se de Tessel indo encontrá-lo no aeroporto, conforme combinado ao telefone com Sarah. Ela lhe parecera nervosa e brusca, até mesmo impaciente com ele. Ele ficara pensando se isso seria o jeito de ser holandês ou apenas o jeito dela. Ela também demonstrou nervosismo, deixando cair as chaves do carro, pegando a saída errada da via expressa, pedindo mil desculpas pelo seu inglês ruim (que, na verdade, naquela hora lhe pareceu muito bom, especialmente porque ele não havia se incomodado em aprender uma palavra de holandês)... coisas assim. Em casa, ela lhe mostrara o "seu" quarto (o de Daan adolescente, a julgar pelos pôsteres, roupas e demais objetos que o ocupavam, tudo tão organizado quanto num museu), concedera-lhe alguns minutos para se acomodar e então sentou-se com ele e uma xícara do forte café holandês, explicando-lhe, um tanto atrapalhada, que ela não poderia fazer muito para entretê-lo durante a sua estada. Ela o levaria a Oosterbeek no domingo, mas até lá ele teria de se virar. É claro que Jacob disse sim, sim, que estaria tudo ótimo. Então a história de a Geertrui tê-lo convidado saiu como se ela não pudesse mais guardá-la consigo. Nesse ponto, as entranhas de Jacob já estavam se contorcendo, pois ele sentiu-se um peso e desejou nem ter vindo.

Foi o senhor Van Riet quem sugeriu que ele fosse visitar a casa de Anne Frank no dia seguinte, e foi ele quem passou uma hora e meia primeiro explicando o sistema ferroviário, depois falando-lhe a respeito do mapa do centro de Amsterdam, apontando-lhe a localização da casa de Anne Frank e como chegar até ela de bonde e listando vários lugares que achava que seriam do interesse de Jacob – o Rijksmuseum, para visitar os Rembrandts e Vermeers, e o Museu Histórico, onde havia, segundo ele, uma exposição excelente mostrando o crescimento de Amsterdam século a século, além de um modelo mostrando como eram construídas as casas antigas de Amsterdam, em molduras de madeira encorpada sobre plataformas de tocos imersos na areia pantanosa, que era, e ainda é, a única fundação disponível para se construir, provando, assim, disse ele, às gargalhadas, que a Bíblia está errada quando diz que as casas construídas sobre areia não duram. Em Amsterdam, ruas inteiras de casas construídas sobre areia há trezentos anos ainda estão em pé, e tão elegantes e belas como quando foram feitas. Para ver essas casas em pouco tempo e de uma bela perspectiva, aconselhou o senhor Van Riet, Jacob deveria pegar um dos barcos turísticos que passeiam pelos canais. Ele assinalou no mapa os locais onde se podia embarcar e indicou quanto o passeio custaria. Isso fez o senhor Van Riet se lembrar de verificar se Jacob compreendia a moeda holandesa, incluindo uma explicação de dez minutos a respeito do que todas as figuras e estampas das notas e moedas queriam dizer, o que, é claro, foi seguido por uma comparação com a moeda britânica e seu valor relativo. Nesse ponto, ele divagou sobre a importância da criação de uma moeda comum europeia o mais rápido possível, lamentando o fato de que o *design* das notas não era nem um pouco atraente ou de bom gosto, na opinião dele, diferentemente da atual moeda holandesa. Porém, as vantagens comerciais e político-econômicas eram mais importantes do que a mera aparência. Devemos todos lembrar o que levou Hitler ao poder: instabilidade econômica e moeda fraca. Bem, sim, intolerância e preconceito racial. Mas estabilidade econômica e um comércio forte eram fatores essenciais para a saúde de uma nação.

Foi depois desse tutorial pós-refeição (Jacob não dissera quase nada, exceto pelos sons necessários ao entendimento e uma ou duas perguntas curiosas para demonstrar interesse) que o senhor Van Riet sugeriu a Jacob que o acompanhasse e ao cão da família (um Sealyham espoleta, meio babão, velhinho, sem falar fedido) em seu passeio noturno. E foi quando eles estavam fora que o senhor Van Riet deu o endereço de Daan a Jacob, dizendo-lhe que não contasse aquilo para a mulher. Existiam no momento problemas familiares entre sua esposa e Daan que diziam respeito à mãe dela. A senhora Van Riet andava meio abalada. Nada com que Jacob devesse se preocupar. Você sabe como as mulheres são às vezes – ele riu –, especialmente as mulheres de uma certa idade. Daan ficaria muito feliz em ajudar Jacob, caso fosse necessário, e o senhor Van Riet tinha certeza de que ele gostaria muito de conhecê-lo.

Tudo isso causara em Jacob uma sensação de desconforto e aumentara ainda mais o seu desejo de não ter vindo.

James Sims:

Entramos na aeronave assim que ouvimos a ordem "Embarcar". O par de motores [do Douglas C-47 "Skytrain" Dakota] ganhou vida com um estrondoso rugido, o avião estremeceu e pôs-se em movimento. Os pilotos norte-americanos taxiaram na formação em V. Nossa aeronave deu um solavanco logo que dobrou a cabeceira da pista e parou. De cada um dos lados havia duas outras aeronaves dispostas em escalão e, atrás de nós, mais três.

O avião trepidava cada vez mais, conforme a rotação do motor ia aumentando. Começamos a ganhar velocidade e logo abríamos caminho pista afora. Enquanto avançávamos aos trancos e barrancos, o ruído foi crescendo até virar uma tempestade ensurdecedora. Colamos o rosto na janelinha para acenar para os companheiros da outra aeronave. Parecia que íamos sacolejar até nos espatifar na cerca, mas uma sutil mudança no percurso da aeronave nos confirmou que estávamos no ar; o Tenente Woods confirmou isso erguendo os braços estendidos e sorrindo. Eram aproximadamente 11h30 da manhã e – um pensamento apaziguador – estaríamos na Holanda antes do fim do horário de almoço...

Observamos o solo querido da Inglaterra se afastar enquanto nos alçávamos pesadamente para o céu. O Dakota era uma aeronave lenta e completamente desarmada. Quando nossa armada aérea chegou ao litoral, entramos em formação com a nossa escolta de caças, na maior parte Hawkers, Tempests e Typhoons da RAF armados com canhões e foguetes. Haviam nos prometido "máximo apoio em combate", o que significava mil aeronaves e nos enchia de confiança.

O imponente exército aéreo fez uma curva sobre o mar do Norte, e nos acomodamos para a viagem. Sentamos, oito de cada lado, em bancos ao longo do esqueleto da fuselagem. Éramos um coquetel de sangue misto tipicamente britânico: inglês, irlandês, escocês e galês; Geordies, Scouses, Cockneys, homens de Brum*, no centro da Inglaterra, homens de Cambridge, Kent e Sussex. Havia homens de Brighton em nosso pelotão. Alguns de nós já tinham sido ajudantes de loja, outros vendedores, fazendeiros e feirantes. Havia até mesmo um caçador ilegal.

Sendo o Número Um, o Tenente Woods ficava sentado próximo à porta aberta. Eu era o Número Quinze, e o homem atrás de mim, o último a saltar, era Maurice Kalikoff [sargento e judeu russo – "um soldado de primeira linha e um dos melhores seres humanos que já conheci"]...

Tentei me convencer de que isso era o que eu sempre desejara. Era o preço a pagar pela boina vermelha, pelas viagens de avião e por ser pago para pular de paraquedas. Estávamos voando a cerca de quatro mil pés [1220 metros] sobre massas de nuvens encapeladas que refletiam o sol, o que me fez imaginar se já não estaria no céu. Foi um desses momentos da vida de pura beleza. O Dakota continuava a zumbir mar adentro. Como era impossível conversar, tirávamos uma soneca ou líamos...

---

* Brum: apelido da cidade de Birmingham, localizada na região central da Inglaterra. (N. da T.)

Ao nos aproximarmos da costa holandesa, fomos avisados para nos prepararmos para o mergulho da aeronave nas nuvens, que nos deixou a mais ou menos duzentos pés [610 metros] de altitude. Ainda estávamos sobrevoando o Mar do Norte quando um navio alemão abriu fogo contra nós. Felizmente, era um navio pequeno que dispunha de uma única metralhadora. O piloto norte-americano adotou medidas evasivas instantâneas e seguramos nos braços uns dos outros, pois o avião guinava perigosamente. Observamos, fascinados, o rastro de uma rajada de projéteis fazendo uma curva em nosso encalço, primeiro lentos, mas finalmente zunindo rente à porta aberta como vespas invocadas.

Então nos disseram que a costa holandesa estava pouco adiante, e meu estômago deu outra cambalhota. Tudo o que delineava o litoral holandês inundado [os alemães haviam inundado a área costeira para tentar impedir o pouso dos Aliados] era uma longa tripa de terra que parecia a espinha de algum animal pré-histórico extinto. Quando adentramos pelo continente, a água foi dando lugar a torrões de terra e, depois, a sólidas campinas. [*Sims, p. 52-5*]

A troca de trens em Utrecht foi bem simples, mas as plataformas e as escadarias estavam lotadas. Mais uma vez, sentaram-se lado a lado, desta vez com Jacob na janela para ver melhor a paisagem. À medida que viajavam para o leste, o país ficava menos plano, havia bosques aqui e ali, uma rede de canais mais escamoteada.

"Você conhece bem a história da batalha?", perguntou Tessel.

"Não diria que bem", disse Jacob. "Li uns dois livros sobre ela porque me interessei, sabe, por causa do vovô. E assisti ao filme, é claro. Anthony Hopkins vivendo um oficial boa-pinta. Bem engraçado. Acho que não deve ter sido bem assim na vida real."

"Os filmes nunca são, eu acho. Como poderiam?"

"Um dos livros que li era sobre a história propriamente dita, mas o que mais gostei foi escrito por um soldado comum que participou da batalha, não um oficial, só soldado raso. Do tipo que imagino ter sido o meu avô. Não se trata de uma narrativa brilhante, mas gostei porque ele conta o tipo de detalhe que não se vê nos livros de historiadores profissionais que estão tentando dar conta de toda a batalha. Ele diz coisas que só quem esteve lá poderia saber. E, sendo um cara comum, ele vê tudo de um ângulo diferente daquele dos historiadores ou oficiais. E não se empolga demais, sabe. Mas tem orgulho de ter estado lá e de ter participado daquilo. Então, é um belo relato, além de uma história da batalha."

"Nunca li nada a respeito", disse Tessel. "Ouvi minha mãe contá-la tantas vezes que para mim foi suficiente. Além disso, toda e qualquer guerra é horrível, hedionda, eu não gosto nem de ouvir falar. E essa guerra, a de Hitler, ainda é tão discutida aqui na Holanda, sem parar, quase como se tivesse acontecido ontem. É tanta dor, então por que continuar a relembrá-la com tanta insistência? Seria melhor esquecer. Mas as pessoas dizem que não podemos esquecer para não repetir a história. E eu pergunto: quando foi que a humanidade já se esqueceu de suas guerras, e quando foi que isso a impediu de travar outras?"

"Não sei. Mas acho que discordo. Você conhece *O diário de Anne Frank*?"

"Hoje em dia, todo o mundo conhece, é claro."

"E você sabia que ela sonhava em ser uma escritora famosa? Bem, ela começou a reescrever seu diário pouco antes de ser capturada porque ouviu uma transmissão feita por um ministro holandês. Ele disse que queria que todos guardassem cartas, diários, coisas assim, coisas escritas durante a ocupação, porque depois da guerra juntariam tudo e colocariam numa biblioteca nacional, para que, no futuro, as pessoas pudessem ler a respeito do que viveram as pessoas comuns durante a guerra, sem ter de contar apenas com livros de historiadores profissionais."

"Isso foi feito. É o nosso Instituto Estadual de Documentação de Guerra, em Amsterdam."

"Você não acha que foi uma ótima ideia? Não acha que é bom podermos saber como eram as coisas e as pessoas no passado? Sabe, conhecer o assunto pelo que as próprias pessoas escreveram na época?"

"Acho que é, sim. Só não gosto de ficar falando dos dias de guerra como se fosse tudo o que existisse no passado."

"Bem, sim. Mas é sempre um tédio quando as pessoas não param de falar de um mesmo assunto, seja ele qual for." Ele disse isso pensando no senhor Van Riet.

Tessel riu. "É, isso é verdade."

"Às vezes, eu gostaria que meu avô tivesse deixado algumas cartas ou um diário. Não que eu quisesse saber mais sobre a batalha, mas gostaria de saber como foi para ele, o que ele fez, o que aconteceu com ele. Tudo segundo a visão *dele*. Eu adoraria. Assim, ele estaria mais vivo para mim. Quer dizer, vivo como a Anne Frank está. Porque, quando você pode ler o que alguém escreveu, como ela, de alguma forma é como se você também estivesse vivendo com eles. Dentro da sua cabeça, entende?"

"Entendo. É claro que a Geertrui pode lhe contar muitas coisas, mas não é aquilo que você quer e, de qualquer maneira, somente da maneira como ela se lembra. E a memória... Bem, pela minha experiência, não se pode confiar na memória. A memória conta o que aconteceu do jeito que ela gostaria que tivesse acontecido. Esta é só a minha opinião pessoal."

"É isso o que o meu pai diz. Ele sempre acusa minha avó de inventar o meu avô. Ele diz que o homem de quem ela fala não é o homem que existiu, mas sim o homem que ela desejaria que ele tivesse sido."

"E o que Sarah responde?"

Jacob deu uma gargalhada. "Ela lhe dá uma patada."

"O quê?"

"Desculpe. Metaforicamente... É só uma expressão."

"*Ach*, sim", disse Tessel, rindo, "Entendi! Sim, imagino que sim. Ah, mas agora você tem de olhar, porque estamos passando pelos campos em que os homens desceram."

Uma área vasta e plana, dourada após a colheita, com árvores margeando-lhe os limites, e entre elas bétulas prateadas junto da ferrovia. Era quase idêntica ao que ele se lembrava de ter visto nas fotografias tiradas em pleno ar, durante a descida e, logo depois, do chão. Por um estranho momento, o que ele havia lido juntou-se com o que via agora, e teve a sensação de estar lá, não agora, mas antigamente; não em 1995, mas em 1944. Com seu avô, que na época tinha poucos anos mais do que ele tem hoje. Com a idade de Daan, aliás. Levantou os olhos para o céu ensolarado coalhado de nuvens e pensou: Pular juntos lá de cima sem saber que perigo os aguardava aqui embaixo.

James Sims:

Um tripulante norte-americano chegou e nos contou que desceríamos a setecentos pés [214 metros] para a operação. Pusemos nossos capacetes herméticos e ajustamos os protetores de queixo emborrachados. Afivelamo-nos e, então, pegamos as sacolas: um *kit* com seis morteiros, pá, picareta, rifle e embornal amarrados às nossas pernas com redes especiais. Como cada um tinha pelo menos cem libras [46 kg] de equipamento, a descida seria rápida e sem muita oscilação, tornando-nos um alvo difícil para as metralhadoras do inimigo. Acertamos a postura e formamos uma fila indiana bem compacta. A mão direita segurava a alça da sacola e a esquerda pousava no ombro do colega à frente. Alguém gracejou: "Dirijam-se ao centro do vagão, por favor." Já outro gaiato puxou meu paraquedas e disse: "Ih, meu chapa, isso não é um paraquedas. É um cobertor velho!"

Era essencial que cada um de nós pulasse logo atrás do homem à nosso frente, pois qualquer hesitação poderia nos deixar completamente espalhados pela área de pouso. Via-se o Tenente Woods emoldurado pela porta, o vento da hélice repuxando insistentemente a tela de seu capacete. A luz vermelha brilhava já havia muito tempo quando de repente piscou e mudou para verde. "Vá!" O tenente sumiu. Avançamos pouco a pouco pelo pesado corpo do Dakota... três... quatro... cinco... um tripulante norte-americano montara uma câmera de cinema e filmava nossa saída... seis... sete... oito... um sujeito de Maidstone meio que se virou para trás, sorriu e gritou algo que se perdeu entre o ruído dos motores... nove... dez... onze... pela porta eu via um gigantesco planador Hamilcar a reboque do nosso lado; uma de suas asas estava pegando fogo, mas o piloto fez sinal de positivo... doze... treze... catorze... o homem à minha frente curvou-se um pouco ao sair. Pouco antes de seu capacete sumir, eu pulei, mas o vento da hélice me pegou e fez meu corpo girar, torcendo os cordames. Fui forçado a soltar a alça de minha sacola para tentar impedir a torção, porque, se ela chegasse ao velame, eu estaria perdido. Longe do ruído dos motores do avião, pela primeira vez desde que saíra da Inglaterra pude distinguir outros sons. Ao meu redor, muitos outros paraquedistas despencavam de seus Dakotas, e eu me vi no meio de uma chuva de seda. Eram paraquedas de todas as cores do arco-íris. Foi uma visão inesquecível. Tive consciência de estar fazendo parte de uma das maiores operações aéreas da história das guerras, mas essa alegria foi ofuscada pelos apuros pelos quais eu passava. Felizmente, os cordames enroscados começaram a girar no sentido oposto, fazendo-me girar junto com eles até se desenroscarem. Ao descer, não me senti como uma águia – a experiência parecia-se mais com um enforcamento. Embora meu velame estivesse completamente inflado, eu agora enfrentava outro problema. Minha perna direita estava pendurada para baixo com o peso da bolsa do *kit* e eu não conseguia de jeito nenhum alcançar a alça para puxá-la.

Abaixo de nós, o panorama era de uma confusão organizada, como uma quantidade imensa de formiguinhas correndo pela zona de pouso em direção aos sinalizadores de várias cores que indicam os pontos de encontro dos batalhões. Os sons produzidos pelos gritos e pelos tiros foram ficando mais altos, pontuados por rajadas de metralhadora. Os norte-americanos haviam nos deixado no ponto exato, e eu não tive nenhuma dificuldade em localizar o sinalizador amarelo que mostrava onde o 2º Batalhão deveria se reunir. Em toda a parte, a ordem renascia do aparente caos, com os soldados paraquedistas entrando em forma prontamente. O chão, que pouco antes parecera tão distante de mim, veio se aproximando numa velocidade alarmante. Eu não estava nada ansioso para pousar, pois, com o peso da bolsa, minha perna ainda se encontrava irremediavelmente esticada para baixo. Haviam nos dito que pousar desse jeito certamente resultaria numa perna quebrada, e em um segundo eu descobriria se isso era verdade.

Tum! Cheguei ao chão com um baque terrível, mas estava inteiro e imediatamente me livrei do paraquedas, cortando as cordas que prendiam a bolsa para pegar o meu rifle. Era a minha prioridade número um. A distância, bombas-relógio explodiam, lançando ao céu enormes jorros de terra. Elas tinham sido jogadas vinte e quatro horas antes, numa tentativa de convencer os alemães de que se tratava apenas de mais um bombardeio. Vãs ilusões! [*Sims, p. 55-7*]

Momentos depois, estavam em Oosterbeek, estação que não passava de uma parada suburbana no fundo de um barranco, a plataforma com visual de nova, sem prédios, apenas um abrigo. Poucas pessoas desceram com eles, algumas levando flores, mas nada da multidão que Jacob esperava. Não deveria haver mais gente na cerimônia? No ano anterior, o noticiário da BBC mostrara o cemitério cheio de gente, mas isso porque tinha sido o quinquagésimo aniversário.

Subiram os degraus até a rua. Ali encontraram mais gente se dirigindo para o local, atravessando a ponte sobre os trilhos e dobrando à direita, para entrar numa rua com a discreta placa "Cemitério de Guerra Oosterbeek Arnhem". Casas conservadas, espaçadas entre si, bem parecidas com as de condomínios fechados da classe média inglesa: jardins amplos e arborizados, alguns com cercas-vivas altas e aparadinhas, outros com cercas mesmo, os feudos burgueses de privacidade, gramados bem aparados até a beira da rua, árvores perfiladas ao longo do trajeto da ferrovia. A mesma ferrovia por meio da qual os paraquedistas tentaram chegar a Arnhem, apenas para serem barrados pelos alemães e cercados na aldeia. Mas essas casas provavelmente ainda não existiam naquela época; tudo aquilo devia ser apenas floresta, com a aldeia começando só do outro lado dos trilhos.

Depois de duzentos ou trezentos metros, a rua fazia uma curva acentuada para a esquerda. Mais à frente, carros e ônibus estavam estacionados entre árvores que delimitavam um pátio. Duas torres de tijolinho quadrado ladeadas por portas em arco postavam-se à entrada do cemitério. À sua esquerda, sobre um cerco de correntes que lhe pareceu um tanto inconveniente e uma barreira de arbustos baixinhos do lado oposto, Jacob podia ver a amplitude do cemitério, as fileiras regimentais com lápides brancas de formato regular quase obscurecidas pela massa compacta de espectadores. Apenas quando ele e Tessel já se encontravam lá dentro e haviam conseguido um lugar na frente é que ele viu também que o centro do cemitério, uma enorme cruz de grama formada pela disposição das lápides, estava completamente ocupado por velhinhos sentados em fileiras, voltados para uma plataforma com toldo localizada no centro da cruz, a maioria deles de blazer azul e vários com boinas vermelhas ou azuis. Por um momento, ele pensou que todos haviam saído da cova agorinha para assistir a um *show*. E, pensou ele, em certo sentido, era isso mesmo, porque ali estavam os sobreviventes, suas esposas e, com certeza, as esposas de alguns dos que não sobreviveram.

Ele ficou impressionado com as centenas de pessoas (seiscentas, mil?) que haviam acorrido àquela praça de armas dos mortos. 1.757 túmulos, segundo ele havia lido, dos quais 253 pertenciam a soldados desconhecidos, cujos restos mortais não puderam ser identificados. E estes se tornavam ainda mais numerosos à medida que mais restos mortais eram encontrados em covas esquecidas, cavadas durante a batalha como sepulturas provisórias.

Tessel tomou-o pelo braço e conduziu-o em meio às fileiras, espremendo-se entre as pessoas que lhe impediam a visão, enquanto pedia desculpas ao passar.

"Precisamos ficar o mais perto possível do túmulo de seu avô", murmurou ela. Então, ela parou e apontou. "Lá, viu, na terceira fila, com a roseira vermelha quase na altura da lápide."

"Sim, sim. Estou vendo."

"Sua avó e Geertrui plantaram a roseira da última vez em que estiveram aqui. Daan vem apará-la e adubá-la duas vezes por ano."

Aquela visão o deixou sem palavras. Já vira fotografias. (Este é o seu avô quando era pequeno. Você costumava parar justamente desse jeito quando tinha a idade dele. Este é o seu avô quando jovem, com a motocicleta dele. Ele era terrível nessa época. Este é o seu avô pouco antes de se casar. Ele era muito bonito. Aqui somos nós dois nas últimas férias que passamos juntos, em Weston. Este é o seu avô de uniforme.) E ele gostava daquilo. Ficava examinando as fotos nos mínimos detalhes, querendo conhecer o homem cujo nome recebera e com quem diziam ser tão parecido, em tantos aspectos. Mas parar junto à cova do avô, que abrigava os ossos de um rapaz não muito mais velho do que ele não era a mesma coisa. Fotografias não passavam da sombra de uma sombra, e não a própria coisa, não a pessoa.

Ali à sua frente, a dois cadáveres de distância e à profundidade de sua altura, estava uma realidade. O corpo. Ou o pouco que restava dele agora. O corpo, mas não a pessoa. Com uma intensidade que nunca enfrentara antes, que nunca imaginara ser possível, soube que o que restava daquele homem, a essência dele, não estava embaixo da terra, junto com os restos mortais. O que restava de seu avô estava ali, em pé, dentro das botas urbanas de seu neto, fitando o túmulo do homem morto.

Pensar naquilo o deixou inquieto, como se um fantasma tivesse se materializado dentro dele. Respirou fundo e olhou para o céu. Agora o sol estava a pino, na cúpula limpidamente azul que encimava o grupo de sobreviventes sentados, margeado por uma faixa de pessoas em pé um pouco atrás, de bebês de colo a senhores com bengala. Ali perto, um esquadrão de jovens paraquedistas com suas boinas vermelhas e jaquetas camufladas, um par de matronas com roupas claras de domingo, uma trupe de meninos com seus Nikes, um grupo de meninas de camiseta branca e *jeans*, três homens de terno cinza com o paletó no braço e as mangas da camisa dobradas. Todos quietos, mas não em completo silêncio. Não havia os sussurros do silêncio de uma igreja nem a conversa abafada de um funeral. Não era um silêncio reverente, passivo, inerte, pois havia movimento aqui e ali, idas e vindas, e um constante fluxo de recém-chegados juntando-se à aglomeração. Mas nada de oficiais marchando forte, nada de mais, nem sinal de pompa e circunstância. Todos estavam esperavam, e no entanto não havia nada a esperar. Era mais como se o que estavam esperando já estivesse com eles. Estava e não estava, ele pensou. Ser e não ser. Presença ausente.

James Sims:

[O Coronel Frost] ordenou o avanço sobre Arnhem, e as companhias de fuzileiros começaram a se mexer. Deveríamos cobrir a retaguarda com morteiros de 3 polegadas [7,62 cm] como artilharia secundária. Vários alemães já haviam sido capturados. Em seus melhores uniformes de gala, eles deviam ser, naquele momento, os soldados mais envergonhados do exército alemão. Haviam sido apanhados nos campos, aos beijos e amassos com suas namoradas holandesas, e seus rostos se afogueavam mais e mais à medida que captavam alguns dos comentários que os paraquedistas ardilosos lhes dirigiam.

"Certo, levantem-se!", gritaram, e partimos formando filas indianas em cada um dos lados da estrada, na chamada formação "ack-ack". O interior da Holanda era muito bonito e conservado para uma época de guerra, com estradas arborizadas e sombreadas e campos cercados com arame farpado. Das casas espalhadas aqui e ali saíam moradores com os filhos para nos saudar e ver passar, ofertando-nos botijas de leite, maçãs, tomates e malmequeres. Colocavam as flores na tela de nossos capacetes e decoravam nossas padiolas com elas. "Estamos esperando vocês há quatro anos" era o máximo que conseguiam dizer em inglês, mas a frase era repetida incessantemente por aquela gente amiga e sorridente que parecia considerar a guerra praticamente ganha, agora que havíamos chegado.

Prosseguimos pelo sul do distrito de Wolfheze, onde havíamos pousado, em direção a Heelsum. O pântano coberto de samambaias de ambos os lados da estrada deixava nossa investida muito exposta a emboscadas e de fato, não muito longe de nós, uma saraivada de tiros de armas leves nos fez correr em busca de abrigo. Os líderes do batalhão tinham encontrado o inimigo, mas o fogo logo cessou e pudemos passar. Quando chegamos ao local da escaramuça, a fumaça e o cheiro de pólvora ainda estavam no ar. Ao lado da estrada, um sargento alto, de cabelos claros, da companhia de fuzileiros, estava caído; era o ex-guarda-florestal que estivera comigo no curso de canhões antitanque em Street. Agora seu rosto estava lívido de dor e em consequência do choque. Recebera uma rajada de tiros de metralhadora na perna, e seus companheiros a enfaixaram antes de deixá-lo. Enquanto passávamos, murmuramos palavras de estímulo e lhe atiramos doces e cigarros. Voltei a encontrá-lo no Stalag XIB [campo de prisioneiros de guerra na Alemanha], sem aquela perna.

Os tiros de metralhadora recomeçaram, afugentando-nos de novo, mas dessa vez os tiros tinham sido disparados pelo nosso pessoal. Um veículo do exército alemão estava parado na estrada, com o para-brisa estilhaçado e os pneus foram atingidos por tiros e estavam destruídos. Um oficial alemão jazia morto num dos assentos da frente. A seu lado, debruçado sobre o volante, estava o motorista. Atrás havia o corpo de mais um oficial alemão caído para a frente, com a mão ainda no ombro do motorista morto. Obviamente ia avisá-lo do perigo quando os paraquedistas britânicos apareceram na estrada, à sua frente, e abriram fogo. O oficial no assento da frente parecia ser um general, de modo que aquilo representava um duro golpe para o inimigo. Aproximei-me do veículo cheio de curiosidade, pois nunca tinha visto um oficial alemão, assim como também nunca tinha visto um cadáver...

Quando eu era pequeno, minha mãe me dizia que, se eu fizesse o sinal da cruz na testa de uma pessoa morta, não sonharia com ela. Toquei delicadamente a testa gélida de um dos oficiais alemães. "Que diabos está fazendo?", berrou um sargento. "Vamos andando. Você verá muitos outros como esse antes de ficar bem mais velho!" [*Sims, p. 60-2*]

Um clérigo inglês e outro holandês subiram à plataforma. Cantou-se um hino sob o acompanhamento de uma banda que Jacob não conseguiu descobrir onde estava. Oh, Deus amado, nosso auxílio em tempos idos, Nossa esperança para os dias futuros,/ *O God, die droeg ons voorgeslacht, in nact en stormgebruis*. O som daquelas centenas de pessoas cantando era engolido pelo céu vazio. Vazio, exceto por um avião solitário, altíssimo, sua trilha de fumaça branca tão reta e fina que parecia desenhada a régua sobre o azul. Sentindo-se especialmente afortunado, Jacob levantou a máquina fotográfica e registrou a vista. No plano inferior, grama, túmulos e gente, emoldurados por uma fila de árvores frondosas; acima, o azul altaneiro cortado por uma diagonal branca que partia do canto superior esquerdo e se estendia até as copas verdes, no canto inferior direito.

Todas as pessoas ao redor possuíam um exemplar do missal com as letras dos hinos. Onde é que tinham conseguido aquilo? Ele não vira ninguém distribuindo nada. Olhou para Tessel. Ela sorriu, voltou-se para uns homens em pé a seu lado, falou com eles em holandês e ganhou de um deles o missal. As letras apareciam em inglês de um lado e em holandês do outro. Sede nossa guarida enquanto existir perigo, E nosso eterno lar./*wees ons een gids in storm en nacht en eeuwig ons tehuis!*

Um coronel dirigiu-se ao microfone para ler a palavra. Salmo 121, versículos 1 a 8. Elevo os olhos para os montes: de onde me virá o socorro?/O meu socorro vem do Senhor, que fez o céu e a terra. Jacob sabia que se tratava de palavras tão antigas quanto Shakespeare. Sua beleza simples, emanando da cornucópia dos amplificadores, decorava as árvores e faiscava no ar. De repente, ele sentia orgulho delas, da língua que pela primeira vez na vida reclamava conscientemente como sua.

Rezou-se. Cantou-se um segundo hino. Permanecei junto a mim, que rápido cai o anoitecer: A escuridão se espalha; Senhor, estai comigo./*Blijf mij nabij, wanneer het duister daalt, De nacht valt in, waarin geen licht meer straalt.* Um hino de que Jacob nunca gostara. Aquela letra lamuriante e a música enjoativa o irritavam. Não fosse ela uma obra incorpórea, ele a chutaria. Estava longe de estimular a esperança ou de proporcionar alívio. Parecia-lhe que se refestelava na perspectiva da morte com um sentimentalismo asfixiante. Ainda assim, era dos mais populares entre os hinos populares. Outra vez, as centenas de vozes bilíngues fundiram-se no ar e perderam-se nos céus, algumas pessoas, como costuma acontecer nessas ocasiões, cantando de todo o coração, e outras mal articulando as palavras.

Seguiu-se o inevitável sermão, intitulado Homilia no programa. Ou melhor, não um, mas dois. O mero pensamento deu-lhe vontade de sentar, mas isso significaria sujeitar-se ao ponto de vista de uma criança: de pés, joelhos e bundas salientes. Então ele continuou em pé. Talvez os clérigos tivessem a decência de ser breves. O reverendo inglês falou primeiro. Acompanhara o 10º Batalhão durante a batalha. Pelo menos estivera lá, participara daquilo. O estranho contraste atraiu a atenção de Jacob para aquele pastor envelhecido, cujo aspecto e discurso eram típicos de um sacerdote interiorano da Igreja Anglicana, tantas vezes alvo de zombaria, a fala mansa, as maneiras suaves, a afabilidade estudada, e a violência brutal que ele provavelmente vivenciara cinquenta anos atrás. O reverendo falou dos homens que haviam saltado no dia anterior, em comemoração ao aniversário. Falou sobre o treinamento deles, que pularam em dupla, um idoso sentado nos joelhos de um soldado mais jovem. "No meu tempo não era assim", brincou o reverendo, e Jacob lembrou-se de Ton e de sua conversa no café, na outra noite. Até aqui a fobia sexual se manifesta numa piada. Aqui onde os corpos jazem lado a lado, companheiros na morte, como foram na vida que desaguou em morte. Pensou em James Sims e em seus dez mil companheiros, alguns deles sentados ali, cujas melhores recordações de sua passagem pelo inferno era o que costumavam chamar de companheirismo. Fora isso que os reunira ali. E quem, se não por amor, voltaria todo ano, durante cinquenta anos, para recordar aqueles que haviam morrido?

Com a previsibilidade dos sermões, a história dos galantes senhores que pularam de paraquedas tinha de ser convertida em lição de moral. As palavras mágicas para essa lição foram ditas por um dos jovens soldados, que aconselhou o seu parceiro mais velho: "Deixe tudo comigo, relaxe, divirta-se e confie em mim, que eu vou deixá-lo no chão com toda a segurança." Assim era Deus em nossa vida, sugeriu o reverendo. O que tínhamos de aprender a fazer era nos entregarmos nas mãos de Deus, relaxar, curtir a vida e confiar Nele, para que nos guiasse em segurança até o nosso destino. Ou algo do gênero. Era difícil saber, já que as palavras do reverendo dissolveram-se no ar como o coro anterior se dissolvera. Mas, pelo menos, o reverendo foi misericordiosamente conciso. Ele foi imediatamente seguido por um padre católico romano holandês, que leu em seu próprio idioma o texto que havia preparado. No meio do sermão, Tessel inclinou-se para Jacob e disse baixo, sorrindo: "Isso é extremamente holandês. O padre inglês falou como se não houvesse se preparado e foi engraçado. O padre holandês lê em voz alta e muito sério o que quer dizer." Mas ele também foi bastante breve.

Um último hino. Louvai, minh'alma, o Senhor dos céus, Trazei vossa oferta a seus pés/*Loof de Koning, heel mijn wezen, licht in het duister, wijs de weg omhoog*. Mais alegre, mais para encerrar. Entoaram os robustos versos muito aliviados, ansiosos pelo fim das formalidades.

Entretanto, a atenção de Jacob estava noutro lugar. Enquanto o hino era cantado, estudantes de ambos os sexos entre 11 e 16 anos de idade, buquês de flores nas mãos, entraram no cemitério contornando as laterais, de onde cada um partiu para um túmulo, à frente do qual ficaram aguardando. Não havia nenhuma formalidade ali. Eles usavam roupas coloridas, casuais e de estilos variados, eram disciplinados e estavam quietos, mas não eretos, solenes, mas não engessados, e só um ou dois se mostravam meio tímidos. Quando o hino chegou ao fim, cada um deles já havia chegado ao seu lugar, provavelmente predeterminado. Enquanto as pessoas recitavam o Pai-nosso, eles permaneceram diante dos túmulos como anjos da guarda, alguns com as mãos nos bolsos, outros com as cabeças curvadas, outros olhando em volta, outros sorrindo para os espectadores ao redor, mas todos conscientes de seu papel naquele teatro da memória.

James Sims:
O cheiro de pólvora queimada, agora familiar, pairava no ar, e uma cortina de fumaça recobria a cena do que fora claramente um confronto breve e brutal. Os fuzileiros já haviam partido em busca do próximo objetivo... mas haviam deixado um dos seus para trás. Ele estava deitado, apoiado num banco de madeira, numa clareira com vista para o rio. Era um lugar agradável, à sombra das árvores, com uma bela vista do Baixo Reno, o tipo de lugar onde namorados planejam o futuro e idosos relembram o passado. Mas hoje não havia namorados nem idosos, mas somente um rapaz de uma companhia de fuzileiros sentado sobre as pernas dobradas e sem o capacete. A parte da frente de sua farda estava encharcada de sangue, e alguém, num gesto bem intencionado, colocara uma toalha branca por trás da camiseta, na vã tentativa de estancar o ferimento. Em seu rosto pálido, os olhos olhavam além de nós, na eternidade, e nós passamos por ele tão silenciosamente quanto possível, como se temêssemos acordá-lo daquele sono sinistro. [*Sims, p. 65*]

Tenente Jack Hellingoe, Pelotão n. 11, 1.º Batalhão de Paraquedistas:
[...] nós simplesmente arrombamos as portas da casa mais próxima e subimos as escadas até o sótão. Os alemães metralhavam as casas;

as balas penetravam pelo teto e pelas janelas, zunindo pelos cômodos e chocando-se contra as paredes. Eles estavam literalmente cravejando de balas as duas casas.

Terrett, o soldado com a metralhadora Bren, usou-a para quebrar algumas telhas de ardósia e apoiou a arma nas vigas do telhado, apontando pelo buraco. Das casas e jardins que ficavam numa área mais alta do terreno, a apenas 150-200 jardas de distância [137-183 metros], nós podíamos ver claramente de onde saíam os tiros. Viam-se os alemães lá dentro facilmente. A maior parte dos confrontos em Arnhem se deu a distâncias bem curtas. Eu falei para o Terrett que começasse a atirar, e acho que ele já tinha usado alguns pentes de munição quando os alemães o atingiram com uma explosão. A mira da arma, seu rosto e seus olhos ficaram destruídos, e nós dois caímos das vigas, aterrissando num quarto do andar de baixo. Eu não fui atingido, mas Terrett não estava mais se mexendo. Alguém lhe fez um curativo e levaram-no embora. Pensei que ele estivesse morto, mas muitos anos depois vim a descobrir que ele ainda estava vivo – uma grande surpresa. Ele havia perdido um olho, mas fizeram um bom trabalho em seu rosto. [*Middlebrook, p. 178-9*]

Chegou o momento que Jacob já conhecia, de tanto ouvir Sarah contar: crianças das escolas locais depositavam flores sobre os túmulos, ritual que era realizado todos os anos desde a primeira cerimônia em memória, que foi realizada em 1945, um ano após a batalha. Cinquenta anos atrás. Jacob calculou que as crianças que depositaram os primeiros buquês teriam hoje 60, 65 anos, idade para serem avôs e avós, e que seus filhos que depositaram flores teriam idade para ser pais das crianças que estavam ali hoje. Uma árvore genealógica floral.

Ele ficou de olho para ver quem cuidaria do túmulo de Jacob. Um menino magro, com cerca de 13 anos, cabelos castanhos curtos contornando um rosto ainda indefinido quanto ao sexo, usando um colete verde acinzentado com zíper, camisa cor de ferrugem, *jeans* cinza-claros e botas Hush Puppy. Trazia nos braços, como um bebê, um buquê de flores silvestres. Jacob reconheceu campânulas azuis, malvas rosadas, um punhado de flores amarelas que Sarah chamava de *Laveterea*, alfazemas lilases e até alguns graúdos botões de prata e juncos com extremidades marrom-escuras, semelhantes a charutos, tudo num arranjo com hera. Mais nenhum deles trazia consigo um arranjo tão exótico. Quando chegou ao seu lugar, o garoto inspecionou o solo ao redor da lápide, abaixou-se, retirou algumas folhas secas e, sem saber o que fazer com elas, enfiou-as no bolso do *jeans*. Depois ficou esperando, quieto, de cabeça baixa.

Outro pastor holandês falou um pouco sobre as crianças e agradeceu-lhes por terem vindo.

Teve início, então, o ponto alto da cerimônia. As crianças se abaixaram e depositaram os buquês aos pés das lápides. O silêncio que acompanhou este ato foi o mais repleto de emoção, até aquele momento. O ar chegava a vibrar. Jacob não conseguia desgrudar os olhos do rapaz junto ao túmulo de seu avô, que não só depositou as flores, como haviam feito todas as crianças, mas também, com um suave cuidado, arranjou-as num leque de cores, como se as estivesse colocando num vaso. Quando terminou, pôs-se de cócoras e conferiu o efeito, inclinando a cabeça ainda duas ou três vezes para melhorar o aspecto do buquê, ajustando um ou outro botão. Fez isso com tamanha paciência e concentração que parecia estar completamente sozinho. Jacob teve a sensação de estar espionando alguém num momento muito particular e teve o ímpeto de desviar o olhar.

O garoto ainda estava de cócoras e as outras crianças, a essa altura, já estavam em pé em seus lugares quando o reverendo inglês recitou o tradicional poema aos mortos na guerra de Laurence Binyon. Eles não envelhecerão, ao passo que nós envelhecemos... Nós nos recordaremos deles./*Zij zullen niet oud worden, zoals wij, die het wel overleefd hebben... wij zullen aan hen denken.* Um corneteiro tocou o Toque de Recolher e o Toque de Alvorada, as notas tão palpáveis e plangentes que ficaram marcadas nas cascas das árvores. Em seguida, a banda tocou o Hino Nacional Britânico. E então acabou.

Uma pausa breve, um intervalo tipicamente inglês em que ninguém queria ser o primeiro a sair para não ser considerado ansioso e impertinente, ou, pior, passar pelo constrangimento de fazer algo impróprio. Então, ouviu-se um suspiro coletivo que pôs fim à fadiga de se exibirem no melhor de sua civilidade, depois do que as pessoas começaram a falar, andar, circular, cumprimentar-se, apresentar-se, ler as inscrições nas lápides, esticando-se para dar atenção a alguma lápide em especial, tirar fotos. Instalou-se um clima festivo que fez Jacob se lembrar das *fêtes* de verão a que Sarah insistia em levá-lo em sua cidadezinha, embora aqui os ânimos fossem modestamente polidos, dados o local e a ocasião. As crianças que haviam trazido os buquês foram logo cercadas por adultos, pais, parentes, amigos de sua idade e visitantes britânicos. Agora elas eram o foco das atenções e da dispersão de todos, como se essa fosse uma data em homenagem a elas, como uma gigantesca festa de aniversário coletiva com excesso de avós estrangeiros. Estrangeiros, mas não estranhos. Outra nota estranha que deu o tom do dia: os britânicos eram os convidados, mas ocupavam o local como se estivessem no quintal da própria casa, enquanto os holandeses, os donos da casa, comportavam-se como vizinhos participando da festa de família de outra pessoa. E, assim, eles se comportavam um perante o outro tanto como anfitriões quanto como hóspedes, tanto como donos quanto como visitantes, com as lápides como pano de fundo e as crianças como distração.

Hendrika van der Vlist, 23 anos, filha do proprietário do Hotel Schoonoord, Oosterbeek:
Alguém está chamando: algum inglês quer falar conosco. Um jipe com um médico e um suboficial enfermeiro está parado no pátio da frente.

Pedem-nos que preparemos o hotel para ser utilizado como hospital em uma hora.

"Nós gostaríamos muito de fazer isso, mas está uma grande bagunça lá dentro e não temos funcionários."

"Peça ajuda a alguém na rua", disse o médico.

"Tudo bem. Vamos fazer o melhor possível."

Então de repente nos lembramos de que não havia mais energia elétrica no estabelecimento. Na noite passada [domingo] os alemães haviam destruído as instalações.

Talvez tenham avistado luz em algumas janelas. Eles talvez tenham pensado que esse talvez fosse o caminho para acabar com aquilo.

Mas não faz mal.

O pudim é deixado sobre a mesa, intocado. Temos mais o que fazer. Primeiro, eu corro para pedir ajuda aos vizinhos do outro lado da estrada e depois para os demais vizinhos. Ao atravessar a Utrechtseweg, vejo, diante da mansão Dennenkamp, soldados ingleses deitados no meio da rua. Miram os alemães que se entrincheiraram na mansão.

As explosões também se fazem ouvir da Pieterbergseweg [o hotel ficava na esquina da Utrechtseweg com a Pieterbergseweg]. Ali, os alemães estão na casa chamada Overzicht. A guerra chegou até nós.

Mas não há tempo para reflexão.

Munidos de vassoura, balde e esfregão, todos chegam correndo, felizes por poder ajudar. Se os alemães, para quem fingíamos estar doentes e sabotávamos há quatro anos e meio, nos vissem...

Homens e mulheres, jovens e idosos, todos dando duro. Uma hora era muito pouco! Mamãe assumiu a chefia dos trabalhos no andar de baixo. Eu tento manter as coisas sob controle aqui em cima. "Você faria a gentileza de varrer o chão? Depois passe o esfregão."

"Kaja, você tem uma tarefa importante. Todo aquele lixo tem de ser levado para a lixeira. O que vamos fazer com esse lindo retrato de Hitler? [Os alemães haviam utilizado o hotel como quartel para seus soldados.] Bem, se quiser, você pode ficar com ele – não acha que é um belo suvenir? Ou então pode destruí-lo."

"Não é melhor enrolarmos estes tapetes imundos e levá-los para o sótão? Antes sem tapetes do que com tapetes sujos, e agora vamos poder limpar tudo."

"Já acabou aqui? Tudo bem. Vá tirar o pó do quarto 11."

"Por favor, você poderia varrer o quarto 14? Logo pedirei a alguém para ir até lá passar o esfregão."

"Olhe, Kaja. Mais lixo."

"O senhor se incomodaria em limpar todas as pias deste andar? Aqui está uma escova."

Quando desço, encontro mamãe olhando em volta, radiante de satisfação. Agora parece outro hotel! Com tantas mãos à disposição, tudo ficou limpo em pouco tempo.

Trazem feno para dentro e o colocam no chão da pequena sala de estar. No grande saguão foram colocadas inúmeras camas. A varanda e o salão de refeições foram deixados como estavam. Possuem piso ladrilhado. Achamos frios demais para os pacientes.

E então – com o trabalho ainda por terminar – chega uma leva de feridos.

Uns chegam de maca. Outros conseguem andar. Alguns com dificuldade, outros não, feridos apenas nas mãos ou nos braços.

Tudo transcorre em silêncio. Não se fala muito. Os ajudantes da limpeza vão parando de trabalhar. Estão quase terminando.

Rapidamente tiramos os baldes e as vassouras do caminho, pois não queremos que ninguém tropece neles.

E mais e mais pacientes chegam o tempo todo. [*Van der Vlist, p. 11-2*]

*

"Quero fotografar o menino que depositou flores na lápide do vovô", disse Jacob a Tessel, enquanto se embrenhava na multidão para alcançá-lo, antes que ele sumisse. Tessel foi atrás dele. O garoto havia tirado uma máquina fotográfica do bolso e estava enquadrando as flores e o túmulo quando Jacob chegou.

Quando ele acabou de tirar a foto, Jacob disse: "Com licença."

O menino o fitou com olhos verde-claríssimos.

"Você fala inglês?"

O garoto fez que sim com a cabeça. "Um pouco."

"Você se importaria se eu tirasse uma foto sua ao lado dessa lápide?"

Tessel falou em holandês. O menino sorriu e se voltou para Jacob: "Esse é o seu avô?"

"Isso mesmo."

"Espere um pouco, por favor", respondeu o menino, voltando-se para procurar alguém que ele finalmente localizou num grupo barulhento de gente da idade de Jacob, a três fileiras de lápides dali.

"Hille", chamou ele, acenando para uma garota que, ao chegar, pareceu a Jacob uma cópia exata do garoto. A mesma cabeça redonda com cabelos castanhos curtinhos, os olhos afastados e grandes, a boca grande com lábios carnudos, um rosto oval e sem marcas, conservando ainda um jeito de moleque que se assemelhava ao aspecto feminino do garoto. Estava com uma camiseta polo branca e larga de mangas compridas enfiada no *jeans*, com um casaco roxo amarrado na cintura pelas mangas, o resto pendendo atrás.

O garoto falou em holandês com ela. Ela também sorriu para Jacob. "Meu irmão disse que essa lápide é do seu avô."

"Sim."

Voltaram o rosto para o túmulo, como se em deferência a um amigo comum.

É claro que Jacob tinha visto as fotos que Sarah tirara da lápide, mas agora, em que a via ao vivo e em cores, sentiu pela primeira vez o estranhamento de ler seu próprio nome *in memoriam*. J. TODD. E saber que estava pisando no que restava de seu avô fez seus pés formigarem. Teve uma estranha visão da mão de seu avô atravessando a terra, agarrando-o pelo tornozelo e puxando-o para que ficasse junto dele na sepultura. Já beijou um cadáver? Ele ficou horrorizado com aquela imagem e sentiu culpa por pensar naquilo.

"O jota é o quê?", perguntou o garoto.

"Jacob. Que é o meu nome também."

Se olharam novamente.

"Meu nome é Hille", disse a menina. "Ele é meu irmão Wilfred."

"Eu me chamo Tessel", disse a senhora Van Riet.

"Ah, sim, me desculpe", disse Jacob, invocando suas boas maneiras de adulto. "Essa é a senhora Van Riet."

Todos trocaram os cumprimentos habituais, Wilfred de forma muito formal, Hille e Jacob sorrindo amarelo pela estranheza da situação.

"Eu queria tirar uma foto de seu irmão com as flores", explicou Jacob. "Eu sei que a minha avó vai adorar."

"Quando tinha a idade do Wilfred, eu coloquei flores nesta lápide", disse Hille. "Posso entrar na foto também?"

Talvez ela estivesse apenas brincando, mas Jacob respondeu: "Tudo bem".

"Nossa mãe também", disse Wilfred. "Ela trouxe flores para este túmulo."

"Quando estava no colégio. Faz muito tempo, é claro", disse Hille. "Mas não veio hoje. Vamos nos mudar amanhã, e ela está muito ocupada."

Hille e Wilfred colocaram-se um de cada lado da lápide, cada um com uma mão sobre ela. Jacob andou para trás, agachou para enquadrar integralmente a lápide, as flores e os modelos, tirou a foto e, como sempre, mais uma, só para garantir.

"Sim, sim. Bela foto", disse Tessel. "Jacob, quer que eu tire uma foto sua?"

Jacob entrou no lugar de Hille e Wilfred, e ambos, Tessel e Wilfred, tiraram uma foto dele. Hille disse então que gostaria de tirar uma foto com Jacob, e os outros dois novamente se encarregaram disso. Wilfred quis sair junto de Hille e Jacob, de modo que Tessel bateu uma pose com cada máquina, para que cada família ficasse com uma dessas fotos. Com isso, Tessel ficou de fora, o que Hille considerou inadmissível, e por isso eles tiraram fotos de Tessel com Jacob e de Tessel com Hille e Wilfred.

O quarteto se juntou novamente no gramado plantado sobre o Jacob morto, entreolhando-se, rindo, pensando no que dizer a seguir.

"Você nunca esteve aqui?", perguntou Hille a Jacob.

"Não."

"Quer dar uma volta?"

"Claro."

Misturaram-se à multidão. Wilfred e Tessel ficaram para trás, batendo papo em holandês.

"Você tem a mesma idade que eles tinham", disse Hille. "Dezenove, 22, 20 anos."

"Sei que deve ser uma idiotice, nem entendo por quê, mas parte de mim gostaria de ter estado aqui. Quer dizer, na batalha."

"Homens!", disse Hille com um suspiro. "Por isso é que existem as guerras!"

"Detesto a guerra. Detesto qualquer tipo de violência, aliás."

"É sua porção masculina que gostaria de ter estado aqui. Testosterona. Coitado, você não pode evitar."

"Olhe, se eu tivesse estado aqui, quero dizer, na batalha, tenho quase certeza de que estaria numa dessas covas, não seria um sobrevivente. Eu não sou nenhum herói, sei disso."

"Isso não existe", disse Hille. "Ninguém é herói."

"Você não acha que tem gente que é mais corajosa que os outros, que é mais valente e tal?"

"Você acha?"

"Sim, eu acho. Quando você lê o que alguns homens fizeram nessa batalha, por exemplo. Não só lutando, como arriscando a vida para salvar outros soldados. Fizeram coisas incríveis que os outros não tiveram coragem de fazer."

"E o que eles fizeram quando voltaram para casa?"

"O quê?"

"O que fizeram quando voltaram para casa? Como trataram suas mulheres? Como eram com os colegas de trabalho?"

"Não tenho a menor ideia."

"E importa? Já que são heróis..."

Ele ponderou sobre a questão e sobre Hille.

"Sim, acho que sim. Para mim, sim. Aonde você quer chegar?"

"Você não é burro..."

"Muito obrigado, senhora!"

"... você sabe aonde eu quero chegar. Não é que não acredite em coragem, bravura, tudo isso. Acho apenas que a maioria das pessoas é corajosa e valente de maneiras diferentes e em – como se diz? *gelegenheden* – ocasiões diferentes."

"Mas ninguém é mais corajoso que os outros?"

"Mulheres ao dar à luz, segundo nossa famosa Anne Frank."

Jacob até parou de andar.

"Você conhece *Anne Frank*? Quer dizer, gosta do livro?"

"Sim. Por quê?"

"Eu também! É o meu livro predileto!"

"É?"

Olharam-se com interesse redobrado.

"Eu pensei que conhecesse muito bem o *Diário*", disse Jacob. "Até sei parte dele de cor. Mas não me lembro de nada sobre coragem ou mulheres dando à luz."

"Não tem no livro antigo."

"Como assim, livro antigo?"

"Aquele que sempre existiu."

"Tem outro?"

"Agora, tem. Você não tem? Em holandês, se chama *De Dagboeken van Anne Frank*. Em inglês, acho que seria *A Agenda... Diário... de Anne Frank*."

"Mas é esse o nome do meu exemplar."

"É mesmo? A versão holandesa que sempre tivemos se chamava *Het Achterhuis*, que significa *A parte de trás da casa*."

"Então, que outro livro é esse?"

"É o diário integral, tudo o que ela escreveu, e não o texto que o pai dela fez. Você não sabia disso?"

"Que o Otto cortou algumas partes do diário antes de publicar? Sim, eu sabia. Mas não sabia que já tinham publicado o diário todo."

"É um livro enorme. Você ia gostar. Existem capítulos sobre a história do diário, sobre como ele foi resgatado e sobre os testes científicos que o nosso governo fez para provar que ele não é falso, como aqueles neonazistas ridículos ficam alegando. Ai, como eu odeio essa gente! E muitas outras coisas. É um livro excelente. Minha mãe me deu de aniversário."

"Eu nunca tinha ouvido falar dele", disse Jacob, nervosamente indignado, como se uma informação vital lhe tivesse sido negada.

"Tem alguma coisa errada?", perguntou Tessel quando ela e Wilfred juntaram-se aos dois. Hille e Tessel conversaram em holandês, enquanto Jacob fechava a cara.

"Eu realmente preciso desse livro", disse Jacob. "Tenho de ter um."

"Talvez ainda não exista em inglês", disse Tessel. "Talvez só tenha em holandês."

"Tem uma loja de livros inglesa em Amsterdam", disse Hille. "Na Spui. Eles devem saber informar. Dê uma passada lá."

"Eu vou, eu vou, pode ter certeza de que eu vou!", disse Jacob com tanta veemência que as duas riram, enquanto Wilfred olhava para eles sério como sempre, sem entender a graça.

Eles recomeçaram a andar.

"Ela diz que as mulheres ao dar à luz são mais corajosas do que os homens?", perguntou Jacob.

"É um trecho maravilhoso." Hille olhou de relance para Jacob. "E o pai dela o havia cortado."

Chegaram ao centro do cemitério, no lado oposto à entrada. Uma grande cruz branca sobre um pedestal. Estava cercada por uma multidão de pessoas, muitas delas deixando coroas e buquês de flores a seus pés, empilhadas numa pirâmide que já reunia muitos outros. Do outro lado da montanha de flores, onde Jacob e Hille juntaram-se à aglomeração, havia um trio de senhores de uniforme, *blazers* azuis com calças cinzas, um com sua boina vermelha de paraquedista, outros com boinas azuis, e todos com fileiras e fileiras de medalhas sobre o peito. O homem do meio carregava uma bandeira com a flâmula recolhida em sua mão enluvada. Permaneciam atentos, em solene silêncio, enquanto as pessoas se acotovelavam à sua volta. Instintivamente, Jacob levantou a câmera e tirou uma foto.

E instantaneamente se sentiu reprovado por si próprio, como se tivesse roubado alguma coisa.

"É para a minha avó", disse a Hille como se devesse desculpas a ela.

Mas ela não estava ouvindo. Em vez disso, olhava para o alto, para a pequena cruz branca que pairava sobre eles. Encravada na pedra, havia uma espada de bronze descomunal, com lâmina, punho e guarda combinando com a cruz de pedra.

"A espada de Cristo e a cruz de *oorlogskruis*", ela disse.

"*Oorlog*?", repetiu Jacob o melhor que pôde.

"Guerra. Triste, você não acha?"

"Triste?"

"A cruz. A espada. Presas uma à outra", disse ela. "Acabadas. Extintas."

E, dizendo isso, ela saiu andando.

De um oficial anônimo:
Tenho muita mágoa de Arnhem. Eu perdi muitos amigos. Quando me casei, depois da guerra, percebi que meu padrinho era o nono de uma lista de candidatos que eu esboçara mentalmente; os oito primeiros ou estavam mortos ou incapacitados. Durante anos, não consegui nem falar nem ler nada sobre Arnhem. Quando comecei a ler a respeito, cheguei à conclusão de que tudo aquilo era resultado do patriotismo fanático de gente como [o marechal de campo B. L.] Montgomery, que queria mostrar como a sua inteligência era superior à dos outros. [*Middlebrook, p. 452*]

Subcabo Harry Smith, Regimento de South Staffordshire:
Até hoje, é difícil explicar como me sinto, mas é como se algo me tomasse por inteiro. Fico introvertido, com desejo de ficar sozinho, e me mantenho quieto durante dias. Então minha mente – ou devo dizer eu mesmo – de repente volta a Arnhem. E depois de esmiuçar os acontecimentos, imaginando como seria se isso ou aquilo tivesse acontecido, passo um bom tempo me atormentando com esse pensamento antes de, pouco a pouco, voltar a mim. [*Middlebrook, p. 452*]

Senhorita Ans Kremer, que morava no número 8 da Stationsweg, Oosterbeek:
O combate deixou em mim uma forte impressão. Eu não tinha medo, mas tinha um estranho sentimento pelos mortos, pelos feridos, caídos, definhando, e pelos moribundos – sentimento este que não conseguia nomear. Como o rapaz que vimos ser atingido, gritou "adeus" três vezes e morreu. Por causa disso hoje em dia só uso a palavra "adeus" muito raramente. Ela me dá uma sensação do meu fim.

Esses acontecimentos sempre estiveram comigo, não o tempo todo, e com certeza não em nível consciente, mas aqui e ali um rosto, um odor, um ruído ou uma situação evocavam uma vaga lembrança ou uma imagem nítida, acompanhadas de um sentimento de pesar. Esses homens são como amigos para mim. Existe uma espécie de elo, e, quando nos encontrarmos, quero entretê-los e reconfortá-los. Eles vieram nos ajudar a recuperar a liberdade, e sinto-me grata, mas também em dívida com eles, por todo o sofrimento pelo qual passaram e pela morte de tantos deles, conhecidos e desconhecidos. "Grata" é uma palavra muito pequena. Com palavras, não se consegue expressar direito certas emoções. [*Middlebrook, p. 452-3*]

Eles chegaram à entrada.
"Eu queria muito saber mais sobre o seu avô", disse Hille. "Sempre nos perguntamos quem ele havia sido, como era aquele homem em cuja sepultura colocávamos flores, mas durante todos os anos em que minha mãe e eu fizemos isso nunca apareceu ninguém para nos dizer que aquele túmulo era de um parente seu. Por isso, nunca tivemos a oportunidade de perguntar. Até hoje. Que tal um café? Podíamos ir a uma lanchonete e bater um papo."
Jacob não poderia ter gostado mais. Tudo nessa menina o agradava. As feições dela. O que ela dizia. O jeito engraçado, ligeiramente agressivo, com que ela falava, às vezes. E Anne Frank. E, como sempre acontecia quando alguém o atraía muito, ele teve vontade de tocá-la, mas queria mais do que isso.
Expulsou esse pensamento da cabeça para não se entregar e, dando-se um pouco de tempo antes de responder, olhou para Tessel, que ficara para trás com Wilfred.
"Eu gostaria muito", disse ele, "mas estou com a senhora Van Riet, a Tessel, e..."
"Eu não me importo", disse Hille com seu jeito antenado. "Ela parece bem legal, mas não seria a mesma coisa, né?"
Ele olhou de relance para ela, que sorriu o mesmo sorriso cúmplice que sorrira durante os cumprimentos.
"Não", disse ele. "Não seria."
"Será que ela se incomodaria, se eu pedisse?"
"Espero que você consiga o que quer. Aposto que geralmente consegue."
"Você está certo. Eu sou mesmo muito boa nisso."
"Não sei se seria legal. Seria uma falta de delicadeza abandoná-la depois de ter cuidado de mim e de ter me trazido aqui." Ele deu de ombros. "E existem agravantes."
"Você não vai se meter a educadinho na minha frente, vai, *Engelsman*?"
Ele riu. "Não dá para evitar. É a minha natureza. Como disse o escorpião ao sapo."

"Ora! A gente tem que dar um jeito nisso!"

"*A gente?*"

"Por que não? Seria legal, você não acha?"

"Gosto de ser educado, na verdade."

"Entendi."

"Facilita a vida. Lubrifica as engrenagens, como diz a minha avó."

"Já ouvi falar em filhinhos da mamãe, mas nunca em filhinhos da vovó. Você não é um? Ou é?"

Ele deu uma risada nervosa. "Um pouco. Não posso evitar. Moro com ela, sabe."

"A que era casada com o seu avô soldado?"

"Ela mesma."

"E você também se chama Jacob."

"Incestuoso, não?"

"Deus do céu!"

Ela lhe lançou um olhar sabido.

"E você?", disse Jacob. "É filhinha do papai, como a minha irmã?"

Agora o riso de Hille foi como um eco da risada dele. "Um pouco. Não posso evitar. Moro com ele, sabe."

Os dois riram.

Ela acrescentou, como se tivesse ganhado um ponto: "A Anne também era."

"Sim", concedeu Jacob. "É verdade. Mas não como a minha irmã. Ela não é simplesmente filhinha do papai. Ela é mais a filhinha obscena do papai, na minha opinião."

"Você não gosta dela."

"Não muito."

"Que pena. Meu irmão Wilfred e eu nos damos bem. Eu gosto muito dele, para falar a verdade. Ele é *tão* sério! É muito engraçado como leva tudo a sério. Seria até bom se levasse as coisas com mais leveza. Mas gosto dele como ele é."

"Vocês se parecem bastante."

"Todo mundo diz isso, o que é uma grande piada."

"Por quê?"

"Ele é adotado. Mamãe não podia mais ter filhos, e eles queriam um menino. Então, adotaram o Wilfred, e eu adorei. Fui eu que o escolhi."

"Sério?"

"Sério! Pelo menos é isso o que a minha mãe conta. Eu tinha só 4 anos, mas ela disse que me apeguei a ele logo de cara. Então eles decidiram que tinha de ser o Wilfred mesmo."

"Mas, falando sério, vocês se parecem demais."

"É, eu sei. Também acho. E não me importo, porque acho ele lindo."

Jacob quis dizer que ela estava certa, mas isso daria muita bandeira do que ele sentia por ela.

Antes mesmo que Tessel chegasse até eles, Hille já estava falando com ela num holandês rápido. Tessel sorria, assentia, respondia e olhava de vez em quando para Jacob, que não conseguia entender muito além de seu nome e das palavras Amsterdam e *koffie*.

"É claro que você deve ficar e conversar com a Hille, se quiser", disse-lhe Tessel quando a conversa acabou. "Eu não me importo. É até mais fácil para mim. Posso ir ficar com a Geertrui direto. Mas você vai se achar na hora de voltar para a casa do Daan?"

"Tranquilo", disse Hille, sorrindo. E, arremedando com uma habilidade assustadora, entoou para Jacob: "Deixe tudo comigo, relaxe, divirta-se e confie em mim, que eu vou deixá-lo em Amsterdam com toda a segurança."

GEERTRUI

A senhora Wesseling ficou tão enlouquecida com a atitude do filho que por vários dias não saiu do quarto. Era como se Dirk tivesse morrido. Ela repetia, como um mantra, que nunca mais voltaria a vê-lo. Em sua dor, pôs a culpa em Henk, dizendo ter sido ele quem convencera Dirk a fugir. Pôs a culpa em mim por ter vindo à fazenda confundir a cabeça de seu filho e também por ter trazido Jacob, pondo mais em risco ainda a sua família. Pôs a culpa no marido por não ter sido mais firme com o filho. E, o pior que tudo, em sua fúria, ela se martirizou por permitir que aquilo tivesse acontecido. Devia ter mandado Henk para outro lugar assim que ele e Dirk decidiram cair na clandestinidade; devia ter mandado nós três para outro lugar assim que chegamos; chegou a dizer que devia ter deixado os alemães pegarem Jacob em vez de escondê-lo no *bedstee*, porque isso pelo menos teria salvado o seu filho.

Era difícil assistir àquele tormento. E não havia nada que o senhor Wesseling ou eu pudéssemos fazer para acalmar a aflição dela. Foi chocante ver aquela mulher que sempre me parecera tão forte, controlada em todos os sentidos, indomável, desmoronar tão de repente, virar quase uma criança, de tanta dor. Outra lição, uma das mais importantes de minha vida, foi perceber como a natureza humana é frágil. Nos segundos que levou para ler a carta do filho, aquela mulher madura, experiente e dominadora desintegrou-se como se a palha que segurava o feixe de seu ser tivesse sido cortada, fazendo-a desfazer-se num emaranhado de fios esparsos. E, embora Dirk tenha finalmente voltado, ela nunca se recuperou completamente, nunca mais foi a mulher confiante e imponente de antes, mas, pelo resto da vida, foi uma pessoa nervosa, indecisa, recolhida, de riso difícil, sempre esperando o pior. Seu único prazer mais constante, e que muitas vezes me pareceu seu único consolo, era tocar harmônio, instrumento que aprendera a tocar na infância, abandonara na mocidade e agora retomava como se nunca o tivesse deixado. Tocava-o para si mesma, às vezes por horas a fio, jamais permitindo que ninguém a ouvisse, e ao tocar empenhava toda a energia que antes dedicara ao filho. Era como se, ao tocar harmônio, vivesse uma outra vida, uma existência alternativa que nunca lhe deserdaria como a outra havia feito. Até o fim, até o dia de sua morte, tocar harmônio e ouvir discos de outras pessoas tocando harmônio foi o seu mundo, e nada mais. Tudo o mais havia desaparecido: seu marido, seu filho, sua vida pregressa. Lembrava-se apenas da música e da lógica do teclado. Morreu de câncer aos 60 e poucos anos dedilhando na colcha as notas de alguma composição que só ela conseguia ouvir.

Mas aqui eu me adiantei. Voltemos aos dias seguintes ao desaparecimento de Dirk e Henk.

O senhor Wesseling estava, é claro, aborrecido, mas aceitou os fatos com uma disposição melhor e de forma mais otimista que sua mulher. "Eles devem voltar em alguns dias", ele dizia, "quando tiverem expurgado a raiva das ideias e perceberem que não é tão fácil assim fazer guerra de guerrilha". Quanto à esposa, ele inicialmente assistiu ao alheamento dela com essa mesma aceitação realista. Não era um homem imaginativo, mas fleumático e fatalista. Para ele, as coisas sempre eram como eram, a vida era assim mesmo, e sucesso era conseguir se virar o melhor possível dentro das circunstâncias. Costumava dizer que Deus só nos dá o que merecemos. Além do mais, mulheres lhe pareciam um mistério. Para ele, suas particularidades residiam além da lógica. Seus domínios eram a casa e os animais domésticos, e nestes ele não se intrometia. Assim, quando sua mulher se enfiou no quarto, ele encarou aquilo como uma mera reação feminina a notícias ruins e incumbiu-me de cuidar dela e do restante do "trabalho de mulher", não me deu atenção, dizendo-me apenas: "Você deve estar preocupada com o seu irmão. Ele vai ficar bem. São meninos espertos." E mais nada. "Volte para o seu trabalho. Para a lida incessante de uma fazenda, em que animais e plantas não tiram folga nem dão folga aos que cuidam deles. A terra é uma ama cruel." O melhor que tenho a dizer do senhor Wesseling é que ele a amava e cuidava dela com total devoção. Era a sua qualidade redentora, e, devo dizer, sempre gostei dele e me dava bem com ele.

No entanto, a senhora Wesseling estava certa: eu não nascera para a vida numa fazenda nem tinha o tipo físico para isso. Não sei como teria sobrevivido aos dias subsequentes, se não fosse pelo Jacob. Mas eu acho que, por ele, teria desistido e abandonado os Wesselings tão abruptamente quanto meu irmão e Dirk, não obstante a culpa enorme que fatalmente sentiria se o fizesse. Mas Jacob era minha total responsabilidade. Eu o acolhera contra a vontade de todos, e abandoná-lo agora significaria abandonar a mim mesma. Por causa de Jacob, eu tinha de continuar com os Wesselings, tinha de cumprir todas as tarefas que me eram destinadas, por mais cansativas e aborrecidas que fossem. E precisava fazer todo o possível para ajudá-lo a ficar bom suficiente para sobreviver. Eu não digo escapar, porque, mesmo que não o admitisse com total consciência, já temia o dia em que ele haveria de me deixar.

Assim, a senhora Wesseling se retirou para o seu quarto, o senhor Wesseling se enterrava no trabalho, e eu fugia da sobrecarga de tarefas domésticas para ficar com Jacob sempre que podia.

Era geralmente à noite, após o jantar, que eu me juntava a ele. O senhor Wesseling saía para ouvir a Radio Oranje da Inglaterra e eu ia encontrar Jacob, com a desculpa extra de que a claraboia do esconderijo fornecia a melhor visão da estrada principal e da trilha até a casa e que, portanto, eu poderia ficar de vigia caso aparecessem visitantes inconvenientes enquanto o senhor Wesseling ouvia o programa. Depois ele vinha nos ver, contar as últimas notícias sobre a guerra, saber como andava Jacob e, por fim, nos deixava a sós e ia fazer companhia à sua esposa. Seu inglês era muito ruim e por isso ele nunca ficava muito tempo conosco.

Depois de Jacob ter dependido tanto de mim para satisfazer suas necessidades físicas, eu agora ficara dependente dele para suporte emocional. Ele era meu único confidente. Poucos homens são bons ouvintes. (Pelo menos, eles eram poucos durante a minha juventude. Isso mudou?) Mas Jacob era. E durante um ou dois dias depois da partida de Henk ele ouviu bastante, enquanto eu despejava sobre ele meu desabafo contra a perda do meu irmão, minhas angústias a respeito de meus pais, minhas queixas da senhora Wesseling, meu sofrimento solitário e meus temores com relação a cada um. Tudo o que eu até então escondera dele tão cuidadosamente por estar determinada a manter o bom humor, já que não queria deprimi-lo para não prejudicar a sua recuperação. Eu acho que fiquei com a ideia fixa de ser sua salvadora, sua enfermeira e até, como ele costumava me chamar, seu anjo da guarda. Sua Maria. Agora, em um dia, isso havia mudado. O dique se rompera, minhas emoções fluíram como num dilúvio, e Jacob se tornou meu refúgio, meu protetor e meu companheiro.

E isso foi um alívio! Não ter de ser forte o tempo todo, não ter de parecer alegre e otimista, não ter de ser decidida, não ter de ser sempre inabalável. Não ter de fingir tanto. Simplesmente *ser*. Acho que me refestelei com a oportunidade. Pelo menos por um ou dois dias. E Jacob não me desencorajou. Que libertação! Eu me sentia um prisioneiro que fora desacorrentado.

Certa noite, em que estávamos sentados um de cada lado da mesinha improvisada do esconderijo, com o som e o cheiro das vacas penetrando pelas paredes de feno, comecei a chorar enquanto falava. Mesmo enclausurados como estávamos, parecia que estávamos caminhando na chuva depois de passar muito tempo numa casa empoeirada.

E, como se fôssemos amigos andando na chuva, Jacob me estendeu a mão por sobre a mesa e eu a segurei. Esta foi a primeira vez que tivemos um contato tão íntimo. Como eu disse, já havia limpado esse homem, incluindo suas partes mais íntimas, muitas vezes. Eu o ninara para dormir em nosso porão, no auge de seu sofrimento. Eu o alimentara às colheradas como se faz com um bebê. Mudara os curativos de suas feridas. Cheguei até a ajudá-lo a ir ao banheiro. Não havia em seu corpo nada que eu não houvesse visto e tocado. Mas era o toque de sua enfermeira prestativa, do anjo Maria.

Houve, é claro, a ocasião do *bedstee*, e os desejos e as fantasias que ela suscitara, mas eu tentei suprimi-los, fazendo um esforço para não pensar muito no que acontecera. Como diziam os antigos, usando palavras que hoje em dia mais ninguém usaria com seriedade, permaneci casta. Eu dizia a mim mesma que o incidente não havia passado de um acidente e não devia ser repetido. Mesmo que, à noite, eu não conseguisse tirá-lo da minha cabeça ou – o que é pior – de meus sonhos.

Mas agora não era o anjo Maria que o tocava, era ele que me tocava, a Geertrui, procurando minha mão por cima da mesa enquanto eu falava e chorava. Não ofereci resistência. Naquele momento, nada teria me dado mais conforto nem mais prazer do que a minha mão segura pela dele. Ainda assim, que sentimentos confusos ela acendeu, com minhas angústias e medos misturando-se aos desejos e ânsias que me tiravam o sono à noite e que agora finalmente encontravam resposta, expressão, eco, confirmação física no afagar dos dedos dele nos meus.

Instantaneamente, no momento em que a mão dele me tocou, não mais pensei nele como um soldado ferido, um fugitivo, um estrangeiro. Nem, para ser honesta, como um homem também casado. Ele era apenas meu, e eu dele. Naquele segundo de liberdade, eu me entreguei completamente a ele. E o fiz de maneira consciente e voluntária. E desse dia em diante eu nunca mais pensei nele ou em mim senão dessa maneira.

Quero ser bem clara. Nem mesmo por uma fração de segundo eu me contive, resisti a ele ou me fiz de difícil. Não ofereço nenhuma explicação ou desculpa. Também não me arrependo nem um pouco. Pelo contrário. Eu me apego a esse momento, a essa decisão. E assumo as consequências. De nada tenho tanta certeza nesta vida quanto de meu amor por Jacob. Se ele tivesse sobrevivido, eu teria feito qualquer coisa para mantê-lo a meu lado.

Naquela noite nós conversamos, de mãos dadas, olhos nos olhos, como fazem desde sempre os namorados nesse delicioso momento em que se declaram um ao outro. Nada mais que isso. Nem nos beijamos. Ainda assim, nos parecia que toda a nossa vida estava ali conosco, naquele esconderijo improvisado. Como diz aquele famoso poema que eu já citei: "Em justas proporções a beleza se ajeita/E só num ritmo breve é que a vida é perfeita." Não existe mais nada. Não existe nada melhor. As duas horas que Jacob e eu passamos juntos naquela noite foram perfeitas. Elas foram interrompidas quando o senhor Wesseling me chamou lá de baixo com a desculpa de me lembrar que estava ficando muito tarde e me esperou junto à escada, enquanto eu dizia um breve boa-noite ao Jacob.

Não fiquei com raiva da intromissão do senhor Wesseling, mas, ao contrário, gostei mais dele por causa disso. Ele apenas fez aumentar a excitação daquela noite e me deu uma sensação de segurança, de que estava sendo cuidava por um olhar paterno. E naquele momento, depois de tantos dias aflitos longe de meus pais (a primeira vez na vida em que fiquei tanto tempo longe deles), eu precisava desse amor paterno tanto quanto estava pronta e ansiosa pela minha primeira e desconcertante paixão.

Não é difícil adivinhar que não dormi muito bem aquela noite. E que minha cabeça estava cheia de esperança. Esperança em como seria o meu futuro com Jacob, onde e como moraríamos. Novos amores não têm visão periférica e sua retina é uma tela de cinema, que enxerga o mundo refeito à sua própria imagem narcotizante.

No dia seguinte, o mundo continuava idêntico ao do dia anterior, só que pior. Mais frio, mais lamacento, mais empoeirado e mais chato. E a minha situação – serva da senhora Wesseling, dona de casa e ajudante do senhor Wesseling – era mais penosa do que nunca. Tudo o que eu queria, tudo o que eu mais desesperadamente desejava era ficar a sós com Jacob. Mas, graças aos meus genes, sou uma diligente nata. Quanto mais baixo o meu astral, maior é o meu impulso de me reerguer e trabalhar. Herança de minha mãe. Então me dediquei às tarefas num frenesi de desejo frustrado.

Ainda assim, a natureza humana é tão perversa que todas as vezes que encontrei Jacob naquele dia, para levar-lhe o café da manhã e o almoço, a água quente para tomar banho e a roupa lavada, fui tomada por uma timidez tão crônica que mal conseguia olhá-lo nos olhos. Tentei me comportar da maneira mais natural possível, tentei me movimentar como se estivesse ocupada demais para conversar, tentei fingir que nada mudara entre nós, como se eu ainda fosse apenas a sua enfermeira e a amiga Maria, mas é claro que não deu certo. Tudo havia mudado. Mais difícil que olhar para ele era tocá-lo, e o mais difícil de tudo era ser tocada por ele. Geralmente, eu trocava os curativos da perna de Jacob logo após o café, mas naquela manhã a perna dele não era mais somente um membro machucado e sim uma parte do corpo adorado de meu amado, que eu ansiava por beijar e acariciar. Então murmurei qualquer bobagem sobre um problema urgente com a senhora Wesseling para adiar a troca do curativo para mais tarde, quando, eu esperava, estaria mais bem preparada.

"Mais tarde" acabou sendo depois do almoço. Até então, nós sempre passávamos meia hora juntos, descansando antes do trabalho vespertino. Naquela manhã, o senhor Wesseling havia limpado o esterco e a palha usada do estábulo. Mancando pelo mezanino, Jacob o auxiliara garfando feno fresco e lançando-o para o senhor Wesseling, lá embaixo. Por volta do meio-dia, cheio de pó e de suor, ele estava incomodado com as bandagens encardidas e meio soltas. Quando eu lhe levei a comida, ele disse, irritado, que, se eu não quisesse trocá-las, ele mesmo o faria. Mas eu não permitiria isso. Nenhuma mão senão as minhas, nem mesmo as de Jacob, deveria zelar pelo meu querido paciente. Que ciúmes! Eu nunca sentira tal coisa antes. Até então, eu pensava no ciúme como um defeito terrível que eu desprezava. Agora ele me tomava num espasmo emocional inconfundível que me deixou mais desnorteada ainda.

Sem dizer nada, escapei para ir buscar um jarro de água quente e curativos novos. Quando voltei, Jacob estava sentado na cama, de cuecas, e tinha se lavado tão bem quanto possível com água fria. Eu já vira meu paciente assim muitas vezes, mas não depois dos momentos transformadores do dia anterior. Queria me atirar em seus braços. Em vez disso, procurei me comportar como das outras vezes. Só que eu estava toda estabanada. Despejei a água do jarro na bacia, mas de forma desajeitada. Caí com o joelho sobre o pé dele, numa dolorosa pisada. Com as mãos trêmulas, segurei a ponta solta da bandagem acima de seu joelho e comecei a desenrolá-la, mas, como meus dedos não me obedeciam, me atrapalhei com a tira na mão e derrubei-a dentro da bacia cheia que estava a meu lado. Como se a bacia fosse uma caixa-d'água que desaguava em meus olhos, essa inépcia provocou um rio de lágrimas que me forcei a ignorar, mantendo a cabeça baixa para evitar que Jacob percebesse, enquanto eu esticava a mão em câmera lenta para pegar a tira encharcada da bacia e, com estudado cuidado, continuava a desenrolar o resto da atadura que ainda estava em sua perna. Feito isso, depositei o rolo de bandagem a meu lado. Levantei. Joguei a água contaminada fora. Esfreguei a bacia, para limpá-la. Recoloquei-a no chão. Despejei nela mais água, agora morna. Dobrei a perna de Jacob e estava prestes a retirar o curativo colocado sobre a ferida – sempre a pior parte, já que o sangue coagulado colava o tecido à pele, causando dor ao ser retirado – quando as mãos de Jacob me seguraram pelos ombros e, usando-me como muleta, ele ficou em pé. Ainda me segurando, ele esperou até que eu não mais pudesse continuar de cabeça baixa, até que meu único remédio fosse olhar para o seu rosto e, por fim, para os seus olhos. Aqueles olhos cuja primeira aparição me enfeitiçara o coração.

Um momento como esse, de *êxtase*, não pode durar muito. Só pode haver avanço ou retrocesso, aceitação ou rejeição, consentimento ou negação. O que poderia haver de minha parte senão avanço, aceitação e consentimento? Com a clareza de um instinto não racional, levantei minha mão e toquei o seu rosto com os dedos, de sobrancelhas e testa a lábios e queixo. O toque do rosto não barbeado provocou um arrepio entre minhas coxas. Quando meus dedos envolveram o seu queixo, ele se inclinou e beijou minha boca demorada e delicadamente. Segurando a sua cabeça com ambas as mãos e erguendo-me na ponta dos pés, beijei as pálpebras de seus olhos semicerrados, primeiro a direita, depois a esquerda. Envolvi o seu pescoço com os meus braços. Apertei-me contra ele inteiramente, com firmeza. E pela segunda vez senti os seus órgãos genitais crescerem, só que agora junto ao meu ventre, e um tremor de prazer tomou conta de mim quando constatei esse sinal de seu desejo, ansiosa por conhecer a força que aquilo despertava em mim.

Não houve sequer uma palavra. Apenas o exalar de suspiros e o sussurrar de desejos, que é a língua angelical do amor.

(Que velha boba eu sou por lhe contar essas coisas! O que importam para você todos esses detalhes? Eu não estarei simplesmente lhe constrangendo? Além do mais, fazer amor é algo tão universalmente idêntico que não há nada para dizer a respeito que não seja clichê. Mas, assim como aqueles turistas em férias que já aparecem no café da manhã com as câmeras fotográficas a tiracolo, sinto-me irresistivelmente forçada a recontar tudo tim-tim por tim-tim. Talvez para que eu mesma reviva tudo? Para relembrar um fato que determinou o resto de minha vida? Para confirmar que foi real? Não importa.)

Permanecemos abraçados, beijando-nos loucamente, durante um bom tempo cuja brevidade foi agonizante. Não mais naquele dia do que neste. Finalmente nos separamos com relutância quando ouvimos o senhor Wesseling voltando da lida com o rebanho.

Depois de refazer depressa o curativo de Jacob, voltei correndo para as minhas tarefas, o coração aos saltos, os pensamentos em desordem e querendo muito muito muito mais.

Não me estenderei muito sobre outros sinais de meu estado, tais como o rubor da minha pele, o intumescer dos meus mamilos em contato com o peito de Jacob, a quase dor em meu ventre, a umidade sob meus braços e entre minhas pernas. Graças a Deus não havia ninguém em casa para observar o meu nervosismo e a minha alegria. Até o jantar, eu já havia me acalmado, mas sabia que, se levasse a comida para Jacob, ficaria desalinhada outra vez, mesmo que conseguisse me forçar a ficar longe dele. Então pedi ao senhor Wesseling que levasse o jantar, juntamente com um recado de que mais tarde eu iria até lá para vê-lo.

Mas eu não fui. Ou, pelo menos, não naquela noite. Um nervosismo enorme tomava conta de mim. Eu não podia confiar em mim mesma. Como me comportaria? Como *deveria* me comportar? Como Jacob se comportaria? E como eu deveria responder a ele? Será que eu saberia como? Havia medo e ansiedade nessa minha paixão.

Ainda por cima, de repente me senti pouco digna dele. Meu corpo estava sujo, minhas roupas desalinhadas, desbotadas e deformadas. Que cheiro eu tinha? De cozinha? De poeira? De galinheiro, onde acabara de guardar as galinhas? O cheiro de coalhada da leiteria, onde passara meia hora operando a máquina de separar a nata do leite? Ou o meu próprio cheiro, de corpo e de sexo? Pensar naquilo me deixou arrasada. Eu não podia mais me aguentar. Era como se o meu exterior fosse uma carapaça repulsiva, uma concha fossilizada, velha e gasta, aprisionando um novo ser que lutava pela liberdade. Queria descartá-la como a pele de uma cobra ou a crisálida de uma borboleta que sai do casulo. Queria? Não, não. *Tinha* de fazê-lo! Não era uma possibilidade. Não era nada que eu quisesse, mas um imperativo. Uma necessidade. Uma exigência biológica.

Eu estava sem tomar banho fazia alguns dias. Isso não era tão raro. Não tomávamos tanto banho naquela época quanto hoje em dia. E chuveiros, pelo menos onde eu morava, eram inexistentes. As pessoas eram menos exigentes com o corpo. Mas na casa de Oosterbeek tínhamos um banheiro, ao passo que na fazenda ainda não. Então eu percebi a diferença. Ou, no mínimo, a inconveniência. Na fazenda, dava um trabalho enorme ferver toda a água necessária, montar a banheira portátil, que era sempre colocada na frente do fogão da cozinha tanto em função do calor como para facilitar ao máximo a transferência da água do tacho para a banheira. Depois, havia o trabalho de esvaziar a banheira e guardar tudo. E havia a questão do decoro e do recato. Enquanto as mulheres estivessem tomando banho, os homens tinham de se manter a distância, e vice-versa. Na casa dos Wesseling, os homens se banhavam às sextas, e as mulheres, aos sábados. Qualquer alteração nesse ritual chamava a atenção. Depois de uma doença, talvez, ou em alguma ocasião especial – um aniversário, por exemplo, ou antes de uma viagem longa. Mas nunca simplesmente porque se queria. Nunca porque alguém de repente sentiu vontade de tomar banho.

Era uma quinta-feira. Que explicação satisfatória eu daria ao senhor Wesseling, que ficaria surpreso ao ouvir que eu tomaria banho naquela tarde? Consegui pensar somente em uma coisa que ele nunca questionaria, pois sabia que a simples menção a isso o deixaria tão envergonhado que ele fugiria do assunto. Também eu me sentiria muito constrangida, pois naquela época as mulheres não costumavam conversar sobre questões femininas com os homens, mesmo que eles já soubessem algo a respeito, pois – o que deve parecer quase inacreditável hoje em dia –, digo que muitos deles, até mesmo os casados, não sabiam. As funções específicas do corpo feminino eram tratadas entre homem e mulher como inexistentes. Falar delas abertamente, pelo menos numa família respeitável e religiosa, era visto como, no mínimo, falta de educação, e na pior das hipóteses como um pecado digno de castigo severo. Minha desculpa trazia também a vantagem de ser verdadeira. Minhas regras haviam mesmo terminado no dia anterior. A única inverdade que eu teria de dizer seria uma pequeníssima insinuação de que as minhas regras tinham sido vagamente "desagradáveis", e o senhor Wesseling sairia da casa sem mais perguntas. Foi o que fez, dizendo que sairia para ouvir o noticiário e depois iria ver o Jacob, voltando em uma hora mais ou menos, se esse tempo fosse suficiente. "Sim, sim", eu disse, e ele foi embora.

*

Foi durante o banho que eu finalmente me dei conta de que não estava fazendo aquilo por mim, mas por Jacob. Uma preparação para recebê-lo dentro de mim, como uma noiva.

"Pretendo ir até ele", disse em voz alta, "porque o quero dentro de mim."

O choque com o meu despudor me fez engasgar. Eu nunca pensei que fosse assim tão atrevida! Mesmo assim, naquela mesma hora eu comecei a planejar fria e racionalmente como faria aquilo. Terminaria o banho, guardaria as coisas, secaria os cabelos em frente ao fogo e, então, iria para o meu quarto. Lá, cortaria as unhas, passaria óleo nas mãos e nas pernas, inspecionaria e trataria de cada parte íntima de meu corpo, borrifaria um pouco de lavanda, faria um penteado e ficaria tão bonita quanto minhas escassas roupas guardadas para "ocasiões especiais" permitissem. Faria tudo com calma, me divertindo, expulsando das ideias o cansaço e a tensão das semanas anteriores, substituindo-os somente por pensamentos sobre Jacob. Esperaria até que o senhor

Wesseling tivesse ido para a cama e começasse a roncar como um vulcão (característica de seu sono). E então eu iria furtivamente até Jacob.

Quando eu estava em meu quarto, o calor do banho rapidamente se perdeu no ar frio e úmido da noite de outono, e me ocorreu, com um arrepio de medo, que o encontro romântico para o qual eu estava tão ansiosa poderia ter consequências indesejáveis.

Sobre a parte prática do sexo eu não sabia quase nada (havia alguma dúvida quanto a isso?). Até mesmo a respeito do que entrava onde e como ele chegava lá eu só tinha noções rudimentares, provenientes do conhecimento incerto de algumas amigas, e não de pais, professores ou livros. Entre as coisas que me haviam contado à boca pequena, na escola, havia o chamado método contraceptivo da "tabelinha". Não havia problema em fazer sexo sete dias antes de as regras começarem, durante os três ou quatro dias das regras e nos seis ou sete dias seguintes. Caso contrário, era melhor fazer com que o homem saísse da igreja antes de cantarem o último hino. (Como nós, meninas, ríamos ao nos referirmos a esse código ridículo, que julgávamos ultrassecreto, para se referir ao coito interrompido. E como nos sentíamos confiantes e orgulhosas por estarmos a par desses "fatos" da vida adulta.)

Bem, como eu disse, minha menstruação havia terminado no dia anterior. Mas agora eu pensava: Como é que eu poderia ter certeza de que as minhas colegas tinham informação fidedigna sobre a "tabelinha"? E, mesmo que tivessem, será que era mesmo seguro? Cem por cento? A dúvida invadiu a minha fantasia romântica narcotizante e deu muito o que pensar até que as erupções vulcânicas do senhor Wesseling começassem. Esse período foi suficiente para que eu concluísse pacificamente que amor sem risco não é amor. Pareceu-me óbvio, embora eu não saiba nem quando nem onde fui descobrir isso, que o amor verdadeiro é sempre perigoso. E mais perigoso para quem o dá do que para quem o recebe.

Já naquela época eu tinha poucas ilusões sobre o comportamento do corpo humano, assim como a guerra me deixara poucas ilusões sobre o comportamento humano. Eu estava bem certa de que o corpo podia ser tão incerto, tão infiel, tão sujeito a desviar-se de certas normas quanto o comportamento humano. Qualquer norma, qualquer lei, seja consagrada pela natureza ou inventada pelos seres humanos, implicava exceções e provocava desvios. Eu sabia que estava prestes a quebrar diversas regras humanas – religiosas (fornicação, conivência no adultério, cobiçar o marido da próxima), legais (sexo antes da maioridade) e sociais (trair a confiança de meus pais e das pessoas que haviam me acolhido arriscando a própria vida e cuidado de mim à própria custa). Por que o meu corpo não poderia ser errante assim, quebrando uma lei natural? Se eu fosse pega, seria submetida a pesadas punições por todas essas transgressões. Ao examinar o meu corpo no espelho, à luz da vela, na friagem noturna, perguntei-me se eu estaria preparada para aceitar as consequências. E respondi para mim mesma em voz alta, com toda a arrogância e a coragem da juventude inexperiente: "Sim. Sim. Estou."

E então, resoluta, me entreguei a Jacob.

CARTÃO-POSTAL
Crescer é, afinal de contas,
a mera compreensão de que
a experiência única e fantástica de cada ser
é aquilo que é comum a todo o mundo.
Doris Lessing, The Golden Notebook

"Coma uma *pannenkoek*", disse Hille.
"O que é isso?", perguntou Jacob.
"Uma panqueca."
"Ovos, farinha, etc., batidos e fritos na frigideira?"
"Acho que sim. Não entendo nada de cozinha. Os franceses chamam de crepe. Aqui na Holanda a gente adora panqueca." Sorriu por trás do menu e encolheu os ombros. "Você pode pedir uma recheada. *Spek*, por exemplo, que é, hã, bacon. Ou maçã e... *kaneel*?"
"Desculpe, não tenho ideia."
"Não é fácil sair com você."
"Desculpe mais uma vez."
"Não, tudo bem. Gosto de treinar meu inglês."
"Você está?"
"Estou falando inglês, não estou?"
"Saindo comigo?"
"Eu convidei você."
"O Wilfred não quis vir?"
"Tinha que terminar de fazer as malas."
"Vou querer uma com bacon, obrigado."
"Vou comer a de maçã e *kaneel*. Aí você pode provar e me dizer qual é a palavra para *kaneel*. E para beber?"
"Vinho branco?" Aprendera com Daan a gostar da bebida.
"Tudo bem."
"Se você quiser, a gente pode rachar, à moda holandesa*."

* "To go Dutch", em inglês. (N. da T.)

"Como?"

"Rachar. Você não conhece essa expressão?"

"Não."

"Quer dizer que cada um paga o que comer, em vez de um de nós pagar tudo."

"Por que isso seria holandês?"

Jacob riu. "Não faço ideia. Por que me pergunta?"

"Esta é a sua língua."

"E daí? Você sabe explicar todas as expressões que se usa em holandês?"

"Não. Mas gostaria de saber."

"Temos muitas expressões em inglês que fazem referência aos holandeses."

"Como por exemplo?"

"*Tio holandês**. Um cara que não é seu tio de verdade, mas que age como se fosse. *Coragem holandesa*. A coragem que se apossa das pessoas depois que elas bebem muito para fazer algo que não querem fazer... O que mais? Deixe-me ver... *Forno holandês*, que quer dizer boca. Muito ar quente, eu acho."

"Encantador."

"*Leilão holandês*. Um leilão em que o preço começa alto e vai caindo lance a lance, até que se consiga um comprador, em vez de começar baixo e depois subir."

"Essa eu conheço. E *holandês em dobro*?"

"Falar bobagem."

"Mas por quê?"

"Provavelmente porque, para a gente, o idioma holandês soa bem difícil, e isso em dobro deve ser totalmente incompreensível."

"Muito obrigada! Não é mais difícil que sueco. E chinês? Por que não chinês em dobro? Tem mais alguma?"

"Algumas, mas eu não conheço todas."

"Todas falam mal da gente?"

"Falam mal? Acho que a maioria sim. Por que será?"

"Eu diria que é por causa da história. Você não acha?"

"Você está falando da época em que estivemos em guerra."

"Como os dinamarqueses falam mal dos suecos."

---

* As expressões em inglês são, respectivamente, "Dutch uncle", "Dutch courage", "Dutch oven", "Dutch auction" e "double Dutch". (N. da T.)

"É?"

"As pessoas sempre inventam piadas e fazem comentários maldosos a respeito de quem lutou contra elas, né? Como nós fazemos a respeito dos alemães. Ou como fazem os meus avós, pelo menos."

"O ódio tem boa memória."

"Essa expressão também é inglesa?"

"Agora ela é. Eu acabei de inventar. Pelo menos, até onde eu me lembro..."

Aquela gargalhada de Hille fez com que ele se sentisse bem. Ele gostava cada vez mais dela. Não conseguia tirar os olhos dela. Especialmente sua boca larga, o lábio inferior projetado, formando um beicinho. E o brilho perolado de sua pele, que o deixava morrendo de vontade de acariciá-la.

A garçonete chegou e eles fizeram os pedidos.

Quando ela foi embora, Hille disse: "Você sabe onde está? Esse restaurante, quero dizer."

O estabelecimento (que aos seus olhos ingleses parecia uma mistura de *pub*, café e restaurante) estava cheio de velhos soldados (boinas vermelhas ou azuis na cabeça, medalhas ainda enfileiradas sobre o peito) ao redor das mesas, comendo e bebendo com os amigos e falando inglês pelos cotovelos. Jacob e Hille haviam pegado os dois últimos lugares numa mesinha espremida num canto. Com exceção das garçonetes, eles eram os mais jovens ali, com muitos anos de vantagem. Jacob andara tão entretido com Hille que não havia notado mais nada. Agora ele olhava à sua volta e percebia os quadros (de onde ele estava sentado, não se podia perceber se eram verdadeiros ou reproduções) pendurados no alto das paredes, que representavam cenas da batalha. Já os vira em livros.

"Não sei muita coisa sobre a batalha", disse Hille, "porque batalhas não são, como vocês dizem, a minha praia. Mas esse lugar é bem famoso."

"Como se chama? Não cheguei a ver."

"Hotel Schoonoord."

"Não me é estranho. Não é um que foi usado como hospital?"

"Não é o mesmo prédio. O que sobrou daquele foi demolido porque estava muito danificado. Este aqui foi construído em cima do outro depois da guerra. Sei disso porque a filha do proprietário escreveu um diário dos acontecimentos da batalha que foi publicado depois.

Hendrika van der Vlist. Ela tinha 22 ou 23 anos, na época. É ótimo. Não tanto quanto o da Anne. Mas você ia gostar. Sei que existe em inglês porque já vi a edição inglesa no museu sobre a batalha, que fica no final desta rua. A gente podia comprar para você."

"Claro."

"O museu era o quartel-general inglês, de modo que talvez você queira visitá-lo."

"Ah, você está falando do hotel, o Heart não sei o quê...?"

"Hartenstein. Passam um filme sobre a batalha, e nos porões foram montadas umas cenas com objetos de época que mostram o que se passou ali durante a batalha. Com manequins de cera, sabe? Tipo os da Madame Tussaud. É *spookachtig*, acho. Mas é interessante. Tem um parque bonito atrás, arborizado. Podíamos dar um passeio por lá, se você quiser. É bem legal."

"Ótimo. Mas, olhe, podemos rachar, de verdade. Não precisa pagar a minha parte."

Enquanto a garçonete chegava com a comida, Hille disse: "Você me contou a história de seu avô. Pode pagar a sua refeição falando de você."

"Eu sabia que isso ia me custar caro."

"Mas claro! Eu sou holandesa, afinal de contas? Com a gente não se consegue nada de graça..."

"Tá bom, tá bom! Paz!"

Com uma seriedade repentina, erguendo seu copo num brinde e olhando diretamente nos olhos de Jacob, Hille disse: "*Vrede* para sempre!"

Enquanto ela brindava, aconteceu um daqueles silêncios inexplicáveis que às vezes ocorrem no meio de uma multidão, como se todas as conversas parassem simultaneamente. As palavras de Hille preencheram o silêncio, como se fossem destinadas a todo o recinto. Apenas um segundo de hesitação depois, a ficha caiu e todos já erguiam o seu copo, como se fosse ensaiado, e diziam em voz alta: "*Vrede* para sempre!" O silêncio que se seguiu, enquanto o brinde ecoava pelo ar, foi quebrado pelo grito de um dos soldados: "Foi por vocês que lutamos!" Em resposta ao que os copos foram depostos e todos riram, bateram palmas (ou na mesa) e deram vivas.

Hille fez uma cara de "o que foi que eu fiz" para Jacob, e os dois tiveram de sufocar risadas constrangidas.

Quando isso terminou, Hille disse: "Me dê o seu prato. Tem uma coisa que eu quero te mostrar. Pegue o meu e experimente *kaneel* para me dizer o que é. Você gosta de *stroop*? Um tipo de... calda, acho que é assim que vocês chamam."

"É isso mesmo", disse Jacob, entregando o seu prato a Hille e pegando o dela. "Nada que eu já tenha comido."

"Gostoso, docinho, mas não melado, sabe? Nós colocamos na *pannenkoeken*."

Jacob cheirava a comida de Hille. "Eu posso te dizer o que é *kaneel* só pelo cheiro. Canela."

"É isso mesmo. Canela. Prove."

Ele cortou um pedaço. "Gostoso."

"Quer comer esta? Nós podemos pedir outra."

"Não. Elas são enormes. Uma só é suficiente para mim."

Hille pegou o tubo de calda, virou-o de cabeça para baixo e despejou rapidamente um fio do líquido viscoso sobre a panqueca de Jacob, movimentando o tubo como se estivesse escrevendo com uma caneta de ponta grossa. E foi o que ela de fato fez, como Jacob pode perceber assim que ela levantou o prato para lhe mostrar. Sobre a panqueca dele, em letras de xarope eximiamente desenhadas, sem nenhum borrão nem gotejo, estava o seu nome, mas escrito assim: J A K O B.

"Legal", disse ele, "e inteligente".

"Tente na minha."

Ela lhe entregou o tubo de calda. Jacob tentou imitar a proeza de Hille, mas é claro que o líquido gosmento escapava mais rápido do que o previsto. Tudo o que conseguiu foram uns garranchos praticamente ilegíveis, uma aproximação trêmula do que ele pretendia que fosse H I L L A.

"Você só precisa praticar", disse Hille, enquanto eles trocavam os pratos de novo. "Receito uma *pannenkoek* por dia. E, se isso for um *a*, devia ser um *e*."

"Bem, já que é assim", disse Jacob, no mesmo tom de fingida rabugice, "este *k* que você escreveu devia ser um *c*."

"Eu sei, mas prefiro com *k*. Se você não gostou, é só comê-lo, que ele some."

"Vou comer. Idem para você com relação ao seu *a*. Vou começar por esse ofensivo *k* aqui, no meio desse *flapjack* gigante, e depois comer até as bordas."

"Boa ideia... *Flapjack*?"

"Panqueca, em inglês americano."

Hille disse, separando o *a* com um movimento circular de sua faca: "Talvez nós sempre devêssemos começar as coisas de dentro para fora e não de fora para dentro. Talvez dessa forma a vida fosse melhor. O que você acha?"

"Não me diga que, além de fanática por panquecas, você também é filósofa."

"Mas eu sou. Gosto de pensar sobre o sentido das coisas. Você, não?"

"Eu também gosto. E essa panqueca está ótima."

"Acho que tudo tem um significado. Especialmente as coisas que não parecem ter."

"Parecem não ter."

"Isso, parecem. Desculpe. Jakob Todd é um bom nome para um filósofo. Meio... *ouderwets*. Como se diz em inglês? Parece com antigo...?"

"Antiquado?"

"É, antiquado."

"Eu sou antiquado? Talvez seja."

Hille levantou os olhos de sua panqueca, que desaparecia três vezes mais rápido que a de Jacob, e examinou-o com uma seriedade ligeiramente debochada. "Sim, acho que é verdade. Concordo, você é *ouderwets*. Não que seja ultrapassado nem nada. Não é isso. Só antiquado."

Jacob baixou a cabeça porque não sabia ao certo *que cartas estavam na mesa* agora. Seria apenas uma brincadeira dela, ou ela estaria dizendo alguma coisa que queria que ele soubesse?

"São más notícias?", ele perguntou.

"Boas notícias!", disse Hille, atacando a panqueca novamente. "Fico muito aborrecida com essa história de tudo ter que ser novo. De tudo ter que ser do último tipo. Sabe, as coisas que você tem que usar, a música. Tudo isso? Eu já achei isso importante. Hoje, acho ridículo."

"É mesmo?"

"É, eu acho", disse ela.

Ele riu, aliviado.

"É sério!", disse Hille com firmeza.

"Eu sei. Eu também!"

"Então por quê", disse Hille, que começou a rir junto com ele, "por que você está rindo?"

"*Porque sim*! Por que você está rindo?"

"Não sei!... Porque você está rindo!"

"Então estamos rindo porque estamos rindo!"

A gargalhada foi morrendo e se transformando em sorrisos.

Jacob encolheu os ombros.

De repente, ele ficou sem saber o que dizer, pois havia coisas demais para dizer. E porque emoções perturbadoras revolviam-se dentro dele de forma inédita. Ele não ousava dar nome ao que elas significavam.

Hille terminou a sua panqueca e sentou-se com os cotovelos sobre a mesa e o queixo sobre os punhos, olhando para Jacob.

Algum tempo depois, ela disse: "Eu não sei nada a seu respeito. Mas parece que o conheço há séculos."

Jacob ficou aliviado por ainda ter comida em seu prato, embora ele já estivesse satisfeito, pois era uma desculpa para evitar o olhar dela.

Quando ficou óbvio que ele não ia dizer nada, Hille perguntou: "Você já sentiu isso por alguém?"

Havia um tom diferente em sua voz, a autoconfiança desaparecera.

Ele esperou por um momento, enquanto pensava no que queria dizer, pressentindo que poderia deixar as coisas entre eles como tinham sido até agora ou fazer com que alguma coisa diferente acontecesse. Mas pressentiu também que essa coisa nova que ele não ousava nomear exporia o mais íntimo de seu ser a uma outra pessoa de uma maneira à qual ele nunca se arriscara antes. Nem nunca quisera. Todas as coisas dentro de si que sua timidez mantivera guardadas, coisas que nunca examinara de perto, nem para si mesmo. Foi por meio da intuição, já que ele não poderia tê-lo pensado em palavras, que ele pôde perceber que sua pulsação aumentara e que sua temperatura subira.

Procurando conter-se, ele decidiu que, o que quer que dissesse, queria que fosse verdadeiro. Ou pelo menos tão verdadeiro quanto as palavras poderiam ser para expressar essa experiência que ele mal compreendia.

Forçou-se a terminar vagarosamente a sua panqueca para ganhar tempo, pousou os talheres, ergueu a cabeça e finalmente olhou Hille bem nos olhos.

"Não, eu nunca senti nada parecido por ninguém", ele falou baixo e com um cuidado deliberado. "Mas hoje eu senti... Eu não sei bem como descrever... Que eu conheci alguém a quem esperei encontrar para sem... Bem, para sempre é uma expressão forte. Então, digamos que... por muito tempo."

Hille nem piscou, mas seu rosto pálido ficou tão vermelho quanto o dele certamente já estava.

"Não sei por que me sinto assim", ele acrescentou. "Não sei como pode acontecer tão rápido. Não sei o que dizer."

Hille concordou com um aceno de cabeça.

Quando a intensidade do momento beirava o insuportável, Hille desdobrou os dedos e, com um movimento que não se poderia dizer ser acidental, depositou sua mão direita, de palma para cima, na beira da mesa, a meio caminho dos dois. Como um ímã correndo para o metal, Jacob depositou sua mão esquerda sobre a palma dela.

Mais um silêncio, durante o qual eles voltaram toda a sua atenção à troca de energias. Sons alegres de um outro mundo flutuavam à sua volta.

"Por onde começar?", Jacob disse, finalmente. "Tem tanta coisa."

"De dentro para fora?", disse Hille.

"Já me sinto até virado do avesso!"

Ela deu uma risadinha. "Eu também!"

"De fora para dentro? Para podermos respirar."

"O parque? Atrás do museu."

"Tá."

"Tem lugares bonitos."

"É?"

"No meio das árvores."

"Sim."

"E o sol. Hoje está lindo."

"Sim."

"Vamos."

Depois de darem uma olhada no Museu Hartenstein, onde compraram a edição inglesa do diário de Hendrika von der Vlist, *Oosterbeek 1944*, e uma camisa do Regimento de Paraquedistas para dar de lembrança a Sarah, entraram no parque e encontraram um recanto escondido entre as árvores.

"Você se lembra do primeiro beijo da Anne com o Peter van Daan?", perguntou Jacob.

"Por entre os cabelos dela", disse Hille, "metade em sua orelha e metade na bochecha."

"Ela tinha quase 15 anos."

"Eu morri de rir quando li isso pela primeira vez. Eu devia ter uns 13 anos na época e já sabia que gostava *muito* de beijar!"

"Quando foi o seu primeiro beijo de verdade?"

"Com 11 anos. Num menino chamado Karel Rood. Ele tinha 14. Todas queriam namorar com ele. Achávamos ele lindíssimo. Agora é um *domkop* e tem o charme de uma *slak*. Não me pergunte como se diz isso em inglês porque eu não faço a menor ideia. Aquele bicho que desliza pelo chão, gosmento, úmido?"

"Lesma?"

"Enfim, não muito bom de beijar. Mas naquela época ele era bom nisso. E você?"

"Ah, tive uma ou outra namorada, mas não sou tão bom nisso quanto você, eu acho. Parece que você tem mais prática do que eu, assim como em escrever com calda."

"Você não é tão ruim assim. Sua boca é muito atraente. Podemos treinar um pouco agora, se quiser."

"Boa ideia."

"Depois que a Anne dá o primeiro beijo", disse Jacob, "ela fica um tempão em dúvida, sem saber se deve ou não contar ao pai o que ela e Peter andam fazendo. Lembra?"

"Sentavam no sótão abraçados", disse Hille. "E deitavam a cabeça no ombro um do outro, alternadamente."

"E isso antes de darem um verdadeiro beijo na boca. O que só acontece depois de onze dias. Imagine esperar tanto tempo! Não é de espantar que ela estivesse tremendo quando aconteceu."

"Pensei que eu conhecesse o *Diário*, mas você o conhece bem melhor."

"Eu me lembro do primeiro beijo dela porque andei meio obcecado com o Peter uma época. Lembra que eu contei que gostava de marcar certos trechos do livro com caneta cor de laranja? Quando tive essa fixação pelo Peter, destaquei em verde todos os trechos que tinham alguma coisa a ver com ele. Então eu os lia de uma vez só, tudo o que estivesse em verde, para poder me concentrar apenas no que a Anne fazia com ele, no que pensava dele, essas coisas."

"Para quê? Por que tudo isso?"

"Porque eu não parava de pensar no que teria feito se fosse ele e em como teria me comportado. Os dois trechos mais compridos são o do primeiro e o do segundo beijo. Eu não parava de pensar: Por que o Peter fica marcando toca? Por que não vai em frente? No lugar dele, eu sei que iria."

"Será mesmo que você teria feito isso, se fosse ele? Bem, não ele, mas você, como é agora, mas naquela época. Porque, não tem jeito, você só pode ser você mesmo, né? Coitado do Peter. Vivendo em 1944, quando tudo era tão diferente do que é hoje, especialmente o sexo, trancado em poucos cômodos por dois anos, com todos aqueles adultos de olho nele o tempo todo. Será que você teria feito melhor?"

"É, você tem razão. Mas eu tinha só 14, 15 anos quando pensava assim."

"Então está perdoado."

"Que alívio! E você vai contar ao seu pai o que anda fazendo com um inglês no parque, como a Anne conta ao pai o que andava fazendo com o Peter?"

"Talvez sim. Talvez não. Faz diferença?"

"O que ele diria, se você contasse?"

"Espero que tenha sido bom."

"E?"

"Vou precisar beijar mais para ter certeza."

"Boa ideia."

"Você está namorando alguém?", perguntou Jacob.

"Não", disse Hille. "Eu estava até três semanas atrás. Mas agora estou sozinha."

"Por que vocês terminaram?"

"Ai, caramba. Bom, ele era bonito e tudo o mais, sabe. Bom de cama. Engraçado. E sempre era muito legal comigo. Me dava flores. Dava presentes fora de época. Me escrevia cartas de amor. Várias. Eu gostava muito disso tudo... Mais do que gostava dele, é o que acho agora. Enfim, estive apaixonadíssima por ele por uns seis meses. Ele foi, digamos, meu primeiro namorado de verdade."

"Mas?"

"Isso vai parecer horrível, mas, honestamente, comecei a me sentir *teleurgesteld*... Como é em inglês? Desapontada."

"Desapontada?"

"É difícil encontrar as palavras. Especialmente palavras em inglês, no meu caso... Foi como com a Anne e o Peter. Ela diz a mesma coisa. Lembro das palavras exatas, porque ela não usou um holandês clichê e eu gostei tanto, da primeira vez que li, que fiquei lendo e relendo o trecho. Ela diz: *dat hij geen vriend voor mijn begrip kon zijn.* O que significa alguma coisa como... ele não era um amigo, no meu entendimento."

"Você quer dizer: não era um amigo que me compreendesse."

"Não, não é só isso. Nada a ver com isso. É mais algo do tipo: Não é alguém que está no mesmo nível mental e espiritual... Não é um amigo do que eu sou... de quem eu sou... É difícil!"

"Não é uma alma gêmea."

"Talvez seja isso. Ela coloca isso de uma forma meio poética."

"Não é alguém que você tenha esperado conhecer a vida toda."

"Não mesmo! E, além disso, ele – o Willem, sabe – estava levando tudo muito a sério. *Muito* a sério. Falava até em casamento. Sabe? Tudo bem que ele era uns três anos mais velho do que eu, mas *casamento*! Na minha idade? Sem chance. Então, terminei."

"E não tem mais ninguém?"

"Ah, coitadinha de mim! O que eu vou fazer da minha vida? Não, mais ninguém."

"Posso me candidatar à vaga?"

"Você está disponível?"

"Totalmente desempregado."

"Tem que passar por uma prova difícil."

"Para averiguar minhas qualificações?"

"E, caso passe no teste, haverá um longo período de experiência antes de lhe oferecermos um contrato."

"Posso dizer o mesmo de você."

"Claro. Certo. Já esperava por isso. É um contrato de mão dupla."

"Vamos começar agora, com mais um pouco de exame prático com beijos e abraços. Assim poderemos descobrir se o emprego vale a pena."

"Boa ideia."

"Você não acha a vida muito imprevisível?", disse Jacob.

"Como assim? O que é imprevisível?", disse Hille.

"Olhe só: se eu não tivesse brigado com meu pai, e se minha mãe não tivesse ficado doente quando ficou, e se não tivesse ficado internada o tempo que ficou, e se minha irmã não fosse uma... como você chamou o menino do seu primeiro beijo? *Dom* não sei o quê?"

"*Domkop*."

"Seja lá o que for, é a cara da minha irmã. Então, continuando: se minha mãe não tivesse ficado internada e se minha irmã não fosse uma *domkop*, eu não teria ido morar com a minha avó. E, se minha avó não tivesse me dado o *Diário de Anne Frank,* e se eu não tivesse me apaixonado pela Anne, e se minha avó não tivesse quebrado o fêmur, o que a impediu de vir à Holanda, e se ela não tivesse me mandado no lugar dela para vir conhecer a mulher que cuidou de meu avô, e se meu avô não tivesse estado nos Paraquedistas, e se não tivesse lutado na Batalha de Arnhem, e se não tivesse se ferido, e se não tivesse sido salvo por uma família holandesa, e se não tivesse morrido enquanto cuidavam dele – se alguma dessas coisas não tivesse acontecido, eu não teria conhecido você e não estaríamos aqui no meio desse amasso homérico..."

"O quê?"

"Arrulhando como pombinhos."

"De novo!"

"Nesse flerte amoroso."

"Fale inglês, *domkop*!"

"*Estou* falando inglês. Você quer que eu fale holandês, é isso?"

"Por que não? Por que só eu tenho que me esforçar?"

"Bem, como eu dizia, se todos esses 'ses' não tivessem acontecido, eu não estaria aqui com você. E estaria muito, muito triste com isso."

"Como é que poderia ficar triste se não tivesse acontecido? Se não tivesse acontecido, você não saberia de nada a respeito. Então, não poderia ficar triste por não ter acontecido."

"Ah, sabidinha, mas *teria* acontecido em uma das minhas vidas alternativas. Você sabe – as vidas que os cientistas geniais dizem que estamos vivendo ao mesmo tempo que vivemos as nossas vidas normais. E, se isso existe, como saber se o que acontece em uma de suas vidas alternativas não vaza às vezes para a sua consciência nesta vida, deixando-a triste por não estar vivendo aquela vida em vez desta? Às vezes você não fica pra baixo sem nenhum motivo aparente? Eu fico. E talvez o motivo seja esse. Houve um vazamento de informações de alguma vida alternativa e ficamos querendo aquilo. É como quando a gente era pequeno e queria sorvete, sabia que tinha no *freezer*, mas nossa mãe não nos deixava pegar."

"Você até que fala bastante, quando pega embalo."

"Só com a pessoa certa. Com a pessoa certa eu realmente gosto de conversar, admito. Faz mal? Quer que eu pare?"

"Não, estou gostando. Geralmente, sou eu quem fala muito. E gosto de ver essa coisa engraçada, sua *Adamsappel*, subindo e descendo enquanto você fala."

"Bom, o que eu estava querendo dizer – se importa de tirar o dedo do meu pomo de adão, estou quase pondo a *pannenkoeken* para fora – é que a vida é imprevisível. Fico pensando como ela seria sem todos esses acasos."

"Morta."

"O quê?"

"Morta. A vida seria morta. Se não houvesse o acaso, não estaríamos aqui. Ninguém estaria. Não *existiríamos*. Então, seria igual a estar morto."

"Quer dizer que tudo quanto é vida não passa de um grande acaso?"

"Não é óbvio?"

"Agora é, obrigado. E, já que você falou nisso, já notou que a palavra vida em inglês tem um 'if' ('se') embutido? Eu quero dizer a palavra. L *i f* e. Ou seja, a casualidade da vida sempre esteve aí, o tempo todo. Eu só não tinha percebido."

"Que estúpido!"

"Mas só é assim em inglês. Em holandês não."

"Como se diz vida em holandês?"

"*Leven*."

"Como se soletra?"

Eu vou escrever na sua mão com o dedo, porque às vezes me confundo com as letras quando falo em inglês.

"*L... e... v... e... n.*"

"Sim, *Leven.*"

"Sim. Gostei... E a palavra se entrega, não é? *E, v, e* no meio da palavra. Vocês holandeses não têm um *se* (*if*) em sua vida (*life*). Vocês têm uma *Eva* (*Eve*). Os ingleses são todos *ses* (*ifs*) e os holandeses são todos *Adão e Eva* (*Adam and Eve*)."

"E você não prefere o estilo de vida holandês ao inglês? Então, vamos nos livrar desses *ses* (*ifs*) do seu inglês *damkop* e voltar ao assunto do bom holandês Adão e Eva (*Adam and Eve*)."
"Boa ideia."

"Por falar dos mortos", disse Jacob.
"No momento, prefiro continuar beijando", disse Hille.
"Eu estou falando sério."
"Eu também."
"Mas sério mesmo. Tem uma coisa que eu quero perguntar a você."
"Tudo bem. Pergunte."
"Eu contei a você que fui visitar aquela senhora, a Geertrui, no hospital ontem."
"E?"
"O que eu não disse foi que vão ajudá-la a morrer dentro de poucos dias."
"*Ja*... E...?"
"Bom... Eu queria saber o que você pensa a respeito. Sobre a eutanásia em geral, sabe, não a dela, especificamente."
"Já se debateu tanto sobre isso aqui que eu estou quase cansada de ouvir falar nesse assunto. Uma colega minha de escola, a Thea, teve uma tia que passou por isso. Ela tinha dores insuportáveis e já não conseguia fazer nada sozinha. Só queria morrer. E todos concordaram em que era melhor fazer eutanásia. Era a atitude certa. Até a Thea, que amava muito essa tia. Depois, a Thea passou por um período bem difícil. Foi tão ruim que ela ficou doente, faltou dias e dias na escola. Sentiu-se muito culpada, muito triste. Não parava de imaginar que os médicos poderiam ter feito mais alguma coisa. Ou que tinham sido egoístas, querendo que a tia morresse para não terem de sofrer com a dor que ela sofria nem cuidar dela. Mas, ainda assim, mesmo enquanto andou doente, Thea dizia que sabia que tinham feito o melhor possível. Embora isso não tenha impedido que ela se sentisse mal. Ela ainda se sente assim às vezes, quando está para baixo. Mas, como ela mesma diz, todo mundo se sente mal quando morre alguém querido. Não importa de que maneira a pessoa morra, quem ficou sente culpa. E é verdade. Eu mesma sei disso. Quando minha avó morreu, no ano passado, eu me senti mal mesmo sabendo que ela morreu de um ataque cardíaco fulminante. Me senti culpada, como se a tivesse matado.

Como se não tivesse feito tudo o que era possível para deixá-la feliz. Por não ter dito a ela quanto a amava. Então, talvez seja sempre ruim para os amigos e a família, seja qual for a causa da morte. Na minha opinião, devemos ter permissão para morrer... *fatsoenlijk*... Como é que se diz em inglês? Devidamente? Não... decentemente...?"

"Com dignidade?"

"É isso. Com dignidade. Mas mais do que isso. Com *integriteit*."

"Com integridade."

"Sim, com dignidade e integridade. Acho que todo mundo deveria ter esse direito. As pessoas que são contra dizem que gente ruim, como Hitler, usaria a lei da eutanásia para matar aqueles de quem não gostasse ou que quisesse fora de seu caminho. Mas me parece que gente ruim não precisa de lei nenhuma pra fazer isso. Simplesmente faz e pronto. Hitler fez isso, Stalin também. E, você sabe... *serial killers*. É por isso que eles são maus. E também acho que, se não houver leis, normas e... como é que vocês chamam? Salva de guardas?"

"Salvaguardas."

"... que definam como e quando isso pode ser feito, e coisas do gênero, ainda assim a eutanásia ocorrerá, porque as pessoas a querem. Mas, sem a lei, as pessoas têm de recorrer a meios horríveis e ilegais, e todo mundo que conhece a pessoa acaba se sentindo um criminoso. Não devia ser assim. Aqui na Holanda os médicos e o governo têm um pacto sobre isso, mas ainda não existe uma lei. Espero que aprovem uma em breve."

"O problema, eu acho, é que as pessoas devem participar da decisão quanto à sua morte, e algumas delas não podem porque já não são capazes disso. Gente muito doente, por exemplo, ou com problemas mentais muito sérios."

"É por isso que temos de decidir o que queremos enquanto ainda somos jovens e saudáveis. E assinar um documento legal dizendo o que decidimos. Eu tenho um."

"Quer dizer que você já decidiu quando quer morrer?"

"Não quando quero morrer. Mas em que condições eu não quero que me mantenham viva. Se me acontecer um acidente no meio da rua, por exemplo, e eu nunca mais recobrar a consciência ou se tiver alguma doença que me impeça de pensar ou algo assim. Tenho um *Euthanasiepas* que levo sempre comigo. E minha família, meu médico e nosso advogado sabem o seu conteúdo e guardam uma cópia desse documento."

"Você está com ele aí?"

"Claro. Se alguma coisa ruim acontecer e a polícia e os médicos precisarem saber."

"Posso vê-lo?"

"Claro."...

"É como um passaporte. Com uma foto igual à do passaporte."

"Não olhe para ela. Eu estou com cara de besta."

"Tá bom, tá bom, eu não olho. O que é tudo isso aqui?"

"Endereços. *Naaste relatie*, meus parentes próximos. *Huisarts*, nosso médico da família. *Gevolmachtigde*, nosso advogado. Aí, a polícia ou quem quer que seja pode contatá-los rapidamente."

"E isso aqui?"

"Minha lista de condições."

"Como o quê?"

"Ah... que eu não devo ser mantida viva por métodos artificiais se meu cérebro estiver mal demais para voltar ao normal. Ou se eu nunca mais puder voltar a me alimentar sozinha ou cuidar de mim mesma. Coisas assim."

"E seus pais deixam você fazer isso?"

"Por que não? Eu já não tenho idade suficiente para saber o que quero fazer da minha vida e do meu futuro? É claro que nós conversamos sobre isso, porque é muito importante. De início, eles não estavam lá muito seguros com relação a isso. Mas eu os convenci. Agora eles concordam totalmente, e os dois, minha mãe e meu pai, têm o seu *Euthanasiepas*. Eu tenho muito orgulho deles por isso, porque, embora não tenham me impedido, não achavam que era certo para eles fazer a mesma coisa. Eles são de outra geração, sabe? Nasceram depois da guerra, mas não tão depois assim, e meus avós ainda estavam muito sensibilizados por ela, pela ocupação, Hitler, os campos de extermínio e o Inverno da Fome. A família de meu pai escondeu um judeu, como fizeram muitas outras famílias holandesas. Eles ainda se recordavam disso tudo, e qualquer ideia sobre levar as pessoas à morte aborrecia-os profundamente. E isso influenciou meus pais. Eu entendo por quê. Mas não temos de nos tolher por causa disso, temos? Sim, é um problema difícil de resolver, mas não quer dizer que devemos nos recusar a tentar, não é? Na minha opinião, é um dos problemas mais importantes que a nossa geração terá de enfrentar, porque hoje em dia todo mundo vive mais, e a ciência pode nos manter com vida por muito tempo, mesmo que vegetando. Mas eu acho que nós temos de dar às pessoas o direito de decidir sobre a própria vida. E tenho orgulho dos meus pais porque eles enfrentaram a questão, me ouviram e mudaram de ideia. Acho que foi muita coragem da parte deles."

"O tipo de coragem de que você estava falando de manhã?"

"Sim. Coragem de gente comum. Para mim, isso é que é coragem de verdade. Mas não se ganham medalhas ou monumentos com ela. E agora, *Engels*man Jakob, com toda essa conversa, eu fiquei com sede. Quer um café ou outra coisa? Podemos tomar alguma coisa antes de pegarmos o trem."

"Boa ideia."

Eles chegaram à estação cinco minutos antes do horário previsto para a partida do trem. Jacob comprou o bilhete de Hille em uma máquina de autoatendimento.

Eles pararam de conversar. Ficaram em silêncio, um ao lado do outro, de mãos dadas, olhando para baixo, em direção aos trilhos vazios. Não havia mais ninguém esperando o trem. Um melro solitário cantava no alto da árvore, na margem oposta. Um carro cruzou a ponte. As nuvens pairavam, tingidas pelo sol poente. Havia uma certa friagem outonal no ar de fim de verão.

Repentinamente, Jacob sentiu-se sem energia. O dia tinha sido muito cheio de novidades: estar numa terra estrangeira, de mãos dadas com uma estrangeira que ele conhecera havia apenas seis horas, ao visitar o túmulo do avô num cemitério estrangeiro. Precisava de tempo para absorver tudo aquilo. A ideia de voltar para Amsterdam com Hille deixou-o com a cabeça pesada e o corpo fraco. Não que ele quisesse deixá-la. Fazia muito tempo que não se sentia tão feliz perto de alguém. Todo o seu ser sentia-se melhor só por estar com ela. Mas também sentia que eles já não tinham sobre o que falar. E o que fariam em Amsterdam? Hille não poderia simplesmente voltar no próximo trem, não é? Será que Daan se incomodaria se ele aparecesse com uma garota? Seria melhor que se separassem agora, enquanto tudo ainda estava indo bem. Mas e aí? Será que poderiam se encontrar de novo? Teriam vontade de se reencontrar, depois de um ou dois dias, quando tivessem esfriado a cabeça e a empolgação tivesse passado? Será que Hille acharia que tudo não passara de um engano? E ele?

Sua timidez não criara obstáculo algum desde que ele pusera os olhos em Hille. Mas agora ela corria por suas veias como uma *overdose* de um narcótico perverso, um depressor que paralisava a sua confiança e o deixava receoso. Durante toda a tarde, ele se sentira liberto, livre para ser ele mesmo de forma renovada. Um Jacob que estivera reprimido, escondido, impedido de sair, acabara de se soltar. Ele gostou desse novo eu e pensou com seus botões que nunca mais permitiria que ele fosse novamente trancafiado.

Com esforço, ele disse: "Fico muito feliz que a gente tenha se conhecido."

"Eu também", disse Hille sem se virar para olhá-lo.

"Nos divertimos bastante."

Hille balançou a cabeça, fazendo que sim.

"Eu ia detestar se alguma coisa estragasse tudo."

"Por que estragaria?"

"Aconteceu muita coisa. Digo, entre nós dois."

"Sim."

"E ver o túmulo de meu avô... Me tocou mais do que eu achei que tocaria."

Hille soltou sua mão e voltou-se para olhá-lo.

"Você precisa dar um tempo."

Ele a fitou. Os olhos verdes. Os lábios que ele já conhecia mais que os de qualquer outra.

"É como se uma parte minha, sabe – a parte que pensa –, precisasse se alinhar com a parte que faz as coisas."

Ela sorriu. "Sim, eu sei do que você está falando."

"Sei voltar para Amsterdam sozinho."

"Você prefere assim?"

"Não quero deixá-la. Não quero mesmo."

"Será que vou até Utrecht? Para ter certeza de que você embarcará no trem certo? Você gostaria?"

"O que eu mais gostaria..."

"Sim?"

"É que a gente se despedisse agora e voltasse a se encontrar num outro dia. Se você puder. Se quiser."

"Eu quero."

"Eu também."

"Ótimo!... Então... quando?"

O trem estava chegando.

"Tenho aula esta semana. E estamos nos mudando. Mas eu poderia ir a Amsterdam uma noite dessas. Ou você poderia vir aqui. Me buscar na escola."

"Está bem. Eu te ligo?"

O trem adentrava a plataforma.

"Você não tem o meu número."

"Merda! Não tenho mesmo."

"Entre aí. Vou até Wolfheze. É a próxima estação. Não é longe. Volto andando para casa."

Ficaram no espaço junto à porta. O trem se pôs em movimento. Hille achou uma caneta.

"Onde é que eu escrevo?"

Jacob pegou *Oosterbeek 1944* da sacola do Hartenstein.

"Aqui. Coloque o seu endereço também, por via das dúvidas."

Hille pegou o livro e escreveu dentro da capa. Enquanto isso, Jacob encontrou o cartão onde anotara o endereço e o telefone de Daan.

"Tome. Tudo está meio, sabe... solto. Não sei onde vou ficar nem por quanto tempo. Mas acho que vou ficar com o Daan nos próximos dias. E ele vai saber onde estou, se eu não estiver por lá. Eu te ligo. Mas queria que você desse notícias. Se você quiser."

Hille sorriu. "Sim, *domkop*, eu quero sim. Tá?"

"Desculpe. É que viajar me deixa sempre meio desorientado."

"Tem certeza de que não quer que eu vá com você? Pelo menos até Utrecht?"

"Vou ficar bem. É só que... você me deixa sem jeito..."

"Ah, *eu* é que deixo *você* sem jeito, né! É tudo culpa da Eva, *meneer Adamsappel*!" Ela ria. Estamos quase em Wolfheze. Está sem jeito demais para me dar um último beijo?"

"Não um último último beijo, espero."

"Não", disse Hille, tomando o rosto dele nas mãos. "Último beijo só por enquanto. Assim está bom?"

"Muito bom."

GEERTRUI

Eu não direi que os dias – ou melhor, as noites – que se seguiram foram de pura felicidade, mas que aqueles foram os momentos mais preciosos de minha vida. Seis semanas. Que passaram num piscar de olhos. Ainda assim, se mantêm em minha memória e deixaram mais recordações do que os vários anos que transcorreram desde então até hoje. Deles é que me lembrarei na hora de partir. Dele. De Jacob, meu querido Jacob.

Depois de dez dias confinada ao seu quarto, a senhora Wesseling reapareceu no domingo de manhã pronta para ir à igreja. Sem trocar uma palavra comigo ou com o marido durante o café, ela saiu com sua bicicleta. Quando voltou, vestiu as roupas de trabalho e retomou as tarefas domésticas como se nada de extraordinário tivesse acontecido. E começou a tocar harmônio naquela tarde. Não se fez nenhuma menção ou insinuação a respeito do retiro dela nem naquele momento, nem depois, mas ela estava completamente mudada. A antiga senhora Wesseling desaparecera como se nunca houvesse existido. A nova era o oposto da antiga. Era como se não se incomodasse com mais nada. Não me criticava nem atormentava mais. Não inspecionava mais o que eu fazia. Não dava mais palpites sobre os meus modos nem sobre o meu trabalho. Nem me dava novas ordens a cada manhã. Em vez de ficar feliz com isso, eu fiquei com dó dela. A antiga senhora Wesseling podia até ser uma pessoa difícil, mas era cheia de vida, de vitalidade. E a nova senhora Wesseling parecia um autômato, um robô, uma criatura sem vontade própria, cumprindo suas tarefas apenas porque estava programada para tal. Nada tenho contra máquinas, exceto quando estas já foram humanas.

Isso me trouxe um único benefício. A senhora Wesseling não se importava mais com o tempo que eu passava com Jacob – quando eu ia até o quarto dele, quanto tempo eu ficava e o que fazia lá. Se ela tinha conhecimento de que eu deixava o meu quarto à noite e voltava só de manhã, pouco antes de o sol nascer, jamais deu um pio a respeito. Assim, eu fazia o que desejava sempre que desejava, embora com toda a discrição, para não chamar a atenção nem ofender.

Penso nessa época como a ocasião em que eu e Jacob vivemos juntos, como marido e mulher, exceto no papel. Não falávamos muito sobre o futuro. Havia pouco a dizer, exceto que queríamos passar a vida juntos e que faríamos o que fosse preciso para isso. Nossa primeira preocupação era com que Jacob se recuperasse e voltasse à forma, e a segunda, que sobrevivesse à guerra.

Jacob já não pensava em escapar. Decidimos continuar escondidos até a chegada dos libertadores e depois fazer o que pudéssemos para continuar juntos. Caso isso não fosse permitido, se Jacob recebesse ordens de voltar à Inglaterra ou voltar para o exército, então teríamos de aceitá-las e esperar até o fim da guerra, quando ele voltaria para mim. Não tínhamos a menor dúvida de que isso aconteceria.

Um novo amor é como uma estrela – irradia energia. O amor compartilhado entre jovens é um firmamento. A dúvida inexiste. E, encerrados na fazenda, vivíamos numa espécie de casulo, isolados de todos. Em tempos normais, teríamos nos misturado a amigos e familiares, contando o nosso amor, nossas esperanças e planos aos confidentes mais íntimos, e eles teriam nos estimulado ou dissuadido, lembrando-nos da realidade cotidiana e ajudando a plantar nossos pés no chão. Naquela situação, vivíamos como que numa bolha de paraíso que nós mesmos havíamos criado. Com esse poder inerente à primeira paixão de dois amantes, fechamos as nossas mentes a qualquer pensamento que pudesse atrapalhar aquele período juntos ou interferir na fantasia de nossa vida futura. Dizem que o amor é cego, e que o pior cego é aquele que não quer enxergar. Então o mundo era do jeito que queríamos; e se, por algum acaso infeliz, ele não o fosse, nós o transformaríamos.

Mas bolhas estouram fácil. Tivemos muita sorte de a nossa ter permanecido intacta pelo tempo que durou.

Embora tentássemos ignorá-la, a guerra se aproximava a cada dia. O inverno se instalou frio e úmido. Cada vez mais pessoas apareciam se arrastando pela trilha, pedindo comida, muitas vezes oferecendo em troca tesouros de dar dó: heranças de família, medalhões de ouro com uma mecha de cabelo da pessoa amada, porta-retratos de prata que já haviam emoldurado preciosas fotos de família, coleções de selos mantidas desde a infância, até mesmo alianças de ouro eram oferecidas pelos desesperados.

Esses deprimentes visitantes nos traziam notícias da cidade. Dos alemães constantemente atrás de homens para trabalhar para eles. Dos bombardeios nos estabelecimentos Faber, em Apeldoorn. Da evacuação e do saque de Arnhem pela SS como revanche pela ajuda aos ingleses durante a batalha. Dos paraquedistas aliados pousando perto de Bennekom e do combate que acontecia por lá. Alguém tinha ouvido de um amigo em Haia que lá uma saca de batatas custava 180 florins (uma soma astronômica). Em Roterdã, de 40 a 60 mil homens haviam sido levados pelos alemães. As escolas de todo o país haviam sido fechadas. Os trens não estavam funcionando porque os ferroviários entraram em greve contra os alemães. Ninguém conseguia consertar os sapatos porque não havia material para isso (os visitantes perguntavam se tínhamos alguma coisa que pudesse ser transformada em solas novas). Em lugares em que havia um grande número de refugiados, a tensão piorava entre estes e os habitantes locais devido à escassez de alimentos e de acomodações. Por toda parte, as pessoas viviam como nômades, migrando de um lugar onde a vida havia se tornado difícil para outro onde, tinham ouvido dizer, as coisas eram mais fáceis, mais seguras, melhores. Ao norte, em Friesland, Groningen, Drente, diziam que a comida era farta. Então, levadas por um mero boato, as pessoas partiam com suas poucas posses num carrinho ou amarradas à bicicleta em busca de alívio. Mas algumas partes do sul já haviam sido libertadas, e então algum progresso já havia sido feito. "Mas quando chegará a nossa vez?", perguntávamo-nos. "Quando estaremos a salvo destes bárbaros?" "Será que nunca vai passar?" "Quanto tempo mais, ó Deus, quanto tempo?"

E eles voltavam pela trilha lançando-nos olhares ressentidos por não lhes termos vendido mais daquilo que eles consideravam ser o nosso tesouro: manteiga, queijo, frutas, pão, carne, farinha, leite. As mais tocantes eram as mulheres com seus bebês nos braços, dispostas a qualquer coisa, qualquer coisa mesmo, por alguma comida para suas crianças.

À medida que o Inverno da Fome ia avançando, os fazendeiros foram ficando malfalados porque não podiam atender a todas as pessoas que batiam à sua porta pedindo ajuda. Em seu desespero, alguns visitantes usavam de violência. No fim, temendo pelo seu próprio bem-estar e até mesmo por suas vidas, muitos fazendeiros, com um coração duro do qual teriam se envergonhado e escandalizado antes da guerra, passaram a negar qualquer tipo de ajuda.

Também era muito frequente, e cada vez mais com o correr dos dias, ouvirmos aviões de caça – Spitfires e Hurricanes, explicou Jacob – fazendo voos rasantes. Se avistassem um veículo alemão ou qualquer coisa que pudesse pertencer ao inimigo, cobriam-no de balas. Vimos isso acontecer três ou quatro vezes com veículos que trafegavam pela estrada principal. Eles eram destruídos, e seus ocupantes, mortos ou feridos, ficavam jogados pelo caminho. E, a cada episódio desses, saíamos, acenávamos e aplaudíamos como se a carnificina fosse um ponto marcado num jogo. E deixávamos os destroços e seus ocupantes mortos ou feridos onde estavam. "Que apodreçam em sua própria imundície", dizia o senhor Wesseling, que cuspia, antes de retornar ao trabalho. Se os alemães não chegassem e limpassem tudo antes do anoitecer, a Resistência vinha durante a noite para esquadrinhar os destroços em busca de algo útil.

Era o mais esquisito nesses tempos esquisitos. Durante o dia, o trabalho incessante da casa e da fazenda, as preocupações com a guerra, o esforço para sustentar boas relações com o senhor e a senhora Wesseling. À noite, no esconderijo, com Jacob, a paixão e a doçura de nosso amor consumado, a delícia de nossas conversas e piadas particulares, o consolo e a fantasia de nosso futuro em comum, o conforto daquilo que líamos no livro de Sam (o único que possuíamos em inglês) e recitávamos um ao outro.

Enquanto Jacob lia para mim ou conversávamos, eu quase sempre ficava costurando. Costurando! Como costuravam as mulheres naquela época. Cerzíamos as meias dos homens, fabricávamos roupas íntimas e vestidos, cortávamos os lençóis ao meio e emendávamos as metades para prolongar a sua vida útil, fazíamos e refazíamos almofadas e cortinas, toalhas de mesa e capas de cadeira, consertávamos rasgos nas roupas de trabalho masculinas, fazíamos novos colarinhos usando as fraldas das camisas. Sem parar, um serviço infindável. Hoje em dia ninguém mais faz isso. Era uma lida, mas naquelas longas noites sem distrações como televisão, vídeo, CD ou jogos de computador, nem mesmo um rádio naqueles tempos de guerra, costurar era uma atividade repousante e relaxante. Enquanto mãos e olhos ficavam ocupados com a delicada tarefa cotidiana, a mente e a língua devaneavam livremente. E, como sempre nos disseram, o diabo trabalha em mãos desocupadas (outra expressão popular). Não se ocupar de tão necessária tarefa era visto, no mínimo, como pecado, e costurar era a tarefa menos entediante para as horas de silêncio. Além disso, motivava a *gezelligheid*.

Gezellig. Não sei bem como se diz isso em inglês. É uma qualidade muito peculiar dos holandeses, algo enraizado em nossa cultura e consciência nacional. Meu dicionário oferece palavras como "aconchegante, companheiro, sociável, íntimo". *Gezellig*, porém, significa muito mais para nós do que essas palavras sugerem. Talvez hoje menos do que em minha juventude. Naquela época, era quase sagrado. Quem perturbasse o *gezellig* teria cometido um crime social. Com certeza, o tempo que passei com Jacob possuía para mim uma qualidade especial de *gezellig*.

Quando ele não lia para mim, falávamos dos livros de que gostávamos. Jacob me falou de autores e de livros ingleses dos quais eu nunca ouvira falar, mas que, depois da guerra, encontrei e li por minha conta. E eu lhe falei a respeito dos autores holandeses que eu mais admirava. Cantamos um para o outro as canções folclóricas que conhecíamos. Ele me contou como era a sua vida na Inglaterra, seu emprego de eletricista, seu gosto pelo críquete, um jogo que eu nunca tinha visto e que ele tentou me explicar sem sucesso; até hoje eu acho confuso. Eu lhe contei que pensava em me tornar professora, como a minha mãe. E lhe falei de meus amigos, contei histórias de minha infância. E assim as horas se passavam. Mas as horas de que eu mais gostava eram as que passávamos juntos na cama.

Longe dele, fora do esconderijo, era difícil evitar a realidade. A lida interminável do trabalho doméstico e rural, a tensão de lidar com visitantes que mendigavam, a brutalidade da guerra e o medo irritante de que chegassem de surpresa, encontrassem Jacob e nos levassem todos presos. A exaustão que isso não causava! A confusão de emoções me devastando por dentro. Apreensões e culpas que eu empurrava para o mais profundo do meu íntimo, escondendo-as até de mim.

A única coisa que me fez superar esse período, que me fez sobreviver a ele, foi viver momento a momento, segundo a segundo do dia e da noite. Só existia o agora. Este instante. Nada mais era permitido. Nada de lembranças. Nada de pensar no amanhã. Longe de Jacob, eu me encerrava dentro de mim, me atirava ao trabalho pendente, para que o tempo passado longe dele escoasse tão depressa quanto possível e eu não me deixasse afetar demais pelo que pudesse acontecer. Então, de volta à sua presença no esconderijo, eu me destrancava, me abria a ele, concentrava-me somente nele, derramava-me nele. Não sei de que outra maneira expressar isso, senão dizendo: Ele era o mundo para mim.

A época mais estranha e intensa que já vivi. Como poderia o tempo que passei com Jacob ser superado? Ou ao menos igualado? E, sendo a vida do jeito que é, como poderia ter durado?

É claro que não durou.

O fim chegou no primeiro dia de sol brilhante, em duas ou três semanas. Um desses dias nostálgicos de inverno que são uma lembrança do verão que foi e uma degustação do verão que virá. Lembrou-me o domingo de setembro em que presenciei os paraquedas pontilhando o céu, pedalando no caminho de volta para a fazenda. Parecia ter acontecido muito tempo atrás, pois agora eu era uma pessoa muito diferente da moça que correu para casa gritando: "Livres, livres!"

Era um dia tão gostoso, tranquilo e suave, que logo pela manhã estendi os lençóis para secar no jardim. Seria tão bom que eles exalassem ar fresco em vez do forte cheiro de feno do celeiro, onde costumávamos pendurá-los no inverno... Pouco antes do crepúsculo, saí para recolhê-los. A senhora Wesseling tocava o harmônio no quarto que dava para o jardim. Ela abrira a janela, já que naquele dia havíamos aberto todas as janelas da casa para arejar os cômodos. Ainda estava na fase de reaprendizado, depois do intervalo de anos sem tocar, usando as mesmas lições que usara quando criança. Não me esqueço do pequeno tema que ela tocava naquela tarde, uma valsa simples de Becucci. A música se derramava à minha volta enquanto eu recolhia e dobrava os lençóis. Estivera com Jacob depois do almoço. Naquele dia, ele estava cheio de desejo, e eu ainda ardia de prazer. Ele se esforçara tanto para entrar em forma que seus ferimentos estavam cicatrizando, ele já estava quase andando normalmente e estava ficando bem forte. Eu me lembro de me sentir fraca de tanta alegria e impaciente pelo anoitecer, quando poderíamos ficar a sós novamente.

Ocupada comigo mesma, não o ouvi chegar por trás de mim. Eu só percebi que ele estava lá quando me envolveu pela cintura com seus braços e me abraçou. Dei um pequeno grito de surpresa e deixei cair o lençol que segurava.

"O que você está fazendo?", eu disse. "Não devia estar aqui fora. É perigoso." Ele beijava a minha nuca e ria. "E se a senhora Wesseling nos vir?"

Mas de nada adiantou. Nem tentei me desvencilhar.

"Ela não vai ver", ele disse no meu ouvido. "Está muito ocupada olhando a partitura."

Virou-me para si, os braços em minha cintura, as mãos em minhas nádegas, me levando para junto dele, os meus braços em volta do pescoço dele e minhas mãos envolvendo a cabeça dele. Eu o senti crescer junto a mim.

"Você é insaciável!", disse eu, rindo. Uma palavra que ele me ensinara, de brincadeira.

"Vamos fazer agora", disse ele, "ao ar livre, aqui no meio do jardim e do seu varal. Não seria magnífico?"

"Perfeito", disse eu. "Um dia."

Ele não disse nada por alguns momentos. Seus olhos me perscrutavam, aqueles olhos negros que foram a primeira coisa que eu vira e pela qual me apaixonara à primeira vista. Não estava mais rindo nem brincando.

"Vamos dançar", ele disse então.

E dançamos. A passos pequenos, no ritmo lento dos dedos enferrujados da senhora Wesseling. Mal nos mexíamos, na verdade, com nossos pés tão afundados na terra invernal, mas nossos corpos tinham o ritmo da paixão recíproca.

Assim, ficamos dando voltas no mesmo lugar. Lentamente. Muito lentamente. Lembro-me de que o sol obscureceu duas vezes o semblante dele, num halo. Ainda não havíamos dado outra volta completa quando Jacob parou de repente e deu um passo para trás. Um passo rígido, de autômato. Isto eu senti. O que vi foram seus olhos. Ainda não tinha tirado os meus olhos dos dele desde que ele me fizera virar para olhar para ele. Agora, no momento daquela parada repentina, a vida os deixou. Ele se foi. Ouvi-me dizendo: "Jacob?" Mas ele não respondeu. E finalmente desabou. Caiu no chão como se atingido por um raio.

Sempre me consolei com a ideia de que a sua morte ao menos fora rápida e que, se ele chegou a sofrer, foi por um momento ínfimo. Não posso desejar morte melhor a ninguém.

Quanto a mim, digo apenas que parte de mim também morreu naquele dia. Meus gritos fizeram com que a senhora Wesseling viesse correndo da casa e, logo atrás dela, o senhor Wesseling. Eles tentaram reanimar Jacob somente por causa do instinto humano de conservar a vida a todo preço e para provar um ao outro que fizeram todo o possível antes de desistir. Foi óbvio para todos, de pronto, que ele estava morto.

Quando desistimos, cobrimos Jacob com um lençol e o carregamos até a casa. Lá dentro, o pusemos sobre a mesa da cozinha. Arrastá-lo escada acima até um dos quartos era impensável. Ao redor da mesa, olhávamos seu corpo envolvido no lençol.

"O que será que houve?", disse a senhora Wesseling.

"Deve ter sido um ataque cardíaco", disse o senhor Wesseling. "O que fazemos agora?"

Eu não conseguia dizer nada, mas de repente comecei a tremer como se meu corpo quisesse se despedaçar. A senhora Wesseling me levou até uma cadeira perto do fogo e me fez sentar. Depois trouxe um xale e me envolveu nele.

"Café quentinho", disse ela ao senhor Wesseling, "com bastante mel. Para nós três."

Quando o café chegou, eu não conseguia segurar a xícara. A senhora Wesseling teve de me dar o café às colheradas.

"Devíamos ir buscar o médico", disse o senhor Wesseling.

"Por quê?", disse a senhora Wesseling. "O que ele pode fazer?"

"Então um padre. Para enterrá-lo."

"Não sabemos a religião dele", disse a senhora Wesseling. "E em quem nos atreveríamos a confiar?"

"Então o que é que vamos fazer?"

"Enterrá-lo. O que mais podemos fazer?"

"Onde?"

"Não sei. Num canto do jardim."

Ouvi tudo isso, mas como um ruído incompreensível, como se fossem pessoas conversando numa língua estrangeira. Eu não pensava em nada. Minha cabeça parara de funcionar. Eu só tinha consciência do corpo de Jacob envolvido num lençol, do qual eu não conseguia tirar os olhos.

Os Wesselings ficaram calados. A senhora Wesseling me deu o café colherada por colherada. Lembro do tique-taque do *staande klok*, que, de tão alto, parecia preencher o aposento.

Depois de um bom tempo, quando o tremor já havia cedido um pouco, a senhora Wesseling me disse: "Você não pode ficar sentada aqui desse jeito. Não é bom. Vá para o seu quarto. Vamos cuidar de tudo."

Foi como se ela houvesse me injetado um tônico fortificante, porque tudo em mim pareceu entrar em foco instantaneamente.

"Não, não", eu disse, me aprumando no assento. "Não. Estivemos juntos em todas as horas. Cuidei dele desde que o trouxeram ao porão. Preciso cuidar dele agora."

"Mas Geertrui...", disse o senhor Wesseling. "O Jacob está morto." Ele disse isso como se fosse alguma novidade para mim.

Lembro-me de ter sorrido para ele e dito com uma calma que muito me agradou: "Sim. Eu sei. E sei que temos de enterrá-lo. E sei que nós mesmos temos de fazer isso. Vou prepará-lo. O senhor faria a gentileza de abrir uma cova? Devemos fazer isso o mais rápido possível, não acha?"

Pensando nisso agora, fico surpresa com o fato de que o casal Wesseling tenha aceitado sem discussão a sugestão de uma moça de 19 anos. Durante as horas seguintes, o senhor Wesseling fabricou um caixão. Não era mais que um caixote retangular, feito de tábuas pregadas uma à outra, que ele revestiu com lona impermeável.

Enquanto ele cuidava disso, a senhora Wesseling me ajudou a preparar o corpo de Jacob. Nós o despimos e lavamos. Depois recolocamos sua roupa íntima, uma camisa branca, calças e meias pretas, tudo tão novo quanto a senhora Wesseling pôde obter. Feito isso, arrumamos o quarto, cobrimos com veludo vermelho a mesa em que ele jazia e colocamos seis velas brancas em castiçais de latão bem polido, três de cada lado do corpo. Apagamos as demais luzes e paramos o *staande klok* precisamente à meia-noite.

Depois disso, reuni os poucos pertences de Jacob, junto com sua identificação militar, e coloquei-os numa lata de farinha, que pusemos no fundo do armário de roupa de cama da senhora Wesseling, esperando que sobrevivessem a qualquer visita dos inspetores alemães para que eu pudesse remeter os pertences de Jacob à sua família depois da guerra. Foi o que eu fiz. Guardei comigo apenas a insígnia dos paraquedistas de sua farda e uma lembrança de que falarei mais tarde.

Quando não restava mais nada a fazer, convenci o casal Wesseling a ir dormir. Fiquei de vigília junto a Jacob pelo resto da noite. Nesse meio-tempo, li em voz alta nossos poemas favoritos do livro de Sam. Chorando.

Logo que houve luz suficiente para trabalhar, o senhor Wesseling saiu para a horta, onde começou a abrir uma cova no canto mais afastado. Levou três horas para cavar um buraco com uma profundidade segura. A senhora Wesseling ficou de vigia o tempo todo para ver se alguém se aproximava da casa.

Quando a cova ficou pronta, o senhor Wesseling trouxe o caixão até a porta num carrinho de mão. Ele e eu o carregamos para dentro da sala, onde o depositamos no chão, ao lado da mesa. A senhora Wesseling e seu marido ergueram o meu amor, o meu amante, e o colocaram no caixão. Coloquei dentro dele uma das latas de tabaco herméticas do senhor Wesseling contendo um pedaço de cartão em que eu escrevera o nome de Jacob, a data de sua morte e um breve resumo das circunstâncias. Uma precaução, caso alguma coisa nos acontecesse antes de sermos libertados e alguém o encontrasse.

O senhor Wesseling reservou parte da lona para cobrir o corpo de Jacob.

Então o momento mais devastador chegou. O senhor Wesseling fechou o caixão e pregou a tampa.

Feito isso, ficamos em pé, em silêncio, e tenho certeza de que os outros sentiram, assim como eu senti, que devíamos fazer mais alguma coisa, dizer mais alguma coisa. Como aquele momento triste poderia ser o fim? Depois de sobrevivermos à batalha, aos ferimentos, à jornada para a fazenda e até aos ataques alemães, depois de tanto trabalho para curá-lo, depois do nosso amor, como poderia terminar assim? Como podia a vida ser tão injusta?

"Precisamos continuar", disse baixo o senhor Wesseling. "Não temos tempo."

Carregamos o caixão até o carrinho, o senhor Wesseling segurando a parte da frente, sua mulher e eu a de trás. Então uma pequena procissão seguiu da casa até o recanto do jardim, com o senhor Wesseling empurrando o caixão. Não me importava se fôssemos ou não invadidos naquela hora. Que viessem. Que me pegassem. Que fizessem o que bem entendessem comigo. Que me matassem. De que me valia a vida agora que Jacob se fora? Morto. Obriguei-me a dizer a palavra. Morto. Enquanto andávamos até a cova, eu quis estar morta com ele.

Havia chovido, o chão estava alagado e o fundo da cova já estava empoçado. Afastei meu pensamento daquilo, apaguei da mente o que estávamos fazendo. Não me recordo nem de como baixamos o caixão até o fundo. Lembro apenas que peguei a pá e fiz questão de cobrir o caixão com terra. Fui jogando a terra cada vez mais rápido, com uma ira crescente que aumentava a minha força, até que o senhor Wesseling pegou-me pelo braço e disse: "Basta. Não vá se esgotar. Deixe que eu termino." Ditas estas palavras, a raiva pareceu escorrer, deixando-me quase fraca demais para continuar em pé.

A senhora Wesseling envolveu minha cintura e, juntas, assistimos ao senhor Wesseling terminar de preencher a cova e depois espalhar a terra restante.

"Mais tarde, eu coloco umas pedras para marcar o lugar", disse o senhor Wesseling ao terminar.

"Que Deus o tenha", disse a senhora Wesseling. "Esta é uma tarefa triste de realizar."

"Depois da libertação, vamos cuidar para que ele tenha um lugar de descanso melhor", disse o senhor Wesseling. "Agora não há mais nada que possamos fazer por ele. E temos de cuidar dos animais."

Virou-se e saiu para o trabalho levando o carrinho de mão. E a senhora Wesseling me levou de volta para casa.

Fiquei aborrecida o dia inteiro por não termos dito nada no funeral. Pode parecer uma coisa pequena, mas a mente encontra muitas formas de se proteger em tempos de dor. Então, no crepúsculo, saí sozinha, me aproximei da sepultura de Jacob e recitei um de seus poemas preferidos do livro de Sam, uma ode de Ben Jonson. Ele gostava sobretudo dos dois últimos versos, que dizia resumirem a vida melhor do que quaisquer outras palavras que conhecesse.

"Não é crescendo à toa,
Como as árvores, que alguém se aperfeiçoa;
Não como o roble, em pé trezentos anos,
E ser madeiro enfim, calvo, seco, sem ramos.
Esse lírio de um dia,
Em maio, tem mais valia,
Mesmo que à noite caia já sem cor:
Foi a planta da luz, era o sol a flor.
Em justas proporções a beleza se ajeita,
E só num ritmo breve é que a vida é perfeita."

CARTÃO-POSTAL
O grande objetivo da vida é a sensação –
sentir que existimos.
Lorde Byron

No dia seguinte, ele acordou tarde, às dez e meia, depois de um sono pesado. Só acordou porque precisava urinar. Quis voltar a dormir, mas no caminho para o banheiro seu amasso com Hille no parque lhe veio à memória de forma tão vívida que, depois de urinar, as sensações se fizeram tão presentes e o desejo de repeti-las se tornou tão intenso que ele não pôde evitar se aliviar desse outro chamado da natureza com uma masturbação que o satisfez como nenhuma outra em muito tempo. Isso porque, disse ele com seus botões, havia sido inspirada por uma pessoa de verdade – sim, por um *corpo*, e por uma *mente* também –, não uma fantasia, não uma realidade virtual em que não podia pôr as mãos (muito menos pôr qualquer outra coisa), mas uma realidade verdadeira que ele podia tocar com suas mãos verdadeiras.

Feito o que era necessário, ele se olhou no espelho, viu a cara amarrotada de sono e o suor proveniente da masturbação, sorriu, piscou e falou alto: "Pele, pele, eu adooooro pele."

Sentiu-se feliz pela primeira vez desde que chegara à Holanda. Ele já devia estar feliz desde o dia anterior, com Hille, mas não havia pensado se estava ou não estava porque a felicidade estava acontecendo. Será que só se percebe a felicidade quando a própria felicidade está no passado? Será que a causa da felicidade é um estado ativo e saber-se feliz é um estado reflexivo? Esse era o tipo de questão que Sarah gostaria de discutir. Será que a Hille também gostaria? Sabia, satisfeito, que a resposta era sim. Depois de tomar café, precisava escrever para ela. Não, não *precisava*. Queria. Uma pontada de culpa por esse pensamento. E para Sarah também, para quem ele nem *queria* tanto escrever, mas tinha de fazê-lo. Ela ficaria magoada, se sentiria negligenciada, se ele não mandasse alguma coisa logo, nem que fosse só um cartão-postal. Além de um rápido telefonema no primeiro dia para dizer que chegara bem, ele não entrara mais em contato com ela. Sarah fingia não estar nem aí para isso, mas ele sabia que ela estava, sim. E sabia que ela preferia mensagens escritas a telefônicas.

De qualquer modo, ele repetiu para si mesmo, enquanto escovava os dentes alegremente, que estava feliz. Ligou o chuveiro feliz, lavou os cabelos feliz, ensaboou-se todo feliz, pegou feliz o chuveirinho, enxaguando-se por baixo, por cima, por todos os lados, saiu feliz do chuveiro e enxugou-se feliz, cortou feliz as unhas dos pés e das mãos com a pequenina tesoura felizmente inclusa na *necessaire* que sua mãe lhe dera de presente de despedida, escovou feliz os cabelos, que felizmente havia cortado curtíssimo antes da viagem, e visualizou feliz o seu corpo lavado, tratado e radiante no espelho.

Espelho, espelho meu,
Existe alguém mais belo do que eu?
É melhor dizer que não,
Ou lhe dou um safanão.

Pelo menos dessa vez, o que via lhe agradava um pouco. Agradava-lhe especialmente o seu órgão genital, que, agora bem acordado, pedia mais atenção. Mas decidiu que não, que tinha de esperar. Seu estômago precisava ainda mais de atenção. (No dia anterior, ao voltar de Oosterbeek, sentira-se tão quebrado e tão cheio de coisas para pensar que fora direto para a cama sem comer, tanto para ficar sozinho e não ter de falar com o Daan como pelo cansaço. Pretendia acordar mais tarde e jantar, mas dormira como uma pedra assim que deitara.)

Enquanto se vestia, continuou pensando em Hille. Nunca sentira isso por uma menina. Por algumas sentira tesão, sim, e outras eram suas amigas, mas não o atraíam. Nenhuma delas jamais o havia *desestabilizado* assim, de corpo e alma, como Hille. Muito menos a ponto de deixá-lo feliz como estava naquela manhã. *Que meeedo*, disse para si mesmo ao descer para a copa, e ficou pensando no que ela estaria sentindo por ele hoje.

Na cozinha, encontrou um recado de Daan escrito numa folha amarela grande que pendia como uma flâmula da luminária sobre o balcão.

Jacob:
Mudança de planos.
<u>*Geertrui:*</u>

> *Perguntou se você não quer vê-la*
> *amanhã, às 11h,*
> *e não hoje.*
> <u>*Eu:*</u>
> *Estou com ela.*
> *Volto por volta das 18h.*
> *Aí quero ouvir*
> *todas as novas de ontem.*
> <u>*Você:*</u>
> *Fique à vontade.*
> *Não faça cerimônias.*
> <u>*Se precisar de companhia:*</u>
> *Ton gostaria, claro,*
> *que você ligasse para ele.*
> *Fique bem.*
> *Daan*

Ele disse "viva" e começou a preparar o seu café da manhã. Na geladeira, encontrou meio melão Gália embrulhado em filme plástico. Comeu-o na casca, raspando a polpa com uma colher. Uma entrada suculenta e refrescante. Depois: na Holanda, faça como os holandeses. No café, os holandeses comem tirinhas de queijo e de presunto. Havia bastante de ambos na geladeira. E pão integral na cesta de pão, não muito fresco, mas bom para fazer torradas. Manteiga. E para depois do queijo e presunto, como não havia geleia e já que estava fazendo como os holandeses, aquelas coisas de chocolate, *hagelslag*, que pareciam cocô de rato, que vira a senhora Van Riet colocar sobre o pão no café da manhã e que na hora do chá estranhou usarem como cobertura para o pão. Chá? Ficara surpreso com a quantidade de chá que os holandeses tomavam até que, ao mencioná-lo no dia anterior, Hille traçara a conexão histórica entre os holandeses e suas ex-colônias, agora Indonésia, não é?, onde devem ter adquirido o hábito ocasional, assim como os ingleses o haviam adquirido durante o seu (nosso, mas ele sentia que aquilo não tinha nada a ver com ele, nem queria ter nada a ver com aquilo) domínio sobre a Índia. Mas ele só encontrou Earl Grey, um sabor de que não gostava: tinha um cheiro muito forte. Deixou para lá. Não deu bola. Café holandês, por que não?, marca Douwe Egberts, numa agourenta mas bonita embalagem preta, yo-ho-ho, e uma garrafa de rum. Feito na bela cafeteirazinha prateada de duas xícaras sobre o balcão. Mas por que será que esses holandeses, pelo menos esse holandês Daan, não usavam uma chaleira elétrica, em vez de sempre perderem tempo fervendo a água do chá no fogão? (Taí um belo presente de agradecimento para a hora de ir embora, tendo Sarah lhe incutido a necessidade de presentear como sinal de gratidão. Mas não seria uma utilidade doméstica séria demais? Seria mais um presente para noivos, de enxoval. Nunca fora bom em pensar em presentes para as pessoas. Não, não, nada de humores de rato hoje: xô, sai da minha cabeça. Talvez Hille o ajudasse a escolher algo melhor.)

Aos cuidados da senhorita Hille Babbe:
Respondendo ao seu recente anúncio para o cargo de namorado firme, espero que minha entrevista e teste de ontem tenham agradado. Caso seja necessária uma segunda entrevista e novos testes, atrevo-me a sugerir uma nova reunião o mais rápido possível, dado que minha estada na Holanda será curta demais para o meu gosto. Reafirmo-lhe minha boa disposição em provar que sou digno do posto supracitado.

Cara senhorita Babbe:
É com grande prazer que venho lhe informar que a senhorita foi aprovada no primeiro exame para o cargo mencionado ontem com notas mais altas do que qualquer outra candidata. De fato, sua pontuação foi tão alta que está fora de escala. Em deferência a essa conquista, eu gostaria de oferecer-lhe um contrato imediato. No entanto, caso a senhorita ainda tenha reservas quanto a assumir este posto, estou mais do que disposto a cooperar com maiores elucidações dos benefícios empregatícios que estou disposto a oferecer. No aguardo de seu contato marcando uma próxima reunião assim que possível e conveniente para a senhorita.

Hille:
Quando você tiver lido isso, nós provavelmente já teremos nos falado pelo telefone. Mas há coisas que quero dizer agora e que não podem ser ditas pelo telefone, pois você estará na escola. (São 11h e acabei de levantar.) De qualquer forma, além disso, há coisas que posso dizer ao telefone e outras que não posso, e há coisas que só dá

para dizer por escrito. Não que esta carta contenha só coisas que eu só posso dizer por escrito. Só estou escrevendo porque não posso estar a seu lado. Que é o que eu mais queria. Não necessariamente dizer alguma coisa. Só estar com você.

Desde ontem, eu não paro de pensar em ontem. Bem, isso não é <u>totalmente</u> verdade. Não pode ser, pode? Será que eu pensava nisso enquanto dormia, por exemplo? (Não sei, não me lembro. Pensamos enquanto dormimos? Será que é isso que são os sonhos? Pensamento adormecido? Na noite passada, dormi como uma pedra – e você? – e não me lembro de nada com que sonhei. Você se lembra, e, em caso positivo, com o que sonhou?) Também pensei no que comer no café da manhã (o que você comeu e o que mais gosta de comer no café da manhã?) e em como passar o dia sem você. (Como foi o seu dia sem mim? Não responda se a resposta for "Melhor do que com você".) Mas, ainda assim, abaixo (sobre, ao longo, paralelamente, tanto faz) desses pensamentos, pensamentos cotidianos, o tempo todo, em algum lugar de minha cabeça, eu também pensava no dia de ontem. Não, sejamos honestos, não em <u>ontem</u>. Em <u>você</u>. Eu sei porque desde que acordei tenho sentido o que acho que as pessoas chamam de "felicidade".

Você, ontem, me fez feliz hoje.

Aliás, falando em feliz, acabei de procurar a palavra num dicionário de inglês que encontrei nas prateleiras desse apartamento e descobri que <u>happy</u> vem de uma palavra nórdica antiga, <u>happ</u>, que quer dizer <u>boa sorte</u>, relacionada ao inglês antigo <u>gehaeplic</u>, que significa <u>conveniente</u>, e ao eslávico antigo <u>kobû</u>, que significa <u>destino</u>. Então, assim como pensar em você me deixa mais <u>happy</u> do que nunca, você acha que seria minha boa sorte conveniente que você seja o meu destino?

Há um zilhão de coisas que eu quero lhe perguntar, de perguntas fáceis como "Como você pretende passar o resto de sua vida?" a outras importantíssimas como "É melhor passar pela vida ou deixar a vida passar por você?", "Quais filmes são mais engraçados, os de Laurel e Hardy (O Gordo e o Magro) ou os do Charles Chaplin (ou nenhum dos dois)?" e "Será que a eternidade será suficiente para eu fazer tudo o que quero fazer com você?".

É melhor parar por aqui antes que esta carta fique mais boba ainda. Eu poderia reescrevê-la para você não perceber como eu sou bobo. Mas não vou fazer isso porque, se vamos nos conhecer melhor e ficar amigos, o que espero que aconteça, e que, para falar a verdade, é o que esta carta está tentando dizer, então acho que é melhor você ficar sabendo logo de cara como eu posso ser bobo.

Vou fazer uma aposta: você gosta de poesia. Eu também. Então escrevi uma, só para você.

> Hille:
> por você
> a terra vibra
> o céu clareia
> as águas cantam
> as pedras tremem
> o tempo queima
> o fogo apaga
> em mim
> Jacob

"Ton? Oi. Aqui é o Jacob."
"Jacques! Oi, olá!"
"Acordei você?"
"Não, não. Tudo bem."
"Eu estava pensando..."
"Sim?"
"Estou sozinho hoje."
"Não vai visitar a Geertrui?"
"Não. Mudança de planos. E Daan está lá com ela. O negócio é que eu preciso mandar uma carta e não fiz isso ainda, quer dizer, na Holanda, e pensei que você pudesse... bem, aquilo que você disse, lembra?... Me mostrar um pouco de Amsterdam."
"Que horas são?"
"Meio-dia e meia. Se for uma hora ruim..."
"Não, não é. Boa ideia. Só estou pensando. Dá para me esperar na porta do prédio do Daan às duas?"
"Duas horas. Sim."
"Se não estiver chovendo. Se estiver, espere no apartamento."
"Duas horas, do lado de fora do prédio do Daan, se não estiver chovendo. Agora não está. Até que o dia está bonito. Está sol."
"Está? Ótimo. Certo. Vou aí. Com uma surpresa."
"Surpresa? Que tipo de surpresa?"

"Uma surpresa sem pernas. E, Jacques..."
"Quê?"
"Estou muito feliz por você ter ligado. *Tot ziens*."

Querida vó Sarah,
Meu Deus, como o tempo voa! Como vai a sua bacia? Eu queria que você estivesse aqui. Eu estou feliz por estar aqui. Como disse a Truta de Kilgore: a vida continua. Vi a casa da Anne Frank (<u>nada daquilo</u> que eu esperava, mas falo mais disso, e do resto, depois), partes de Haarlem, partes de Amsterdam, também alguns Rembrandts (ótimos), os Van Riet e Dutchjongvolk genérico.
Ontem foi o melhor dia. A cerimônia foi maravilhosa. Em alguns momentos, eu quase chorei. Centenas de pessoas, muitos jovens das redondezas. Mas você sabe disso, já viu. Clima perfeito. Nada da vulgaridade constrangedora que eu esperava. Nada de formalidades. Nada de pelotão de hasteamento da bandeira. Nada de papo de heroísmo. Até o papo religioso estava razoável. E você sabe quanto eu odeio essa coisa sagrada. Cheguei a cantar os hinos, você acredita? Isso mesmo, <u>hinos</u>! Eles geralmente me dão urticária. Dessa vez, me deram motivos para sorrir. Mas de felicidade e de tristeza ao mesmo tempo. Parecia mais uma grande festa de família do que um ofício fúnebre. Ali devia ter gente que conheceu o vovô. Agora já perdi a oportunidade. Queria ter tido coragem de encontrar algum deles e conversar com ele. Por que é que só penso nessas coisas legais <u>depois</u>?
Vi a sepultura do vovô. Foi aí que mais senti vontade de chorar. Conheci dois holandeses que levaram flores ao túmulo dele, uma menina e o irmão dela, Hille e Wilfred Babbe. Tirei fotos para você. Depois lanchei com a Hille (ela tem 17 anos). Espero encontrá-la de novo. Não tire conclusões apressadas. Mas ela é fantástica. Sim, vou ter cuidado. Eu sei, eu sei, não precisa me dizer: não seja impulsivo demais, não entregue seu coração de bandeja. Sua face, meu senhor, é um livro aberto em que podemos ler coisas estranhas. Eu sempre tento ouvir o que você diz para o meu próprio bem. Mas não tenho certeza de que você esteja certa sobre isso. Ou talvez esteja certa, mas eu não me importe mais com isso. Não sei por quê. Tem algo a ver com essa viagem. Com conhecer a Geertrui. A cerimônia de ontem. Eu não quero dizer que acho que tudo bem demonstrar seus sentimentos mais íntimos para todo mundo o tempo todo. Mas estou começando a

pensar que talvez a gente os esconda demais, vezes demais. Às vezes, não seria melhor se arriscar e mostrar o que se sente, quando os sentimentos e a pessoa são importantes para você? Escondê-los, guardá-los, fingir sentir algo diferente do que se sente – isso não pode ser bom. Talvez eu esteja confuso a respeito disso, mas, pelo menos, você tem de concordar, estou <u>tentando</u>, que é mais uma coisa que você vive dizendo para eu fazer! (Nada de mega-humores de rato até agora, aliás. Só um vislumbre de cauda desaparecendo no cantinho.)

Hoje à tarde, um cara gay que eu conheci, que conhece o Daan van Riet, em cujo apartamento (na verdade, o da Geertrui, lindo) estou hospedado por motivos que depois eu lhe explico, muito interessante e complicado para explicar na carta agora, vai me mostrar um pouco de Amsterdam. Está vendo como estou sendo bem cuidado?

Vou mandar um cartão-postal para os meus pais hoje à tarde. (Você tem mandado os meus, como sempre? Vou sentir falta, se não tiver mandado. Não se pode quebrar a sequência depois desses anos todos. Você deve ter mandado o desta semana para a casa dos Van Riet, acho.)

Preciso ir e me divertir mais um pouco. Sabe como é vida de turista, uma sucessão interminável de farras. Esta carta é só para você saber que estou bem, me cultivando, me divertindo. Várias histórias de viagem para contar na volta.

De seu querido neto,
Jacob.

Quando os relógios de Amsterdam bateram os sinos, anunciando as duas horas, Jacob já estava nos degraus de madeira do lado de fora do prédio. Um dia ensolarado e fresco, com uma brisa leve que soprava na rua estreita. O seu clima preferido, quente suficiente para não incomodar e arejado suficiente para refrescar. Pouca gente na rua, a maioria moradores locais, pelo que parecia, mais alguns turistas vagando, como almas penadas por aquela rua sem lojas nem atrações do tipo que deixa turistas mais à vontade.

Jacob ouviu o Ton chamá-lo pelo nome. O chamado parecia vir de baixo de seus pés. Como vinha, realmente, já que ele logo viu o Ton saindo do canal.

"O que está fazendo aí?", perguntou Jacob, enquanto Ton o tomava pelos ombros e lhe dava o costumeiro beijo tríplice, esbarrando o terceiro em seus lábios e deixando Jacob numa agradável confusão.

"Vim pegá-lo", disse Ton quando terminou de beijá-lo, "com sua surpresa sem pernas".

É claro que era um barco. Pequeno e bem confortável, com um moderno motor externo anexado à popa; uma embarcação jeitosa, impecavelmente bem cuidada, de casco marrom-claro bem envernizado, acessórios de latão brilhante, enormes almofadas impermeáveis azuis formando um sofá no banco do meio do barco, uma flâmula triangular dependurada na proa estampada com o escudo de Amsterdam: sobre o fundo vermelho-sangue, via-se uma faixa preta no meio, na qual havia três "x" brancos seguidos, uma cruz para cada calamidade que já assolara a cidade em outros tempos: incêndios, peste negra e inundações. O nome estava pintado em preto e branco na proa: *Tedje*.

"Uau!", disse Jacob. "Um luxo. É seu?"

"Quem me dera! É de um amigo rico. É a melhor maneira de ver a Mokum."

"Mokum?"

"O *bijnaam* dos moradores para a cidade. Sobrenome?"

"Apelido. Assim como os londrinos costumavam chamar Londres de *the smoke*."

"Ah! Tive uma ideia. Você sabe nadar?"

"É possível que eu consiga atravessar o canal."

"Tudo bem. Vamos lá."

Ton havia trazido um mapa para que Jacob acompanhasse o percurso. Fazendo *put-put-put,* o barco partiu do canal estreito de Oudezijds Kolk, passando pela Torre do Choro e sob a ponte que levava a Prins Hendrikkade, dobrando à esquerda na grande massa de água que os carregou para além da catedral em frente à estação central, repleta de trens e ônibus, bicicletas e pessoas, e (Jacob, num momento esnobe, em consequência de estar se sentindo superior) para além dos esguios barcos turísticos com teto de vidro à espera de fregueses, antes de dobrarem à esquerda no primeiro dos canais da teia de aranha, o Singel, e então imediatamente à direita sob a ponte para o Brouwersgracht, que Jacob percebia, pelo mapa, ser uma conexão entre a parte de cima de todos os canais do lado oeste da cidade velha, ultrapassando as entradas para Herengracht e Keizersgracht antes de entrar à esquerda no Prinsengracht.

"Meu preferido", disse Ton. "O mais hospitaleiro. Mais das pessoas comuns. Muitas casas-barco nessa ponta, e ali, está vendo, à direita, as ruas de Jordaan, onde trabalhadores, criados e gente do tipo costumavam morar, e onde eu moro. Ocupo dois quartos na casa de um amigo. Está vendo a torre da igreja mais à frente, à esquerda?"

"Sim."

"É Westerkerk."

"Perto da casa de Anne Frank."

"O Daan me contou que você é louco por ela. Achei que gostaria de ver a casa daqui do canal."

Enquanto passavam em frente ao lugar, a fila de sempre, por volta das 3 ou 4 de uma tarde morna, avançava pela rua por mais uns cento e cinquenta metros, quase ultrapassando a igreja e chegando à praça junto à Raadhuisstraat, a apinhada avenida até o Dique que Jacob lembrou ter atravessado às pressas, fugindo da casa de Anne, havia apenas quatro dias. Agora isso parecia ter acontecido havia mais de um ano.

"E do outro lado, ali", dizia Ton, apontando, "tem uma lojinha, o melhor lugar para comprar café fresco. Tem muita lojinha boa por aqui. Só de queijo, só de vinho, só de tudo. É uma das coisas que adoro em Amsterdam, essas lojinhas por toda parte, vendendo de tudo. Tem uma loja aqui perto que só vende azeite. Tratam dele como o melhor dos vinhos, que você precisa provar antes de comprar. E outra coisa é que é tudo misturado. Uma loja cara, de arte, ao lado de um brechó; uma oficina de bicicletas ao lado de uma livraria erótica; um sapateiro artesanal ao lado de uma loja que só vende determinados tipos de objetos de metal. Amsterdam inteira, quer dizer, essa parte, a teia da aranha, é como uma grande aldeia em que você pode comprar tudo o que imaginar e onde ainda moram as pessoas comuns, não só ricos, turistas em hotéis ou ninguém, como no centro de muitas cidades."

"Na realidade, eu não acho que Amsterdam seja uma cidade. É e não é, como tudo nesse lugar, aliás. E não é moderna. Quer dizer, os prédios não são. Olhe só para eles. A maioria foi construída há séculos. Mas *é* uma cidade moderna também, pela maneira como as pessoas vivem e pelas coisas que você pode fazer."

Agora Jacob estava confortavelmente acomodado no banco-sofá azul, onde desfrutava toda a vista e não mais se incomodava com o barulho chato do motor cuspindo lá na ponta traseira, Ton à sua direita manipulando as alavancas direcionais de latão polido e um minileme de latão que controlava a guia anexa ao casco. Recostou-se e começou a relaxar como só é possível quando se está num barco que desliza suavemente sobre a água calma, num dia de sol. Mas ele só fizera isso no interior, durante um feriado com sua família, no Parque Broads, em Norfolk, ou numa chalupa em águas inglesas. Nunca navegara, recostado e relaxado, pelas ruas de uma cidade. Pelo interior parecia natural, parte dos arredores. Mas ali era, como Ton dissera, nem uma coisa nem outra. Nem campo nem cidade. Era água, mas não rio. Uma via urbana, mas sem asfalto. Não era rio nem estrada, e no entanto era os dois. Recostado e ocioso, enquanto carros, caminhões, bicicletas e pessoas passavam rápido em ambos os sentidos. Era como se dois planos da vida, duas formas de viver, se tocassem: água contra tijolos (as paredes do canal eram de tijolos, a maioria dos prédios era de tijolos e até as ruas que margeavam o canal eram de paralelepípedos); ele e Ton naquele ócio aquático, e, de cada lado, a hiperatividade das pessoas no asfalto. Outros barcos passavam por eles: lanchas de *city tour* com passageiros de olhar abobado, pedalinhos de plástico branco horrorosos, geralmente impulsionados por duplas de turistas metidos a machões que infalivelmente gritavam "oi" e tagarelavam, uma patrulha de polícia aquática, barcos comerciais robustos deste tipo ou de outro. Suas marolas balançavam o *Tedje*.

Agora, já bem dentro do Prinsengracht, ao longo de um trecho reto onde havia umas poucas casas-barco, o canal parecia mais largo, mais aberto, e brilhava. Talvez fosse o ângulo do sol, o azul nítido do céu e a brisa que balançava as folhas que amarelavam para o outono, ou o seu ponto de vista do canal, olhando para cima em meio ao vale de prédios, mas pela primeira vez Jacob *viu*, realmente percebeu, as árvores se perfilando ao longo dos canais. Margeavam os dois lados da água, algumas altas e frondosas, outras pequenas, miúdas, jovens, algumas de meia-idade, uma extensa família, entretecendo de verde os vermelhos, marrons e cinzentos dos prédios com suas janelas altas e retangulares com esquadrias brancas. As árvores suavizavam as fachadas repetitivas que nunca ultrapassavam quatro ou cinco andares, encimadas por arestas ou oitões decorativos, pintados de branco ou bege, que Jacob inicialmente achara muito parecidos, mas que agora percebia ter uma grande variedade de drapejos, arabescos, degraus, volutas e rampas. Elas completavam os prédios como perucas, chapéus ou capelos completavam os senhores do século dezoito. E aquelas fileiras de prédios lado a lado eram, pensou ele, como livros apertados numa prateleira cheia, de várias grossuras, mas quase todos da mesma altura. Uma biblioteca de casas. Linda. Era como olhar para uma pessoa a quem você não dera muita bola antes, de quem nem sequer gostara, e ver que se tratava de alguém muito bonito. (Ele ou ela – qual dos dois? Masculinidade forte, robusta e sólida ou feminilidade sinuosa, fluente e líquida? Ton não era nenhum dos dois, os dois e tudo, e Amsterdam não era o que parecia.)

"Estou começando a entender por que você gosta deste lugar", disse Jacob. "É lindo." Ele riu. "Talvez eu me apaixone por ele. Talvez até já esteja apaixonado."

"Que ótimo! Mais um! Eu te falei que era a melhor maneira de ver a Mokum."

"Você sempre morou aqui?"

"Não, não. Mas quis morar desde a primeira vez em que vi, quando eu era pequeno, tinha uns 5 ou 6 anos. Nasci numa cidadezinha ao sul."

"Seus pais ainda moram lá?"

"E minhas duas irmãs e quatro irmãos."

"Vocês são sete?"

"É uma família muito católica."

"Você é o número qual?"

"O caçula."

"Em que seu pai trabalha?"

"Além de procriar, você quer dizer? Ele é *tandarts*, dentista. E também homofóbico profissional." Ton deu uma risadinha e completou: "*Doe maar gewoon, dan doe je al gek genoeg.*"

"O que quer dizer?"

"Algo como 'Aja normalmente, porque isso já é uma loucura'. Não aja diferente com ninguém. Todos devem ser idênticos. É a pior faceta holandesa. É o lema do meu pai."

"E você não é normal?"

"Não aos olhos do meu pai. Ele nunca se perdoou por ter gerado um veado. Fica perguntando à minha mãe o que eles fizeram de errado para merecer o castigo de me ter. Ficou tão feliz quando saí de casa quanto fiquei ao deixá-la. Não suporta a ideia de que seus amigos possam me conhecer. Age como se isso fosse o fim do mundo para ele. Até me paga para sumir de vista."

"Você quer dizer que ele paga para você não ficar em casa?"

"Em casa? Onde é *casa*? Este aqui é o único lugar em que me sinto bem. Amsterdam é a minha casa. Este punhado de ruas e canais são a minha casa. E, sim, meu pai maravilhoso me paga um bom dinheiro para eu continuar aqui. Bem, ele tem dinheiro para bancar isso. Tudo tem um preço, não é? O preço da homofobia deve ser o mais alto que uma pessoa puder pagar."

"E a sua mãe?"

"Ela me visita. A cada três, quatro semanas, passamos um fim de semana juntos. É muito divertido. Lojas. Boates. Filmes. Música. Nós nos damos bem. Sempre nos demos. Ela foi a primeira pessoa para quem eu me assumi."

"Com quantos anos?"

"Quatorze."

"O que ela disse?"

"Aproveite."

"Ela não disse isso!"

"Por que não?"

"Não imagino as mães dizendo uma coisa dessas. Não as de famílias como a sua, pelo menos."

"A minha mãe não é como a maioria das mães."

"Mas o seu pai..."

"Ela o ama. Não me pergunte por quê."

"É difícil entender por que certas pessoas casam com quem casam."

"Casamento!"

"Você não gosta?"

"Você gosta?"

"Por que não? Com a pessoa certa."

"Não acha meio estranho? Duas pessoas jurando continuar juntas pelo resto da vida e não amar nenhuma outra..."

"Não desse jeito..."

"Seja como for!"

"Não pergunte para mim."

"Eu não acredito que exista *outro jeito*. Você acredita? Amigos. Não dá para viver sem eles. Amantes. Com certeza, sim, por favor. Alguém com quem viver enquanto as coisas dão certo. Tudo bem. Mas para sempre? Nunca. Nada é para sempre."

Naquele momento passavam sob uma ponte que Jacob reconheceu pelo mapa; um pouco mais adiante, passariam pela casa onde ele se abrigara da chuva e onde Alma o resgatara.

"Você pode encostar ali e parar um minutinho?", perguntou ele, explicando sobre Alma.

Foi fácil encontrar a casa do outro lado do canal. Ela e sua vizinha eram as únicas cujos degraus sob a porta social ficavam embutidos no prédio. Todas as outras casas tinham degraus externos, avançando da fachada. E a vegetação exuberante junto às janelas do subsolo de Alma.

"É ótimo morar desse lado do canal", disse Ton. "E caro também."

"Acho que eu devia devolver o dinheiro que a Alma me deu e agradecer a ajuda dela."

"Então faça isso já! E você tem de dar um presente para ela."

"Sim."

"Que tal chocolates?"

"Boa ideia."

"Venha comigo."

Atracaram o barco e andaram até Vijzelgracht, passando pelo café a que Alma o levara.

"Panini", disse Ton. "Todo mundo conhece."

E por uma papelaria com cartões-postais num *display* do lado de fora.

"Espere", disse Jacob. "Preciso comprar um cartão para os meus pais e depois mandá-lo pelo correio."

Foi moleza. A maioria dos cartões-postais continha as paisagens típicas da cidade, mas um deles capturou o olhar de Jacob. Uma visão de dois policiais de Amsterdam de costas, em mangas de camisa, num dia de sol. Um deles era uma mulher atarracada, a cintura enfatizada pelo cinto que a envolvia, com coldre de arma, telefone e demais quinquilharias policiais. Sua colega estava passando a mão na bunda dela.

Lá também havia selos para vender. Jacob escreveu uma mensagem breve no cartão. *Vou bem. Feliz. Bem assistido. Espero que todos estejam bem. Com amor, Jacob.* Enquanto isso, Ton já havia descoberto uma caixa de correio próxima, na Prinsengracht.

Depois, a chocolateria e confeitaria Holtkamp's, o tipo de lugar que Sarah adoraria. Um pouco antiquado, com vendedoras de vestidos pretos com detalhes brancos muito educadas. Mal havia espaço para quatro ou cinco clientes. Ton pediu em holandês. Uma caixinha toda enfeitada, com floreios e fitas. Uma variedade apetitosa de bombons, alguns de um marrom bem escuro, outros mais claros e leitosos, alguns brancos, quadrados, triangulares, outro uma pequena esfera, outro com uma lasca de fruta cristalizada por cima, um verde-limão, um laranja-cheguei, outro amarelo fosforescente. Ao todo, quinze. O preço era o de uma refeição no Panini. Quando ele viu o valor na registradora, quase engasgou.

"Caro demais?", perguntou Ton, sorrindo.

Jacob fez que não. "Não faz mal. Ela merece."

Voltaram para o barco, cruzaram o canal e se dirigiram a um ancoradouro próximo à casa de Alma. O dia estava ficando úmido, o céu coberto de neblina.

"Vou esperar aqui", disse Ton. "Os holandeses não aparecem sem avisar. Bem, pelo menos não os mais velhos. Mas sei que ela vai ficar feliz em te ver."

Ficou. Jacob estendeu a mão pela grade de proteção e cutucou a porta-janela do apartamento dela. Quando Alma apareceu, seu rosto se abriu num grande sorriso.

"Ora, ora! É você. Foi assaltado de novo?"

Ele deu risada. Tem pessoas que nos fazem bem assim que as encontramos.

"Só estou de passagem", ele disse, entregando-lhe a caixa de bombons. "E trouxe isso como um agradecimento por você ter me ajudado."

"Não precisava." Ela aceitou a caixa com um contentamento evidente. "Você passou pela Holtkamp's. Entre, entre."

"Não, não posso, obrigado. Estou com um amigo. No barco dele. Ele está me esperando. Está me mostrando os canais."

"Você fez um amigo. Ótimo. E já se recuperou do seu apuro?"

"Estou ótimo. Hospedado com o Daan. Você se lembra? Foi para ele que você ligou."

"Sim, me lembro. Espere um pouco aí."

Sumiu nos fundos de sua caverna. Jacob inclinou-se para ver melhor o apartamento. Um pequeno cômodo quadrado com piso de madeira clara e polida, prateleiras de livros nas paredes, uma grande televisão preta e um aparelho de som, uma mesa de jantar antiga e redonda de madeira de lei escura, uma confortável poltrona junto a um fogão decorativo de metal preto abarrotado de panelas. Um ninho limpo, arrumado e aconchegante.

Quando Alma voltou, entregou-lhe uma sacola de papel com quatro dos bombons dentro.

"Para você e seu amigo, pois assim vocês poderão compartilhar comigo."

"Mas são um presente."

"Não consigo comer tudo. Seria gulodice. Gostaria que você também comesse alguns."

"Ah, já ia me esquecendo", disse Jacob, pondo a mão no bolso do *jeans*. "O dinheiro que você me emprestou."

"Não foi nada. Se não estiver precisando dele, dê a alguém que precise. Talvez ao menino de boné vermelho."

Sorriram um para o outro.

"E", acrescentou ela, "antes de voltar para a Inglaterra, venha tomar um cafezinho. Quero ouvir as suas aventuras. Vou lhe dar o meu número, para que você possa ligar antes."

Ele se sentiu honrado.

"Obrigado", disse. "É melhor eu ir."

"Até mais. Divirta-se."

Por impulso, ele inclinou-se na direção dela. Alma ofereceu-lhe a bochecha após um leve titubeio, e ele lhe deu o costumeiro beijo tríplice tão formalmente quanto pôde, dada a sua posição incômoda, quase dobrado ao meio e apoiado na esquadria da janela. Mas conseguiu fazê-lo sem desastres e ficou satisfeito consigo mesmo.

De volta ao barco, eles seguiram canal adentro com o motor em marcha lenta. Devaneavam, divertiam-se e flertavam, acrescentando novas anedotas à crescente antologia da história de cada um. De vez em quando, sentavam-se em silêncio, Ton fitando Jacob, e Jacob olhando a paisagem.

Naquela tarde agradável, navegaram do Prinsengracht, pelo Reguliersgracht, entrando no Keizersgracht; do Keizersgracht, pelo Bouwersgracht, novamente entrando no Herengracht; e do Herengracht, entrando no Amstel e dando uma volta pelo rio antes de retornar ao Singel e, finalmente, à casa de Daan.

"Andamos 'costurando' o labirinto", disse Jacob quando entraram em Oudezijds Kolk.

"Cortando a teia da aranha", disse Ton.

Eles riram juntos.

Jacob pensou que não existe nada melhor do que encontrar alguém que você sente o tempo todo que já conhecia, como se, em alguma vida alternativa, vocês tivessem sido os mais próximos e os melhores amigos um do outro desde sempre.

GEERTRUI

Dois meses depois da morte de Jacob tive a certeza de que estava grávida. Não contei para ninguém. Isso teria tornado a minha vida insuportável. Com certeza, a senhora Wesseling teria me posto para fora de sua casa. E a criança teria sido tirada de mim ao nascer.

Você não tem como saber, hoje em dia, e talvez não consiga nem imaginar, que desgraça era para uma mulher engravidar fora do casamento. Isso era considerado o pior dos pecados. Caso a moça fosse católica, ela seria enviada a alguma instituição de freiras. Ali, faziam-na sofrer pelos seus pecados e o bebê era tomado dela assim que vinha ao mundo. Nos dias seguintes, ele seria levado até ela para mamar no peito. Às vezes, vendavam-na, para que nem sequer visse o filho, e suas mãos eram amarradas ao leito para que não pudesse embalá-lo. Então, uma freira colocava o bebê para mamar em seu peito. Só uma mãe pode saber a crueldade que isso representa. Assim que possível, o bebê era dado a pais adotivos ou enviado a um orfanato, onde levaria uma vida desprezível. Teria de conviver com a vergonha, com o estigma da ilegitimidade e com o fato de ser bastardo pelo resto da vida. Os homens, os pais, não sofriam nem um pouco desse estigma, é claro. Nunca foi mais verdadeiro dizer que os pecados dos pais seriam pagos pelos filhos. Mas devemos acrescentar: também por suas mães.

As mulheres protestantes tinham uma sina menos brutal, mas não menos cruel. Elas muitas vezes eram mandadas para parentes ou amigos afastados, para ficarem longe da vista de vizinhos fofoqueiros. Depois do nascimento, se não fosse adotada ou mandada para um orfanato, a criança seria criada como filho por alguma parenta da mãe. Já soube de gente que só descobriu depois de adulta que aqueles que ela pensava ser seus pais eram, na verdade, seus avós, ou que alguém que ela pensava ser uma tia ou irmã mais velha era sua verdadeira mãe.

A alternativa à qual as mulheres recorriam muito mais do que jamais ouvimos contar era o aborto autoinduzido ou a humilhante obscenidade de um aborto ilegal com todos os horrores que ameaçam a vida – físicos, emocionais, mentais e também espirituais – que acarretavam. Aquelas que sobreviviam à provação carregavam consigo, pelo resto da vida, como uma doença incurável, a culpa e a dignidade ferida que o destino e as pessoas com quem viviam lhes haviam infligido.

Não posso deixar de achar que qualquer sociedade, país ou religião de qualquer tipo, em qualquer lugar, que consagre tal código de moral e o imponha às pessoas deixa de merecer o nome de civilizada ou, caso não mude, de merecer respeito.

Nem mesmo em tempos de paz eu permitiria que me tratassem assim. Mas, do jeito como as coisas andavam, presa do caos cada vez maior das semanas pré-libertação, sem contato com meus pais, sem um médico de confiança, sem um amigo por perto para me apoiar, e a dor da morte de Jacob ainda me puxando para baixo da terra, senti o desespero e o pânico dos perdidos, abandonados, indefesos. E, como era o filho de Jacob, eu sabia que seria incapaz de dá-lo para alguém criar ou matá-lo antes de nascer. Isso era tudo o que me restava de Jacob. Nas horas do mais profundo desespero, foi só por essa criança, parte dele, que eu continuei a viver, a caminhar por este mundo, e não me enterrei junto ao corpo de Jacob.

Em meu luto, eu era incapaz de desmontar o esconderijo onde havíamos passado nosso tempo de "casados" e implorei ao senhor Wesseling para deixá-lo intacto até que eu mesma recuperasse o ânimo para fazê-lo. Acho que ele concordou com medo que o meu estado de infelicidade piorasse. Eu ficava sentada lá horas a fio, numa espécie de coma lúcido, tomando nas mãos objetos que Jacob costumava usar, sua caneca, sua faca, seu garfo, seu pincel de barba, e lendo os poemas de que gostávamos. Também lhe escrevia cartas enormes, como se ele simplesmente tivesse partido para um destino ignorado e fosse retornar um dia, querendo saber como eu havia passado e no que pensara durante a nossa separação, e eu lhe entregaria minhas cartas.

Assim, quando descobri que estava grávida, o esconderijo converteu-se em santuário. Um refúgio, um lugar seguro e, sim, sagrado, um oratório para o meu amor perdido, onde eu rezava pedindo auxílio e conforto ao Deus que naquela época eu já sabia não ser Deus, mas a fonte inominável e incognoscível de todo o nosso frágil ser.

Além do luto, que pela minha natureza eu só conseguia expressar reservadamente (detesto demonstrar minhas emoções em público), precisei ocultar o que sabia sobre a minha condição das duas únicas pessoas que eu via todos os dias e das quais dependia para abrigo e comida, para todas as minhas necessidades. O esconderijo era a única parte da casa onde podia ser eu mesma, relaxar e demonstrar meus sentimentos, onde podia chorar e soluçar, ou refletir, ou me aconchegar na cama, a cama de Jacob, que ainda conservava o cheiro dele, a *nossa* cama, e ter certeza de que ninguém me observaria ou entraria de surpresa. Aquele lugar se tornou tão precioso que, quando penso em todos os quartos em que morei na vida, é daquele que me recordo com mais carinho e o único que lamento não poder rever – aquele esconderijo improvisado, gelado, mal mobiliado, cheirando a feno e vaca.

Outra expressão popular inglesa que meu pai e eu decoramos: a hora mais escura é a que precede a aurora. Assim aconteceu comigo.

Eu estava no esconderijo numa tarde monótona de março de 1945, pensando na insensatez do meu sofrimento, quando ouvi alguém subindo as escadas. Em meu pensamento instantâneo e ingênuo, achei que podia ser o Jacob, mas, tão instantaneamente quanto pensei nisso, soube que não podia ser ele e fiquei imaginando quem seria, já que a senhora Wesseling nem entrava mais no estábulo e que o senhor Wesseling, quando queria me ver, gritava lá de baixo. Quando me mexi para ver quem era, lá estava o Dirk, à porta, sob o brilho obscuro da vela solitária que se consumia num jarro sobre a mesa, um rosto muito bem-vindo e familiar e, ainda assim, o rosto de um estranho. Os acontecimentos separam as pessoas tanto quanto o tempo e a distância. O que aconteceu a uma delas na ausência da outra pode fazer delas duas desconhecidas. Nas poucas semanas que passamos sem nos ver, Dirk e eu havíamos vivido experiências que nos transformaram. Ninguém ali era mais adolescente. Havíamos entrado numa nova fase, a adulta. Ambos percebemos isso tão logo nos olhamos e antes que qualquer palavra fosse dita. Portanto, nosso cumprimento foi menos barulhento do que teria sido antes, um pouco reservado, mas também mais terno.

Quando nos abraçamos, lembro-me de ter dito com um alívio verdadeiro, já que ali se encontrava um amigo que estivera em apuros: "Você voltou para casa!". E Dirk respondeu: "Sim, estou em casa." (Como dizemos coisas óbvias nessas ocasiões!) Assim que o soltei e me afastei um pouco, perguntei: "O Henk está com você?" E ele respondeu: "Não. Pensei que ele estivesse aqui."

Eles estavam trabalhando para a Resistência – Dirk me contaria sobre isso mais tarde – e as coisas tinham dado errado. Tiveram de fugir para salvar a vida e decidiram se separar, combinando de se reencontrar na fazenda. Transcorreram meses antes que ouvíssemos que Henk fora apanhado e executado. Mas, na noite em que Dirk voltara e até termos certeza do que se passara, conservamos a esperança dizendo um ao outro que ele devia estar escondido em algum lugar, que Henk sabia se virar e que, assim que a guerra acabasse, ele voltaria para junto de nós. Nunca acreditei muito nisso, mas em tempos como aqueles a tendência é fingir, até para si próprio, senão a vida se torna inviável. Como diz um de seus poetas: "O ser humano não consegue suportar bem a realidade*."

Então, sentamo-nos à mesa, como Jacob e eu sempre fazíamos. Dirk explicou que passara antes para ver os pais. "Mas, Geertrui", disse ele, "o que houve com a mamãe?" Nada da recepção calorosa que ele esperava, em que seria mimado por ela, tratado como se ainda fosse criança. Ela fora fria, quase amarga com ele. "Ah, então agora você resolveu voltar!", ela dissera. "Você nos deixa quando mais precisávamos de você e agora volta… Só pode estar metido em encrenca ou querendo alguma coisa, não é?" Ele tentou se explicar, mas ela não lhe deu ouvidos. Nem esperou ele acabar de falar para sentar ao harmônio e começar a tocar. Então Dirk usou as palavras que eu normalmente dizia a mim mesma quando a via tocar: "Era como se não estivesse mais conosco, como se estivesse em outro mundo."

Sempre fora óbvio para mim que Dirk era um filhinho da mamãe. Era um dos motivos pelos quais não o levava a sério como pretendente. Não acho que ele alguma vez tenha se dado conta disso, mas a dor que ele sentira naquele momento, com o alheamento da mãe, deixou isso claro. Tentei consolá-lo dizendo que a mãe dele provavelmente tinha tido um esgotamento nervoso. Coisas terríveis estavam acontecendo. O jeito de a sua mãe lidar com aquilo era voltar-se para dentro de si mesma. Ela sofrera grandes provações durante toda a ocupação. A nossa chegada só piorou tudo. Então, o seu filho, a coisa mais preciosa de sua vida, de repente desapareceu. A possibilidade de nunca

---

* De "Burnt Norton", poema de T. S. Eliot. (N. da T.)

mais revê-lo era mais do que ela podia suportar. Por isso ela se fechara em si mesma para se proteger. Agora agia assim com ele porque não queria encarar a dor de perdê-lo de novo. Quanto ao harmônio, enquanto o tocava, talvez estivesse mesmo vivendo em outro mundo, um mundo feliz que conhecera ainda criança, ao aprender a tocá-lo pela primeira vez, quando nenhuma dessas coisas terríveis existia. Quando a guerra terminasse, ela ficaria bem e Dirk teria sua mãezinha de volta.

Quando se recobrou, Dirk perguntou de Jacob. Seu pai lhe contara o que havia acontecido, mas resumidamente. Ele me pediu mais detalhes. As lágrimas desceram assim que Dirk pronunciou o nome de Jacob. Eu não havia falado a ninguém sobre nós dois ou sobre a morte de Jacob, pois não havia com quem conversar. Era como se eu fosse uma garrafa tampada e, assim que a rolha foi retirada, tudo o que acontecera entre nós jorrou como champanhe de uma garrafa sacudida.

Nós, humanos, sentimos uma enorme necessidade de nos confessar. A um padre, a um amigo, ao psicanalista, a um familiar, ao inimigo, até mesmo a um torturador, quando não há mais ninguém. Não importa, desde que a gente diga o que se passa dentro de nós. Até as pessoas mais reservadas fazem isso, nem que seja escrevendo em seus diários secretos. E eu sempre achei, ao ler contos, histórias e poemas, especialmente poemas, que estes não passam de confissões do autor transmutadas, através da arte, em algo que se confessa por todos nós. De fato, rememorando toda a minha vida de paixão pela leitura, a única atividade que me ajudou a seguir em frente e que me proporcionou o meu único, maior e duradouro prazer, creio que é por isso que ela tem tanto valor para mim. Os livros, os autores que mais me tocam são aqueles que falam a mim e por mim de todas as coisas da vida que mais preciso ouvir como minha confissão.

Mas isso é um aparte. Eu queria apenas lhe explicar que contei tudo ao Dirk naquela noite, sem omitir nem mesmo que estava grávida de Jacob. Ele ouviu sem me interromper, sem se mexer, sem nenhum sinal de emoção. É preciso lembrar que, poucas semanas antes, aquele homem se declarara e me pedira em casamento. Minha história deve ter-lhe doído profundamente. Serei grata a ele para sempre por ouvir meu relato com uma compaixão que seria rara até mesmo em um amigo que não tivesse razões para se magoar com isso.

Quando terminei de falar, fez-se silêncio. Lembro-me de ter ouvido uma vaca mugir lá embaixo. O estampido de uma arma pesada a média distância. O tremular e o chiado de uma gota-d'água ao se desprender da cera impura dos tempos de guerra e se extinguir na chama da vela que queimava na mesa ao lado. Seria clichê dizer que o mundo parou, ou que o meu coração parou. Só algum daqueles bons autores de que eu falava seria capaz de encontrar boas palavras novas para um momento daqueles. Bem, sou leitora, não escritora, portanto é preciso que você ature as palavras que eu puder arrumar nestes meus últimos e exaustos dias. Talvez a palavra de que eu precise para nos descrever naquele momento seja "boquiabertos". Só posso dizer que algo planou no ar por algum tempo e que nós, Dirk e eu, ficamos em suspenso com este algo, pairando, esperando, tentando apreender o seu significado, as suas <u>implicações</u>, pendurados no vácuo.

Foi Dirk, meu queridíssimo e sempre confiável Dirk, quem quebrou o silêncio.

"Você quer se casar comigo?"

Agora eu realmente olhava para ele boquiaberta.

"Por favor", eu disse, "não brinque comigo. Hoje não. E nunca com esse assunto."

Ele se debruçou sobre a mesa, limpou as lágrimas de meu rosto, tirou minha mão de cima da boca, aninhou-a em sua mão e repetiu: "Quer se casar comigo?"

"Você não pode estar falando sério", eu disse.

"Estou", ele respondeu.

"Por quê?", indaguei. "Depois de tudo o que aconteceu."

"Com duas condições", disse ele, como sempre muito profissional, direto ao que interessava. Não é surpresa que sua construtora tenha prosperado tanto. "A primeira é que você nunca conte a ninguém que o filho é de Jacob. Diremos sempre que é meu. E a segunda é que comecemos a nossa vida em comum ainda esta noite."

Fitei seus olhos, os olhos daquele homem que eu conhecia desde menino, com sua honestidade tão holandesa, o melhor amigo de meu querido irmão, e ao olhar em seu rosto descobri algo sobre mim que até então eu não conhecia, algo que eu preferiria não ser. Sei ser calculista. Por trás de minhas emoções – quaisquer que fossem elas, por mais intensas que fossem –, certa parte em mim conservava-se despaixonada, alheia, avaliando, como um matemático que manipula cifras, a ação que me seria mais favorável nas circunstâncias em que eu me encontrava. Essa foi a primeira vez em que tive consciência de agir assim. E o que minha calculadora interna me disse foi que ali residiam minhas melhores chances. Talvez a única. Cheguei até a calcular um outro cenário: que Dirk precisava tanto de mim quanto eu dele. Devido à possessividade de sua mãe, ele percebera isso naquela noite assim como eu descobrira quão calculista podia ser. Ele precisava libertar-se e eu poderia ajudá-lo com isso. Então era isto: eu gostava dele, gostava de sua companhia, ele era competente e vigoroso, me amava muito, muito mais do que eu jamais poderia vir a amá-lo.

Porém, aquela parte de mim que acabei denominando, nos anos posteriores, *mevrouwtje Uitgekookt* me impediu de dizer sim imediatamente. (*Uitgekookt* significa "sagaz" ou mesmo "astuciosa", e o sufixo *tje* é um diminutivo, ou seja, eu chamava minha parte mais calculista de senhorita Sagaz. Ou senhorita Espertinha, como meu neto Daan costuma traduzi-lo – de tanto assistir a programas de TV americanos, ele já não sabe usar a língua inglesa com elegância.) Você deve aparentar uma certa hesitação, disse-me a *mevrouwtje Uitgekookt*. Não é de bom tom se oferecer tão rápido e facilmente. Este homem vai amá-la mais se você demonstrar um pouco de amor-próprio e demandar o mesmo dele. Então agradeci ao Dirk, dizendo que estava espantada com a sua oferta, que estava muito agradecida (ambas as afirmativas verdadeiras, sem fingimentos), mas que não poderia me decidir de imediato (o que não era verdade, pois já sabia que diria sim). Ele concordaria que nós dois deveríamos pensar no assunto por vinte e quatro horas? Afinal, seria um passo muito importante para ambos. Especialmente para ele, já que estaria assumindo um filho de outro, bem como uma esposa de quem sabia não ser a primeira opção.

Dirk concordou. E vi que ele gostou do que eu dissera. Foi só depois de algum tempo de casada que descobri que Dirk sempre soubera da existência da *mevrouwtje Uitgekookt*, assim como eu sempre soubera que ele sempre fora um filhinho da mamãe com tino comercial. Ele me disse ser aquilo uma das coisas de que mais gostava em mim. "Jamais teria me casado com uma mulher que não fosse *scherpzinnig*." (Espirituosa – você diria esperta, acho.) Acho que, vindo dele, era o melhor elogio que o meu Dirk poderia me fazer. Espero, amado Jacob, que você possa compreender por que fomos tão bons companheiros um para o outro a vida inteira, até Dirk morrer, há dois anos.

Por quarenta e oito anos tentamos ser honestos um com o outro o tempo todo e, de qualquer forma, enxergávamos a verdadeira face um do outro tão claramente que não haveria como fingir.

Na noite seguinte, nos reencontramos no esconderijo. A mevrouwzinha Espertinha andava fazendo horas extras. Sim, disse para o Dirk que eu ficaria alegre e agradecida em me casar com ele. Mas também tinha as minhas condições.

A primeira era que ele permanecesse na fazenda até a guerra terminar e não partisse mais para lutar ou auxiliar a Resistência. Depois de tudo o que se passara, depois das separações, das mortes, com tantos perigos ainda à espreita, já bastava. Se ele quisesse ser meu marido, teria de ficar perto de mim.

Minha segunda condição era que, qualquer que fosse a sua atividade depois da libertação, ele não me pedisse para morar na fazenda. Eu sabia que não tinha condições de viver como mulher de fazendeiro.

A terceira condição. Eu entendia, eu disse, por que ele queria dormir comigo. Porque então poderíamos dizer honestamente que havíamos dormido juntos. Não teríamos de dizer exatamente quando. As pessoas presumiriam que o filho era dele. Não teríamos de dizer mais nada a respeito. Bem, eu iria para a cama com ele, dormiria com ele no sentido literal. Mas nada mais. Fazer mais do que isso até o bebê nascer era impossível, seria um crime contra os meus sentimentos pelo Jacob e pelo nosso filho. E, me parecia, seria também um crime contra o Dirk. E acrescentei que também não iria para a cama com ele ali no esconderijo, pois para mim ali sempre seria o lugar de minha vida em comum com Jacob. Então, minha terceira condição era que ele agora precisava me ajudar a empacotar e guardar tudo o que eu associava a Jacob e que mais tarde precisaríamos desmanchar totalmente o esconderijo. Aquela parte de minha vida deveria ser encerrada por nós dois, num trabalho conjunto, antes que eu pudesse recomeçar minha vida com ele.

Eu lhe disse que sabia que não estava em posição de impor nenhuma condição a ele, mas que concordaria em me casar com ele somente se ele aceitasse essas três condições, porque, a menos que ele pudesse aceitá-las, eu sabia que nunca nos respeitaríamos nem seríamos felizes juntos.

Então, conversamos durante muito tempo, creio que por três ou quatro horas a fio. Não porque Dirk tivesse qualquer ressalva ou não aceitasse o que eu pedi. Ele logo aceitou. Conversamos tanto porque havia muita coisa a esclarecer sobre nós mesmos e o nosso futuro. E, sendo nós dois tão tagarelas, como poderia ter sido diferente? Não vou lhe falar da conversa, pois ela nada tem a ver com o que preciso contar a você sobre o seu avô e eu, mas tenho certeza de que você pode imaginá-la. E poderíamos ter varado a noite conversando, mas, caso pretendêssemos cumprir a condição de Dirk de passarmos a dormir juntos e a minha condição de desmontar o esconderijo, precisávamos colocar mãos à obra. Levamos mais duas ou três horas para concluir a tarefa. (É impressionante como é sempre mais rápido destruir do que construir. Dirk e Henk haviam passado dois dias inteiros construindo o esconderijo, sem contar o tempo gasto para torná-lo o mais confortável possível.)

Feito isso, voltamos à casa para nos prepararmos. A senhora Wesseling já havia se recolhido. O senhor Wesseling estava sentado junto ao fogo, embora já tivesse passado muito de sua hora habitual de ir dormir. Ele fingia cochilar, mas, na verdade, como percebi, esperava para ver Dirk outra vez. Fui para o meu quarto. Os dois homens conversaram sentados por uma hora (eu ouvia, impaciente, as batidas do relógio antigo). Depois, passos na escada. Seus sussurros de boa-noite. As portas de seus quartos. E esperei mais ainda enquanto o relógio batia outros dois quartos de hora.

Passei esse tempo todo deitada, claro, para não ficar com frio. Era uma noite geladíssima. E, como frequentemente acontece quando se está esperando ansioso por alguém, eu estava fula, chateada por ter sido deixada a ver navios. Então você começa a pensar que a pessoa não vai vir mais e cai no sono. Foi o que aconteceu comigo naquela noite. Dali a pouco, Dirk me sacudia delicadamente pelo ombro. Acordei sobressaltada. A cama estalou tão alto que poderia ter despertado a casa inteira. Tivemos de sufocar as gargalhadas. Então, nossa vida em comum começou, e fico feliz em dizer que da mesma maneira com que continuou, entre risadas.

Dirk e eu nos casamos em segredo, numa cerimônia celebrada pelo prefeito da cidade, homem de nossa confiança, duas semanas depois. Era preciso que fosse às escondidas para que os alemães não levassem Dirk para o trabalho forçado. Nossa parte da Holanda foi libertada logo a seguir, em abril. O bebê de Jacob, minha filha Tessel, nasceu no agosto seguinte. Você a conhece como *mevrouw** Van Riet, a mãe de Daan. Você poderia dizer que ela é sua mãe holandesa. E que o Daan é seu irmão holandês. O corpo de Jacob foi exumado e enterrado no cemitério da batalha em Oosterbeek no final daquele ano.

Mantive minha palavra para o meu marido Dirk e, enquanto ele viveu, nunca revelei a ninguém quem era o verdadeiro pai da Tessel, mas quando ele faleceu, há dois anos, achei que Tessel tinha o direito de saber de tudo. Não foi fácil para ela, mas sempre achei que é melhor saber a verdade, mesmo que doa e magoe. Queria que minha filha conhecesse a sua verdadeira história. É importante saber de onde se vem e em que ponto a sua jornada começou, mesmo que outra pessoa tenha lhe acompanhado pelo resto do caminho. Assim como é importante você conhecer o seu lugar no mundo. Além disso, como eu costumo dizer, existe essa ânsia de confissão, o desejo de desabafar nossos segredos mais ocultos. E uma mentira, ainda que silenciosa, por omissão, como diriam nossos vizinhos católicos, pode consumir a sua alma como um câncer. Ter um câncer no corpo já me basta. Queria o câncer dessa verdade sufocada extirpado de minha consciência antes de morrer.

Existia mais uma pessoa a quem eu gostaria de me confessar. À sua avó, Sarah. Eu sabia, é claro, que cometera uma ofensa contra ela. Não é desculpa o fato de o seu avô Jacob e eu sermos jovens, nem a fadiga e as más condições da guerra, nem mesmo o fato de que ambos tencionávamos ser honestos e corretos ao máximo com a Sarah quando a guerra terminasse. Tudo isso é verdade, mas não nos absolve, não serve de justificativa, não vale como desculpa.

Quando convidei sua avó para me visitar, eu planejava contar tudo a ela. Não disse nada a respeito do que você, Jacob, agora sabe a respeito de minha doença e de minha futura morte. Então ela respondeu, por meio de uma carta, que não poderia vir, mas pedindo que o convidasse no lugar dela. Agora que você tinha idade suficiente para compreender, ela queria que visitasse o túmulo de Jacob e me conhecesse para poder ouvir a história dos últimos dias de seu avô "direto da fonte", como ela disse (mais uma expressão que meu pai e eu aprendemos).

Fiquei desolada por perder a oportunidade de me confessar a Sarah pessoalmente. Eu poderia ter escrito para ela, mas confessar-se por escrito não é a mesma coisa. Falar cara a cara é dividir a emoção em estado bruto, sem defesas. Sua crueza não pode ser evitada. Não

---

* Palavra em holandês que significa "senhora". (N. do R. da T.)

há onde se esconder. O confidente precisa sofrer a ira ou a tristeza, a mágoa ou a represália, as lágrimas ou o desprezo do ouvinte prejudicado. Precisa também suportar, caso sejam oferecidos, a humilhação de receber a compreensão e o perdão do ouvinte. Nada é mais cicatrizante que essas duas terríveis penalidades. A raiva da outra pessoa de alguma maneira nos aceita como somos, sem precisarmos mudar, fazendo-nos sentir virtuosos, justificados, prova que fizemos a coisa certa. Mas o perdão sereno e a compreensão quieta e tolerante confirmam o nosso erro, devolvem-nos a culpa, não deixam escapatória e trazem implícita uma expectativa de regeneração. Tudo isso é evitado quando escrevemos a história e a enviamos para que alguém a leia, a uma distância "segura", sem risco de nos machucarmos.

Foi sugestão do Daan que eu me confessasse a você. "Se não pode contar a Sarah", disse ele, "então conte ao neto dela." Faça ele pagar os pecados de sua hereditariedade, é a herança dele, bem como a sua é a minha. Deixe-o fazer o que quiser com isso. Ele vai se virar, assim como eu me virei. (Agora você já deve conhecer o estilo de humor que o Daan aprecia.)

E, num primeiro momento, foi o que planejei fazer. Comecei a escrever o que eu pretendia dizer apenas para me ajudar a melhorar o inglês, que a princípio estava meio enferrujado, pois, embora tenha continuado a ler muito, não tenho escrito muito em inglês nestes últimos anos. Mas, à medida que fui prosseguindo, a forma tornou-se o conteúdo. E comecei a achar que você preferiria a história do seu avô escrita direito, como um documento que pudesse guardar e talvez um dia dar a seus próprios filhos, para que eles também o leiam e conheçam essa parte de sua história direto da fonte. (Claro que, para eles, será quase uma pré-história!)

Então aí está.

E, com esse caderno, mais três coisas com as quais desejo lhe presentear.

Uma é a insígnia dos paraquedistas que tirei do uniforme esfarrapado de seu avô num daqueles primeiros dias no porão e guardei comigo quando mandei seus demais pertences à Sarah depois da guerra. Uma lembrança dele e do dia em que vi os paraquedas descendo do céu azul infinito.

A segunda é o livro de poesia que o pobre Sam me deu, o único livro em inglês que possuíamos e que o seu avô e eu líamos em voz alta um para o outro todos os dias.

A terceira é a lembrança da qual eu disse que logo lhe falaria. Quando Jacob e eu declaramos nosso amor, queríamos trocar algum algum objeto que o representasse, como as pessoas fazem normalmente. Jacob queria trocar alianças, mas eu não permitiria uma coisa dessas. Não importa como nos sentíssemos um em relação ao outro, não estávamos casados. A solução de Jacob foi fabricar dois talismãs exatamente iguais. Tirou a ideia de um antigo item decorativo de fazendas, uma espécie de amuleto mágico feito de madeira, palha ou até metal que era afixado às pontas das empenas dos celeiros ou aos topos das pilhas de feno para espantar o mal e atrair o bem. Jacob esculpiu os nossos com seu canivete militar em um pedaço de lata que encontrou no palheiro. Lixou as bordas com minha lixa de unhas e poliu-os com líquido de lustrar prataria. E fez os amuletos com um furinho no alto para que pudéssemos amarrá-los em um fio e usá-los como um colar, sob as roupas.

Esses *geveltekens*, signos de fachada, existem em diversos formatos, cada um com o seu significado. O desenho que Jacob escolheu para o símbolo de nosso amor inclui os símbolos da vassoura, para afastar trovoadas, da árvore da vida, da roda solar e do cálice ou copa. "Que este símbolo do meu amor por você e do seu amor por mim", disse ele numa pequena cerimônia em que trocamos nossos símbolos, "afaste a ira trovejante que sobrevirá por você me amar, que lhe dê de comer da gloriosa árvore da vida, que faça o sol radiante brilhar eternamente sobre a sua cabeça e lhe preencha de uma perene alegria por você ser a minha querida Geertrui." (Naquela altura, ele quase conseguia pronunciar o meu nome corretamente.)

O amuleto que Jacob me deu eu dei para o Daan. O amuleto que dei para o Jacob dou a você.

Então aqui estão. A guerra do seu avô. As palavras que trocamos. E o amuleto do seu amor por mim. Eles são mais preciosos para mim do que eu jamais poderei expressar com palavras, seja no seu idioma ou no meu.

São um presente para você de
Sua avó holandesa,
Geertrui.

CARTÃO-POSTAL

O que é já foi,
e o que há de ser também já foi;
e Deus pede contas do que já foi.

Livro de Eclesiastes

"O Daan lhe explicou por que eu queria ver você hoje?", perguntou Geertrui.

Sentado na mesma poltrona de hospital em que se sentara antes, sentindo-se tão embaraçado e desconfortável quanto antes, com Geertrui apoiada contra a cama impecável, com os olhos impressionantes fixos no teto como antes, Jacob disse: "Não. Nada."

Silêncio. O ar parecia capaz de sibilar ao menor toque.

"Tenho um presente para você." Geertrui recuperou o fôlego. Esperou mais um momento. Voltou os olhos para ele. "Depois, temos de nos despedir."

A garganta de Jacob estava áspera, e ele não conseguia falar.

"Na gaveta do meu criado-mudo."

Ele conseguiu abri-la mesmo com as juntas travadas e os músculos retesados.

"O pacote."

Um embrulho do tamanho de um *laptop* embrulhado num papel vermelho-sangue, amarrado em cruz com uma fita azul-celeste.

"Pode ficar com ele."

Ele o depositou na cama ao lado de Geertrui.

"É para você."

Ele ainda não foi capaz de dizer nada.

"Abra-o no apartamento, e não antes. Você promete?"

Ele fez que sim.

"Tudo o que tenho a lhe dizer está aí."

Ele olhou para o embrulho como se este tivesse algo a dizer.

Outro silêncio. O ar parecia prestes a se partir.

Geertrui disse: "Não vamos prolongar o sofrimento."
Um movimento na cama.
Jacob ergueu o olhar.
Geertrui estendeu-lhe a mão.
Ele se levantou.
Os dedos dela eram tão frágeis que ele teve receio de quebrá-los; então, cobriu-os com a outra mão para aninhá-los entre as suas.
"*Vaarvel*", disse ela. "Adeus."
Ele tentou falar, mas não saiu nada.
Em vez disso, obedecendo aos seus instintos, inclinou-se em direção a ela e, tomando cuidado para que seu corpo não o desobedecesse, beijou Geertrui na bochecha, um beijo à direita, outro à esquerda, e um terceiro, mais suave, sobre os seus lábios finos.
A mão dela tremeu dentro das dele.
E escapou das dele enquanto ele voltava à posição inicial.
Incapaz de olhar para ela, pegou o pacote da cama, segurou-o firme contra o peito e de alguma forma conseguiu chegar à porta.
Nisso, ouviu-a dizer: "Jacob."
Seus olhos estavam marejados e ela sorria.
Ele devolveu-lhe o olhar, querendo dizer mais alguma coisa.
Mas só conseguiu menear a cabeça e retribuir-lhe o sorriso.

CARTÃO-POSTAL
xxxxxxxxxxx X xxxxxxxxxxx
xxxxxxxxx X xxxxxxxxx
xxxxxx X xxxxxx

"Sim", disse Daan. "Eu a ajudei nisso."

Estavam sentados no apartamento de Geertrui, nos lugares de sempre, Daan no sofá, Jacob na poltrona, de costas para a janela que dava para o canal. A história de Geertrui, 125 páginas A4 encadernadas num fichário laranja, estava sobre a mesa de centro que ficava entre eles.

"Ajudou?"

"Digitei para ela. Você não conseguiria entender a letra dela. E, de qualquer modo, ela já estava mal demais para escrever. Então, ela ditava para mim. Ela sempre estudou inglês, lê nesse idioma o tempo todo. Assiste muito à BBC. Então, ela é boa nisso, mas ainda assim precisou de ajuda em certos momentos. Para formular frases. Procurar palavras no dicionário. E em alguns trechos, bom... os remédios."

Ele deu de ombros. "Pode-se dizer que eu fui o editor dela."

"Mas é tudo dela mesmo? Quer dizer, tudo isso realmente aconteceu?"

"Você pensa que ela inventou tudo?"

"É que é impressionante. Sua avó e o meu avô."

"Teve uma parte que eu escrevi para ela, sim. É que a perturbava muito. Ela nem conseguiu ditá-la."

"Qual?"

"Depois que Jacob morreu."

"Então você inventou?"

"Não, não. A Geertrui me contou em holandês o que aconteceu. Eu não sei por quê, mas é sempre mais fácil conversar sobre momentos muito difíceis no seu idioma materno."

"Então ela lhe contou...?"

"Sim. E eu passei para o inglês, tão parecido com o que ela disse quanto consegui. Aí li para ela. E ela mudou algumas coisas."

"Como o quê?"

"Deixe-me ver... o relógio. O tic-tac do relógio. E parando de funcionar à meia-noite. Ela não tinha mencionado isso. Só lembrou quando eu li para ela o que havia escrito. Como se estivesse revendo tudo enquanto me ouvia falar. Parece impossível, mas ela ainda está de luto, depois de todos esses anos."

Assim que chegara da visita à Geertrui, Jacob fora para o quarto, abrira o pacote, examinara o conteúdo e lera a história toda de uma vez. Três horas depois, saiu em busca de ar fresco. Não conseguindo sentar tranquilo, confuso em seus sentimentos e sem saber o que pensar, sentia necessidade de conversar.

Jacob disse: "Ela fez uma piada, dizendo que você era meu irmão holandês. Mas sua mãe é minha tia de verdade. O que faz de nós primos de primeiro grau."

"Isso te incomoda?"

"Não. Eu gosto."

"Eu também."

Jacob sentiu revirar o estômago.

"Meu Deus!"

"O quê?"

"A Sarah."

"Sim?"

"Ela não sabe."

"Ninguém sabe, a não ser você, eu e meus pais."

"Mas..."

"Esquece isso."

"Ela o idolatra."

"*Idolatra?*"

"Bem, praticamente. Ele é tudo para ela. É a vida dela. Ela até fez meus pais me batizarem com o nome dele! Pelo amor de Deus! É como se eu fosse a reencarnação dele."

"Então você tem problemas."

"Você falou que a Geertrui ainda está de luto. Olhe, a Sarah nunca casou de novo. Nenhum outro homem estava à altura dele. Ela acha que ela e o vovô tiveram um casamento perfeito."

"Isso não existe."

"A Sarah acha que existe."

"Certo. Tudo bem. Talvez tenha tido por – quanto tempo eles viveram juntos?"

"Três anos."

"Mas aí o nosso *grootvader** desembarca aqui para matar o dragão alemão e a primeira holandesa que ele vê se apaixona por ele tão intensamente que, cinquenta anos depois, ainda sente tesão por ele. Que *Mensch* esse *mens* deve ter sido, esse nosso avô, hein? Espero que a gente tenha herdado esses genes."

"Talvez esses genes contenham um ataque do coração aos vinte e poucos anos."

Daan deu de ombros. "Quando tiver de ser será."

"Não brinque com isso."

"Estou brincando?"

"Estou falando sério."

"Tô vendo, tô vendo! Você é sério, primo-irmão, muito sério! Relaxe um pouco."

"Não me diga para relaxar. Detesto essa frase. É tão desmiolada. Não sei o que a Sarah vai fazer quando ouvir o que aconteceu."

"Peraí! Você não pretende contar a ela, pretende?"

"Mas eu tenho que fazer isso."

"Não tem, não. Isso seria um grande erro."

"Errado! Você quer dizer que errado seria não contar a ela."

"Você não pode estar falando sério. Que bem isso traria? Melhoraria alguma coisa? Não, só pioraria. Ela é velhinha. Deixe-a em paz."

"A Geertrui ia contar a ela. Ela achava que era a coisa certa a fazer."

"A Geertrui também é velhinha. E já é tempo de você aprender a dizer o nome dela direito. Ela também é velhinha, está muito doente e vai morrer logo, logo. Durante metade do tempo, ela mal sabe onde está ou o que diz."

"Mas, quando sabia o que estava dizendo, ela queria que a Sarah soubesse de tudo."

"Certo. Mas pretendia contar tudo a ela pessoalmente. Cara a cara. Não é?"

"É."

"Olha, isso tudo é coisa delas. Dela e da Sarah. Coisa de velhinhas. Coisa de iguais. De gente de uma outra época. Até de uma outra era.

* Palavra em holandês que significa "avô". (N. da T.)

De outra geração, pelo menos. As coisas mudaram. Isso não é da nossa conta. Nem da sua nem da minha. E não cabe a nós tornar a velhice delas ainda mais difícil do que já é. Na minha opinião, a velhice já é bem terrível mesmo nas melhores condições."

"Bem, e aquilo que a Geertrui disse sobre as mentiras envenenarem a alma? Mesmo que só se omitir a verdade. Quer que sua alma seja envenenada?"

"Alma! Quem sabe sobre as almas? E ela falava de quando a mentira é sua, não de quando é dos outros. Se fosse assim, todos nós estaríamos envenenados desde o nascimento. Para ela, a mentira está dentro dela. Ela viveu essa mentira. É parte da vida dela. Então, sim, se você quer colocar dessa maneira, ela ficou envenenada. Mas, para você e eu, isso está fora. Só ouvimos falar nisso. Para nós, não passa de informação. Não pode nos fazer mal. A não ser que deixemos."

"Pode sim. Se eu me preocupar com isso."

"É exatamente isso que eu quero dizer! Então não se deixe preocupar com isso."

"Eu não posso evitar. Por natureza, eu me preocupo com tudo."

Ouviram-se gritos femininos e masculinos no canal. Jacob levantou e foi até a janela. Um grupo de turistas de seus vinte e poucos anos, com chapéus engraçados e trajes ostensivamente turísticos, pagavam mico em seus pedalinhos. Enquanto ele assistia àquela bagunça, uma garça cruzou o seu campo de visão, voando ao longo do canal em direção à estação de trem e ao rio, batendo suas asas preguiçosamente, as patas estiradas, o longo pescoço dobrado, o bico de Concorde furando o ar. Como deve ser legal, pensou ele, ver essa cidade nova e velha, que tem de tudo um pouco, com a visão de um pássaro, a três andares de altura, como fora muito bom ver tudo do barco, com a visão de um peixe, no dia anterior. O que o fez lembrar de Ton. Ficou imaginando o que Ton diria da situação de Geertrui e Sarah. E o que Hille diria também. Queria que eles estivessem a seu lado naquele momento. Mas não os dois juntos. Seria demais.

Os *domkoppen* apostavam corrida pedalando como crianças levadas em direção ao bairro da luz vermelha, depois da ponte seguinte. Gaivotas gritavam ao redor deles. Em outros tempos, haveria do lado de fora navios ancorados com mastros mais altos que o prédio. Um bimotor KLM cruzou o céu aproximando-se do aeroporto de Schipol. Ele voltaria à Inglaterra na quinta-feira. Mais dois dias.

E de repente pensou pela primeira vez, se surpreendendo consigo mesmo: Eu não quero voltar. Quero ficar aqui. Há mais para mim aqui do que lá. E posso ser mais eu mesmo aqui do que lá.

Voltou-se e olhou para Daan estendido no sofá.

"Meneer Espertinha", disse ele.

Daan riu. "*Ja ja*! Mas ouça bem o seu irmão mais velho, meu atormentado primo inglês."

"Gente velha como você gosta mesmo de dar conselhos aos mais novos."

"Você quer mesmo ser responsável por estragar os últimos anos de vida de sua avó? Então, vá em frente e conte a ela o terrível segredo. Mas não. Você não vai contar. Você não. Você não é um estraga-prazeres."

"Isso é um insulto ou um elogio?"

"Como você quiser."

Ele sentou-se de novo.

"O que a Tessel acha disso?"

"Ela não gostou nada dessa história. Por ela, a Geertrui teria guardado esse segredo para ela mesma. Ela ficou chateada. Adorava o pai – o Dirk, sabe. Ela diz que é da família Wesseling e não da família Todd. Não sabia nada sobre o Jacob. Foi o Dirk quem a criou, e bem. Eu também gostava bastante dele. Ela diz que é filha dele e não do Jacob. Ela tenta tirar isso da cabeça, mas é claro que não consegue. Quando a Geertrui falecer... aí, sim, talvez ela consiga."

"Então ela acha que não deveriam ter me contado."

"Ela acha errado. E não quer ter nada a ver com isso. Ela odeia nos ver falando disso. E agora tem medo do que o segredo poderia acarretar a você. Ela nem queria que você viesse para cá, mas no domingo passou a gostar de você. Não para de falar em você." Ele sorriu. "Acho que ela vê em você o filho que gostaria que eu tivesse sido."

"Não diga besteira."

"Como quiser."

Agora ele não sabia o que dizer. Havia muitas coisas, e nenhuma delas que aflorasse à sua cabeça, onde ele sempre sentira que seus pensamentos se formavam. Seu estômago parecia um nó bem apertado.

Depois de um longo silêncio, Daan disse: "Vou dar um telefonema." Ele foi até o telefone da cozinha.

Jacob permaneceu imóvel. Seu corpo ainda se recuperava dos últimos minutos passados com Geertrui. Enquanto isso, cenas da história dela se desenrolavam na cabeça dele, como um filme. Para tornar tudo mais perturbador, a Geertrui jovem era representada pela Hille, e o seu Jacob por ele.

Ele sabia que corria o risco de ficar com um humor de rato se continuasse a pensar naquilo, mas nada fez para impedi-lo.

Daan voltou.

"Podemos conversar sobre isso a noite inteira que não vamos chegar a lugar algum. Agora precisamos é tirar isso um pouco da cabeça."

A energia de Daan sacudiu a poeira de Jacob. Ele sabia que Daan tinha razão.

"Desculpe. Estou sendo chato."

"Não. Tudo bem. Eu entendo. Precisamos comer. Liguei para o Ton. Ele está vindo comer conosco. Depois podíamos ir ver um filme. Por que não põe uma música enquanto eu preparo alguma coisa para comermos?"

"Tenho uma ideia melhor. Você e o Ton têm pagado toda a minha comida e bebida. Agora é a minha vez. Vou cozinhar."

"Você sabe cozinhar?"

"Por que você está tão surpreso? Você gosta de vitela?"

"Você ainda pergunta se um holandês gosta de vitela? Oras!"

"Tá, então eu vou precisar de escalopes de vitela, *prosciutto* cru, sálvia fresca, tomates, um bom azeite, vinagre branco, alho, bastante manjericão fresco. Vamos ver... O que mais? Ah, sim, verduras para uma salada, massa e baguetes frescas."

"Comida italiana. Ótimo. Algumas coisas eu já tenho, mas o resto nós precisamos comprar."

"*Nós* não. *Eu* é que devo. E que tal sorvete, de sobremesa?"

"Você vai fazer sucesso com o Ton. Ele adooooora sorvete."

"Já fiz sucesso com o Ton sem sorvete. Mostre o caminho, MacDuff."

"*Mijn hele leven zocht ik you*", cantou Daan com excessiva dramaticidade ao chegarem às escadas, "*om – eindelijk gevonden – te weten wat eenzaam is.*"

"Tá bom, tá bom, não precisa exagerar."

Macarrão cabelo de anjo com molho de tomate picado e uma porção de manjericão fresco, um pouco de azeite, um fio de vinagre, alho socado, uma pitada de sal e pimenta e outra de açúcar, todos voltando à panela quando o espaguete estava pronto, para se certificar de que tudo estava quente.

Corado pelo sucesso culinário e pelo vinho que bebia rapidamente, Jacob tinha um jeito levado.

Disse a Ton com uma falsa ingenuidade: "O Daan me levou para ver o quadro do Titus outro dia."

Ton e Daan sorriram um para o outro, cada um de seu lado da mesa.

"Daan me contou", disse Ton. "Você gostou?"

"Muito legal. Um pouco marrom demais."

"Mas é lindo, você não acha?"

"O Daan disse que Titus se parece comigo."

"Você não concorda?"

"Eu não diria que sou bonito."

"Não?"

"O Daan também me contou que encontraram batom na boca do Titus, como se alguém o tivesse beijado."

Daan estava rindo sobre o prato. Ton devolveu o olhar ingênuo de Jacob.

"Sim", ele disse. "Eu ouvi falar disso."

"Mas não chegaram a pegar o culpado?"

"Não?"

"Eles não têm ideia de quem foi. Pelo menos foi o que o Daan disse. Mas, de alguma maneira, eu acho que ele sabe."

"Daan!", disse Ton. "Você nunca me contou."

"Não, não!", disse Daan, sorrindo para a sua taça de vinho. "Eu não sei de nada."

"Que vândalo", disse Jacob. "Por que alguém faria uma coisa dessas?"

"É um mistério, concordo", disse Ton.

"Talvez ela..."

"Ou ele, quem sabe?", disse Ton.

"Ou ele... Sério?"

"Por que não?"

"Tá. Bem, talvez ele ou ela estivesse louco. Louco da vida. Vocês não acham? Para beijar uma pintura!"

Daan disse: "Às vezes os católicos beijam os crucifixos. Os ortodoxos beijam seus ícones. Já vi gente beijar bandeiras – patriotas, torcedores fanáticos. E os atletas beijam os troféus que ganham."

"Como em Wimbledon", disse Ton.

"Será que todos eles estão loucos?"

"Você quer dizer", disse Jacob, "que alguém admirava tanto o quadro, ou algo assim, que ela – ou ele – o beijou como se fosse uma relíquia sagrada ou coisa do gênero?"

Ton disse: "Bem, é um grande elogio para um quadro ser beijado, você não acha? Se alguém o ama tanto assim, por que não? Em vez de a pobre pintura ficar ali dependurada, dia e noite, na parede do museu, com seu verniz novo em folha, toda limpinha e brilhante. Sem ninguém poder tocá-la. Com as pessoas... como se diz? [virando-se para Daan] *schuifelend...* você sabe, fazendo isso."

Ele se levantou e demonstrou.

"Passando direto?", disse Jacob.

"Passando direto", disse Ton, sentando-se de novo. "Passando direto, a maior parte nem olhando direito para o coitado do Titus. Ninguém. O pobrezinho parado ali, de cabeça baixa, com aquele sorriso triste e lindo, fingindo que não dá a mínima. Pense na solidão que ele deve sentir. Aí alguém se apiedou. Alguém mostrou que ele..."

"Ou ela", disse Jacob.

"Ah, sim! Mostrou que ele, ou ela, sim, se importava."

"E", disse Daan, imitando o tom de Ton, "correu o risco de ser pego. Se tivesse sido, imagine o barraco. *Mijn god, het Rijksmuseum*! Ora, ora, ora! Que coragem!"

"Pronto, viu!", disse Ton, erguendo as mãos em súplica. "Nem um pouco louco."

"Entendi", disse Jacob. "Foi protesto de um amante."

"Poderia ser", disse Ton. "Contra a... como diríamos? A mausoleuzação... Essa palavra existe?"

"Agora existe", disse Jacob.

"Certo, em protesto contra a mausoleuzação da arte."

"Espero que ele tenha se divertido", disse Jacob.

"Ou ela", disse Ton.

"Claro", disse Jacob. "Esqueci. Ele ou..."

"*E*", disse Ton.

"E?", disse Jacob.

Daan não conseguiu reprimir uma grande gargalhada.

"Ele *e* ela", disse Ton. "Será...?"

"Ah, entendi", disse Jacob. "Duas pessoas fizeram isso."

Ton encolheu os ombros.

Daan disse: "Chega, chega! Chamem o *chef*, que eu quero a minha vitela."

Escalopes de vitela, cada um temperado com uma ou duas folhas de sálvia fresca e uma fatia de *prosciutto* cru espetada em cima, ligeiramente fritos, tirados da panela ainda suculentos e macios. Servidos com uma salada verde que Daan temperara enquanto Jacob cuidava da vitela. E, é claro, mais vinho, um Orvietto escolhido por Daan.

"Quem te ensinou a cozinhar assim?", perguntou Ton, batendo o prato com muito gosto.

Daan disse: "Deixe-me adivinhar. Sua avó Sarah."

"Acertou", disse Jacob.

"Como é que eu sei uma coisa dessas?", provocou Daan.

"Isso me faz lembrar de uma coisa", disse Jacob. "Quando saí ontem com o Ton, conversamos sobre casamento, e ele disse que eu devia lhe perguntar o que você pensa sobre o amor, o sexo, essas coisas."

Daan disse algo em holandês com Ton, que riu e encolheu os ombros como quem se desculpa.

"Vamos", disse Jacob. "Desembuche, Daan. Não evite o assunto."

"Isso é muito chato", disse Daan.

"Chato!", disse Jacob. "Amor e sexo, *chatos*! Deve ser chato para uma pessoa com a sua idade, que já passou dessa fase, mas para mim, que mal comecei, não é nem um pouco chato."

Ton disse: "Para o Daan, o casamento está acabado."

"Acabado? Eu nem sabia que ele tinha começado."

"Sem sentido. E isso há muitos anos", disse Daan.

"Não no lugar de onde eu venho", disse Jacob. "Estão sempre nos bombardeando com isso. Políticos e pessoas. A importância da vida em família. A assustadora porcentagem de divórcios."

"Aqui também", disse Ton.

"Os últimos esforços de um homem que está se afogando", disse Daan.

"E daí?", disse Jacob.

Daan soltou o garfo. "Quer uma preleção completa?" Tomou um gole do vinho. "Está bem. Aqui está ela. E depois já chega. Pode ser? Concorda?"

Jacob disse: "Ainda não sei nem o que vou ouvir."

"Não. Mas vai bastar. Depois, o sorvete. O trato é esse."

"Como você é tirano. Ainda bem que não é político."

"Ou marido", disse Ton.

"Quer ouvir ou não?", disse Daan.

"Tá, quero", disse Jacob.

Daan limpou a boca com o guardanapo. "Você já ouviu todos os argumentos. Só mesmo um descerebrado para não ter ouvido. O casamento pertence a um sistema social ultrapassado, a um jeito de viver bem diferente de hoje em dia. Não há nada de *absoluut* sobre isso. É somente uma forma de controlar a população. Existe por causa da propriedade privada e dos direitos sobre a terra. [Para Ton] *Overerving*...?"

"Herança", disse Ton.

"Herança. A pureza da... droga! [Para Ton] *Geslacht?*"

"Deixe-me pensar... [Para Jacob] Linhagem?"

"Linha", disse Jacob. "Linha familiar."

"Sim", disse Daan, "a linha familiar. Somente se a mulher fosse pura quando desposada pelo homem e ela se tornasse sua propriedade é que ele teria certeza de que os filhos dela eram dele. E só se ele fosse o único a transar com ela é que a chamaria de mulher dele. Casamento é para proteger os genes e a propriedade. Tudo isso você já ouviu antes. Certo? Bem, agora isso não importa. Não tem importância. Exceto para meia dúzia de dinossauros, como famílias reais e multimilionários monomaníacos, e para gente com interesses escusos, como padres, advogados e políticos."

"Nem mesmo para eles, a julgar pelos seus atos", disse Ton. "Olha só a realeza britânica. Que zona, hein? Que hipocrisia!"

Eles riram.

Daan prosseguiu: "Quanto ao amor eterno, a amar a mesma pessoa para sempre, a viver com a mesma pessoa para sempre. Você consegue imaginar mentira mais óbvia do que essa? É pura ilusão."

"A Sarah e a Geertrui não pensam assim", disse Jacob.

"Rá!", zombou Daan. "E olhe só para elas. Estão apaixonadas pelo quê, nossas duas *grootmoeders*? Não *por quem. Pelo quê.* Você acha que seu avô inglês era tão maravilhoso quanto as duas o pintam? Acha que ele era tão perfeito? Acha que ele era esse grande herói romântico que a Geertrui descreveu? Não, não. É claro que não. Chegue na real, *Jakob.*"

"Você quer dizer caia na real. Outra expressão desmiolada."

"Desmiolada?", disse Ton.

"Não sei", disse Jacob, irritadiço. "Boba, tola, imbecil."

"Chegue na real, caia na real, e daí?", disse Daan. "O Jacob da Geertrui é uma ilusão. *Verbeelding.* Fantasia."

Jacob ficou irritado. "Eu não acredito em você. Talvez ela realmente veja tudo cor-de-rosa agora, depois desses anos todos. A Sarah também. Mas naquela época algo muito grande aconteceu entre os dois. Uma coisa verdadeira. Existiu essa coisa que não era de mentirinha. Elas não inventaram isso. Isso você não pode negar."

"Sim. *Naquela época.* Por quanto tempo? Umas poucas semanas? E se ele tivesse sobrevivido?"

"Isso é uma conjectura. Ninguém pode saber ao certo."

"Ótimo! Certo! Foi assim que aconteceu. Para as duas, um grande amor. E Jacob era um cara fantástico. Bem, só pode ter sido. Somos netos dele e somos fantásticos, né?"

Os dois deram risada.

Daan continuou: "E, sim, ninguém sabe como seria a vida deles hoje. É isso o que estou dizendo. Você está concordando comigo. Ninguém sabe, porque o mais provável, como sabemos, é que a relação deles não seria mais grande coisa depois de tantos anos. Não existe *absoluut.* Não existe para sempre. Então não finja que existe. Não invente regras para ele. Ou leis baseadas nele. Se as pessoas querem dizer para sempre umas às outras, tudo bem, deixa elas. Problema delas. Mas eu não. Da mesma forma que não pode haver regras para o amor. Quem você ama. Quantas pessoas você pode amar. Como se o amor fosse algum tipo de mercadoria... [Para Ton] *eindig?*"

"*Eindig, eindig...*"

"Merda! Dizer isso em inglês é muito chato. Por que você não fala holandês, maninho?"

Ton se levantou e foi até a estante. Daan serviu-se de mais vinho. Ton voltou folheando um dicionário holandês-inglês.

"*Eindig*", disse ele, lendo. "Finito."

"Finito?", disse Daan. "Certo, finito... O que é que eu estava dizendo mesmo?"

Jacob falou: "Que o amor não é finito."

"Certo. Sim. O amor não é finito. Não é como se tivéssemos um estoque limitado dele, para dá-lo a uma única pessoa de cada vez. Ou como se tivéssemos um certo tipo de amor que só pudesse ser concedido a uma pessoa pela vida toda. É ridículo pensar uma coisa dessas.

Eu amo o Ton. Durmo com ele quando nós dois estamos a fim. Ou quando um de nós precisa, mesmo que o outro não queira naquele momento. Eu amo a Simone..."

"Simone?", Jacob perguntou.

"Ela estava aqui outro dia, quando você saiu. Ela falou com você. Ela mora a dois quarteirões. O Ton e a Simone se conhecem. Eram amigos antes de eu conhecê-los. Já conversamos sobre isso. O Ton nunca dorme com mulheres. É assim que ele é. A Simone só dorme comigo. É assim que ela é. Eu durmo com os dois. É assim que eu sou. Os dois querem dormir comigo. É assim que nós somos. É assim que queremos que seja. Se não o quiséssemos, ou se um de nós não o quisesse, então, tudo bem, não deu. Esse papo todo sobre gênero. Masculino, feminino, veado, bi, feminista, novo homem, tanto faz... não tem o menor sentido. É tão desatualizado quanto casar para sempre. Não aguento mais ouvir falar nisso. Hoje já estamos além disso."

"Talvez vocês estejam", disse Jacob. "Mas nem todo o mundo. Não a maioria de nós, provavelmente. Pelo menos não no meu país."

"Não, bom, nada muda totalmente da noite para o dia, né? É por isso que as revoluções nunca dão certo. Não dá para fazer nada grande que envolva muita gente de uma vez só. Mas não significa que você tenha de ficar do lado dos partidários do antigo. Nada mudaria se as pessoas fizessem isso. E eu, como já disse, estou cansado de debater isso. Deixe as pessoas continuarem vivendo como quiserem, à moda antiga, se não estão à altura da maneira nova. Mas eu não vou me tolher. Não vou deixar de fazer o que quero. Não vou viver o tipo de mentira que ajuda a manter em pé o sistema antigo."

Jacob disse: "Não sei, não. Não me parece ser uma questão tão clara quanto você coloca."

"Mas é, sim", disse Daan. "Eu amo quem eu amo. Durmo com quem eu amo se nós dois quisermos. Nada a ver com masculino ou feminino. Nada de segredos. Se tudo terminar entre nós, terminou. A vida é assim. A dor faz parte dela. Sem ela, estaríamos mortos. Tudo o que me importa são as pessoas que eu amo. Como vivemos juntos. Como mantemos um ao outro vivos."

Daan recostou-se em sua cadeira e bateu na mesa com os nós dos dedos.

"Aí está", disse ele, sorrindo. "Já era. Acabou. Agora sorvete. Né?"

Houve um silêncio em volta da mesa até que Jacob disse: "Só porque você quer."

Daan se levantou. "Nós concordamos. Por hoje, chega."

Jacob não se mexeu. Ton o observara atentamente durante o discurso de Daan. Agora ele havia se aproximado e acariciava o braço de Jacob para consolá-lo.

Jacob disse: "Estou entendendo o que a Tessel disse no domingo."

Daan perguntou: "O que ela disse?"

"Alguma coisa quanto a esperar que eu ficasse bem me hospedando com você. Alguma coisa sobre o jeito como você vive, mas ela não explicou."

Daan deu uma risadinha. "Ela tem medo que eu corrompa você. Ela não está, digamos, em paz com o jeito como eu vivo a minha vida."

Jacob levantou os olhos para Daan com um sorriso. "E você vai?"

"O quê?"

"Me corromper?"

Daan fez uma careta e, dirigindo-se à cozinha, disse: "Detesto missionários."

Três sabores de sorvete: baunilha, limão e chocolate. E uma tigela de cerejas para beliscar. Mais vinho.

"Se você ama o Ton tanto assim", disse Jacob, não dando o braço a torcer, "e ama tanto assim a Simone, e eles te amam, por que vocês três não vivem juntos?"

Daan continuou tomando o seu sorvete e lançou um olhar exausto para Ton.

"Porque nós gostamos de ter nossas casas para onde voltar", disse Ton. "Gostamos da independência."

"E assim", disse Daan com grande tolerância, "quando nos encontramos, é sempre novo. Nunca fica chato."

"Sempre somos hóspedes uns dos outros. Se não quisermos nos ver, não nos vemos."

"Então nós nunca – como vocês diriam? – *vinden die ander vanzelfsprekend.*"

"Tomar por certo", disse Ton. "Tomamos cada um por certo, garantido."

"Isso. Nunca tomamos um ao outro como garantido."

"Damos apoio uns aos outros, mas só nos encontramos quando queremos. Exceto nas emergências."

"De qualquer modo", disse Daan, "a casa de Ton é pequena demais para mais de uma pessoa. Esta casa ainda é da Geertrui. A Simone é uma solitária, nunca quer passar muito tempo com ninguém. Talvez a gente mude um dia."

"Por que não? Somos jovens."

"Mas no momento gostamos do jeito que está."

"É ótimo", disse Ton. "Você não acha?"

"Perfeito", disse Jacob, sinceramente, consciente da inveja que sentia deles.

"Você devia se juntar a nós", disse Ton, rindo.

"Talvez eu faça isso", disse Jacob, e sentiu que estava ficando vermelho, pois seu tom denunciava que ele queria aquilo.

Instalou-se um desses silêncios repentinos, um anjo passando, como se dizia antigamente.

Daan levantou-se e foi ao banheiro. Ton terminou o sorvete, sua terceira taça. Jacob meditava.

Era como se o que ele acabara de ouvir tivesse feito o seu interior deslocar-se para fora, não os seus órgãos, não o seu coração, estômago e fígado, não suas vísceras, mas o cerne de seu ser. Era como se o seu íntimo fosse um quebra-cabeça tridimensional com peças maleáveis capazes de se recombinar em dezenas de seres diferentes, Jacobs diferentes, em vez de apenas um. Agora as peças se mexiam, formando um eu que o assustava. Não que esse eu em formação fosse um desconhecido. Muito pelo contrário. Ele o avistara de relance com crescente frequência desde que completara 15 anos. Um ele que fora o ator principal, o outro eu de Jacob, em imaginações diurnas e sonhos noturnos, expressando dentro de sua cabeça desejos secretos e sufocados. O que o assustava era que agora esse outro estava emergindo completamente, como alguém que sai das sombras para a luz.

Mas como sempre, ele, o Jacob sentado à mesa, não atinava com o significado daquilo. Exceto que parecia ser sério. Precisava passar um tempo sozinho para descobrir. O que quer que fosse, estava misturado ao que ele aprendera com a história de Geertrui e ao que sentira ao sair do quarto dela naquele dia. E havia Ton e havia Hille. Simplesmente não houvera tempo para ele absorver tudo aquilo. E ele teria de voltar para (sentia-se mal só de pensar na palavra) casa na quinta-feira. Ah, se tivesse mais tempo para acertar as coisas... Aqui.

Daan voltou para a mesa e serviu-se de mais vinho.

"Andei pensando", disse Jacob, embora estivesse pensando à medida que falava. "Eu queria continuar aqui, bem, até depois da segunda-feira..." Ele não conseguiu dizer "morte da Geertrui". "Gostaria de estar aqui no dia. E para o funeral."

"Não", disse Daan.

Antes que pudesse se impedir, Jacob disse: "Por que não?" Ouviu a voz de um garoto petulante.

"Você não seria bem-vindo."

"Ah, muito obrigado!"

"Não tem nada a ver com você."

"Nada...! Depois de tudo o que aconteceu? Como pode dizer uma coisa dessas?"

"Não é permitido. Está tudo acertado. É um ato privado."

"Então eu sou público?"

"Nós não queremos isso."

"Nós? Nós quem?"

"Geertrui. Tessel. Eu."

"Como é que você sabe? Já perguntou a elas?"

"Eu sei."

"Não sabe, não. Eu mesmo vou perguntar a elas. Quero estar aqui. Tenho de estar aqui. A Geertrui vai querer que eu fique. Tenho direito..."

Daan ficou em pé. A mesa tremeu.

Empurrando a cadeira para trás, Ton disse: "Daan!" E começou a falar rápido em holandês.

Seguiu-se uma discussão agressiva, que terminou com Daan saindo às pressas do local. Suas passadas ecoaram escada abaixo.

Jacob suava e tremia. Abalado demais para continuar em pé. E com vergonha demais de si próprio para olhar para Ton.

Quando a adrenalina baixou, Ton começou a tirar a mesa e a levar os pratos para a pia.

Jacob sabia que era sua obrigação ajudá-lo, mas foi tomado por tal peso que era como se seu corpo tivesse sido preenchido por um ar pesado como rocha.

"Vamos dar uma volta", disse Ton.

Jacob não conseguia se mexer.

"Tem um lugar que eu quero te mostrar. Não é turístico. E não é longe. Você poderia gritar, que ninguém te ouviria. Ou assobiar. Você sabe fazer isso, não é, Jacob? É só juntar os lábios e soprar."

Isso fez aflorar um sorriso. Ele sabia que Ton estava citando alguma coisa, não podia se lembrar ou não sabia o que era, mas ainda assim era engraçado.

Levantou-se, sentiu enjoo, apoiou-se na mesa por um momento, recuperou o equilíbrio e depois acompanhou Ton, saindo do apartamento.

Eram os últimos momentos do pôr do sol e uma lua de três quartos brilhava, entremostrando-se em meio a nuvens esparsas. Uma brisa leve e revigorante avivava os sentidos.

Ton levou Jacob à estação de trem, atravessou o longo saguão central sob as plataformas com suas lojas e multidões, e saiu numa estrada que acompanhava o rio. O barquinho que levava as pessoas à outra margem, a dos condomínios fechados, acabara de sair.

Ton dobrou à esquerda, passando por barcos de casco de ferro comuns, talvez pequenos rebocadores, ancorados em píeres pequenos. Mais à frente, um trecho que parecia deserto, abandonado, com um punhado de prédios quadrados e feios, o mato crescendo nas rachaduras do concreto.

A estrada separou-se da ferrovia, seguindo a curva do rio. De vez em quando, um carro passava por eles. Os postes de luz pareciam tornar a estrada ainda mais lúgubre. Não havia nenhum outro pedestre.

Vinte minutos. A faixa de terra entre estrada e rio aumentou, delimitada por uma cerca de alambrado alta na qual estava pendurada uma desgastada placa, *Verboden toegang*, sem necessidade de tradução. Perto da placa, uma brecha tinha sido aberta ao se cortar e dobrar para trás as pontas de arame galvanizado para criar uma passagem estreita. No crepúsculo, era difícil ver o que quer que fosse do outro lado, exceto pelo terreno acidentado e pelos arbustos. Entrada ilegal no jardim do Limbo.

Ton nem hesitou. Inclinou-se e foi se espremendo pela passagem. Um torvelinho de poeira levantado por um carro que passava salpicou o rosto de Jacob e entrou em sua boca. Quando ele atravessou o buraco, sua manga ficou presa num arame.

Ton pegou sua mão. Atravessaram a miniatura de mata e um declive, tomando cuidado com o lugar onde pisavam. No final, os escombros de um muro de um metro de espessura estendiam-se até o rio. E Jacob percebeu que era uma das faces de uma forma retangular, formando um terreno do tamanho aproximado de duas quadras de tênis. Havia água lá dentro, como se fosse uma piscina, da qual emergiam cinco ou seis colunas de concreto deterioradas.

"Onde a gente está?"

"Se chama Stenenhoofd. Cabeça de pedra."

"O que era? Um prédio?"

"Um depósito, eu acho. Antigamente os navios vinham descarregar aqui."

"Ele entra pelo rio."

"Você tem coragem de ir até a ponta? O muro não é assim tão largo."

"Quero tentar."

Jacob subiu na passarela que adentrava a água. O rio ficava um ou dois metros abaixo, à esquerda. Quanto mais longe da margem eles chegavam, mais forte ficava o vento, que já adquiria a força de uma verdadeira ventania. Jacob olhou uma vez para baixo, quase perdendo o equilíbrio. Seus pés formigavam. Então ele entendeu que não deveria olhar para baixo. Na margem oposta da grande massa-d'água, viam-se luzes de prédios. Pareciam pertencer a um outro mundo, mas não deviam estar a mais de oitocentos metros.

Ele parou bem na ponta do muro. Mais à frente, o rio se alargava tanto que parecia ser o mar. E ele na proa de um navio, atravessando ventos e oceanos em busca de seu destino.

Nervoso, Ton se agarrou ao seu braço. "Eu nunca teria conseguido fazer isso sozinho!"

"Está com medo?", perguntou Jacob, sem tirar os olhos da água.

"Um pouco. Você não?"

Permitindo-se levar pelo impulso, Jacob pôs o braço sobre os ombros de Ton.

"É magnífico. Como um navio no oceano."

"Achei que você ia gostar."

Já era noite, mas a lua os alumiava. Sua imagem deslizava e escapulia pela superfície da água.

O braço de Ton envolveu a cintura de Jacob, firme. Aninharam-se para se proteger do vento forte.

"Revigorante", disse Jacob.

Uma lancha com cabine, pequena e robusta, passou etérea, com suas luzes de navegação marcando a trajetória. Um pouco de vinho do porto deixado no fundo da garrafa.

"Não seria ótimo ter um barco desses?"

"Um dia teremos. E vamos velejar pelo Ijsselmeer. Juntos, você e eu. Por que não?"

"Certo. Você está dentro. Que nome daríamos a ele?"

"Titus", disse Ton sem hesitar. "Que tal? Um barco chamado Titus." Jacob riu.

Como se uma porta se fechasse, a brisa de repente cessou. A calmaria os envolveu.

"Quer se sentar?", disse Ton.

Soltaram-se e sentaram com as pernas penduradas sobre o rio. Já ouviam aquele novo silêncio por algum tempo quando Ton falou: "Não fique chateado com o Daan. Houve muito estresse com essa questão da Geertrui. Brigas na família. Isso o afeta mais do que ele quer demonstrar. Ele está sofrendo muito. E, quanto mais o dia se aproxima, mais difícil fica."

Jacob disse num tom de pesar, não de queixa: "Eu só disse que gostaria de ficar mais um pouco."

"É mais complicado do que isso. Ele tem ciúmes. Um pouquinho."

"Ciúmes?"

"De você."

"De mim! Por que de mim?"

"Ele e a Geertrui são muito próximos. Ele é extremamente dedicado a ela. Acho que faria qualquer coisa por ela. Agora você chega. Ela escreve as memórias para você. Daan passa horas ajudando-a com isso. Ela havia contado a ele sobre o seu avô, mas não o fez por escrito para ele como fez para você."

"Então ele se ressente de mim?"

"Não, não é ressentimento. Ele gosta de você. Não teria deixado você se hospedar com ele se não gostasse. Mas isso só piora tudo. Ele é muito competitivo. Tenta fingir que não, mas é."

"Bem, eu não faço o gênero competitivo nem estou competindo com ele por nada."

"Ele sabe. Ele ia passar a noite com a Geertrui hoje, mas resolveu ficar com você. Você sabia disso?"

"Não."

"Estava preocupado com você."

"Preocupado?"

"Depois que você leu as memórias da Geertrui. Achou que isso poderia abalá-lo."

"E abalou."

"Não queria te deixar sozinho."

"Ele te disse isso?"

"Quando ligou. Eu disse que cuidaria de você, mas ele queria fazer isso. Me pediu para ir até lá porque achou que eu poderia ajudar." Ton cutucou Jacob com o cotovelo. "Ele sabe que sou a fim de você!"

"Então por que explodiu e saiu pisando duro daquele jeito?"

"O Daan é esquentado. Se ele se aborrecer e se deixar levar, pode ficar violento. Eu só tinha visto isso uma vez. É de assustar. Ele não gosta de ser assim. Odeia violência. Quando percebe que o caldo vai entornar, ele vai embora. Sai de cena até esfriar a cabeça. A Simone sabe melhor o que fazer com ele quando está nesse estado. Acho que ele foi vê-la."

"Então não estava realmente zangado comigo?"

"Não com você. Com ele mesmo. O Daan é a pessoa mais generosa que eu conheço."

Jacob inspirou fundo. Havia um leve indício de cheiro de óleo na água que fazia o seu nariz escorrer.

Ele fungou e disse: "Você quer me dizer alguma coisa, não é?"

Ton enlaçou o braço de Jacob e disse: "Quero te ver de novo. Quero te conhecer melhor. E quero que me conheça. Da maneira que você quiser que seja. Tem alguma coisa rolando entre nós. Isso eu não preciso te dizer. Seria bom descobrir o que é, não é? Mas agora é um mau momento. O Daan vai precisar de todo o apoio que a Simone e eu pudermos dar a ele nas próximas semanas. Já conheci outras pessoas cujos parentes e amigos optaram por morte assistida. É muito difícil. Quando termina, elas sofrem muito. Às vezes, mais do que antes. Do jeito que o Daan é chegado à Geertrui, vai ser muito ruim para ele. Sei disso. Ele vai ficar um trapo. Nem sei como vai ser. Volte depois que a tempestade passar e o Daan tiver tido tempo para se restabelecer. Se você ainda quiser. Aí vai ser bom para nós dois. Vai nos proporcionar um novo começo."

Jacob fitou o rio enluarado. Ele estava feliz com o fato de que a escuridão os envolvia e ele não estava olhando para o rosto de Ton, e sim para o vaivém das águas.

Algum tempo depois, Ton disse: "Vamos nos lembrar disso. Deste lugar. De como ele estava esta noite. E voltar para revê-lo depois... Recomeçar de onde paramos..." Soltou o braço de Jacob e voltou-se para olhar para ele. "Pode ser?"

"Sim", disse Jacob com dificuldade. Agora já não tinha tanta certeza de que era o cheiro de óleo que fazia o seu nariz escorrer. "Mas... é... tanta coisa. Não sei se sou... não sei... se tenho forças. Se tenho coragem. Não sou como você e o Daan."

Ton deu uma risada meio irônica. "Não tem nada a ver com coragem! É assim que acreditamos que a vida deve ser. Não para todo o mundo. Mas para nós. E para as pessoas que pensam como nós. Estamos aprendendo a viver enquanto vivemos. O que pode valer mais a pena?"

"Depois dos últimos dias, sinto que simplesmente vim acompanhando cegamente o meu nariz até aqui."

"Bem, é um nariz de respeito", disse Ton. Depois acrescentou, novamente sério: "Um dos motivos pelos quais eu amo tanto o Daan é que pensamos coisas juntos que jamais teríamos pensado sozinhos. Ou com qualquer outra pessoa. E, para nós, o sexo é parte de como isso acontece."

"Eu sei", disse Jacob. "Digo quanto ao pensamento. Foi assim para mim quando ele me levou ao Rijksmuseum no outro dia."

"Ele é obcecado pelo Rembrandt. Acho que quer ser um *expert* mundial."

"E a Simone? O que é que ela faz?"

"Estuda arte. É outra obcecada."

"Pelo quê?"

"Pela arte dela. E pelo Daan. Ela tem um projeto em andamento. Está desenhando e fotografando ele em todas as poses imagináveis. Todas são nus. Ela quer fazer mil e oitenta poses."

"Por que esse número?"

"Um círculo tem trezentos e sessenta graus, não é?"

"Sim."

"Mas isso é num plano. Em uma dimensão. A Simone diz que quer fazer o Daan tridimensional, e a partir de cada grau. Isso totaliza trezentos e sessenta vezes três, que dá mil e oitenta desenhos. E o mesmo número de fotos."

Jacob deu risada. "Que ideia! Alguém já fez algo assim antes?"

"Não que eu saiba."

"Vai levar anos."

"Dois, diz ela. Ela está no meio do segundo ano. Quando tiverem terminado, ela vai exibi-los e, depois, vai começar a pintar vinte e seis quadros a óleo baseados nas poses preferidas dela."

"Vinte e seis?"

"Porque essa será a idade do Daan nessa época."

"Isso sim é que é dedicação absoluta."

"O amor verdadeiro da Geertrui?"

Jacob fez que sim com a cabeça.

Ele ficou em pé.

"Se importa se formos embora? Estou ficando com frio."

Ton pegou na mão de Jacob para ajudá-lo a se equilibrar ao levantar, mas não a soltou quando ele ficou em pé.

"Quero que a gente se despeça aqui. Olhando para o rio noturno. Lembrando de nós dois juntos."

"Não vou te ver amanhã?"

"É a visita mensal da minha mãe. Tenho que ficar com ela."

"Entendi. Tudo bem. Bom..."

Ton se aproximou, pôs a mão atrás da cabeça de Jacob e beijou-o uma vez, demoradamente, nos lábios.

"Tchau, Jacques. Até a próxima, aqui."

Jacob também segurou a cabeça de Ton como ele o fizera e retribuiu o beijo.

"Tchau, Ton. Até a próxima."

Ton abraçou-o apertado por um momento antes de voltarem à estrada, atravessando a passarela e o mato.

CARTÃO-POSTAL
Nem sempre é de felicidade
que se canta.
Pierre Bonnard

O barulho sob a escada o despertou. Oito e meia de uma quarta-feira cinzenta e nublada.

Ele se levantou para ir ao banheiro e encontrou Daan prestes a sair. "Eu ia te deixar um bilhete", disse Daan. "Devo ficar com a Geertrui quase o dia todo. E com Tessel. Negócios a acertar. Advogado. E médicos. Vou estar de volta à noite. Lá pelas sete. Você vai ficar bem?"

"Vou sim."

"Sinto muito, mas..."

"Eu entendo. Não faz mal. E, olha, sobre ontem..."

"Não foi nada."

"Eu não estava pensando. Vinho demais. De qualquer modo, eu não tive a intenção de, bem, você sabe... fazer as coisas piorarem. Me desculpe."

"Nada de que se desculpar."

"Quero dizer uma coisa."

"Rápido. Faltam poucos minutos para o meu trem sair."

"É só que, bem, sei que esse momento é difícil para você. E sei que você deu o melhor de si para cuidar de mim, etc. E, bem, só queria te agradecer e dizer que esses últimos dias, com você, a Geertrui e o Ton..."

"Mais tarde a gente conversa, tá?"

"Claro. Claro."

Mediram-se. Jacob vestia camisa branca e samba-canção azul, sentindo-se amarrotado e embolorado de sono. Daan limpo e arrumado com seu *jeans* preto e sua jaqueta *jeans* azul sobre camisa branca. Mas seus olhos estavam injetados de sangue e exaustos.

"Tenho de ir embora", ele disse, e, pegando Jacob pelos ombros, deu-lhe um beijo tríplice, o último na boca. O beijo masculino e rude dos cobertores*. "Você sabe onde está tudo. Pode ficar à vontade. É seu último dia. Divirta-se."

Jacob pensou em dizer, enquanto Daan saía: "Diga a Geertrui que gostei muito do presente, viu? Aliás, dizer isso é pouco."

Os pés de Daan tamborilavam escada abaixo.

"Pode deixar que eu digo."

Ele estava terminando o seu café da manhã quando Tessel chegou. Tinha passado para pegar algo de que Geertrui precisava, disse ela, e subiu até um quarto fechado, nos fundos, em que Jacob não entrara, mas presumia ser o de Geertrui. Ficou lá por pouco tempo, voltando à cozinha com uma bolsa de couro pequena. Jacob lavava os últimos pratos do jantar do dia anterior e a louça do café.

"Você se importaria", disse Tessel, "se eu tomasse café com você? Só não posso demorar muito."

"Será um prazer", disse Jacob. "Mas é melhor você fazer o café. O meu não é de confiança."

Enquanto fazia o café, Tessel disse, um tom nervoso em sua voz: "Espero que as memórias da Geertrui não tenham lhe feito mal. Deixado você triste."

Seria esse o verdadeiro motivo de ela ter vindo?, pensou Jacob. "Não, triste não. Ainda não sei bem como estou me sentindo. Mas triste não, com certeza."

"O Daan lhe disse que eu não queria que a Geertrui contasse a você o que houve entre ela e o seu avô?"

Jacob fez que sim com a cabeça, não querendo dedurar Daan, mas incapaz de mentir.

"É verdade, eu não queria", disse Tessel, despejando água quente no café. "Não que eu quisesse impedi-lo de saber, mas é que me parecia, depois desse tempo todo... Que bem poderia advir disso?"

"Não sei se fez bem ou mal, mas gosto de saber que Daan é meu primo e você é minha tia."

Tessel voltou-se e olhou-o diretamente pela primeira vez desde que havia chegado.

"É?", perguntou ela. "Fico feliz." Ela sorriu. "E tenho que admitir que fico feliz por ser sua tia." Ela se virou e acrescentou, servindo o

---

* De "The Great Lover", poema de Rupert Brooke. (N. da T.)

café em duas xícaras: "Não houve muita felicidade nessa família nos últimos meses."

Levou o café para a parte da frente do aposento, pôs as xícaras na mesa e sentou-se na poltrona voltada para a janela. Jacob a seguiu, sentando-se no sofá. Ele não podia deixar de pensar que, ao fazê-lo, tinha tomado o lugar de Daan.

"É seu último dia conosco", disse Tessel.

Ele bebericou o café e depois falou: "Sei que deve soar estranho quando você pensa em tudo o que aconteceu, mas gostei mesmo de me hospedar aqui e de conhecer vocês e, bem..."

"Nós não cuidamos tão bem assim de você."

"Honestamente, eu não concordo."

Tessel o fitou. "Na verdade, não foi só a você que eu achei que a Geertrui poderia fazer mal."

"A Sarah?"

Tessel fez que sim. Ele notou que ela parecia bem mais velha hoje do que no domingo. Seu rosto estava repuxado e cansado. Ela bebericou o café e depositou a xícara no lugar onde havia estado para só então dizer: "Vai lhe dar as memórias para ler?"

"Você acha que eu não deveria?"

"São suas. Pode fazer o que quiser com elas."

"O Daan também acha que eu não devo."

"Mas você vai achar difícil não fazer isso."

"Não é só isso. É que quero fazer a coisa certa."

Tessel fungou. "Ah, sim!" Ela tomou outro gole. "Nem sempre é fácil saber o que é certo."

"Nem sempre é fácil também fazer o que é certo."

Ele pretendia ter feito uma mera observação, mas acabou soando como uma repreensão.

Tessel lhe lançou um olhar cortante. "Você acha que eu estou evitando isso? Ou dizendo que você não deveria fazer o que é certo?"

Meio ruborizado, Jacob disse: "Não, não. Eu não quis dizer isso. Só não estou nem um pouco animado para contar a Sarah e estou preocupado com o modo como ela vai reagir."

"Então não contar a ela seria um tipo de covardia."

"Seria mesmo?"

"E, para não ser um covarde, você vai contar a ela."

"Não pensei por esse ângulo. É isso o que vou fazer?"

"Ou será mais covarde de sua parte contar a ela?"

"Como assim?"

"Aí você terá tirado o peso de suas costas."

"Que peso?"

"Da responsabilidade."

"Que responsabilidade?"

"De saber uma coisa que poderá magoar alguém profundamente. Alguém que você ama, que lhe deu muito amor e carinho e, na verdade, boa parte de sua vida. A responsabilidade de saber e de não contar a ela, de preservá-la dessa dor enorme."

"Você quer dizer que é mais difícil não contar do que contar e que pode fazer mais bem – desculpe! – ser melhor não contar?"

"Mais bem está certo. Faz mais bem em não contar do que em contar. Eu tenho de admitir que é assim que eu penso."

Jacob ficou calado por um tempo, procurando chegar a uma conclusão, mas só conseguia pensar na estranheza da situação. Tessel fazia pequenos trejeitos nervosos com as mãos, coçando o braço da poltrona, alisando a saia, tocando o rosto, erguendo a xícara e depositando-a sem beber dela.

Ele finalmente falou: "Não sei. Acho que ainda estou meio surpreso. Preciso dar mais uma lida nas memórias dela. Ainda não absorvi toda essa história direito. E eu sempre fui um pouco lento, para falar a verdade, para descobrir como me sinto, o que as coisas significam para mim."

Tessel suspirou fundo. "A meu ver, isso não é um defeito. A pressa é inimiga da perfeição. Vocês não têm um ditado desses?"

Jacob sorriu para ela e assentiu, agradecido. "Temos, sim."

Tessel terminou o seu café e, sentada na ponta da poltrona, disse, olhando para as mãos depositadas sobre os joelhos: "Na verdade, vim para me despedir de você. Amanhã, não vou poder levá-lo ao aeroporto. Daan disse que você consegue chegar lá sem problemas, mas..."

"Consigo. Não tem problema. Na verdade, até prefiro assim."

"Mas ainda acho que um de nós deveria acompanhá-lo."

"Não precisa. É sério."

"Também quero dizer que gostaria muito que você voltasse para nos visitar outra vez. Quando... depois..."

"Eu venho. Seria ótimo. Sinceramente."

"O Daan também gostaria."

"Prometo. Assim que eu puder."

Ela procurou sorrir despreocupadamente. "Afinal, somos sua família holandesa. Você é nossa gente. Pertence à família."

Ele riu com uma alegria genuína.

"Você tem de passar uma boa temporada. E aprender holandês."

"É isso o que o Daan me diz. Ele já me chama de maninho, o que, como bom irmão caçula, eu detesto."

Tessel levantou-se.

"Tenho de ir."

Ela pegou seu casaco e as bolsas. Então, ao lado da porta, voltou-se para Jacob.

"Tchau", disse ela. "Não deixe uma tia nervosa confundi-lo. Quando chegar a hora, você vai saber o que é a coisa certa a fazer. Faça isso, independentemente do que os outros digam. Agora, será que sua tia holandesa pode beijá-lo à maneira holandesa?"

Ela inclinou-se e roçou suas bochechas com um beijo tríplice que ele mal sentiu.

"Mande lembranças a Sarah. Me conte, por favor, o que você tiver decidido. Se contar a ela, eu quero escrever para ela sobre isso. Pode ser?"

"Claro."

"Muito obrigada. Tchau de novo. Da próxima vez, serei uma tia melhor. Vamos nos divertir mais. Há lugares no campo que eu sei que você adoraria conhecer. A Holanda de verdade. Não a de Amsterdam."

"Gosto muito de Amsterdam. Mais a cada dia que passa."

"Vocês, jovens, gostam, não é..."

Ele observou Tessel descer cuidadosamente as escadas, feliz por ela ter vindo. Havia algo nela que ele reconheceu em si mesmo. Um traço de reserva. Uma ansiedade quanto ao outro. E uma tendência para o que Sarah chamava de boas maneiras. Seriam os genes herdados de Jacob ou acidente, seria coincidência ou herança? Fazia diferença? Era simplesmente o jeito como eram, e isso o deixava feliz.

A visita de Tessel o deixou inquieto. Ele não conseguia fazer nada. Não conseguia ler. A música o irritava, escrever era impossível, ele sentia que poderia até vomitar. Mesmo que tivesse vontade de escrever para a Geertrui e sentisse que era o que deveria fazer, para lhe dizer o que pudesse enquanto havia tempo, agora que sabia de tudo. Mas dizer o quê? Havia coisas demais a dizer. E destas ele só conseguiria dizer muito pouco. O que se diz a uma mulher, ou a qualquer pessoa, que vai morrer por vontade própria em cinco dias?

Finalmente, para escapar de sua inquietação, deu uma saída. Primeiro pensou em voltar a Stonehead, para ver como era de dia e por que era longe do caminho das pessoas, mas, quando chegou à estação, pensou melhor e viu que não estava com vontade de ficar sentado sozinho num muro estreito no meio de um rio.

Observou os artistas de rua na frente da estação por algum tempo. A banda de peruanos ou sei lá o quê. Um casal fazendo malabarismos. De tempos em tempos, ouvia, sobrepondo-se ao barulho, um bonde tilintando sua sineta antes de partir em mais uma viagem circular. Gostava do jeitão dos bondes de Amsterdam, as carrocerias que pareciam lápis que terminavam em focinho de boi, e gostava de seus sons, de suas sinetas, do sibilar de suas portas e freios pneumáticos, dos gemidos e rugidos de seus motores, do atrito metálico de suas rodas junto aos trilhos. Eram antiquados e robustos na aparência e ainda assim tinham um quê de modernidade e atrevimento. Como a cidade pela qual passavam. Por que não, pensou ele, embarcar num deles até o fim da linha e voltar? A visão que ele teria ao percorrer a cidade dentro de um bonde...

Dirigiu-se a um painel que continha o mapa da cidade, com os trajetos de bonde assinalados em vermelho. Decidiu-se pelo número 25. Em seu ponto final havia nomes que ele conseguia pronunciar, como Martin Luther King Park e President Kennedylaan, numa curva acentuada do rio Amstel. Tinha de haver por ali um café onde ele pudesse sentar e observar o rio antes de voltar.

Lá se foram eles, tilintando, afastando-se da Plein da estação, tilintando, cruzando as águas, tilintando, pela Damrak coalhada de lojinhas e barzinhos turísticos fuleiros – Museu do Sexo, Museu da Tortura – passando pelo Beurs van Berlage, que já fora o prédio da bolsa e hoje era um centro de exposições e palestras, até o Bijenkorf, a luxuosa loja de departamentos na praça Dam e o palácio real com suas muralhas cinzentas e tristonhas, mais prisão do que palácio (por que não davam uma limpada para suavizar?), gente por toda parte, tilintando, o Madame Tussaud com fila, tilintando, a Rokin, lojas mais bacanas de um lado – antiguidades, roupas, restaurantes, uma ótica onde Daan adquirira seus óculos de leitura e dissera ser uma loja antiga linda, tocada pela mesma família havia gerações –, do outro lado um canal com barcos turísticos no aguardo e, no final da rua, tilintando, dobrando uma movimentada rua para a Vijzelstraat.

Nesse ponto ele se lembrou de que havia feito essa rota no sentido contrário na quinta anterior, depois de Alma tê-lo socorrido em seu primeiro dia na cidade e último dia de sua vida pregressa. Então, ele logo passaria em frente ao café onde conversaram e à loja onde Ton o ajudara a comprar os bombons na segunda-feira, o dia (pensou, sorrindo consigo mesmo) em que se apaixonara pela cidade. Por que eu me apaixonei?, ele pensou. Não me apaixonei? É igualzinho a se apaixonar por alguém. Não se quer mais ficar longe dela, deseja-se saber tudo sobre ela, gosta-se dela como ela é, do bom e do ruim, do não tão bonito e do bonito, de seus ruídos, cheiros, cores, formas e singularidades. Gosta-se de suas diferenças. E de seu passado tanto quanto de seu presente. E de seu mistério, pois havia muita coisa que ele não compreendia. E das pessoas que lhe haviam ensinado a vê-la, Daan e Ton. E, é claro, de sua graça. Ele nunca havia pensado em nenhuma cidade como engraçada. Mas Amsterdam era. Só naquele momento ele percebera que ela o fazia sorrir assim que a olhava. Não pelo que ele via nas ruas. Como aquele homem ali, por exemplo, andando depressa em meio à multidão, todos lhe dando passagem, um negro bronzeado, musculoso, altíssimo e magérrimo, com pernas descomunais, usando apenas um fio-dental e tapa sexo de couro preto, um *top* também de couro preto e um tipo de boné igualmente feito de tiras de couro preto. E não apenas andando, mas desfilando, se mostrando. Uma obra de arte. Tão bela quanto qualquer artigo de museu. Uma escultura móvel e viva.

Chegara ao Keizersgracht. Agora ao Prinsengracht. Já sabia a ordem dos canais e deliciou-se com essa confiança crescente. Prinsengracht, onde morava Alma. Ele prometera contar-lhe suas "aventuras" antes de ir embora.

Sobre o Prinsengracht, para parar no meio da rua em que ficava o Panini. Uma promessa. E por que não? Num impulso, levantou-se bem a tempo de esgueirar-se pelo meio das portas que fechavam, sibilando. Chegando à calçada, viu o quiosque de flores sobre a ponte. Comprou um buquê de rosas vermelhas, em respeito às instruções de Sarah quanto à etiqueta holandesa, mas também para se desculpar por não ter telefonado para marcar a visita, como Alma lhe pedira. E se ela tivesse saído? Deixaria as flores na grade da janela e partiria com o bonde às tilintadas, como pretendia anteriormente.

Mas Alma estava em casa, e sua recepção foi calorosa a ponto de ele se sentir regiamente bem-vindo. A grade de proteção foi aberta para ele, que atravessou a grinalda e três degraus desgastados e íngremes, como os de um veleiro, até a janela-porta, entrando na organizada caverninha que era a sua sala de estar. Com a janela-porta fechada, era um recanto ameno. A luz, filtrada pela folhagem, suave e esverdeada, um globo de pé sobre uma prateleira no canto espalhando uma claridade amarelada sobre a poltrona onde Alma abandonara um livro aberto para atender à porta. A sala tinha uma elegância tão despretensiosa quanto se podia almejar.

Café e biscoitos sabor *kaneel,* o cheiro trazendo lembranças de Hille, surgiram como que por encanto da cozinha, que ficava em algum lugar além da porta através da qual Jacob via parte de uma cama de solteiro com um edredom de narcisos amarelos, num cômodo com a metade do tamanho do que aquele em que estavam. Alma sentou-se em sua poltrona de frente para Jacob, este sentado num sofá de linho negro molengo apoiado contra a parede da rua, sobre a qual havia a janela que formava um par com a da entrada.

Enquanto o café saía, ele pediu desculpas por ter aparecido de surpresa. As rosas, recebidas com exclamações, foram colocadas no vaso e expostas na antiga mesa de jantar redonda, onde suas pétalas brilhavam como um borrifo de sangue contra o tampo marrom-escuro bem antigo. Falaram de sua partida no dia seguinte – a que horas embarcaria, que trem tomaria para Schipol para ter tempo hábil para o *check-in,* quanto tempo duraria o voo (uma hora e vinte), quem o pegaria lá (sua mãe) e quanto tempo levaria para chegar em casa saindo do aeroporto de Bristol (uma hora de carro).

Então Alma disse: "Quer dizer que você visitou a casa de Anne Frank? O que achou?"

Hora da historinha de novo.

"Para falar a verdade, eu já tinha passado por lá quando nos encontramos naquele dia."

"Você não me disse."

"Não. Eu não estava exatamente de bom humor para falar sobre isso. Não por causa do assalto. Foi antes dele. Sabe, eu tinha acabado de chegar aqui, para ir à casa dos pais do Daan, no dia anterior. Acho que isso eu já contei. E a mãe dele, Tessel, que aliás é muito legal, de quem eu gosto muito, mas aí, bem, ela me contou dos problemas da família, não disse o que era, apenas que a mãe dela, Geertrui, precisava de muitos cuidados, e, bem, de qualquer modo, eu não me senti lá muito bem-vindo, ao contrário."

"Você não disse nada disso na semana passada."

"Não. Fui mandado para Amsterdam naquele dia só para ter o que fazer e para sair do pé deles, ou pelo menos foi assim que eu me senti. Então, não estava de bom humor."

"Dá para entender."

"E eu nunca fico muito bem sozinho em lugares estranhos. Aliás, eu nem sou uma pessoa urbana. Exceto em Amsterdam, de que acabei gostando muito. Mas isso é outra história. Então eu estava aqui, de mau humor, e fui à casa de Anne Frank porque era o único lugar que eu conhecia e queria visitar."

"Por causa do diário, claro."

"Tinha uma fila."

"Como sempre."

"Bem comprida, o que não melhorou nem um pouco o meu humor. Não tenho muita paciência com filas. Mas entrei nela e parecia que estávamos esperando para ver o homem de duas cabeças ou a mulher barbada no circo. E, quando entrei lá, as pessoas na frente, as pessoas atrás, todo mundo martelando os pés nas escadas de acesso aos cômodos. Os cômodos da casa dela. Que já estavam lotados de gente, todo o mundo meio embolado, se acotovelando. Não que as pessoas se portassem mal. Era bem o contrário. Eram muito respeitosas, muito quietas, não conversavam, só sussurravam e apontavam e analisavam. Não sei. Só fiquei incomodado pela sensação de estarmos invadindo a privacidade da Anne. Pisoteando em tudo o que ela foi. Mas, além disso, a grande imbecilidade foi..."

"Sim?"

"Vai parecer bobagem, mas, vendo aquela gente toda, a maioria da minha idade, todos como peregrinos visitando um santuário, bem, de repente a Anne não era mais só minha."

"Não era só sua?"

"Não. Havia aqueles outros querendo passar por onde ela tinha vivido. Por onde tinha escrito o diário. E pensei comigo: 'Eles também acham que ela é deles.'"

"Mas, Jacob, você não sabia como ela é famosa?"

"Claro que sabia, mas é diferente. Quer dizer, existe saber e *saber*, não é? Eu sabia disso racionalmente, como uma estatística, como um fato. Mas não *sabia* disso no meu íntimo. Ela era famosa... *e*? E daí? Eu lia o diário o tempo todo. Trechos marcados com caneta, como eu já contei. Não acho que eu tenha pensado bem a respeito disso. Era como se ela fosse minha melhor amiga e eu simplesmente, não sei, presumi, acreditei, tomei como certo, que a Anne tinha escrito o diário dela para mim. Só para mim."

"Então você viu essas pessoas no anexo secreto..."

"Especialmente no quarto em que ela dormia. Sabe como era pequeno e como as figuras que ela pregou na parede, os postais e os recortes de revistas..."

"Eu sei."

"... ainda estão lá. Sem mobília. Outra imbecilidade, acho, mas eu esperava ver os quartos iguaizinhos à época em que ela morava lá. Mas eles não estão iguais. Não tem nada. Vazios. Exceto pela maquete dentro de uma caixa, como uma casa de bonecas, mostrando como eles eram antes. Isso me chateou muito. Quer dizer, depois eu percebi que os quartos já não podiam ser como eram antes. Eu sabia que os alemães tinham levado tudo depois que os prenderam. Mas ainda não havia me dado conta disso. Exceto pelas figuras que a Anne tinha pregado na parede da cama. Acho que foi isso que detonou a crise. Quando eu as vi, foi como se ela ainda estivesse ali. Ou não ela, mas o espírito dela. E comecei a perder a cabeça. Todas as vezes em que li o diário dela. Tudo o que ele significava para mim. Especialmente as partes que eu marcava por sua importância. A Anne falando comigo. Expressando o que passava pela minha cabeça. Expressando meus pensamentos e emoções. E, então, aqueles quartos vazios, e toda aquela gente se metendo entre mim e Anne. Todos pensando nela exatamente como eu pensava. E por que não? Era o que ela queria. Ela queria ser uma escritora famosa, era tudo o que queria na vida, e foi isso o que se tornou. O que ela é."

"Então você saiu correndo?"

"Não. Não logo de cara. Tentei me controlar. Sabia que era ridículo pensar da maneira como estava pensando. Sabia que devia estar feliz, contente com aquilo. Feliz por tanta gente amá-la como eu. Consegui me esgueirar até o canto da janela e me escorei na parede, tentando me recuperar. Eu tremia feito vara verde e suava frio. Lembro-me de que tinha um homem a meu lado, olhando pela janela. Ele era inglês, de meia-idade, parecia um pouco o meu pai. Tinha uma mulher com ele, ele a chamou de Joke, então acho que era holandesa. Enquanto eu estava ali tentando me acalmar, ouvi-o dizer: 'Está vendo aquelas casas depois do jardim?' E a mulher disse: 'Estão no Keizersgracht.' E ele disse: 'Sabia que Descartes morou numa delas?' 'Penso, logo existo', disse a mulher. E o homem disse: 'Penso, logo existo. Existo, logo sou observado.' Aí os dois riram, e ela o beijou."

Ele olhou para Alma.

"Penso, logo existo", ela repetiu. "E depois?"

"Existo, logo sou observado."

"Nunca ouvi isso antes", disse ela.

"Nem eu", disse Jacob.

"Não é de Descartes."

"E você não acha estranho eu me lembrar disso, com todas as palavras?"

"Talvez. E, quando conseguiu se acalmar, o que você fez?"

"Segui o fluxo. E sabe quando você desce do esconderijo para a parte do museu?"

"Onde contam a história dela com fotos."

"E onde há as caixas de vidro com pertences da Anne."

"O diário original."

"Sim, o diário mesmo. Bem, quando vi o diário, mal consegui me segurar. As figuras no quarto dela já foram um baque. Mas não eram ela. Não eram a própria Anne. Mas o diário...! Se você pensar bem, era isso o que ela era. É isso que ela *é*! O diário é a Anne. O livro que ela escreveu. A letra dela. As palavras dela escritas com a caneta dela. Eu o olhava e olhava. Não conseguia mais parar de olhar para ele. Eu queria quebrar o vidro para tocá-lo. Queria segurá-lo. Cheirá-lo. Beijá-lo. Roubá-lo! Queria mesmo! E as pessoas se acotovelavam ao meu lado, tentando chegar o mais perto possível dele. Igualzinho a mim. Tive vontade de gritar para elas: 'Fora daqui! Deixem-na em paz! Vocês não têm o direito de vir aqui! Fora!' Mas não fiz nada, claro. Simplesmente saí. Não me lembro de ter feito isso. Nem um pouco. A próxima coisa de que me lembro é um bonde quase me atropelando. Foi aí que cheguei à Leidsestraat, embora na hora eu não soubesse que rua era aquela. E acabei na Plein, onde fui assaltado."

"E então eu encontrei você", disse Alma, soltando um daqueles suspiros que as pessoas soltam ao final de uma história. "Não me admira que estivesse tão chateado. Talvez mais pela sua visita à casa da Anne do que pelo assalto."

"Isso mesmo."

"O ladrão levou apenas o seu dinheiro. O que você perdeu na casa da Anne foi algo muito mais precioso."

"Eu sei. Foi assim que eu me senti, mas ainda não entendo o que foi, mesmo tendo pensado muito a respeito."

"Talvez tenha perdido uma parte de sua inocência de criança. Toda vez que aprendemos uma importante lição sobre a vida, ficamos com uma sensação de perda. Falo por experiência própria. Ganha-se. Mas há um preço a pagar."

Enquanto Alma falava, Jacob soube exatamente por que viera vê-la. Sem preâmbulos nem permissão, contou a ela sobre as memórias de Geertrui. Disse estar muito preocupado com a maneira como Sarah receberia a notícia. Não disse que Daan, Ton e Tessel achavam que ele deveria guardar segredo. E, por fim, sem dar uma trégua, perguntou a Alma o que ela achava que ele deveria fazer. Contar ou não a Sarah?

Ela ficou em silêncio. Ele podia sentir o peso da questão, que, suspensa no ar, pendia sobre suas cabeças.

Por fim, quando ele começava a achar que fizera uma pergunta tão ofensiva que ela não ia responder nada, Alma disse: "Tem certeza de que a sua avó já não sabe o que aconteceu?"

A pergunta dela tirou-lhe o chão. Aquela possibilidade nunca lhe ocorrera, nem por uma fração de segundo.

"Ela teria me contado", disse ele assim que pôde.

"E o que lhe dá essa certeza?"

"Nós conversamos sobre tudo. Ela não contaria?"

"Vocês conversam sobre tudo. Ela mandou você visitar o túmulo de seu avô?"

"Sim."

"Por que só agora?"

"Ela disse que agora eu tinha idade para entender."

"Entender o quê?"

"Como ele morreu, eu acho."

"E como ele morreu?"

"Bem, tinha o ferimento. Mas acho que foi do coração."

"Sim, ataque cardíaco. Então ela mandou você ir ao túmulo dele. Ou será que na verdade ela mandou você para a Geertrui?"

"A Geertrui convidou a Sarah, mas ela não pôde vir."

"Você viu a carta?"

"Não."

"Então como é que você sabe o que a Geertrui disse?"

"Não sei. É só o que a Sarah me disse."

Fez-se um silêncio antes de Alma voltar a falar.

"Por que é que os jovens sempre pensam que os velhos não conseguem se virar com a mesma destreza que eles? Ou que não são mais capazes de ouvir a verdade?"

Jacob fitou-a por um momento, procurando avaliar o que estava ouvindo, o que ela realmente estava dizendo, mas os olhos dela estavam serenos e sua expressão era inescrutável.

"Você quer dizer que, se a Sarah ainda não souber disso, vai ser capaz de aceitar?"

"Eu não conheço a sua avó. Cabe a você decidir."

"E, se ela já souber, vai estar esperando que eu lhe conte."

"Um grande dilema", disse Alma, sorrindo.

Ela se levantou apoiando as mãos nos joelhos, como as pessoas de idade com artrite costumam fazer, e devolveu as xícaras de café à cozinha.

Quando voltou, disse com sua voz alegre e sociável: "Suas flores são lindas."

Hora de ir embora. Jacob levantou-se.

"É melhor eu ir andando."

"Você voltará a Amsterdam qualquer dia desses?"

"Sim. Voltarei, com certeza."

"Era o que eu achava. Espero que me visite e me conte o que decidiu fazer."

"Sim. Eu prometo."

Alma estendeu-lhe a mão. Ele a apertou e deu-lhe três dos beijos mais contidos e educados no alto da bochecha.

"Você está aprendendo os nossos costumes bem rápido", disse Alma, dando risada.

Jacob,

Daan me disse que você pediu para estar aqui quando eu partir.

Tenho de negar esse pedido.

Será difícil, principalmente para Tessel e Daan. Eles precisam continuar a viver. Não devem ter mais ninguém com quem se preocupar.

Eu fiz planos.

Somente Tessel e Daan junto a mim. Além do médico.

Mas você pensará em mim.

Será ao meio-dia de segunda-feira.

Tessel e Daan ficarão comigo o tempo todo a partir de sexta-feira.

Vamos nos despedir definitivamente.

O médico me dará uma injeção. Quando eu dormir, ele dará a injeção para pôr fim à minha vida.

Não sentirei dores. Será o fim da pior das dores.

Do momento de nosso adeus até o fim, eles lerão textos de que eu gosto. Um dos poemas está em inglês.

Não haverá agitação.

Após o funeral, o meu corpo será cremado.

Tessel e Daan espalharão as minhas cinzas pelo Parque Hertenstein, em Oosterbeek.

As cinzas de Dirk estão lá. Ali onde crescemos e passamos a nossa infância com Henk.

O túmulo de meu avô não é muito longe dali.

É lindo.

Nossa família pode ir até lá para se lembrar de nós.

Espero que você também vá.

Desejo-lhe uma vida abençoada.

Liefs,

Geertrui

"Hille?"
"Jacob."
"Tudo bem?"
"Tudo bem. E você?"
"Preciso te ver."
"Mas amanhã você vai embora, né?"
"À tarde."
"Eu ia te escrever."
"Você recebeu a minha carta?"
"Sim."
"Eu preciso de sua ajuda."
"Ajuda?"
"Coisas que descobri. E preciso te ver."
"Aqui está um caos. Com a mudança e tudo o mais..."
"Preciso muito mesmo te ver."
"Mas quando?"
"Amanhã. Vou voltar a Oosterbeek e, dali, vou para o Schipol."
"Estou no colégio."
"Só de manhã."
"Estou vendo o meu horário."
"Você estaria de volta à tarde."
"Talvez eu possa."
"É importante."
"Certo. Mas eu vou até aí."
"Certo. A que horas?"
"Às dez. Por aí."
"Te espero no apartamento. Você sabe onde é?"
"Sim."
"Obrigado. Então até lá."
"*Tot ziens.*"

CARTÃO-POSTAL
A dádiva do prazer
é o primeiro mistério.
John Berger

"Você ficou intrigada com o meu avô", disse Jacob. "Agora você sabe."

Hille depositou a história de Geertrui sobre a mesa de centro que estava entre eles.

"Estou feliz por estar vivendo hoje e não naquela época", disse ela.

"Mas o que você achou? Quero dizer, sobre o meu avô e ela."

"Coisas assim aconteciam bastante. Especialmente mais para o fim da guerra. Neste ano, tivemos até um dia para isso."

"Para o quê?"

"Para gente que era filha de soldados que ajudaram a nos libertar. Chamou-se Dia da Reconciliação. Algumas pessoas, muitas, que tiveram filhos com soldados e guardaram segredo disso contaram pela primeira vez a seus filhos."

"Em público?"

"Sim, se quisessem. E as pessoas que sempre souberam disso as ajudaram."

"Incrível."

"Por quê? Achei bom. Gostei."

"Não imagino um dia como esse acontecendo na Inglaterra."

"Vocês não precisam de um. Vocês nunca sofreram uma ocupação e, portanto, nunca foram libertados."

"Mas não aconteceria nem se tivéssemos sido."

"Talvez seja mesmo um pouco holandês."

"Descobrir que o meu avô teve uma amante holandesa e uma filha e neto holandeses já foi dose. Só Deus sabe como deve ser descobrir que o seu pai não era quem você sempre pensou que fosse e que sua mãe te deixou acreditar numa mentira a vida toda."

"Teve gente que entrou em parafuso. Outros aceitaram muito bem. Parece que alguns nem deram importância. É sempre assim, você não acha? Você nunca pode prever como as pessoas vão reagir ao ouvir notícias importantes. Você não sabe nem mesmo como você vai reagir até que aconteça. Eu, pelo menos, não sei. Como eu te falei de quando a minha avó morreu. Antes, eu não pensava que me sentiria culpada. Quer dizer, por que deveria? Nunca havia feito nada de ruim para ela, ela era velhinha e doente. Gente velha e doente morre. É natural. Não era culpa minha ela ser velha e doente. Mas ainda assim me senti culpada."

"Estranho, porque... é uma das coisas que quero falar com você. Desde ontem, quando tive tempo para pensar nisso, estou sentindo culpa. Pelo meu avô."

"Por quê? Porque ele e a Geertrui foram amantes?"

"Nem tanto por isso."

"Porque a Geertrui teve um filho?"

"Eu até entendo como aconteceu. Por que aconteceu. O jeito como as coisas foram para eles. Eu poderia ter feito o mesmo, talvez."

"Então por quê?"

"Porque eu sei o que aconteceu."

"Mas aconteceu há muito tempo. E não é terrível para você, é? Ter ganhado uma família holandesa legal."

"Não, isso tudo bem. Eu gostei."

"Então o quê?"

"Não tenho certeza de que a minha avó vá gostar tanto assim."

Hille deu um tapa na própria coxa. "Ela não sabe! *Domkop!* Eu só estava pensando em você."

"Obrigado. Mas é por isso que sinto culpa. Porque eu sei e ela não. Quase como se eu fosse o meu avô e ela, a minha esposa. Estupidez, né?"

A ansiedade o atribulava. Ele ficou em pé, pensando, ao fazê-lo, por que sempre escolhia aquela poltrona para se sentar, e foi até a janela. Uma família de patos nadava no canal, os filhotes daquela primavera já bem crescidos. Ninguém à vista no hotel, exceto uma camareira fazendo a cama. As tenebrosas janelas da igreja continuavam escuras, opacas e aramadas como sempre.

Ele ouviu Hille sair do sofá, seus sapatos batendo nos ladrilhos, até que ela chegou atrás dele e o envolveu pela cintura. Ele pôde sentir através da camisa o volume dos seios dela contra as suas costas e a força dos quadris dela contra as suas nádegas.

"Será que ela vai ficar muito aborrecida?"

Quando ela respirava, ele sentia cócegas na nuca. Esperou um pouco antes de responder.

"Acha que devo contar a ela?"

Agora foi ela quem esperou.

"Você não vai?"

"Daan disse que eu não deveria. Tessel também." Ele não mencionou Ton nem Alma, para não complicar as coisas, e porque queria saber o que ela acharia sabendo que todos os outros haviam dito que não.

Houve um grande silêncio antes que ela voltasse a falar. Ele não se importou. Gostava de ser abraçado assim por ela. Era reconfortante e sensual ao mesmo tempo. Ficou bem quietinho, querendo que continuassem assim.

"É como eu acabei de dizer. Você nunca sabe como as pessoas vão reagir. Especialmente quando a notícia é ruim."

"Eu esperava que você me ajudasse a decidir."

Ela deu um passo atrás. Ele voltou-se para ela. Ela pegou nas mãos dele, retendo-as entre as suas. Antes de falar, comprimiu os lábios e franziu a testa.

"Se eu fosse você, contaria. Mas não sou você e não conheço a sua avó."

Ele deu um sorriso pesaroso e disse: "Noutras palavras, o problema é seu, Jacob."

Ela sorriu e assentiu. "Eu não quis dizer desse jeito. Mas é mesmo, não é? Você tem de concordar."

Ele deu um longo suspiro.

"Aprendi a ler sozinho aos 6 anos. Para me premiar, a minha avó – a Sarah – me mandou um cartão-postal. A figura era de um coelhinho lendo um livro. No verso, ela escreveu: 'Parabéns! Agora você pode descobrir todos os segredos do mundo.' Quando eu a vi depois disso, ela me perguntou se eu tinha gostado. Eu disse: 'Gostei tanto, vovó, que queria receber um postal todas as semanas.' E desde aquela época ela me manda um cartão-postal toda semana. Nunca falha. Mesmo que ela esteja doente. Ou de férias. Não importa. Toda semana, ela me manda um postal. Mesmo agora, que moro com ela, ela os manda. Pelo correio. Quando não há correio, como na greve que fizeram, ela mesma põe o postal da semana na caixa de correio. A figura é sempre de alguma coisa que ela quer que eu conheça, como um quadro, um prédio, uma pessoa ou uma paisagem famosa. Qualquer coisa. E no verso, se não há nada que queira escrever, ela copia uma frase do livro que está lendo, ou que ouviu na televisão, ou cola um recorte de jornal ou revista. Nem sempre é sério. Às vezes são piadas, charges. Guardei todos, desde o primeiro. Até agora são setecentos e onze."

Hille o estudou por algum tempo. Depois soltou as mãos dele e voltou para o sofá.

"Essa avó é coisa séria", disse enquanto se sentava.

Jacob a acompanhou, sentando-se a seu lado.

"E meu avô foi o amor da vida dela. Ela nunca se casou de novo. Agora tenho de contar a ela que o homem que ela acha tão maravilhoso e que ainda ama... Isso pode matá-la."

"Então não conte."

"Aí eu vou me sentir mal por isso pelo resto da vida. Sei que vou. Além do mais, ela sempre me diz que o que sinto fica estampado na minha cara."

"Ela tem razão. Fica mesmo."

"Muito obrigado! Isso me deixa confiante. Então, ela vai querer saber o que houve durante a minha estada aqui. Eu sempre contei tudo a ela. Nunca lhe escondi nada. Com certeza, ela vai descobrir que eu estou escondendo alguma coisa."

"Então você tem um problema."

"Claro. Tenho um problema! Obrigado por me dizer o que eu já sei."

De novo, a ansiedade cada vez maior o tornava suscetível.

"Preciso ir ao banheiro", disse ele. "Todo aquele café enquanto você lia a história da Geertrui."

Quando voltou, Hille observava a parede de livros. A visão de suas costas o desestabilizou tanto quanto a da frente, a inclinação de seus ombros, a curvatura das nádegas sob o *jeans*, a proporção do tronco em relação às pernas. Ele olhou para o relógio. A manhã praticamente terminara. Ele surgiu por trás dela e envolveu-lhe a cintura exatamente como ela tinha feito havia alguns minutos.

"Não vai dar tempo de você voltar à escola de tarde", disse ele, "se não for embora agora".

"Já é tarde demais."

"Você não vai?" Ele tentou esconder a empolgação ao falar, mas não conseguiu. De qualquer forma, ela a sentiria no corpo dele.

"E quanto a dar notícias delicadas às pessoas?"

"Vamos esquecer isso. Vamos só nos divertir até a hora de eu ir."

"Que horas?"

"Daqui umas quatro horas."

"Tem uma coisa que eu quero dizer. Venha se sentar."

Ela se desprendeu dos braços dele e foi até o sofá. Ele sentiu, pelo jeito dela, que devia se sentar numa das poltronas. Ele escolheu deliberadamente aquela em que nunca se sentava, voltada para a janela.

Hille estava debruçada, apoiada nos joelhos, com a mão sobre a boca.

"Sobre a vaga de namorado."

"Ah!" Ele podia pressentir a pancada. "Você a concedeu a outro."

"Não."

"Então o que é?"

"Há uma qualificação de que eu me esqueci."

"Que é?"

"Ele deve morar perto o bastante para me beijar com frequência."

"E eu não moro."

"Não."

"Então a vaga não é minha?"

"Eu não posso ser namorada de um namorado ausente. Não seria capaz de continuar assim por muito tempo."

Ele ficou calado.

"Você entende?"

"Claro. Não precisa me explicar. É sobre isso que você pretendia me escrever?"

"Sim. E dizer também que quero que sejamos amigos. Se você quiser."

"Eu quero. Mas e quanto ao resto? Se morássemos perto um do outro?"

"A vaga seria sua."

"Seria?"

"Seria."

"Posso beijar você para comprovar?"

Ela deu risada. "Boa ideia."

"Olhe", ele disse. "Vamos a algum lugar. Ver a cidade juntos um pouco. Você está com fome?"

"Estou."

"Gostaria de uma panqueca?"

"Se você disser isso em holandês."

"Zal... het zijn... hã... lijken... en pannenkoek?"

O que a fez rir.

"Eu fico feliz que eu também sirva para te fazer rir."

"Desculpe! Você bem que tentou. Conheço um lugar legal perto da casa de Anne Frank. Tem até um nome em inglês, The Pancake Bakery. Então, pelo menos esse nome você vai saber falar."

"Mas eu não vou te dar motivos para rir tanto."

"Estou disposta a correr o risco."

"Antes de irmos, vou arrumar as malas. Assim, fico pronto para ir embora."

Ele apanhou a história de Geertrui.

Hille disse: "Posso ver as coisas que ela te deu? O livro e o pingente que o seu avô deu a ela."

"Tudo bem. Suba. Você pode vê-los enquanto eu faço as malas."

Ela o acompanhou até o quarto. As recordações de viagem estavam na sacola com a inscrição Bijenkorf. Ele tirou a insígnia do avô, o livro de Sam e o pingente e colocou-os sobre a cama. Hille sentou-se ao lado deles e foi logo pegando o pingente, alisando-o entre os dedos de forma tão *sexy* que o desestabilizou.

Ele virou-se e começou a colocar suas roupas na bolsa. Desceu até o banheiro para recolher suas coisas. Quando voltou, Hille folheava o livro de Sam.

Ele terminou de fazer as malas, exceto pela sacola de recordações, e foi à cama buscá-la.

"O que mais você tem?", disse Hille. "Posso ver?"

"Se quiser."

Ele despejou as outras coisas. Hille mexeu nelas.

"O que é isso? *Aprenda holandês sozinho em três meses.*" Ela riu.

"Daan me deu isso a noite passada. Presente de despedida. Disse que era mais um presente de 'volte logo'."

"E você vai?"

"Com certeza."

"Quis dizer se vai aprender holandês em três meses."

"Vou dar uma tentada, sim. Sério, andei pensando. Não há nada que me impeça de estudar aqui, não é? Na universidade, quero dizer. Daan disse que muitas das aulas são em inglês. Têm que ser, para atrair estudantes estrangeiros. E ele disse que eu posso ficar morando aqui com ele. Então moradia não seria problema. Minha casa fora de casa, ele disse."

"Eu disse para você que seria bom ter uma boa família holandesa."

Ela soltou o livro e afastou o filme com as fotos que Jacob tirara no cemitério de Oosterbeek e o missal, revelando os cartões-postais de Titus e de Rembrandt.

"Por que estes?"

"Daan me acha parecido com o Titus."

Ela ergueu o postal de Titus na altura do rosto de Jacob.

"Um pouco, talvez."

"Você precisa ver o quadro."

"Você gosta do Rembrandt?"

"Muito."

"Acho Vermeer melhor."

"Será que é?"

"Bem, melhor ele não é. Eu disse besteira. Mas, entre os pintores antigos, ele é o meu preferido. Talvez devêssemos ir dar uma olhada nele."

"Se você quiser."

Então ela viu o guardanapo do Panini que Alma lhe dera.

"O que é isso?"

Ele explicou.

"Mas por que uma mensagem dessas?"

"Bem, antes de eu ser assaltado, chegou um cara, sentou-se do meu lado e puxou conversa. O fato é que ele era amigo do Daan, mas na hora eu não sabia disso, claro. Enfim, ele perguntou se eu não queria vê-lo de novo e escreveu um número de telefone aqui."

Ele pegou a caixa de fósforos de Ton.

"Mas ele não escreveu só o telefone, colocou também uma mensagem, que eu mostrei a Alma para que ela traduzisse, e ela achou engraçado. Então, quando nos despedimos, ela me deu esse guardanapo com a expressão holandesa."

Hille pegou a caixa de fósforos das mãos dele e a abriu. Quando entendeu do que se tratava e riu, ela disse: "Então ele é *gay*."

"Sim, ele é *gay*."

"E é a fim de você."

"Sim, ele é a fim de mim."

Ela balançou a caixinha na frente dele, entre o polegar e o indicador. "Mas você não aproveitou."

Ele balançou a cabeça, sorrindo.

"Não acha que deveria?"

"Sério?"

"Você não quer voltar para casa assim, né?"

"Mas com quem, então?"

"Que tal comigo?"

"Se isso for mais um teste para namorado..."

"Isso mesmo."

"Não sei se vou tirar nota boa."

"Vamos descobrir."

"Não sou muito bom nisso. Posso te desapontar. Ainda não tive muitas experiências."

Enquanto desabotoava o cinto do *jeans*, ela disse: "Você pode aprender fazendo."

"Por que está fazendo isso?"

"Porque você quer."

"E você?"

"Eu também quero."

"Não sei se vamos ter tempo. Não quero perder o meu voo."

Hille deu uma risadinha e disse, maliciosamente: "Deixe tudo comigo, relaxe, divirta-se e confie em mim, que eu vou colocá-lo a tempo no avião."

AGRADECIMENTOS

O autor e o editor são muitíssimo gratos pela utilização de excertos dos seguintes livros:
Anne Frank, *The Diary of Anne Frank*, traduzido para o inglês por B. M. Mooyaart-Doubleday, *copyright* de Otto Frank, 1947, e por Anne Frank-Fonds, Basel, Suíça, 1982, sendo a edição aqui utilizada a publicada na Inglaterra por Pan Books em 1954. Anne Frank, *The Diary of a Young Girl,* Edição Definitiva, editada por Otto H. Frank e Mirjam Pressler, traduzida para o inglês por Susan Massotty, *copyright* de The Anne Frank-Fonds, Basel, Suíça, 1991, *copyright* da tradução inglesa de Doubleday, Nova York, 1995.

Martin Middlebrook, *Arnhem 1944: The Airborne Battle, 17-26 September*, *copyright* de Martin Middlebrook, publicado por Viking, 1994.

Geoffrey Powell, *Men at Arnhem*, *copyright* de "Tom Angus", 1976, de Geoffrey Powell, 1986, publicado inicialmente por Leo Cooper Ltd, 1976, sendo a edição aqui utilizada a edição revista publicada por Buchan e Enright Ltd, 1986.

James Sims, *Arnhem Spearhead: A Private Soldier's Story*, *copyright* de James Sims, 1978, publicado inicialmente pelo Imperial War Museum; sendo a edição aqui utilizada a de Arrow Books Ltd, 1989.

Hendrika van der Vlist, *Oosterbeek 1944,* traduzida para o inglês pela autora, *copyright* e publicação pela Society of Friends of the Airborne Museum, Oosterbeek, 1992.

Bram Vermeulen, *Mijn hele leven zocht ik jou*, de *Drie stenen op elkaar*, p. 70, *copyright* de Bram Vermeulen, publicado por Hadewijch, Antuérpia, 1992.

As referências entre colchetes ao final das citações referem-se às páginas nos livros citados acima. Foram feitos todos os esforços possíveis para contatar os detentores de *copyright*. Pedimos desculpas por quaisquer omissões, que serão corrigidas nas edições subsequentes.

O autor agradece a seus muitos amigos e colegas holandeses e flamengos pelo auxílio e informações prestados durante a criação deste romance.

POSFÁCIO

Postais da terra de ninguém é um livro que foi salvo pelos leitores. Se escrever um conto é como correr cem metros rasos, escrever um romance é como correr a maratona. É preciso treinar para ela, e durante a corrida é preciso controlar o seu ritmo para não ficar sem fôlego antes da metade do caminho. É fácil dar um passo em falso e perder a confiança. Foi o que aconteceu no meio da criação de *Postais*. Dei um passo em falso e perdi a confiança tão completamente que empacotei e guardei o livro pela metade e desisti.

Algumas semanas depois, enquanto eu visitava a Suécia, conheci um grupo de meninas de 15 anos que adoravam os meus outros livros. Elas me perguntaram o que eu estava escrevendo. Eu disse que tinha parado. Elas ficaram chocadas, me obrigaram a contar do que se tratava o romance inacabado e discutiram comigo e me bajularam até que eu prometesse dar outra chance ao livro. Por meses a fio, de vez em quando uma delas me mandava um cartão-postal perguntando: "Falta quanto para o nosso livro sair? Quando ele vai ficar pronto?" Livros precisam de leitores, senão de nada serve publicá-los; e às vezes escritores também precisam de leitores para seguir em frente.

Postais é o quinto romance de uma série de seis. Cada um conta um tipo de história de amor. Uma das tramas em *Postais* é sobre o amor por um lugar, no caso Amsterdam. Outra é sobre o amor que você pode sentir pelo personagem de um livro – Anne Frank –, que existiu de verdade, é claro, mas que só podemos conhecer por meio da leitura de seu livro, do qual ela é a personagem principal. Então Jacob é um personagem fictício que ama uma pessoa real que ele só conhece porque ela é semelhante a um personagem de ficção num romance. Isso exemplifica a forma como *Postais* entrelaça a realidade cotidiana à ficção, pessoas e fatos reais a personagens e fatos inventados. Ambos são "de verdade" à sua própria maneira.

Como os demais livros da série estão interligados de diversas maneiras (que descrevo no posfácio ao último volume da série, *This Is All*), eu sabia no momento em que comecei a escrever que *Postais* seria ambientado numa cidade estrangeira onde teria acontecido uma batalha durante a Segunda Guerra Mundial. Nenhum dos outros romances tinha tratado da vida moderna em uma cidade, do desamparo que se sente numa terra estranha, onde você não fala o idioma, do horror da guerra e da influência da história em nossas vidas. Amsterdam e Holanda preenchiam todos esses requisitos.

A história de Jacob se parece com o tradicional conto folclórico do estrangeiro ingênuo. Um jovem inexperiente parte para uma terra estranha em busca de um tesouro. Durante a jornada, ele conhece pessoas estranhas, algumas boas, outras más, umas que ajudam e outras que atrapalham, e todas elas lhe dão ou tiram alguma coisa, dão conselhos e contam histórias pessoais que também servem para ele. Quando a jornada chega ao fim, ele aprendeu muito sobre si próprio e sobre a vida. Ele pode ou não ter encontrado o tesouro que procurava, mas achou um tesouro intangível que ajuda você a crescer, a ter mais consciência da vida e a ser mais você mesmo, em vez daquele que os outros querem que você seja. "Toda vez que aprendemos alguma coisa", escreveu o dramaturgo George Bernard Shaw, "ficamos com uma sensação de perda." O que Jacob perdeu em função do que aprendeu foi a sua inocência. Mas por isso ele é mais sábio.

Postais é o único dos cinco romances em que a história do personagem principal é narrada apenas na terceira pessoa. Os outros são ou totalmente em primeira pessoa ou misturam primeira e terceira pessoas. A terceira pessoa ajuda a manter o personagem principal distanciado do leitor, que o observa e ao que acontece a ele em vez de vivê-lo junto dele, como acontece na história em primeira pessoa. Mas é claro que há a história contrastante de Geertrui, um romance dentro do romance, narrada em primeira pessoa, que nos aproxima mais dela do que de Jacob. Vivemos na intimidade de Geertrui, enquanto com Jacob só viajamos como testemunhas. E suponho que seja por isso que tantos leitores me disseram que ficaram mais comovidos com a história da Geertrui do que com a de Jacob. Dizem que *pensam* a respeito de Jacob mas que *sentem* com a Geertrui. E era essa a minha intenção. Resolvi escrever este romance assim, entrelaçando as histórias de Jacob e de Geertrui, para você poder saborear as suas diferentes texturas, os seus diferentes sabores e as suas diferentes relações com ambos, cada um por seu turno, um trabalhando em sentido contrário ao do outro.

E fico pensando, é por isso que *Postais* me valeu mais prêmios do que qualquer outro romance meu, bem como muitas e excelentes cartas e *e-mails* de aprovação. Ou porque é o livro narrado de maneira mais tradicional, o menos exigente e o de mais fácil leitura dentre os seis? Seja pelo que for, me agrada que ele receba tanta admiração e apreço.

IMPRESSÃO E ACABAMENTO
YANGRAF
GRÁFICA E EDITORA LTDA.
WWW.YANGRAF.COM.BR
(11) 2095-7722